크리퍼

크리피

CREEPY

마에카와 유타카 장편소설 | 이선희 옮김

/ 차례 /

creepy
(공포로 인해) 온몸의 털이 곤두설 만큼 오싹한, 섬뜩할 정도로 기이한

제1장

이웃

1

어둠 속을 걸었다. 조용했다. 역에서 걸어서 약 15분. 스기나미 구의 전형적인 주택가다. 매일 지나는 교회 앞을 지났다. 외등의 불빛이 간판의 글자를 비추었다. 일요 예배. 일본 기독교회 이사. 센보쿠 기요토시 씨 강연. 〈마태복음의 진실〉. 그 앞을 지나면 2백 미터 정도 내리막길이다. 인가는 끊이지 않고 계속 이어진다. 대문 앞의 등불과 실내에서 새어 나오는 어슴푸레한 불빛이 오히려 내 앞에 펼쳐진 어둠을 한층 깊게 만들었다. 지나가는 사람은 없었다. 손목시계를 보았다. 밤 9시 3분 10초. 그렇게 늦은 시간은 아니었다. 그러나 그때 그 길을 걷고 있는 사람은 나 하나뿐이었다.

내가 사는 주택가는 그리 외진 곳이 아니다. 그런데 한밤중이 아님에도 나 이외에 다니는 사람이 아무도 없었다. 마음속으로 황량한 바람이 불었다. 악몽 속에서 낯선 거리를 방황하는 듯한 기분에 휩싸였다.

갑자기 등 뒤에서 발소리가 들렸다.

"잠시 실례하겠습니다."

흠칫 놀라서 뒤를 돌아보았다. 머리 위에서 손전등의 현란한 빛이 쏟아졌다. 눈앞에 제복을 입은 경찰 두 명이 서 있었다.

"실례지만 이 주변에 사시나요?"

키 큰 경찰이 물었다. 정중한 말투였다.

"네, 저기 사거리에서 왼쪽으로 꺾어져 두 번째 집입니다. 다카쿠라라고 합니다."

다른 경찰이 한층 더 정중하게 말했다.

"죄송하지만 가방 안을 보여주실 수 있습니까?"

나는 머릿속으로 재빨리 경찰의 직무집행법 조문을 떠올렸다. 경찰이 직무 질문을 할 수 있는 조건. 수상한 거동이나 기타 주변 상황으로 판단할 때 범죄를 저질렀다고 의심하기에 충분한 이유. 나는 지금 어떤 의심을 받고 있는 것일까? 수상한 거동을 했다고는 여겨지지 않았다. 그렇다면 주변 상황 때문일까? 인적이 없는 밤길을 혼자 걷고 있기 때문일까? 그리 늦지도 않은 이 시간에…….

"보십시오."

진갈색 숄더백의 지퍼를 열어 경찰의 눈앞으로 내밀었다. 그날의 소지품은 몹시 빈약했다. 휴대전화와 전자사전, 외서 두 권. 그것이 전부였다.

"고맙습니다."

두 사람은 가방 안을 들여다보았을 뿐, 소지품을 들고 살펴보지는 않았다.

"무슨 사건이라도 있었습니까?"

"어젯밤에 이 주변에서 폭행미수 사건이 발생했습니다."

키 큰 경찰이 대답했다. 나는 더 이상 묻지 않고 집을 향해 다시 걸음을 내딛었다.

등 뒤에서 경찰의 목소리가 울려 퍼졌다.

"실례했습니다. 살펴 가십시오!"

대문을 열고 안으로 들어가려는 순간, 옆집 현관에 불이 켜졌다. 정면의 현관문이 열리고 니시노가 나왔다. 우편함에서 석간을 꺼내려는 거였다.

"안녕하세요."

먼저 인사를 하자 그가 고개를 들고 나를 쳐다보았다.

"아아, 이제 오세요?"

그는 여느 때처럼 친절한 미소를 머금으며 나를 향해 두세 걸음 다가왔다. 단정하게 자른 콧수염과 가느다란 금테 안경. 그의 트레이드마크다. 세련된 중년 남자라고 할까. 오리엔트협회 이사. 올 3월에 이사를 와서 인사하러 갔을 때, 그가 준 명함에 적혀 있던 직책이다. 오리엔트협회가 무엇을 하는 곳인지는 모른다. 어느 관공서의 기관이나 정부의 외곽단체가 아닐까? 그의 아내는 한 번도 본 적이 없다. 다만 고등학생 아들과 중학생 딸이 있는 것 같다. 사정이 있는 듯했지만 자세히 묻지는 않았다.

"저기서 경찰이 이것저것 묻지 않던가요?"

그는 마치 재미있는 이야기라도 하듯 빙긋이 웃으면서 물었다. 우리는 나지막한 나무 울타리를 사이에 두고 마주 섰다. 그의 뒤쪽에 있는 새먼핑크색 차가 눈에 들어왔다. 도요타 플라츠라는 조금 오래된 차종이라고 하는데, 얼마나 오래되었는지는 모른다. 나와 아내는 원래 차에 관심이 없다. 어쨌든 우리는 그가 그 차를 운전해 혼자 외출하는 것을 자주 보았다.

"네, 그랬습니다."

"실은 아까 내게도 이것저것 묻더군요. 조금 이른 시간이었는데도 말입니다."

"폭행미수 사건이 있었다고 하더군요."

"그러게요. 아까 경찰이 그러는데, 어젯밤에 그 언덕길에서 중년 남자가 자전거를 타고 가던 여중생을 덮쳤답니다. 학원 수업을 마치고 집에 가는 길에, 남자가 다짜고짜 자전거를 세우더니 소녀를 끌어내렸다지 뭡니까? 소녀는 죽을힘을 다해 남자를 뿌리친 뒤, 자전거를 버리고 겨우 도망쳤다고 하더군요. 크게 다치진 않았고, 도망치다 넘어지는 바람에 무릎이 까졌다고 합니다. 그래서인지 중년 남자가 지나갈 때마다 경찰이 불러서 꼬치꼬치 캐묻더군요. 정말이지 세상이 왜 이렇게 뒤숭숭한지 모르겠습니다. 우리 같은 중년 남자에겐 귀찮기 짝이 없는 노릇이지요. 아 참, 죄송합니다. 선생은 아직 중년이 아닐지도 모르겠군요."

그는 나를 '선생'이라고 불렀다. 도라쿠 대학 문학부 교수. 이것이 나의 사회적 지위다. 전공은 범죄심리학. 특수한 사건이 발생했을 때, TV나 라디오에 출연해서 사건에 대해 분석하는 경우가 있어 세상 사람들에게 그럭저럭 얼굴이 알려져 있다. 나이는 마흔여섯. 어엿한 중년이다. 니시노에 비하면 다소 젊어 보이긴 하지만 솔직히 말해 그의 나이는 짐작이 되지 않는다. 자녀들이 아직 중·고등학생인 걸 보면 그렇게 나이가 많은 것 같지는 않다. 하지만 그 또래의 자녀를 둔 부모들보다는 조금 더 나이가 든 것 같기도 하다. 그때 강한 바이탈리스 냄새가 코를 찔렀다. 1970년대에 가장 인기 있었던 헤어크림 냄새다. 세련돼 보이는 사람이 왜 이런 헤어크림을 사용할까? 그것이 가장 명백한 중년의 증거처럼 보였다.

"별말씀을요. 저도 어느 모로 보나 중년입니다. 여중생을 습격할 기운은 어디에도 없지요."

그렇게 말한 뒤, 나는 실수를 깨달았다. 깊이 생각하지 않고 너무 가볍게 말했다. 만약 강의 도중에 이런 시시한 농담을 했다면 냉정한 요즘 학생들에게 비웃음을 샀을 것이다. 그러나 그는 재미있다는 듯 쿡쿡거리며 웃기 시작했다. 기묘하리만큼 날카로운 웃음소리가 밤공기를 가로질렀다.

다음 날, 강의를 하러 대학에 갔다. 2교시와 3교시는 강의. 4교시는 비어 있고, 5교시는 범죄심리학 토론 수업이었다. 내 직업의 특권은 아침 일찍 일어날 필요가 거의 없다는 것이다. 대학 측에서는 1교시 수업을 장려하고 있지만 응하느냐 마느냐는 어디까지나 교수의 자유다. 일찍 일어나기 좋아하는 나이 많은 교수를 제외하면 1교시 수업을 기피하는 것이 현실이다.

나는 아침 일찍 일어나기를 힘들어하는 편이 아니다. 그러나 러시아워에 타는 만원 전철은 너무 싫었다. 특히 저지르지도 않은 성추행에 연루되어 치한 취급을 당하는 억울한 피해자의 사례를 뉴스에서 볼 때마다 그런 전철을 타지 않아도 되는 내 직업에 감사했다. 그날 전철을 타고 가면서 그런 생각을 했다. 어쩌면 전날 밤 경찰에게 이런저런 질문을 받은 것이 심리적으로 영향을 미쳤을지도 모른다.

"교수님, 오늘은 어떻게 할까요?"

토론 수업이 끝난 뒤, 강의실 밖에서 학생 대표인 오와다가 물었다. 뒤풀이에 참석할지 말지 의사를 묻는 거였다. 토론 수업에 오는 학생은 3, 4학년을 모두 합쳐서 여덟 명으로, 수업이 끝나면 시간 있는 사람들끼리 뒤풀이를 해왔다. 내가 참석하지 않아도 마음 맞는 학생들끼리 모여서 술을 마시곤 했다. 다만 내가 가면 지원금을 받을 수 있기 때문에 나의 참석 의사를 확인하는 것이다.

"오늘은 자네들끼리 마셔. 원고 마감이 코앞이거든."

오와다는 실망하는 표정을 감추지 않았다. 내가 빠지면 안주의 수준이 낮아지니 당연한 반응이었다.

실은 수업이 끝나면 연구실에서 가게야마 린코를 만나기로 했다. 그녀는 내 수업을 듣는 여학생으로, 졸업논문을 지도해주기로 했다. 오와다에게는 그런 말을 하지 않았다. 특별히 거짓말을 할 생각은 없었다. 실제로 학회지에 제출할 논문의 마감이 멀지 않아서, 며칠 동안 집에서도 밤늦게까지 글을 쓰곤 했다.

린코는 내 수업을 듣는 학생들 중에서 가장 열심히 공부하는 학생으로, 내년 3월에 제출해야 하는 졸업논문을 한 달에 두 번 정도 봐주고 있다. 졸업논문은 '컨트롤 C+컨트롤 V'로 적당히 갖다 붙이면 된다고 생각하는 학생이 많은 가운데, 그녀는 매우 예외적인 존재였다. 나는 최대한 그녀의 논문을 봐주기로 마음먹었다.

문제는 그녀가 아름다운 여학생이란 것이다. 졸업논문을 지도하기 시작한 이후, 가끔 그녀와 단둘이 식사를 하기도 했다. 그것이 나의 은밀한 즐거움이었다는 사실을 부정하지 않는다. 오와다가 주최하는 뒤풀이에 가지 않고 다른 곳에서 그녀와 단둘이 식사하는 것에 꺼림칙한 마음이 든 것도 사실이다. 그날 오와다에게 린코를 만나기로 했다고 말하지 않은 것도 그런 꺼림칙함 때문이었을지 모른다.

오와다가 주최하는 뒤풀이 참석자는 항상 제각각이었다. 불경기의 한파가 몰아치는 시기에 졸업을 앞둔 4학년들이니만큼 취업 활동으로 바쁠 수밖에 없다. 수업이 끝날 때마다 뒤풀이를 해왔지만, 매번 참석하는 사람은 오와다 정도였다. 그는 린코와 같은 4학년이지만 11월에 접어든 지금도 아직 직장이 정해지지 않았다. 그러나 언제 보아도 천하태평이었다. 부잣집 아들이라서 취직하지 않아도 된다는 소문이 있었다. 성격 자체도 느긋해서, 취업 활동은 물론 졸업논문에도 관심이 없는 것 같았다. 내게 졸업논문을 지도해달라고 부탁하는 일도 없었다.

그날 나와 린코는 연구실에서 그녀의 논문에 대해 두 시간쯤 이야기한 뒤, 시부야 근처에 있는 시티 호텔의 이탈리안 카페에서 식사를 했다. 시간은 이미 9시에 가까웠다. 신주쿠에 있는 대학 근처의 술집에서는 아직 학생들의 뒤풀이가 이어지고 있을 터였다.

"지금 그들과 합류하면 너무 늦어질 것 같군. 오늘밤에도 논문을 써야 하거든. 그런데 식사를 하고 가는 게 어때? 아니면 그들과 합류할 건가?"

졸업논문에 대해서 이야기하고 연구실에서 나올 때, 나는 그녀가 선택할 수 있도록 여지를 남기면서 조심스럽게 물었다. 그녀는 단호하게 대답했다.

"저도 교수님과 같이 식사하고 싶어요. 지금 합류해 술을 마시면 너무 늦어지거든요."

우리가 간 곳은 카페라는 이름이 붙어 있지만 고급 호텔의 로비에 있는 만큼 상당히 수준 높은 레스토랑이었다. 적어도 학생들이 쉽게 갈 만한 곳은 아니었다. 그렇게 생각하자 마음이 조금 편안해졌다. 신주쿠가 아니라 시부야를 선택한 것은 마음 깊은 곳에서 학생들과 우연히 마주치면 어쩌나 하는 두려움이 작용했기 때문이리라.

나는 자리에 앉자마자 정면에 앉은 린코를 새삼스레 바라보았다. 그날 그녀는 옅은 핑크색 셔츠에 하얀 카디건, 감색과 베이지색 체크무늬 반바지에 검은색 타이츠 차림이었다. 최근 여학생들이 즐겨 입는 스타일이었다. 날렵한 콧날과 품위 있는 얼굴. 큰 키에 가냘픈 몸매. 타이츠로 가린 허벅지에서 여성의 성숙함이 느껴지는 등 그녀는 눈이 부실 만큼 아름다웠다.

"취직해서 다행이야."

우리는 화이트 와인으로 건배를 했다. 린코는 2주 전에 중견 식품회사에 합격했다. 그녀는 평소에 거의 술을 마시지 않지만, 그날은 취직을 축하한다며 내가 글라스 와인을 권했다. 내 입으로 그녀의 취직에 대해 말한 것은 처음이었다. 학생들 중에는 아직 직장이 정해지지 않은 사람도 있어서, 수업 도중에 취직한 학생을 노골적으로 축하하는 일은 삼갔기 때문이다.

"고맙습니다. 실은 다른 회사에 들어가고 싶었지만……."

그녀는 여느 때처럼 조심스럽게 대답했다. 요즘 여학생답지 않게 조신한 말투였다. 물론 애인이나 친구와 대화할 때는 편안한 말투를 사용할 것이다. 그러나 나는 함부로 말하는 그녀의 모습을 상상할 수 없었다.

"이력서를 몇 군데 냈지?"

"기억나지 않을 정도예요. 아마 서른 군데가 넘을 거예요. 그런데 합격한 곳은 거기 한 군데뿐이에요."

"할 수 없지. 요즘 워낙 불경기잖아."

실제로 요즘 같은 취업난 시대에 한 회사에라도 합격하면 행운이라고 생각해야 한다.

나는 마음속으로 안도의 숨을 내쉬었다. 학생들에 대한 교사의 책임감과는 조금 다른 감정이었다.

"직장이 정해졌으니 이제 졸업논문에 몰두할 수 있잖아?"

나는 큰 새우가 들어간 고급 파스타를 입으로 가져가면서 말했다. 그녀도 나와 똑같은 음식을 주문했다. 가격을 보고 사양하는 그녀에게 취직 축하라며 억지로 권했다.

"그런 의미에서는 안도하고 있어요. 하지만 졸업논문을 잘 쓸 수 있을지 걱정이에요. 오늘 교수님께서 지적해주신 대로 역시 제목을 수정해야 할 것 같아요."

그녀는 작은 일에도 미리 걱정하는 타입이었다. 동시에 자신의 생각을 끝까지 밀고 나가는 강단도 겸비하고 있었다.

「아노미와 범죄─105호 사건의 분석」.

나는 그녀의 졸업논문 제목을 떠올렸다. 뒤르켐(Emile Durkheim, 프랑스의 철학자이자 사회학자)이 『자살론』에서 사용한 아노미(산

업 사회가 급속하게 발전하면서 발생하는 혼란. 무규범, 무질서 상
태) 개념으로 후루타니 소키치라는 연쇄살인범의 범죄를 분석
하는 내용이다. 경찰청에서 105호라고 지칭한 이 사건에서 후
루타니는 당시 폐품수거업자와 건설 노동자 등 여덟 명을 맨손
이나 도끼로 살해했다. 범행 현장은 규슈에서 긴키 지역까지 광
범위했다.

이 사건은 분명히 전후의 아노미 현상과 관계가 있다. 기본적
으로는 강도살인 사건이지만, 후루타니가 이렇게 많은 사람을
죽인 이유 중 하나는 먹을 것을 주지 않은 데 대한 분노였다. 더
구나 이 사건이 발생한 것은 고도성장 시대이자 부자와 가난한
사람이 나누어지기 시작한 시기이기도 했다. 나는 그렇게 말하
면서 제목을 바꾸라고 권했다.

그나저나 너무도 끔찍한 사건이라 여학생이 선택할 만한 주제
는 아니었다. 아마 내가 수업 시간에 105호 사건에 대해 언급한
것을 듣고 관심을 가진 모양이었다. 나는 단정한 외모에서는 상
상할 수도 없는 그녀의 독특함이 마음에 들었다.

"자네가 쓴 내용은 아주 재미있었어. 그러니까 제목에 맞게
다시 쓰는 것보다 오히려 제목을 바꾸는 편이 나을 것 같아. 「고
도성장과 범죄」라든지 말이야. 그런 다음에 본문에서 아노미 현
상에 대해 말하면 되겠지. 105호 사건이 아노미적 범죄 요소를
가지고 있는 건 분명하니까."

나는 그녀를 격려하듯 말했다. 내 말을 듣고 그녀는 안심한

표정으로 고개를 끄덕였다. 우리는 한동안 말없이 식사를 계속했다.

잠시 후 나는 불현듯 생각난 것처럼 말했다.

"오늘 오와다의 뒤풀이에 가지 않아서 좀 찜찜한가?"

"아니에요. 그는 매주 뒤풀이를 하니까요. 그리고……."

그녀가 잠시 말을 끊는 것을 보고 재촉하듯 물었다.

"그리고……?"

"가끔 저에게 이상한 메일을 보내요. 저와 사귀고 싶다면서……."

"그래? 그거 의외인데?"

이 말은 진심이었다. 남성이 그녀에게 접근하거나 사귀자고 하는 것은 이상한 일이 아니다. 의외라고 생각한 것은 오와다가 여성에게 적극적으로 접근하는 타입으로 보이지 않았기 때문이다. 오히려 모든 것에 무관심한 사람이라는 것이 내 판단이었다.

"자네는 오와다를 어떻게 생각하지?"

나는 가볍게 미소를 지으면서 물었다. 그녀에게 남녀관계에 대해서 구체적으로 물은 것은 처음이었다. 가벼운 긴장감과 함께 가슴 안쪽에서 희미한 동통이 느껴졌다.

"제가 좋아하는 타입은 아니에요. 전 그처럼 목적 없는 사람을 싫어해요. 아직 취업도 못 했고요."

"집안이 부자라고 하던데?"

"네, 이바라키 현 미토에 있는 큰 전통여관의 후계자라고 하더군요. 그래서 취직은 해도 되고 안 해도 된다는 식으로 말했어요."

"그래? 오와다와 잘되면 그 여관의 안주인이 될 수도 있겠군."

나는 그렇게 말하면서 소리 내어 웃었다. 물론 농담이었다. 하지만 수준 높은 농담이 아니라는 것은 스스로도 알고 있었다.

"말도 안 돼요. 전 평범한 직장인이 더 좋아요!"

그녀는 입술을 삐죽거리며 대꾸했다. 다만 말투도 장난스럽고 그렇게 화를 내는 것처럼 보이지는 않았다.

"자네에겐 이미 애인이 있겠지?"

술기운 때문일까 나는 한 걸음 깊숙이 들어갔다. 내 잔에는 이미 와인이 남아 있지 않았지만, 그녀의 잔에 든 투명한 액체는 거의 줄지 않았다.

그녀는 간단하게 대답했다.

"없어요."

거짓말을 하는 것처럼 보이지는 않았다.

"정말인가?"

"네, 좋아하는 사람은 있지만요. 하지만 그 사람은 저를 돌아봐주지 않아요."

나는 목구멍으로 나오려던 말을 집어삼켰다. 누군가 귓가에서 속삭였다. 너와는 관계없는 일이라고……. 어쩌면 그녀가 좋아한다는 남자에 대해 가벼운 질투를 느꼈을지 모른다. 중년 남자의 무의미한 질투. 세상에는 그녀처럼 아름다운 여성을 돌아보지 않는 남자도 있다. 오와다 이야기는 이미 까맣게 잊어버렸다. 이제 와서 조금 전의 화제로 돌아갈 생각도 없었다. 그 역시 나와는 관계없는 일이었다. 린코도 오와다도, 이제 몇 달만 있으면 졸업이다. 그뿐이다.

나는 손목시계를 힐끔 쳐다보았다. 카페에 들어온 지 벌써 한 시간이 지났다. 여학생과 단 둘이 식사할 때, 너무 오래 있지 않도록 신경을 썼다. 성희롱이나 힘희롱이란 말이 넘치는 세상이다. 그녀가 뜬금없이 나를 고소하는 일은 없겠지만, 그래도 미리 조심하는 것이 좋았다. 그녀도 나도 이미 식사를 마쳤다. 나는 슬며시 손을 내밀어 계산서를 끌어당겼다.

3

세찬 빗소리에 눈을 떴다. 옆자리의 아내 모습은 보이지 않았다. 침실 창문을 통해 밖을 바라보았다. 아침의 햇살은 찾아볼 수 없었다. 커다란 빗줄기가 창문을 때리며 빗방울을 흩어뜨렸다. 머리맡의 자명종 시계—어제는 작동시키지 않았지만—를 쳐다보았다. 오전 10시 5분. 어젯밤 집에 도착한 것은 밤 11시가 지나서였다. 그때는 비가 내리지 않고 밤하늘에 별이 초롱초롱했다. 그리고 세 시간 정도 논문을 썼다. 비는 내가 잠자리에 든 새벽 이후부터 내리기 시작했으리라.

"잘 잤어?"

2층 침실에서 거실로 내려가자 아내가 아침 인사를 했다. 나는 대답을 하고 나서 그대로 거실 의자에 앉아 노안경을 끼고 탁자 위에 있는 조간을 보기 시작했다. 평소에는 안경을 쓰지 않는다. 그러나 이미 노안이 시작되어서, 책을 볼 때는 안경이 필요했다. 잠시 지나자 아내가 커피와 토스트 한 장을 가져왔다. 평소와 똑같은 아침 식사다.

"어제 몇 시에 왔어?"

집에 왔을 때 아내는 이미 침실에서 자고 있었다. 나와 아내 사이에는 암묵의 양해 사항이 한 가지 있다. 서로 상대의 시간을 구속하지 않을 것. 따라서 11시가 넘어 귀가하면 아내는 항상 자고 있다. 우리 사이에 아이가 없기 때문일지도 모른다.

"아마 11시가 넘었을 거야."

"또 뒤풀이가 있었어?"

"취업한 학생이 있어서 다 같이 축하해줬어. 그나저나 요즘 학생들은 정말 잘 마시더군."

귀가 시간도, 취업 축하도, 학생과 술을 마신 것도 모두 사실이다. 한 가지 덧붙이자면 학생들이 술을 잘 마시는 것도 사실이다. 다만 '다 같이'나 '학생들'이라는 복수형을 의식적으로 사용한 것은 거짓이다. 그러나 여학생과 단둘이 있었다고 말해 괜한 의심을 살 필요는 없으리라.

"학생이 취업을 해서 다행이네."

아내는 생긋 미소를 지으며 말했다. 가벼운 꺼림칙함이 가슴을 가로질렀다. 나보다 여섯 살 적은 아내는 올해 마흔이다. 웃으면 눈꼬리 밑으로 잔주름이 눈에 띈다.

"그래."

나는 어색하게 맞장구를 쳤다.

"참, 폭행미수 사건 말이야, 어젯밤 늦게 범인이 잡혔대. 빌라 2층에 사는 스물여덟 살 남자였대."

우리 집을 중심으로 동쪽 옆에 니시노의 집이 있고, 서쪽 옆에 2층짜리 빌라가 있다. 다만 빌라는 비교적 큰 도로 너머에 있어서 우리 집에서 10미터쯤 떨어져 있다. 그 빌라에 사는 주민들 중 내가 아는 사람은 한 명도 없다. 도시에서는 결코 드문 일이 아니다. 우리 동네는 한적한 주택가로, 빌라를 제외하고는 대부분 단독주택이다. 우리 집 앞에는 다나카라는 나이 많은 모녀가 단둘이 살고, 니시노의 집 앞쪽은 빈터다. 그러다 보니 우리 집과 니시노의 집, 다나카 씨 집만이 빌라에 가로막힌 것처럼 보였다.

"그 얘기는 누구한테 들었어?"

"다나카 씨한테. 어머님이 아니라 따님. 오늘 아침에 쓰레기 버리러 나갔을 때 잠시 이야기했어."

딸이라고 해도 이미 일흔에 가까운 우아한 노부인이다. 아흔이 넘은 휠체어를 탄 어머니와 둘이 살고 있다. 전형적인 고령자 가정으로, 가끔 도우미 같은 사람이 드나드는 것 말고는 사람이 살지 않는 것처럼 조용했다.

"정말로 스물여덟 살이래?"

"응. 옆집 남자가 중년 남자라고 했다면서? 완전히 다르잖아. 스물여덟 살이면 보통 젊은 남자라고 하지 않나?"

"중학생 소녀의 눈에는 서른에 가까운 20대 남성도 중년으로 보일지 모르지. 워낙 순식간에 벌어진 일이라 제대로 못 봤을 수도 있고"

나는 니시노를 감싸듯이 말했다. 니시노는 왜 중년 남자라고 했을까? 경찰이 자신과 나를 붙잡고 캐물었기 때문일까? 아니다. 어쩌면 경찰이 정말로 중년 남자라고 했을지도 모른다. 그런데 니시노는 경찰이 나를 붙잡고 이야기한 것을 어떻게 알았을까? 문득 그 집의 2층 베란다가 떠올랐다. 그곳이라면 기다란 언덕이 보일 것이다. 그는 그 베란다에서 경찰이 나를 붙잡고 이야기하는 모습을 보았을지도 모른다.

"그런가?"

원래 담백한 성격인 아내는 더 이상 끈질기게 파고들지 않았다. 그러나 완전히 납득한 모습은 아니었다.

"어쨌든 옆집 남자는 참 재미있는 사람이야"

아내는 마치 내 머릿속을 간파하기라도 한 것처럼 화제를 바꾸었다.

"쓰레기를 버리고 주방에서 설거지를 하고 있는데, 창문 너머로 옆집 남자가 중학생 딸을 배웅하는 모습이 보였어. 현관까지 나와서 우산도 쓰지 않은 채 우산을 쓰고 가는 딸의 뒷모습을 한없이 바라보더라. 비를 맞으며 한 10분쯤 서 있었을 거야. 딸의 뒷모습은 이미 보이지 않았을 텐데 말이야. 막 목욕탕에서 나온 사람처럼 머리칼에서는 물이 뚝뚝 떨어졌지. 그걸 보고 있자니 나까지 괜히 마음이 조마조마하지 뭐야. 하긴 동네에서 폭행미수 사건이 있어서, 중학생 딸을 둔 아버지로서 걱정되기도 했겠지."

"그렇겠지."

나는 일단 동의했지만 아내의 해석에 전적으로 공감한 것은 아니었다. 비를 흠뻑 맞으며 딸의 뒷모습을 바라보는 아버지. 콕집어서 뭐라고 말할 수는 없지만 왠지 다른 이유가 있는 것처럼 여겨졌다. 하지만 단지 직감일 뿐, 구체적인 근거가 있는 것은 아니었다.

"부인은 어떻게 된 걸까? 병으로 세상을 떠난 걸까? 아니면……"

"신경 쓰지 마. 어느 집에나 저마다 사정이 있잖아."

그렇다, 누구에게나 사정이 있다. 니시노에게도, 그리고 내게도…….

"그건 그래."

아내는 더 이상 탐색하려고 하지 않았다.

"여보, 오늘은 몇 시에 나갈 거야?"

"오후 2시쯤 나가면 돼. 3시에 있는 교수회의에만 참석하면

되니까."

"참 좋은 직업이야. 오늘도 중역 출근이네."

중역 출근. 오랜만에 듣는 말이었다. 최대한 시간적인 제약이 없을 것. 그것이 내가 지금 직업을 선택한 이유 중 하나였다. 순간 다시 니시노가 떠올랐다. 그도 역시 중역 출근을 하는 듯했다. 가끔이긴 하지만 평일 오후 1시쯤 양복을 입고 외출하는 모습을 볼 수 있었다. 걸어가는 일도 있었지만 보통은 도요타 플라츠를 직접 운전했다. 차를 타고 일하는 곳까지 가는 것일까? 아니면 공영주차장에 세우고 전철을 타는 것일까? 어쨌든 그를 데리러 오는 차를 본 적은 없으니까 실제로 어느 회사의 중역인지 아닌지는 모른다.

어쨌든 내 주변에는 중역 출근 하는 남자 두 명과 그들의 가족, 그리고 거의 집 밖으로 나오지 않는 고령의 모녀가 살고 있다. 이웃과의 교류는 거의 없다. 생각해보니 나는 바로 옆집에 사는 니시노에 대해서도, 앞집에 사는 다나카 모녀에 대해서도 거의 아는 것이 없었다.

4

노가미가 어디 있는지 둘러보았다. 신주쿠 게이오플라자 호텔의 1층 커피숍. 내가 근무하는 대학과 가까워서 자주 이용하는 곳이었다. 왼쪽 구석 자리에서 손을 흔드는 남자의 모습이 보였다.

"여어, 여기까지 오라고 해서 미안해."

그는 자리에 앉은 채 밝게 웃으며 나를 맞이했다. 그와는 일주일 전에 고등학교 동창회에서 만났다. 약 30년 만의 만남이었다. 그때 명함을 교환했는데, 그는 경시청 수사1과의 경부로 일하고 있었다. 그가 경찰이 된 줄은 까맣게 몰랐다. 하지만 그는 TV를 통해 나를 몇 번 보아서 내 직업을 알고 있었다. 그런 그가 일 때문에 만나고 싶다고 전화를 걸어왔다. 고등학교 시절에 그렇게 친한 사이는 아니었다. 시쳇말로 나는 공부파였고 그는 농땡이파였기 때문에, 내가 친한 그룹과 그가 친한 그룹은 완전히 달랐다.

오후 1시가 지났다. 평일이라서 그런지 커피숍 안은 점심을 먹는 사람들로 북적거렸다. 우리도 점심을 먹으면서 이야기를 나누었다. 처음에는 동창회의 뒤풀이 같은 분위기였다. 동창회 때는 사람들이 워낙 많아서 그와도 잠시 안부 인사만 나누었을 뿐이다. 우리는 서로 아는 친구의 소식부터 시작해서 이윽고 현재 하는 일에 대한 이야기로 접어들었다.

"계속 본청에 있었나?"

"아니, 고지마치 서에 오래 있었어. 그런 다음에 본청으로 왔는데, 처음에는 조직범죄대책부에서 일했지."

"조직폭력배를 잡는 건가?"

"그래, 완전히 육체노동이었어. 2년 전에 수사1과로 이동했는데, 자네도 알다시피 수사1과는 살인 사건을 다루는 부서가 아 닌가? 똑같이 나쁜 놈이라도 타입이 전혀 달라서 처음엔 당황 하기 일쑤였지."

우리는 식사를 마치고 커피를 마시기 시작했다. 그의 눈을 보자 이제 슬슬 본론으로 들어가고 싶어 하는 것이 느껴졌다.

내가 먼저 말을 꺼냈다.

"그런데 무슨 일로 보자고 했나?"

그는 커피를 한 모금 마시고 나서 느긋하게 말하기 시작했다.

"자네도 8년 전 히노 시 다마가와 주택가에서 일어난 일가족 행방불명 사건을 알고 있겠지?"

나는 가볍게 고개를 끄덕였다. 일본의 모든 사람이 알 만큼 유명한 사건은 아니다. 그렇다고 범죄연구 전문가인 나만이 알 고 있는 특수한 사건도 아니다. 사건이 발생했을 당시에는 매스 컴에서 대대적으로 보도했다. 그러나 이상한 사건이 끊임없이 발생하는 현대 사회에서 8년이라는 세월은 사건의 기억을 희미 하게 만드는 데 충분한 시간이었다. 지금 이 사건에 대해서 확 실하게 기억하는 사람은 그렇게 많지 않으리라. 나만 해도 사건 의 개요는 기억하지만 자세한 내용은 잊어버렸다.

"이번에 위쪽에서 그 사건을 전담하라고 하더군. 살인 사건 의 시효가 없어지면서 몇 가지 중요한 사건을 다시 수사하게 됐거든."

경시청 상층부에서는 행방불명된 세 사람이 이미 살해되었다고 생각하는 것일까? 분명히 아직 누구도 발견되지 않았으니, 그런 의미에서는 생사를 알 수 없다는 표현이 맞을 것이다. 그건 그렇고 그의 말에 따르면 경시청 상층부에서는 공소시효의 철폐를 그렇게 달가워하지 않는다고 한다. 뜻밖이었다. 하지만 그의 설명을 듣고 나니 조금은 고개가 끄덕여졌다. 만성적인 인원 부족에 시달리는 경시청의 입장에서 15년 만에 살인 수사가 끝나는 것은 일종의 필요악이었다. 그런데 공소시효가 없어지면서 영원히 수사해야 하면 상상을 초월하는 부담을 떠안아야 한다는 것이다.

나는 살인 사건의 공소시효 철폐를 반대하는 입장이었다. 공소시효가 원죄사건(冤罪事件, 억울하게 죄를 뒤집어쓴 사건) 방지에 어느 정도 효력이 있는 것은 사실이다. 오랜 시간이 흐르면서 물증은 물론이고 목격 증인까지 증거의 가치가 줄어드는 것이다. DNA 감식과 같은 과학수사의 발달을 너무 높이 평가하는 것도 위험하다. DNA 감식의 정확도가 혀를 내두를 만큼 높아진 것은 사실이나 감식을 하는 것은 어디까지나 인간으로, 인위적 실수나 고의적 위조의 가능성을 배제할 수 없다. 유족의 마음을 생각해보라고 하지만, 범인도 아닌 사람이 처벌받을 경우 유족도 결코 기뻐하지 않을 것이다. 그러나 그 자리에서 법률적 토론을 벌일 생각은 없었기에 나는 입을 다문 채 그의 말에 귀를 기울였다.

사건이 발생한 것은 8년 전 여름. 사건의 무대인 히노 시 다마가와는 경치 좋고 한가로운 주택가였다. 옆에는 그리 깊지 않아서 여름에는 아이들이 즐겁게 물놀이를 할 수 있고, 겨울에는 오리 같은 물새가 모이는 평화로운 강물이 흘렀다. 그러나 기이한 사건이 발생할 징조가 없었던 것은 아니었다.

중견 증권회사에 근무하는 혼다 요헤이와 그의 아내 교코는 행방불명되기 한 달 전부터 한 남자에게 시달리고 있었다. 흰개미 방역회사 직원이라는 남자가 끈질기게 찾아와서, 마루 밑에 있는 흰개미를 방역하겠다고 주장한 것이다. 남자는 요헤이의 아들이 서명 날인한 계약서를 가지고 있었다. 50만 엔에 흰개미 방역작업을 의뢰하겠다는 계약서였다. 아버지 이름으로 서명 날인한 사람은 이제 겨우 고등학교 1학년생인 아들 요스케였다.

아들에게 물어보니 우연히 혼자 집에 있을 때 갑자기 남자가 찾아와 계약서에 서명 날인을 요구했다고 한다. 남자의 말에 따르면 계약서는 이미 아버지의 동의를 얻어 작성했고, 아버지는 지금 일 때문에 집에 갈 수 없으니 대신 아들에게 서명 날인을 받으라고 했다는 것이다. 표정도 부드럽고 말투도 싹싹하며 매우 평범해 보이는 남자였다. 아들은 내용도 읽어보지 않고 아무런 의심 없이 계약서에 서명 날인을 했다. 우편물을 받고 서류에 도장을 찍어주는 것이나 마찬가지였다. 노가미 말로는 문제의 계약서는 현재 경시청에서 보관하고 있는데, 그걸 보면 계약자 이름은 아버지로 되어 있지만 필적은 고등학생 아들의 것이라고 한다.

아무튼 미성년자 아들에게 거짓말을 해서 서명 날인을 받은 만큼 법적 구속력이 있을 리 만무했다. 그러나 그 후에 찾아온 남자의 태도는 너무도 무섭고 폭력적이었다. 계약서가 있는 이상 일을 하고 돈을 받는 것은 당연하다고 주장하며, 취소하려면 수수료로 45만 엔을 내라고 황당한 요구를 했다. 때로는 큰 소리로 협박까지 했다. 아내인 교코는 친정어머니에게 전화해서 "무서운 일이 벌어졌어요. 우리 인생이 엉망진창이 될지도 모르는 사건이에요."라고 말했는데, 아무리 물어도 구체적인 내용은 말하지 않았다.

거기까지 듣고 나는 고개를 갸웃거렸다. 당시 남편은 45세, 아내는 39세였다. 고등학생 아들 이외에 중학교 2학년인 딸도 있었다. 일단 부부는 사리판단을 할 수 있는 나이였다. 세상을 모르는 젊은 부부라면 몰라도 나름대로 인생 경험이 있는 부부가 그만한 일로 그렇게까지 궁지에 몰린다는 것이 납득되지 않았다.

애초에 남자의 요구는 법적으로 말이 되지 않으니까 소비자 센터에 신고만 해도 충분하지 않았을까? 막상 일이 터지면 경찰의 힘을 빌릴 수도 있었으리라. 그런데 아내 교코는 이해할 수 없을 만큼 심한 공포에 휩싸여 있었다. 실제로 그러다 가족 세 명이 행방불명되었으니까 '우리 인생이 엉망진창이 될지도 모르는 사건'이라는 그녀의 생각은 틀리지 않았다고 할 수 있다. 아무리 그래도 교코의 생각과 실제로 일어난 사건의 심각성은 어던지 모르게 어울리지 않아 보였다.

8월 초의 일요일, 혼다 부부와 고등학생 아들이 홀연히 종적을 감추었다. 우연히 동아리 합숙에 참가했던 중학생 딸만이 난을 피했다. 가족의 이변을 맨 처음 알아차린 사람은 중학생 딸인 혼다 사키였다.

사키는 금요일부터 2박 3일간 지바의 구주구리 해변에서 실시하는 농구부 합숙에 참가해, 일요일 오후 6시 30분에 귀가할 예정이었다. 실제로 6시 20분쯤에 JR 다치카와 역에서 내려 휴대전화로 집에 연락을 했다. 짐이 많아서 아버지가 차로 데리러 오기로 한 터였다. 그녀의 집에서 가장 가까운 역은 히노 역이었지만 다치카와 역에서도 그렇게 멀지 않았다. 특히 자동차로 가는 경우에는 다치카와 방면에서 히노 다리를 넘어 오른쪽으로 꺾어진 다음, 다마가와 강을 따라 달리면 즉시 도착하기 때문에, 편리함이라는 면에서는 큰 차이가 없었다. 중학교에서는 휴대전화를 금지했지만 대부분의 학생이 몰래 가지고 있었다.

집에 전화를 걸었지만 호출음이 길게 이어질 뿐 아무도 받지 않았다. 자동응답으로 넘어가지도 않았다. 불길한 예감이 가슴을 스쳤다. 엄마에게 흰개미 방역회사 직원이라는 이상한 남자 이야기를 들었기 때문이다. 다시 전화를 걸어도 모두 허탕이었다. 사키는 결국 다시 주오 선을 타고 이웃 역인 히노 역에서 내렸다. 그리고 무거운 짐을 끌고 집까지 20여 분을 걸었다.

사키는 집 앞에 도착해 가슴을 쓸어내렸다. 거실의 불이 켜져 있었다. 휴대전화를 들고 시간을 보았다. 벌써 저녁 7시 30분이 지났다. 다치카와 역에서 내려 전화를 거느라 시간을 많이 낭비한 것이다. 차고에는 차가 있었다. 일요일에 가족이 외출할 때는 반드시 차를 타고 나갔으므로, 차가 있다는 것은 가족이 밖에서 돌아왔다는 뜻이었다.

사키는 인터폰 버튼을 눌렀다. 평소에는 열쇠로 현관문을 열고 들어가지만 그날은 그렇게 하지 않았다. 왠지 무서웠기 때문이다. 인터폰에 응답이 없었다. 몇 번을 눌러도 똑같았다. 다시 불안이 스멀스멀 기어 올라왔다. 그녀는 할 수 없이 열쇠로 현관문을 열고 안으로 들어갔다. 현관에서 거실을 쳐다본 순간, 심장의 고동이 빨라졌다. 그러나 달라진 것은 아무것도 없었다. 눈에 익은 연두색 소파. 40인치 TV. 백과사전과 CD가 들어 있는 짙은 갈색의 간이 책장.

누군가 집 안을 뒤진 흔적은 보이지 않았다. 기묘하게도 거실의 형광등이 환하게 켜져 있었다. 다른 방의 불은 켜져 있지 않았다. 그녀는 멈칫거리며 모든 방을 확인했다. 공포로 인해 심장이 터질 것 같았다. 거실 옆에 있는 주방. 2층 부모님 침실. 오빠 방과 그녀의 방. 어디에서도 이상한 점은 발견되지 않았다.

그녀는 거실로 돌아와서 어찌할 바를 모른 채 소파에 앉아 있었다. 멍한 상태로 한 시간을 보냈다. 아무 일 없었던 듯이 가족들이 돌아오기를 기대했다. 한 시간이 지난 뒤 문득 생각이 났다. 아직 엄마의 휴대전화에 연락하지 않았다. 왜 그렇게 당연한 것을 잊어버렸을까? 그만큼 혼란스러웠던 것이리라. 가족 중에서 그녀의 휴대전화에 등록되어 있는 것은 엄마의 휴대전화 번호뿐이었다. 아버지와 오빠도 휴대전화를 가지고 있지만, 그들의 번호는 등록하지 않았다. 구태여 알아야 할 필요를 느끼지 못했기 때문이다.

엄마의 휴대전화에 연락을 했다. 그러나 전원이 꺼져 있는지 연결이 되지 않았다. 절망이 온몸을 엄습했다. 당장이라도 눈물이 쏟아질 것 같았다. 그래도 다시 한 시간을 기다렸다. 밤 10시쯤 되었을 때, 거실의 전화벨이 시끄럽게 울렸다. 그녀는 매달리듯 수화기를 들었다. 기대와 불안이 교차했다. 수화기 너머에서 여자 목소리가 들렸다. 그러나 간절히 기대했던 엄마의 목소리는 아니었다. 교코의 어머니, 즉 그녀의 외할머니였다.

"사키니? 엄마 집에 있어? 오늘 낮에 집에 오기로 했는데 안 왔지 뭐니. 그래서 계속 휴대전화에 연락을 해도 받지를 않는구나."

할머니는 다짜고짜 그렇게 말했다. 사키는 울먹이면서 상황을 설명했다.

3년 전에 남편을 먼저 저세상에 보내고 기치조지에 혼자 살던 할머니는 이야기를 듣자마자 깜짝 놀라며 손녀딸에게 뛰어왔다. 할머니가 도착한 것은 밤 11시가 넘어서였다. 그녀는 손녀딸과 함께 옆집을 찾아갔다. 물어볼 수 있는 상대는 옆집밖에 없었다.

혼다 씨의 집은 다마가와의 가장 서쪽 구석에 있었다. 서쪽 옆집도 앞집도 없었다. 비교적 가까운 집은 뒷집과 동쪽 옆집뿐이었지만, 아흔에 가까운 노부부만 사는 뒷집과는 거의 교류가 없었다. 동쪽 옆집은 미즈타라는 사람의 집으로, 중년 부부 둘이 살고 있었다. 아내는 병으로 누워 있어 거의 본 적이 없지만, 남편은 동네 회람판이나 자치회 회비 때문에 가끔 마주치곤 했다.

교코의 어머니도 옆집 남자를 한 번 만난 적이 있었다. 붙임성이 있고 신사적인 사람이었다. 딸에게 옆집 남자와 가끔 이야기한다는 말을 들었기에, 늦은 시간임을 알면서도 실례를 무릅쓰고 찾아간 거였다. 애초에 예의를 차릴 때가 아니었다. 옆집 남자는 두 사람에게서 심상치 않은 기운을 느꼈는지 심각한 표정으로 입을 열었다. 그날 오전 11시경 조간을 가지러 현관에 나갔는데, 옆집 가족 세 명이 검은 차를 타고 어딘가로 가더라고 했다. 선팅이 너무 짙어서 운전자의 얼굴은 보이지 않았다고 한다. 그러면서 아내분의 표정이 조금 어두웠던 것이 마음에 걸린다고 덧붙였다. 그 말을 듣자마자 교코의 어머니는 잠시도 망설이지 않고 경찰에 신고했다.

"그 이후에 감식반이 집에 들어갔는데……"

노가미는 거기까지 말하고 잠시 말을 끊었다. 나도 메모하던 손을 멈추었다. 웨이터가 커피를 리필해주기 위해 가까이 다가왔기 때문이다. 그의 커피 잔은 이미 비어 있었다. 꽤 오랫동안 혼자 말하면서 계속 커피를 마신 까닭이었다. 웨이터가 사라지자 그는 다시 말을 이었다.

"달라진 것이 아무것도 없다는 사키의 생각이 틀렸다는 게 밝혀졌지. 거실 소파에서 혈흔이 발견되었네. 그것도 여러 명의 혈흔이……."

"행방불명된 가족의 혈흔이었나?"

"그래. 나중에 DNA 감식을 통해 그 집 주인과 아들의 혈흔이었다는 게 밝혀졌네. 아내의 혈흔은 발견되지 않았지."

"으음."

나는 잠시 입을 다물었다. 묻고 싶은 것이 있었지만 무엇부터 물어봐야 할지 섣불리 판단할 수 없었다. 일단 가장 평범한 것부터 물었다.

"경찰에선 당연히 흰개미 방역회사 직원을 맨 먼저 조사했겠지."

"그럼, 당연하지. 그런데 처음엔 쉽게 찾을 수 있을 것 같았지만 아무리 찾아도 나타나지 않았네. 실제로 그를 본 사람은 행방불명된 세 명뿐이었으니까. 중학생 딸은 엄마에게 이야기를 듣긴 했지만 실제로 만난 적은 없다고 하더군. 물론 계약서에 쓰여 있는 회사도 조사했지만 예상한 대로 실체가 없는 회사였네. 더구나 수사를 담당한 형사 중에는 흰개미 방역회사 직원의 존재를 의심한 사람도 있었지."

"존재를 의심해? 무엇 때문에?"

"첫째, 수사 태도에 문제가 있었어. 처음에는 단순한 행방불명 사건으로 취급했거든. 일종의 가출 사건이라고나 할까? 그래서 히노 서가 중심이 되어 수사를 진행했고, 경시청 수사1과가 개입한 것은 한참 후의 일이지. 히노 서 형사들 중에 흰개미 방역회사 직원 이야기가 가족의 거짓말이라고 생각한 사람이 있었던 것도 사실이야. 실제로 혼다 씨의 아내가 어머니에게 말한 '우리 인생이 엉망진창이 될지도 모르는 사건'이라는 표현과 흰개미 방역회사 직원 이야기는 아무래도 매치가 되지 않거든. 물론 그런 사기수법은 얼마든지 있지만 그걸 물리치는 방법도 얼마든지 있잖나? 그런데 부부가 왜 그런 수단을 강구하지 않았는지 의아하게 생각한 형사도 있었지."

그것은 내가 의아하게 여긴 점이기도 했다. 하지만 거실에서 발견된 혈흔은 그 일이 단순한 사건이 아니라는 사실을 말해주고 있었다.

"그런데 약 한 달 후에 근처 은행에서 신고를 했네. 혼다 요헤이라는 남자가 통장과 도장을 가지고 천만 엔에 가까운 정기예금 중에서 3백만 엔을 찾았다는 거야. 신고를 한 건 가족이 행방불명된 지 한 달 후였지만, 예금을 인출한 건 사건이 일어나고 이틀 후였지. 그로 인해 경찰에선 적어도 혼다 요헤이가 살아 있다고 생각했지만, 그런 생각은 여행원의 증언으로 완전히 뒤집혔네. 혼다 요헤이는 키 170센티미터에 탄탄한 근육을 자랑했지. 대학 시절에 럭비를 했을 만큼 어깨도 떡 벌어졌고. 그런데 예금을 찾으러 온 남자는 180센티미터에 가까운 장신에

몹시 야위었다는 거야. 비슷한 점은 두 사람 모두 안경을 쓰지 않았다는 것뿐이라고 할까? 실제로 여행원에게 혼다 요헤이의 사진을 보여줬더니 '전혀 안 닮았다'고 증언했지. 나이도 달라서, 혼다 요헤이는 마흔다섯이었는데 그 남자는 적어도 쉰 살은 넘어 보였다더군."

"예금을 인출했을 때, 남자에게 수상한 점은 느끼지 못했다고 하던가?"

"그런 것 같아. 적어도 그 자리에서는……. 나중에 생각해보니 가끔 고개를 숙이거나 손으로 얼굴을 가린 게 마음에 걸렸다고 했지만, 그건 어디까지나 경찰의 질문을 받고 떠올린 거겠지. 남자는 마스크도 쓰지 않았어. 그러니 직접 마주했을 때는 이상하다고 생각하지 않았을 거야. 더구나 남자는 예금의 일부밖에 찾지 않았네. 본인임을 확인하기 위한 현금카드를 보여주고 비밀번호까지 정확하게 입력했지. 이건 상당한 고등 전술이야. 천만 엔이 있으면 전액을 인출하고 싶은 게 사람 마음 아닌가. 그런데 그자는 그런 욕심을 억누르면서 3백만 엔밖에 찾지 않았어. 현금카드 비밀번호를 알고 있었으니까 ATM에서 찾을 수도 있었을 텐데 말이야. 웬만한 사람 같으면 거액의 정기예금을 전부 찾으려고 했을 거야. 하지만 그자는 그 후에도 현금카드를 사용하지 않았어. 아마 ATM의 CCTV 때문이겠지. 그런가 하면 한편으로는 대담하게 은행에 나타나 도장과 통장을 가지고 정기예금의 일부를 찾았네. 모호한 인간의 기억보다 영원히 기록이 남는 카메라를 경계한 거지. 왠지 프로 범죄자의 냄새가 나지 않나?"

"그렇군. 그런데 행방불명된 세 사람 중에서 중학생 딸에게 흰개미 방역회사 직원의 인상이나 나이에 대해 말한 사람은 없나?"

"인상이나 외모에 대한 정보는 거의 없네. 다만 딸의 이야기론 엄마가 문제의 남자에 대해 말할 때 딱 한 번 '젊은 남자'라고 표현한 적이 있다더군."

"그렇다면……."

"그래. 은행에 나타나 돈을 찾은 남자와 일치하지 않아. 그자는 아무리 봐도 젊은 남자라고 할 수 있는 나이는 아닌 것 같으니까."

나는 집 근처에서 일어난 폭행미수 사건의 범인을 떠올렸다. 피해자인 여중생은 중년 남자라고 증언했지만 실제로 잡고 보니 스물여덟 살이었다. 나이에 대한 평가는 믿을 수 없다는 것인가? 그러나 혼다 교코는 사람의 나이에 대해 어느 정도 평가할 수 있는 어른이었다. '젊은 남자'라는 표현이 실제와 차이가 있다고는 생각할 수 없었다.

"그런데 내게 묻고 싶다는 게 뭔가?"

나는 주변적인 이야기만 늘어놓을 뿐 본론을 말하지 않는 노가미에게 조바심을 느꼈다.

"당시 중학생이었던 혼다 사키는 현재 대학생이지. 기치조지에서 할머니와 같이 살고 있는데, 우리는 그녀에게 당시의 상황을 다시 들었네. 그런데 그녀가 뜻밖의 이야기를 하더군. 그 말이 신빙성이 있는지 자네가 판단해줬으면 좋겠네."

뇌리에 네거티브 필름처럼 새하얀 공백이 떠올랐다. 정신이 멀어지면서 가벼운 통증이 가슴을 찔렀다. 사건 안으로 깊숙이 들어갈 때면 항상 일어나는 증상이었다. 과연 사키는 무슨 말을 했을까?

5

일요일에는 하루 종일 집에 있었다. 일찌감치 저녁식사를 마치고 거실에서 편안히 커피를 마셨다. 주방에서 물소리가 들렸다. 아내가 설거지를 하는 중이었다.

"참, 오늘 오후에 폭행미수 사건 때문에 물어볼 게 있다면서 형사가 왔었어."

물소리 때문인지 아내는 상당히 큰 소리로 말했다. 그러고 보니 낮에 초인종이 울리고, 아내가 누군가와 이야기하는 소리가 들렸다.

"형사라니, 어디 형사?"

"그건 말을 안 하던데? 경찰에서 왔다고만 했어."

"그래서?"

"범인이 속옷도 훔쳐 갔던 모양이야. 이 집 저 집을 돌아다니며 닥치는 대로. 우리 집에도 피해가 없느냐고 물으러 왔어."

"뭐라고 대답했어?"

"없는 것 같다고 대답했어. 나 같은 아줌마 속옷을 훔쳐봤자 어디다 쓰겠어?"

"아줌마 속옷인지 누가 알아? 팬티나 브래지어에 나이가 쓰여 있는 것도 아니고."

"아이, 당신도 참!"

아내는 젊은 여자처럼 밝게 웃고는 다시 말을 이었다.

"형사가 옆집에도 간 모양이야. 옆집은 속옷이 없어지지 않았을까? 그 집은 중학생 딸이 있잖아."

"또 옆집 남자와 이야기했어?"

"응. 그 사람은 거의 집에 있거든. 오늘은 일요일이니까 집에 있는 게 당연하지만. 당신도 집에 있는 일이 많지만 그 사람은 평일에도 거의 집에 있는 것 같아."

이상한 일이었다. 폭행미수 사건 이야기가 나올 때마다 니시노가 등장했다.

"직책이 높은가 보지. 어쩌면 낙하산으로 내려간 공무원일지도 몰라. 그러고 보니 결혼 초기에는 내가 집에 너무 자주 있는다고 불평하지 않았나? 동네 사람이 그랬다면서? 당신 남편은 물장사하는 거 아니냐고."

"그래, 그런 일이 있었지. 하지만 역시 좋은 직업이야. 당신도,

옆집 남자도."

물소리가 멎었다. 식기가 가볍게 부딪치는 소리가 났다.

"그럴지도 모르지."

우리가 도달하는 결론은 항상 똑같았다. 나는 신문을 내려놓고 일어섰다.

2층 서재로 들어갔다. 책상 위의 컴퓨터는 전원이 켜진 채 인터넷에 접속되어 있었다. 마우스를 움직이자 경시청 홈페이지가 나왔다. 사건 파일을 클릭했다. 흉악범죄 사건이 주르륵 나타났다. "해결되었습니다. 협조해주셔서 감사합니다."라고 되어 있는 것은 얼마 되지 않고, 나머지는 전부 미해결 사건이었다. 나는 '히노 시 일가족 행방불명 사건'을 클릭했다. 세 번째 클릭이었다.

'도쿄 도 히노 시 혼마치 4번가 자택에서 일가족 세 명이 행방불명되었습니다. 누군가에 의해 납치되었을 가능성이 있습니다. 행방불명된 사람은 혼다 요헤이(당시 45세), 혼다 교코(당시 39세), 혼다 요스케(당시 16세). 사건 발생 일시 19××년 8월 5일. 정보를 기다리고 있습니다. 히노 경찰서.'

몇 번을 보아도 똑같았다. 무기질적인 활자의 나열에서 새로운 정보를 발견하는 일은 불가능했다. 사건이 발생한 현장의 지도도 실려 있었다. 문제는 혼다의 집이 상당히 고립된 환경에 있었다는 것이다. 하지만 지도만 보아서는 그런 사실을 알 수 없었다. 다시 주거 환경을 떠올려보았다. 모퉁이였다. 서쪽 옆에는 집이 없다. 정면은 다마가와 강의 제방으로 앞에도 집이 없다. 뒤쪽에 집이 한 채 있었지만 집 주인인 고령의 부부와는 거의 교류가 없었다. 유일하게 교류가 있었던 것은 미즈타라는 동쪽 옆집 사람으로, 그마저도 얼굴만 알고 지내는 정도였다. 미즈타는 아내와 단둘이 살았는데, 아내는 심장이 좋지 않아서 자리에 누워 있는 일이 많았다. 미즈타가 가끔 회람판을 가져다주었을 뿐, 그의 아내와 혼다 교코 사이에 주부들의 수다는 한 번도 없었던 듯하다.

나는 혼다 사키에 대해서 생각해보았다. 사키는 현재 22세로, 대학 4학년이다. 노가미의 말에 따르면 대학에 다니며 지금도 계속 부모님과 오빠를 찾고 있다고 한다. 하지만 세 사람이 살아 있을 확률은 거의 없다. 그런 상황에서 사키의 새로운 진술을 어떻게 생각해야 할까. 그것이 노가미가 내게 부여한 과제였다.

혼다 교코가 누군가에게 성폭행을 당했을지도 모른다. 이것이 현재 경시청 형사들 사이에서 파문을 일으키고 있는 사키의 새로운 증언이다. 더구나 성폭행은 흰개미 방역회사 직원이 나타나기 한 달 전에 일어났을 가능성이 있다. 교코는 당시 39세였지만 콧날이 오뚝하고 꽤 예쁜 얼굴이었다. 남편과는 같은 증권회사에서 상사와 부하직원으로 만났는데, 회사에 다니던 때에는 남자 직원들 사이에서 상당히 인기가 있었다고 한다.

나는 대학 도서관에서 이 사건을 보도한 옛날 주간지를 찾아내, 남편과 함께 실려 있던 그녀의 사진을 확인했다. 대부분의 사진은 핀트가 맞지 않았지만 그래도 미모는 알 수 있었다. 고령화가 진행되는 현대 사회에서 39세라는 나이는 아직 한창 때라고 할 수 있으리라. 성폭행의 대상이 되어도 이상할 것은 없었다.

사키가 그렇게 생각한 이유는 그해 6월 초에 있었던 일 때문이었다. 그날 감기 때문에 오전부터 컨디션이 좋지 않아서 양호교사의 권유로 조퇴를 했다. 집에 도착한 것은 오전 11시경. 여벌 열쇠로 현관문을 열고 안으로 들어갔다. 세탁기 돌아가는 소리가 들리고, 욕실의 세탁기 앞에서 몸을 숙이고 있는 엄마의 등이 보였다. 엄마가 갑자기 뒤를 돌아보았다. 다음 순간, 사키는 그 자리에 얼어붙었다. 엄마의 그런 얼굴은 지금까지 한 번도 본 적이 없었다.

머리칼은 흐트러지고 눈은 충혈되었으며 찢어진 입술에서는 피가 흘렀다. 누군가에게 얻어맞은 듯했다.

"사키, 이 시간에 어떻게……."

엄마가 어색한 미소를 지으며 말했다.

"감기 때문에 열이 나고 속이 울렁거린다고 했더니, 선생님이 집에 가서 쉬라고 하셨어."

열에 들뜬 목소리로 그렇게 대답하면서 사키의 눈은 어느 한 곳으로 빨려 들어갔다. 세탁기 위의 파란 대야 안에 피 묻은 하얀 속옷이 들어 있었다.

세면대의 물은 세제로 뿌옇게 흐려져 있었다. 엄마가 손빨래를 한 것이 분명했다. 사키는 놀란 표정을 감출 수 없었다.

"갑자기 생리가 시작됐어. 생리할 때마다 왜 이렇게 정신이 없는지 모르겠구나. 오늘도 멍하니 있다가 현관에서 넘어지고 말았지 뭐니."

엄마는 변명하듯 말했다. 목소리가 약간 떨리는 것처럼 느껴졌다.

사키가 작은 목소리로 물었다.

"엄마, 괜찮아?"

"괜찮아. 몸이 안 좋으면 약을 먹고 한숨 푹 자렴."

엄마의 목소리는 어느새 평소처럼 돌아왔다.

당시 사키는 이 사건을 경찰에 말하지 않았다. 나중에 그 이유를 돌이켜보니 그때는 부부싸움을 한 게 아닐까 생각했다고 한다. 그날 아침 사키는 컨디션이 좋지 않은데도 농구부 아침 훈련에 참가하기 위해 일찍 집을 나섰다. 그녀가 집을 나설 때 아버지는 아직 집에 있었다.

부모님은 사이가 나쁘지 않았지만 아버지는 성격이 매우 급했다. 가끔 엄마에게 버럭 화를 낼 정도였다. 그래서 막연하게나마 아버지가 엄마에게 폭력을 휘둘렀을 가능성이 있다고 생각했다. 그러나 이제 와서 생각하니 모순투성이였다. 일단 그녀가 본 엄마의 기이한 모습은 폭행을 당한 직후처럼 보였다. 오전 11시 무렵이었으니까 샐러리맨인 아버지가 집에 있었을 리 만무하다. 그리고 가장 이상한 것은 엄마가 속옷을 직접 손빨래했다는 것이다. 엄마는 생리라고 했지만 얼굴의 상처로 볼 때 생리 때문이 아니라는 것은 분명했다.

세월이 지나서 곰곰이 생각해보자 흰개미 방역회사 직원이 찾아왔을 무렵, 집에 걸려온 불쾌한 전화는 두 종류였다. 하나는 물론 흰개미 방역회사 직원의 전화였다. 그 사람이 전화할 때마다 거의 엄마가 받았다. 그러나 엄마는 당당하게 대응했고, 사키의 눈에 적어도 겁먹은 것처럼 보이지는 않았다. 때로는 화를 내며 "우리가 왜 그런 돈을 줘야 하죠?"라고 반박하기도 했다.

그것 이외에 다른 곳에서도 전화가 걸려왔다. 그 전화를 받을 때 엄마는 분명히 겁먹은 모습이었다. 상대가 일방적으로 말을 하고, 엄마는 거의 "네."라고밖에 대답하지 않았다. 가끔 말을 할 때는 근처에 있던 사키도 알아듣기 힘들 만큼 작은 목소리였다. 특히 아버지가 집에 있을 때는 더 그랬다. 엄마가 그렇게 대응하는 전화는 몇 번인가 있었다. 아마 흰개미 방역회사 직원으로부터 걸려온 전화 횟수와 비슷하지 않았을까?

사건이 일어났을 당시에는 경찰의 질문에 흰개미 방역회사 직원으로부터 협박전화가 걸려왔다고밖에 대답하지 않았다. 두 종류의 전화 상대가 동일인물이라고 생각한 것이다. 그로 인해 경찰의 수사가 잘못된 방향으로 나아갔을 가능성이 있다. 더구나 엄마를 겁먹게 했던 전화는 틀림없이 한 달 전의 사건과 관계가 있을 것이다.

나는 노가미의 질문에 대한 대답을 문서로 만들어주기로 약속했다. 구두로 하면 대답이 모호해지고 논점이 확실하지 않은 경우가 있기 때문이다. 더구나 즉시 대답하기에는 내용이 난해하고, 어떻게 대답해야 좋을지 생각나지 않았다. 노가미의 질문은 크게 두 가지였다. 나는 컴퓨터 화면을 인터넷 검색에서 워드프로세서로 전환해 문서를 작성하기 시작했다.

히노 시 일가족 행방불명 사건에 관한 답변

(1) 혼다 사키의 새로운 증언의 신빙성에 관해서. 만약 신빙성이 있다고 한다면 그녀가 8년이나 지난 후에 그 말을 꺼낸 이유는 무엇인가?

시간이 지나면서 과거의 기억이 희미해지고 증언의 신빙성이 점점 사라지는 것은 당연하다. 그러나 시간의 흐름에는 플러스적인 요인도 있다. 시간적으로나 공간적으로 해당 사건에서 멀어짐에 따라 냉정하고 객관적으로 판단할 수 있는 것이다. 특히 어린아이가 성장하는 경우에는 더욱 그러하다. 그런 의미에서 사키의 현재 진술은 무시할 수 없다. 중학생이었던 당시에는 깨닫지 못했던 것, 인식하지 못했던 것을 성장하면서 조금씩 이해할 수 있는 경우가 있기 때문이다. 그런 면에서 사키가 지금에 와서 새로운 증언을 한 것은 부자연스러운 일이 아니다. 특히 이번 증언은 어머니의 성(性)에 관한 것으로, 사춘기였던 당시에는 그 문제를 생리적으로 피했을 가능성도 부정할 수 없다(이 점에 대해서는 (2)에서 자세하게 설명하기로 한다.).

단 마이너스적인 면이 없는 것은 아니다. 현재 사키의 가장 큰 바람은 가족이 무사히 돌아오는 것이다. 그것이 어렵다면 생사를 포함한 가족의 소식을 알고, 사건의 결론이 나기를 바란다. 그런 마음이 강할수록 과거의 사건을 실제보다 과장해서 해석하는 일도 있을 수 있다. 이것은 단순한 거짓말이 아니라 소망망상이라고 할 수 있다. 어머니가 성폭행을 당했을지 모른다는 생각은 사건 해결로 이어지는 새로운 시점을 제공한다는 면에서 역시 사키의 소망이 들어 있다고 볼 수 있다.

그러나 플러스와 마이너스 요소를 비교 검토해 새로운 증언의 신빙성을 따져볼 때, 신빙성을 부정할 수 없다. 다만 사키를 직접 만나 조사한 것이 아닌 만큼 결론을 유보할 필요가 있다. 당사자의 성격을 모르는 이상, 정확한 판단은 불가능하기 때문이다.

(2) 중학교 2학년 여학생은 어머니의 성을 어떻게 생각하는가? 또한 그 의식과 새로운 증언의 관계는 무엇인가?

중학교 2학년 여학생의 성의식은 개인적인 차이가 상당히 크다. 발달심리학에서는 수많은 조사를 통해 다양한 결과를 내놓았는데, 특히 초등학교 고학년에서 중학생에 걸친 시기에는 개인차가 상당히 커서, 같은 나이라도 동일한 기준으로 평가할 수 없을 정도다. 이번 경우에 중요한 것은 일반적인 성의식이 아니라 어머니에 관한 성적 문제라는 점이다. 따라서 발달심리학이 아니라 프로이트적 정신의학의 영역이라고 할 수 있다.

새로운 증언에 의해 밝혀진 내용은 고지식한 프로이트 학파 학자들에게 절호의 논점을 제공한다. 프로이트가 제기한 오이디푸스 콤플렉스의 기본개념은 남자아이가 성적으로 자기 어머니를 빼앗은 아버지에게 적의를 가지는 동시에 콤플렉스를 느낀다는 것이다. 이 학설에 따르면 햄릿의 "사느냐 죽느냐. 그것이 문제로다."라는 그 유명한 대사도 삶의 고뇌를 표현한 것이라기보다 독특한 성적 번뇌의 표현이라고 할 수 있다.

선왕을 죽이고 어머니를 빼앗은 숙부에 대한 복수는 자신의 어머니를 성적으로 되찾는 행위가 된다. 프로이트 학파는 그런 근친상간에 대한 공포가 무의식중에 햄릿으로 하여금 복수를 망설이게 했다고 본다. 이 논리를 적용하면 당시 사키가 이번 사건을 부부싸움으로 간주한 것은 사키의 특이한 원망(願望)의 표출이라고 할 수 있다. 당시 어머니의 얼굴에 난 상처는 부부싸움으로 생겼다고 보기 힘든 것이었다. 그럼에도 사키는 그렇게 생각했다. 아버지에 대한 사랑이 무의식중에 양쪽의 불화를 원했기 때문이다. 여성의 경우에는 보통 엘렉트라 콤플렉스라고 하는데, 부모에 대한 성적 원망이 밑바탕에 깔려 있다는 점에서 본질은 남성의 경우와 똑같다. 물론 어린아이는 보통 부모의 사이가 좋기를 바라는 법이다. 하지만 성이라는 요소가 개입한 순간 무의식의 성적 원망이 고개를 치켜들면서, 자신이 좋아하는 이성(異性) 부모를 빼앗은 동성(同性) 부모에 대한 증오심이 생겨날 수 있다.

그러나 이런 케케묵은 프로이트적 해석은 이미 시대적 역할을 마쳤고, 지금은 그것에 의문을 제기하는 사람이 많다. 실제로 이번 경우에도 프로이트적 정신의학을 끌어들일 필요 없이, 사키가 경찰에 말하지 않은 이유는 사춘기 여중생의 일반적인 반응이라고 생각할 수 있다. 사키에게는 애초에 어머니가 성폭행의 대상이 된다는 발상 자체가 없었다. 설령 있었다고 해도 사춘기 특유의 성적 억압으로 인해 성적인 부분을 고의로 은폐하려는 의식이 작용했을지 모른다. 어머니가 말한 '생리'라는 단어도 미묘한 영향을 주었을 것이다. 그 단어는 원초적으로 성과 연결되기 때문이다. 그런 단어를 입에 담은 어머니에 대한 혐오감이 은폐 의식을 증폭시킨 결과, 경찰에게 말하지 않은 것이다. 더구나 흰개미 방역회사 직원이 집에 드나든 것은 한 달쯤 지난 후로, 그 무렵에는 이미 사건의 기억이 희미해졌을 것이다. 당시 중학생이었던 사키는 두 사건에 관계가 있다고 생각할 수 없었고, 그래서 구태여 형사에게 말하지 않았다.

결론적으로 말하면 성인이 되어 성적 억압에서 해방된 사키가 과거의 사건을 객관적으로 바라보고 새로운 증언을 하는 것은 자연스러운 일이다.

나는 마지막 결론을 내린 뒤, 문서를 첨부해서 노가미에게 메일을 보냈다. 보내기 버튼을 누르기 직전에 잠시 망설였다. 정보 유출이라는 말이 떠올랐기 때문이다. 그러나 이것은 공적 문서가 아니다. 경시청에 근무한다곤 하지만 노가미는 어디까지나 개인적인 입장에서 내 의견을 구했을 뿐이다. 물론 직접 만나서 주는 것이 가장 좋은 방법이지만 나는 그렇게까지 신중하지는 않았다.

6

그로부터 3주가 지났다. 메일을 보내고 한 시간 뒤에 노가미로부터 고맙다는 형식적인 답장이 왔을 뿐 그 후에는 아무런 연락이 없었다. 연말이 다가오고 있어서 나도 눈코 뜰 새 없이 바빴다. 그래도 신문 기사에는 신경을 썼다. 그러나 히노 시 사건에 관해서는 아무런 보도도 나오지 않았다. 별다른 진전이 없는 것일까?

물론 물밑에서는 수사가 진행되고 있을지 모른다. 그렇다고 해도 노가미가 일일이 말해주지는 않으리라. 그가 내게 원한 것은 어디까지나 피해자 가족의 심리 상태에 관한 조언일 뿐, 구체적인 수사와는 아무 관계가 없다. 더구나 내 의견이 수사에 도움이 될지 확실한 자신이 없었다. 그도 내 의견은 어차피 탁상공론이라고 생각할지 모른다. 노가미에게서 아무런 연락이 없는 것은 그 때문인 듯싶었다.

실제로 수사의 중심에 있는 현역 형사가 학자의 추상적인 의견을 중요하게 여길 리는 없으리라. 그나저나 그는 왜 내게 의견을 구했을까? 아무리 생각해도 이해할 수 없었다. 고등학교 시절 절친한 사이였다면 범죄심리학자인 친구의 의견을 들어보고 싶은 마음이 이해가 된다. 그러나 고교 시절 그는 나와 멀리 떨어진 존재였다.

12월 30일, 갑자기 노가미로부터 전화가 걸려왔다. 오후 5시

반이 넘은 시각으로, 그때 나는 집에서 쉬고 있었다. 그는 지금 우리 집에서 가장 가까운 역인 JR 오기쿠보 역에 있다며, 당장 만나고 싶다고 했다. 그것도 우리 집으로 찾아오겠다는 거였다. 그날 아내는 지바 현에 사는 처형네 집에 가서 저녁 9시쯤 올 예정이었다. 노가미가 와도 대접을 할 수 있는 상황이 아니었다. 그렇게 말하자 그는 "대접은 무슨. 아무것도 필요 없어. 일 때문에 하고 싶은 말이 있으니까 30분만 시간을 내주게."라고 재차 강조했다.

아내가 집에 없는 것이 오히려 잘됐다는 생각이 들었다. 그는 아마 지난번에 보낸 메일에 대해서 물어보리라. 어쩌면 그 이후에 조금 진전이 있었을지도 모른다. 나는 역에서 우리 집까지 오는 길을 간단히 설명하려고 했다. 찾아오기 힘들지는 않지만 걸어서 20분쯤 걸린다. 그러자 그는 "알고 있어."라고 짤막하게 대답했다. 마치 예전에 온 적이 있는 듯한 말투였다. 그러나 그가 우리 집에 온 적이 있을 리 없다.

그가 도착한 것은 전화를 끊은 지 40분 후였다. 내 예상보다 20분이나 오래 걸렸다. 형사가 보통 사람보다 걸음이 빠르다는 것을 생각하면 너무나 의외였다. 그러나 세상에는 여러 종류의 형사가 있다. 산책하듯 걸었을 수도 있으리라.

우리는 거실에서 이야기를 나누었다. 그는 오기쿠보 역에서 가까운 루미네 1층의 센비키야에서 산 듯한 케이크를 들고 있었다. 우리 집에 늦게 도착한 것은 케이크 때문이었을지도 모른다.

"커피라도 가져올게."

그렇게 말하며 일어서자 그가 재빨리 제지했다.

"괜찮아. 정말로 아무것도 필요 없어. 그리고 시간이 별로 없으니까 케이크는 나중에 아내와 둘이 먹게."

나는 가볍게 고개를 끄덕이고 다시 앉았다.

시간이 없다고 하면서 그는 아무 관계도 없는 이야기부터 시작했다.

"집이 참 좋군. 주변 환경도 괜찮고. 전형적인 주택가야."

남의 집을 처음 방문한 사람이 하는 형식적인 인사말처럼 들렸다. 전형적인 주택가라는 것은 사실이다. 전부 단독주택이 아니라 빌라나 아파트가 드문드문 있는 것도 이 주변의 특징이다.

"그렇지도 않아. 얼마 전에 근처에서 여중생 폭행미수 사건이 있어서, 옆 빌라에 사는 남자가 체포됐지."

"뭐? 그런 일이 있었어?"

그는 깜짝 놀란 표정을 지었다. 경시청 형사인 데다 같은 관내에서 일어난 사건이라도 담당이 아니면 모를 수 있다. 더구나 폭행미수 사건은 그가 담당하는 사건에 비하면 작은 사건이었다.

"그런 일은 어디서나 흔히 일어날 수 있잖나?"

"그건 그래. 일본의 치안이 좋다곤 하지만 어차피 그 정도밖에 안 된다는 뜻이겠지."

그는 비아냥거리듯 말하더니 거실 창문 너머로 시선을 돌렸다. 희미한 어둠 속에서 니시노의 집 불빛이 어렴풋이 보였다.

나는 노가미의 단정한 옆얼굴을 쳐다보았다. 다음 순간 고등학교 때의 한 사건이 불쑥 떠올랐다.

우리 학교는 도립 고등학교 중에서 대학진학률이 높기로 소문난 명문 고등학교였다. 기본적으로 성실하게 공부하는 학생이 많았지만, 그는 속된 말로 범생이파가 아니었다. 잘생긴 얼굴로 여학생들의 인기를 독차지한 탓에 강경파의 이미지도 아니었다. 한편 집안 사정이 복잡해서 배다른 형과 누나가 있다는 소문도 있었다. 그러고 보니 고등학교 시절에는 성이 노가미가 아니라 야지마였던 것 같다. 그러나 별로 친하지 않아서 내 기억은 몹시 모호했다. 어쨌든 그것은 30여 년 전의 이야기다. 어느 날 갑자기 그의 이미지를 완전히 바꾸는 사건이 일어났다.

우리 고등학교 옆에 있는 버스 정류장에서 남자 고등학생 두 명이 한 여학생을 희롱했다. 희롱을 당한 사람은 우리 반의 가와이 소노코로, 어릴 때 소아마비에 걸려서 하반신에 장애가 있는 여학생이었다. 소노코를 희롱한 녀석은 우리 학교 학생이 아니라 근처에 있는 다른 고등학교 학생이었다. 그들은 소노코의 걷는 모습을 보고 차마 입에 담을 수 없는 욕설을 퍼부으며 비아냥거렸다.

그날 우연히 버스를 기다리다 그 사건을 목격하고, 나는 분노로 온몸이 떨렸다. 그때까지 소노코와 이야기를 나눈 적은 거의 없었다. 그러나 신체적인 핸디캡에도 불구하고 피아노를 잘 치는 지적인 소녀라는 것은 알고 있었다. 상큼한 미소와 총명해

보이는 표정이 매력적인 아이였다. 그런 그녀가 부조리한 언어폭력에 눈물을 삼키며, 고개를 숙인 채 오직 그 상황을 견뎌내려 하고 있었다. 도와주고 싶었다. 그러나 내게는 그럴 만한 용기와 배짱이 없었다.

그녀를 희롱하는 남학생의 학교는 불량배가 많기로 유명한 고등학교였다. 모범생이 많은 우리 학교 남학생들 중에는 그 학교 교복만 봐도 벌벌 떠는 사람이 있을 정도였다. 언어폭력은 이윽고 진짜 폭력으로 변했다. 두 녀석은 천박하게 웃으면서 소노코의 머리를 손으로 때리기 시작했다.

"이러지 마세요."

그녀는 울면서 간절하게 애원했다. 눈에서는 커다란 눈물방울이 뚝뚝 떨어졌다.

그러나 모두 말리지 못하고 마른침을 삼키며 지켜볼 뿐이었다. 그때 믿을 수 없는 일이 벌어졌다. 교복 차림의 키 큰 남학생이 갑자기 소노코와 불량배 사이로 끼어들면서 두 녀석의 뺨을 때린 것이다. 두 사람은 뒤쪽으로 날아가서 길 위에 쓰러졌다. 두 사람이 비틀거리며 일어서려는 순간, 남학생이 이번에는 무릎차기로 그들의 얼굴을 정통으로 가격했다. 두 사람은 다시 뒤쪽으로 쓰러졌다.

"무릎 꿇어!"

남학생은 주위가 떠나갈 듯 고함을 쳤다. 두 녀석의 얼굴에 깊은 공포가 드리웠다. 그들은 가까스로 몸을 일으키더니 뒤도 돌아보지 않고 정신없이 도망쳤다. 모두 눈 깜빡할 사이에 벌어진 일이었다.

남학생의 얼굴을 보고 나는 입을 다물지 못했다. 노가미였다. 그의 이미지와는 너무도 동떨어진 행동이었다. 키는 180센티미터가 넘어서, 역시 키가 컸던 나와 반에서 1, 2등을 다툴 정도였지만, 빼빼 마른 데다가 달콤하게 생긴 탓에 도저히 싸움을 잘할 것처럼 보이지 않았다. 그러나 그때 보여준 뺨 때리기와 무릎차기의 위력은 보통이 아니었다.

기이한 침묵이 버스 정류장을 가득 메웠다. 나는 숨을 쉴 수 없을 만큼 감동했다. 그에게 내 마음을 전하고 싶었다. 그와 동시의 죄의식에 휩싸였다. 현장에 있었으면서 아무 행동도 하지 않았으니까. 그는 내가 있는 것을 알았을까?

"고마워."

소노코는 갈라진 목소리로 인사를 했다. 그 짧은 인사말에는 감사의 마음이 배어 있었다. 노가미는 오른손을 가볍게 들어 대꾸했을 뿐, 자신에게 집중된 시선들을 무시한 채 막 도착한 버스에 제일 먼저 올라탔다. 마치 아무 일도 없었다는 듯이.

그의 뒤를 이어서 몇 사람이 버스에 올랐다. 버스 안은 매우 혼잡해서, 학교 앞 정류장에서 탄 사람은 아무도 자리에 앉을 수 없었다. 노가미는 안쪽으로 들어가고 나는 입구에 있어서, 그가 어떤 표정을 짓고 있는지는 알 수 없었다. 몇 명을 사이에 두고 나와 조금 떨어진 곳에 소노코가 서 있었다. 표정을 슬쩍 훔쳐봤더니, 두 명의 불량배에게 굴욕을 당한 것치고는 밝아 보였다. 그녀 역시 노가미에게 감동을 받았으리라. 소심한 얼굴에 억제된 기쁨이 배어 있었다.

나는 노가미가 걱정되었다. 그에게 발차기를 당한 두 녀석 중에 한 명은 코피를 많이 쏟았다. 도망칠 때도 코를 누르고 있었는데, 손가락 사이로 선혈이 보일 정도였다. 상대가 고소라도 하면 경찰은 폭행 사건으로 처리할지도 몰랐다. 그러면 사정이야 어떻든 그는 상해 사건의 가해자가 되는 거였다. 만약에 그렇게 되면 나는 그를 위해서 증언하리라고 마음먹었다. 그 불량배들의 행동은 주먹으로 심판받아 마땅했다. 그러나 내 걱정은 기우로 끝났다. 그 이후에 그가 고소당했다는 말은 듣지 못했다.

그때 보여준 정의감이 형사가 된 원동력이었을까? 나는 고등학교 때 그 사건에 대해서 그와 이야기 나눈 적이 없었다. 우리 반에서는 의외로 그 이야기가 퍼지지 않았다. 그 자리에 우리 학교 학생들이 몇 명 있었던 것은 분명했지만 우리 반 학생은 나와 소노코, 그리고 노가미밖에 없었을지도 모른다. 나는 누구에게도 그 일을 말하지 않았다.

당사자였던 노가미와 소노코 역시 다른 사람에게 말하지 않았으리라. 그때 노가미가 어떤 마음으로 그런 행동을 했는지는 모른다. 그로부터 30여 년이 지난 지금, 그 일에 대해 물어보고 싶은 마음이 없었던 것은 아니다. 하지만 나는 결국 묻지 않았다. 그와 나의 심리적 거리는 고등학교 때보다 훨씬 멀리 떨어져 있었다. 그리고 지금까지 지켜온 비밀을 이제 와서 드러내는 것은 왠지 촌스럽다는 기분이 들었다.

"옆집 남자는 회사에 다녀?"

노가미의 질문을 받고 문득 제정신이 들었다. 갑자기 솟아난 기억의 샘물이 현실의 대화 속으로 빨려 들어가듯 사라졌다. 그의 시선은 옆집의 불빛에 쏠려 있었다.

"그런 것 같아. 평일에도 늦게 출근하는 걸 보면 어딘지는 모르지만 꽤 고위직인 것 같더군."

"가족은 있겠지?"

"아들 하나에 딸 하나. 아들은 고등학생이고 딸은 중학생이야. 부인은 본 적이 없지만."

그가 혼잣말처럼 되물었다.

"본 적이 없어?"

"그래, 아마 세상을 떠난 것 같아."

나는 왠지 변명하듯이 말했다.

"흐음, 그래?"

그의 반응은 뜨뜻미지근했다. 관심이 없는 것 같기도 하고, 골똘히 생각하는 것 같기도 했다.

"앞집에는 누가 살고 있지?"

나는 잠시 입을 다문 채 그의 얼굴을 똑바로 쳐다보았다. 마치 우리 집 주변을 조사하러 온 것 같은 질문이 이어지고 있었다.

"고령의 모녀야. 따님이 어머니를 돌보고 있지. 따님도 이미 칠순쯤 됐을걸."

"역시 그렇군."

"뭐가?"

"비슷하지 않나? 이런 생활환경이 말이야."

나는 순간 숨을 들이마셨다. 그제야 그가 무슨 말을 하는지 이해가 됐다. 히노 시에서 행방불명된 가족도 뒤쪽에는 고령자 부부가, 동쪽 옆에는 중년 부부가 살고 있었다. 니시노의 집을 중심으로 앞쪽과 뒤쪽, 동쪽과 서쪽을 바꾸면 생활환경이 매우 유사하다. 더구나 니시노의 집과 행방불명된 가족의 집은 가족 구성과 남녀비율까지 똑같다.

그가 이런 식으로 본론으로 들어오리라곤 상상도 못 했다.

"우리 집 주변 환경이 히노 시에서 행방불명된 가족의 경우와 비슷하다고 말하고 싶은 건가?"

"아니, 자네 집의 환경에 대해 말하는 게 아니야."

그는 변명처럼 말한 후에 다시 말을 이었다.

"다만 이런 생각이 들더군. 히노 시에서 행방불명된 가족처럼 고립된 환경은 도쿄의 어디에서나 볼 수 있는 게 아닌가 하고 말이야. 그리고 오늘 여기 와서 주변을 둘러보니 세 집이 고립돼 있는 듯한 느낌이 들었지."

"그래서 이웃의 가족 구성원을 물은 건가?"

"그래, 이런 환경이라면 옆집 사람이 다른 사람으로 바뀌어도 아무도 모르지 않을까 생각했네."

등골이 오싹해졌다. 갑자기 니시노의 얼굴이 떠올랐다. 다른 사람으로 바뀐다……. 무서운 상상이었다.

"구체적으로 말하면 어떤 거지?"

나는 그를 똑바로 쳐다보았다. 나도 모르게 말투가 강해졌다. 반대로 그의 표정은 부드러워졌다.

"그냥 예를 들어 말했을 뿐이야. 사람이 바뀌는 일은 있을 수 없겠지. 현대의 생활환경이 그 정도로 고립되어 있다고 말하고 싶었을 뿐이야."

그는 교묘하게 일반론으로 도망쳤다. 그렇게 단순한 말을 하고 싶어서 기묘한 비유를 꺼내지는 않았을 텐데. 나는 더 이상 추궁하지 않고 이야기의 화살을 돌렸다.

"수사는 좀 진전이 있나?"

"아니, 좋은 소식은 별로 없어."

그는 가볍게 한숨을 쉬고 나서 말했다. 그 말투와 동작이 어딘지 모르게 연극적으로 보였다.

"내 자료가 별로 도움이 되지 않았나 보군."

"그렇진 않아. 나름대로 많은 도움이 되었네."

그런 다음에 그는 내 자료에 대해서 몇 가지 질문을 했다. 하지만 질문은 모두 추상적이었고, 내 자료가 수사에 어떤 식으로 도움이 되었는지 알 수 없었다. 마음속에서 의문이 고개를 쳐들었다. 그는 오늘 왜 나를 만나러 왔을까?

7

해가 바뀌고 닷새쯤 지났을 무렵 경시청에서 집으로 전화
가 걸려왔다. 1층에서 전화를 받은 아내가 2층 서재까지 무선
전화기를 가져왔다. 노가미에 관해서 어느 정도 말해두어서인
지, 아내는 그의 전화라고 생각한 모양이었다. 나도 당연히 그
렇게 생각했지만 예전처럼 휴대전화로 연락하지 않은 것이 조
금 이상했다.

"다카쿠라 교수님입니까?"

수화기 너머에서 젊은 남자의 목소리가 들렸다. 노가미가 아
니었다.

"그런데요……."

"경시청의 다니모토라고 합니다. 갑자기 전화를 드려서 죄송
합니다. 여쭤볼 게 있는데요……. 노가미 선배를 아시지요?"

"물론 알고 있습니다."

"작년 연말쯤 선배를 만나지 않으셨나요?"

"네, 만났습니다. 갑자기 우리 집으로 찾아왔더군요."

"댁으로요?"

상대의 목소리는 놀라는 기색이 역력했다.

"네, 노가미와는 고등학교 때 동급생이었으니까요."

"그건 알고 있지만 혹시 무슨 일로 갔는지 알 수 있을까요?"

한순간 당황했다. 이 다니모토라는 형사는 노가미가 내게 무엇을 부탁했는지 모르는 것일까? 나는 지금까지의 경위를 대강 설명했다. 연말에 노가미가 집을 찾아온 이유에 대해서도 말해 주었다. 설명하기가 쉽지 않았다. 솔직히 말하면 노가미가 무엇 때문에 우리 집까지 찾아왔는지 이해할 수 없었다. 그러다 보니 내 이야기도 형식적인 내용이 되지 않을 수 없었다. 내 자료에 대한 몇 가지 질문. 그것이 용건이라면 용건이었다.

그는 그날 시간이 많지 않다고 말했음에도 결국 아내가 올 때까지 집에 있었다. 도중에 초밥이라도 시켜 먹자고 몇 번이나 권했지만 끝까지 사양했다. 그러면서 사건에 관한 대화가 거의 바닥을 드러낸 뒤에도 한동안 일어서지 않았다. 사건과는 아무 관계도 없는 잡담을 한 시간 정도 하고 돌아간 것이다.

"그러면 몇 시쯤 댁에서 나갔습니까?"

"정확한 시간은 모르지만 밤 9시 조금 전이 아니었나 싶네요. 노가미에게 물어보면 아실 겁니다."

나는 그 시간이 맞다고 생각했지만 만일을 위해 그렇게 덧붙였다. 상대의 반응은 석연치 않았다.

"그건 그렇군요."

순간 위화감이 들었다. 애초에 그런 질문 자체가 의미가 없지 않은가. 같은 경시청 형사라면 처음부터 노가미에게 물으면 될 것을, 왜 내게 전화를 하는가.

　상대는 고맙다고 말한 다음 황급히 전화를 끊었다.

　나는 무선전화기의 종료 버튼을 누르고 잠시 생각에 잠겼다. 갑자기 심장이 덜컹 내려앉았다. 상대는 진짜 경시청 형사일까? 혹시 가짜 형사가 아닐까? 그렇다면 나는 노가미에게 굉장한 실수를 저지른 것이 된다. 대략적이긴 하지만 노가미가 부탁한 내용을 말한 것이다. 일단은 그에게 연락해서 확인하는 수밖에 없었다. 나는 무선전화기를 책상 위에 내려놓고 서랍에서 휴대전화를 꺼냈다. 그리고 저장되어 있는 그의 휴대전화 번호를 눌렀다. 아무리 기다려도 그는 전화를 받지 않았다. 전원을 꺼둔 것일까? 그 후에도 몇 번 전화를 걸었지만 마찬가지였다. 가슴을 짓누르는 검은 구름이 급속히 망막 안쪽으로 퍼지기 시작했다.

8

　다음 날부터 대학 강의가 시작되었다. 수업을 마치고 오후 5시쯤 집에 오자 웬일로 아내가 현관까지 마중하러 나왔다.

　"있잖아, 당신하고 의논할 게 있는데……."

　아내는 내 가방을 받으며 찜찜한 얼굴로 말했다.

　"또 루비 얘기야?"

　나는 마음속으로 살짝 경계하면서 대꾸했다. 아내는 예전부터 치와와를 기르고 싶어 했다. 이미 이름도 루비라고 정해놓았다. 그러나 나는 흔쾌히 승낙하지 않았다. 특별히 개를 싫어하는 것은 아니다. 다만 기르던 생물이 죽으면 견디지 못하는 타입이다. 예전에 금붕어가 죽었을 때는 일주일이나 잠을 이루지 못했다. 그런 사람이 살인에 대해 연구하고 있으니, 아이러니가 아닐 수 없다.

"그게 아니라……."

아내의 표정은 너무도 진지했다. 우리는 그대로 거실로 직행해서, 거실 테이블을 사이에 두고 마주 앉았다.

소파에 앉자마자 아내가 입을 열었다.

"옆집 말이야, 좀 이상해."

"무슨 뜻이야?"

평정을 가장했지만 등줄기로 가벼운 긴장이 내달렸다.

"오늘 아침에 주방에서 창밖을 보고 있는데, 중학생 딸이 학교에 가더라고. 그리고 여느 때처럼 그 집 남자가 배웅을 하는데, 그 모습이 좀 이상하지 뭐야."

"어떻게 이상한데?"

"한마디로 말하긴 좀 그런데, 굉장히 무서운 눈길로 딸을 노려봤어."

"부녀지간에 싸우기라도 한 거 아니야?"

"그럴지도 모르지. 하지만 그런 느낌이 아니었어. 눈길이 소름 끼칠 만큼 차가웠거든. 꼭 자기 딸이 아니라 생판 모르는 남을 보는 듯한 눈빛이었어. 그리고 작은 목소리로 뭐라고 했는데, 그 말을 들은 딸의 얼굴이 새파랗게 질리는 게 창문 너머로도 느껴졌어. 뭐라고 했는지는 들리지 않았지만."

"눈길이 그렇게 무서웠어?"

"응. 완전히 딴사람 같았어. 그 집 남자, 우리한테는 항상 살갑게 굴잖아. 그렇게 무서운 얼굴은 처음 봤어."

"딴사람이라……."

나는 노가미의 말을 떠올리고 중얼거리듯 말했다. 그러나 이만한 정보로는 아내가 무슨 의논을 하려는지 이해할 수 없었다.

"이 말은 너무 무서워서 하고 싶지 않았는데, 최근 들어 고등학생 아들이 안 보이는 것 같지 않아?"

그 말을 들은 순간, 나는 흠칫 놀랐다. 여기로 이사 온 지 아홉 달이 넘었는데, 처음 이사 왔을 때는 가끔 옆집 남매의 모습을 보았다. 그런데 최근 두 달 정도는 분명히 여동생밖에 보지 못한 것 같았다.

"그러고 보니 그렇네. 아들은 어디 갔나?"

"이건 내 착각일지도 모르지만 지난 2, 3일 동안 한밤중에 여자 울음소리가 들린 것 같아. 당신은 어때? 혹시 못 들었어?"

"못 들었는데? 최근에는 한밤중에도 서재에 있는 일이 많아서 못 들었을 수도 있지만……."

가까스로 평정을 유지했지만 아내의 말에 등줄기가 서늘해졌다. 집의 구조로 볼 때, 침실이 니시노의 집에 가장 가깝고 서재가 가장 멀다. 더구나 최근 며칠은 늦게까지 서재에 틀어박혀 논문을 썼기 때문에 아내가 들었다는 여자의 울음소리를 못 들었다고 해도 이상할 것은 없다.

"혹시 아동학대가 아닐까? 그렇다면 신고해야 하잖아."

아내는 목소리에 힘을 주어 말했다. 연구를 위해 미국에 갔을 때 아내도 같이 갔기 때문에 아동학대란 단어는 익숙하다. 미국인들은 어린아이에 관해서는 조금만 이상해도 즉시 신고한다. 일본인은 그 감각을 이해하지 못할 정도다. 당시 미국에 있는 일본인들 사이에서 화제가 된 사건이 있다. 호텔 방에서 일본인 아버지와 초등학생 아들이 프로레슬링 놀이를 하면서 놀았다고 한다. 그런데 우연히 들어온 호텔 종업원이 아동학대로 착각해 경찰에 신고하는 바람에 아버지가 체포된 것이다. 일본에서는 도저히 있을 수 없는 일이다.

"그것만으론 근거가 너무 약하잖아. 여기는 미국이 아니야."

"그러면 이건 어때? 내가 그 애를 붙잡고 넌지시 떠보는 거야. 가끔 길에서 그 애를 만나면 내가 먼저 '안녕!' 하고 인사를 하거든. 그러면 그 애는 우물쭈물하면서 작은 목소리로 대답하고는 즉시 시선을 피해 지나가. 다음에는 좀 더 적극적으로 다가가서 말을 걸어볼게."

"그건 상관없지만 너무 지나치지 않도록 조심해. 옆집 사람과 말썽을 일으키고 싶진 않으니까."

"걱정하지 마. 그런 건 내 특기니까."

그렇다. 아내는 기묘한 사교성이 있어서, 그 정도는 말썽을 일으키지 않고 쉽게 처리할 수 있다.

"그런데 이사 왔다고 인사하러 갔을 때, 옆집 남자가 그랬잖아. 여기서 10년 넘게 살았다고. 그걸 객관적으로 확인할 방법이 없을까?"

말이 끝나기 무섭게 아내가 눈을 동그랗게 떴다. 내가 무슨 뜻으로 하는 말인지 이해할 수 없었던 것이다. 무리도 아니었다. 나 자신도 무슨 생각으로 그런 말을 했는지 이해할 수 없었다. 다만 왠지 니시노가 여기서 오래 살았다는 느낌이 들지 않았다.

"앞집에 물어보면 알 수 있지 않을까? 물론 할머니 말고 따님 말이야. 그 모녀도 여기서 오래 산 것처럼 말했어."

"그러면 부탁할게. 기회가 될 때 한번 물어봐줘."

"좋아. 내일 쓰레기를 내놓을 때 따님을 만나면 넌지시 물어볼게. 그런데 그게 아동학대와 무슨 관계가 있어?"

"관계는 없어. 다만 니시노 씨가 거짓말하는 사람인지 아닌지는 알 수 있잖아."

아내는 여전히 이해할 수 없다는 표정을 지었다. 그러나 원래 쿨한 성격에다 골치 아픈 일을 깊이 생각하기 싫어하는 아내는 더 이상 꼬치꼬치 캐묻지 않았다.

다음 날, 내 의문은 금방 풀렸다. 아내가 물어보자 앞집 딸은 니시노가 틀림없이 10년 넘게 여기서 살았다고 말한 것이다. 니시노는 거짓말쟁이가 아니었다. 아내는 내가 부탁하지 않은 것까지 알아냈다. 니시노의 아내에 관해서였다. 니시노에게는 아내가 있고, 지금도 아내와 같이 살고 있다고 했다. 물론 다나카 모녀는 이웃과 교류하지 않고 고립된 삶을 살기 때문에, 그건 오해에서 비롯된 착각이라고 나는 생각했다.

니시노가 현재 아내와 같이 살지 않는 것은 분명하다. 이사 온 지 아홉 달이 지났지만 나는 물론이고 아내도 니시노의 아내를 한 번도 본 적이 없다. 그렇다고 니시노가 딸을 학대한다고 볼 수는 없다. 아내의 부재와 딸의 학대는 직접적인 관계가 없으니까. 실제로 내가 의심하는 것은 그런 종류가 아니었다.

제2장

연쇄

1

린코와 같이 내려가는 엘리베이터를 탔다. 우리 말고는 아무도 없었다.

그날도 지난번의 이탈리안 카페에서 식사를 했다. 졸업논문을 지도한 이후, 그것이 정해진 코스가 되었다. 나는 상당히 대담해졌다. 그녀의 사정을 묻지도 않고 식사하러 가자고 했다. 그녀의 대답도 매우 자연스러웠다.

이 호텔의 로비는 2층으로, 이탈리안 카페는 그곳에 있다. 그리고 그 아래층이 도로와 이어져 있다. 닫힘 버튼을 누르고 문이 절반쯤 닫혔을 때, 밖에서 사람의 그림자가 보였다. 나는 순간적으로 열림 버튼을 눌렀다. 키 큰 남자가 올라탔다. 오른쪽 옆구리에 검은색 작은 가방을 끼고 있었다. 나는 숨을 들이마셨다. 왠지 모르게 섬뜩했다.

남자의 모습은 몹시 기이했다. 큼지막한 검은색 선글라스에 하얀색 마스크. 검은색 가죽점퍼에 파란색 청바지. 밤인데도 선글라스와 마스크로 얼굴의 특징을 전부 가린 것이 묘하게 섬뜩했다. 한 가지 알 수 있는 것은 남자의 머리칼이 길다는 것뿐이었다. 문득 연예인일지도 모른다는 생각이 들었다. 그러자 기묘한 상상이 솟구쳤다. 아내 몰래 애인과 호텔에서 밀회를 즐기고 돌아가는 그럭저럭 이름이 알려진 탤런트. 그러고 보니 이 엘리베이터는 호텔 객실과도 이어져 있다. 나도 모르게 입에서 쓴웃음이 새어 나왔다.

1층에 도착하자 남자는 우리에게 눈길도 주지 않고 황급히 사라졌다.

나는 엘리베이터에서 내리기 직전에 린코를 슬쩍 쳐다보았다. 그리고 가볍게 숨을 들이마셨다. 그녀는 엘리베이터 안쪽에 등을 붙인 채 꼼짝도 하지 않았다. 얼굴에는 핏기가 없었다.

우리는 밖으로 나와서 시부야 역 근처의 복잡한 길을 걷기 시작했다. 그녀는 한동안 아무 말도 하지 않았다. 그러다 더 이상 견딜 수 없다는 듯이 중얼거렸다.

"아까 그 남자 오와다예요."

"말도 안 돼!"

"정말이에요. 틀림없어요."

나는 아연해서 말을 삼켰다. 물론 오와다는 그날 수업에 참석했다. 그러나 어떤 옷을 입었는지는 기억나지 않았다. 나도 남자다. 여학생의 옷에는 관심이 있어도 남학생의 옷에는 별로 관심이 없다. 더구나 엘리베이터에서 만난 남자는 얼굴의 특징을 알수 없을 만큼 완벽하게 가리고 있었다. 복면 쓴 남자를 본 것이나 다름없었다. 나이조차 알 수 없었다. 그 모습을 보고 린코는어떻게 오와다라고 단언할까?

우리는 가까운 커피숍으로 들어갔다. 이미 11시가 지났지만이대로 헤어질 수는 없었다. 만약 그 사람이 정말로 오와다라면앞으로 어떻게 대처할지 의논할 필요가 있었던 것이다.

"오와다가 오늘 무슨 옷을 입었는지 기억해?"

창가 자리에 앉자마자 나는 작은 목소리로 물었다. 커피숍 안은 좁은 데다가 옆자리와 가까워서, 옆에 앉은 커플이 하는 이야기를 대부분 알아들을 수 있을 정도였다.

"네, 하지만 옷이 달랐어요. 수업 때는 청바지가 아니라 그냥면바지였지요. 위에는 하얀 스웨터에 붉은색 계통의 파커를 입었을 거예요."

"그러면 오와다가 아니잖아."

"아니에요, 집에 가서 갈아입었을 거예요. 그리고 오늘은 수업이 끝나자마자 뒤풀이가 없다고 하면서 곧장 나갔거든요. 오와다가 뒤풀이를 하지 않는 것도 이상하지 않나요?"

"하지만 그것만으론 판단할 수가……."

나는 아직도 반신반의했다.

"아니에요, 그것 말고도 근거가 있어요. 그 남자는 머리가 긴데다 오와다와 머리모양이 똑같았어요. 옷은 바꿀 수 있어도 머리모양은 쉽게 바꿀 수 없잖아요. 더구나 오와다는 키가 교수님과 거의 비슷하잖아요. 둘 다 상당히 키가 크죠."

내 키는 183센티미터 정도다. 분명히 오와다도 큰 키여서, 나와 나란히 서면 비슷할 것이다.

"아까 그 남자도 키가 교수님과 비슷했어요. 계속 고개를 숙이고 있어서 조금 작게 보였지만 어깨를 펴고 똑바로 선다면 거의 비슷할 거예요. 게다가 독특한 헤어크림 냄새가 났어요. 오와다가 항상 사용하는 헤어크림 냄새였어요. 요즘 젊은 남자들 중에 그렇게 냄새가 강한 헤어크림을 사용하는 사람은 없거든요. 그 남자가 엘리베이터에 탄 순간, 그 냄새를 맡고 소름이 끼친 거예요."

그녀가 냄새에 민감하다는 것은 알고 있었다. 그래서 그녀를 만날 때는 연구실에서 꼼꼼히 양치질을 하고 상큼한 냄새가 나는 껌을 씹었다. 입 냄새를 막기 위해서였다. 그러나 헤어크림 냄새는 너무도 의외였다. 나도 평소에 헤어크림을 사용한다. 하지만 다른 사람이 그 냄새를 어떻게 느끼는지 생각한 적은 없다. 그녀의 말을 듣자니 왠지 주눅이 들었다.

"그 남자가 오와다라면 대체 목적이 뭐지? 우연히 만난 건가?"

"저를 미행한 거예요."

그녀는 단언했다. 그 말을 들은 순간, 얼굴에서 핏기가 사라지는 것이 느껴졌다.

"왜 그런 짓을 하는데?"

목소리가 들뜨면서 가볍게 떨렸다.

"제 애인을 확인할 생각이 아니었을까요? 아마 교수님을 보고 깜짝 놀랐을 거예요."

"그렇다면 자네와 내 관계를 오해했다는 건가? 그 엘리베이터는 호텔 객실과도 이어져 있었는데……."

말꼬리에 힘이 빠졌다. 나는 길게 숨을 토해냈다. 너무나 조심성이 없었다. 애초에 호텔 로비에 있는 레스토랑을 선택한 것이 잘못이었다. 린코도 한층 어두운 표정으로 입을 꼭 다물었다. 그녀도 내 말이 무슨 뜻인지 알고 있었을 것이다. 눈앞이 캄캄해졌다. 소문이 소문을 불러 대학에서 내 위치도 위험해질지 몰랐다.

대학교수가 해고되는 것은 입시문제를 유출하거나 여학생에게 손을 대는 경우다. 그리고 후자의 경우에, 상대의 합의가 있었느냐는 일본 대학에서 그렇게 중요하지 않다. 물론 나는 그런 짓을 하지 않았다. 그러나 오와다가 이날 일을 떠벌리고 다니면 그것은 신빙성 있는 소문으로 학교 안을 떠돌게 되리라.

그녀가 다시 입을 열었다.

"교수님, 그는 지금 제게 성추행에 가까운 짓을 하고 있어요. 의미를 알 수 없는 메일을 시도 때도 없이 보내고……. 지금까지도 오늘처럼 미행했을지 몰라요. 아마 오늘 처음 들킨 거겠죠. 그도 뒤가 켕기는 점이 있으니까 오늘 일을 떠벌리고 다니진 않을 거예요."

그녀는 자신과 내게 조금이라도 용기를 주듯이 말했다. 그녀의 말이 맞을지도 모른다. 그러나 기분은 계속 무겁게 가라앉았다. 그녀의 말이 심리적으로 반대 작용을 한 면도 있었다. '그도 뒤가 켕기는 점이 있다'는 말은 우리에게도 뒤가 켕기는 점이 있다는 암시처럼 들렸다. 도대체 내가 무슨 짓을 했다는 것인가. 여학생에게 논문을 지도해주고, 그런 다음에 식사를 한 것밖에 더 있는가. 어쨌든 그녀에 대한 오와다의 감정이 이렇게 심각할 줄은 꿈에도 몰랐다. 지난번에 그녀가 오와다에 대해 말했을 때, 나는 그저 농담으로밖에 받아들이지 않았다.

그때 그녀의 휴대전화에서 착신음이 들렸다.

"메일이에요."

그녀는 그렇게 말하면서 탁자 위에 있는 자신의 휴대전화를 들었다. 메일을 확인한 순간, 그녀의 안색이 바뀌었다.

"교수님, 이것 보세요……."

그녀가 내 앞으로 휴대전화를 내밀었다. 나는 휴대전화를 들고 메일 내용을 확인했다.

"내일 식사 어때? 난 하루 종일 프리해. 시간은 언제든지 좋아. 좋은 대답 기다릴게! 오와다."

믿을 수 없었다. 아까 엘리베이터에 탔던 남자가 오와다라면

이 천연덕스러운 메일은 무엇인가. 나는 다시 깊은 한숨을 내쉬면서 생각에 잠겼다.

2

다음 주 수업은 이번 학기의 마지막 수업이었다. 1월 중순 이후에는 기말고사가 시작된다. 주의 깊게 관찰했지만 오와다에게서 특별한 변화는 찾아볼 수 없었다. 린코를 살펴보는 기색도 없었다. 그날은 학생의 발표 없이 내 강의가 중심이라서 수업은 원만하게 진행되었다. 나는 1969년에 일어난 찰스 맨슨 사건에 대해 말했다.

"당시 샤론 테이트가 살았던 집은 할리우드의 시엘로 드라이브에 있었는데, 고급 주택가이긴 하지만 비벌리힐스 같은 톱클래스의 주택가는 아니야. 나도 유학 갔을 때 호기심을 느껴 사건 현장에 가본 적이 있지. 물론 사건이 일어난 지 15년이 지난 때였지만, 사건이 일어났던 집은 그대로 남아 있었어. 무서우리만큼 쓸쓸한 곳이더군. 그 집에서 2백 미터쯤 언덕길을 내려가야 이웃집이 있었을 정도니까. 샤론 테이트의 남편은 폴란스키로, 프랑스 출신의 유명한 영화감독이야. 비교적 최근 작품 중에는 〈피아니스트〉가 유명하지. 사건 당시 유럽으로 영화를 찍으러 가서 혼자 난을 피했어."

나는 그렇게 말하면서 25년 전에 유학했던 대학의 미국인 친구와 같이 목격한 광경을 떠올렸다. 이른 아침이었다. 그날 중으로 대학이 있는 샌프란시스코 교외로 돌아가야 해서, 묵었던 할리우드의 호텔에서 새벽 5시에 나왔다. 호텔에서 시엘로 드라이브까지는 10분쯤 걸렸다. 해가 일찍 뜨는 여름이긴 했지만 아직 햇살이 고개를 내밀지는 않았다. 커다란 철문 주변에 짙은 안개가 흐르고, 저택 안으로는 울창한 나무들의 그림자가 음침하게 흔들렸다. 나는 자동차 핸들을 잡고 있는 친구에게 철문 앞까지 가달라고 부탁했다.

진입금지라는 입간판이 보였다. 나는 조수석에서 뒤를 돌아보았다. 무서울 만큼 급경사인 언덕 밑에 있는 이웃집이 손가락처럼 작게 보였다. 『헬터 스켈터』란 만화의 한 구절이 떠올랐다. "시엘로 드라이브 1005번지는 고립되어 있었다. 때문에 무방비하기도 했다."

확실히 외부 세계와 격리된 곳으로, 이웃집과도 멀리 떨어져 있었다.

"처음에 매스컴에서는 이 사건을 사실과 다르게 보도했지. 마약 파티 도중에 벌어진 의식살인(儀式殺人)으로 본 거야. 술과 마약에 취해 흥분 상태에 빠진 사람들이 샤론 테이트 등을 묶어 살해했다는 억측이 신문과 주간지를 어지럽게 장식했다. 그때 살해당한 남녀 중에 샤론 테이트의 옛 애인이었던 제이 세브링이라는 유명한 헤어 디자이너가 포함돼 있었던 것도 억측을 낳은 한 가지 이유였어. 하긴 일반적으로 생각하면 남편이 집을 비운 사이에 미모의 여배우가 전 애인을 불러 파티를 벌인 거니까 어쩐지 불륜 이미지가 떠오르겠지. 하지만 파티에 초대된 사람에는 세브링뿐만 아니라 재력가의 상속녀인 아비게일 폴더와 그녀의 애인 프라이코스키도 있었어……."

나는 다시 오와다의 얼굴을 쳐다보았다. 불륜이라는 말에 어떻게 반응할지 살펴본 것이다. 나와 린코의 관계는 불륜이 아니지만 그가 엘리베이터 안에서 우리를 보았다면 그렇게 생각했을 가능성은 충분히 있다. 그러나 그의 얼굴에는 여전히 아무런 변화가 없었다. 오히려 린코가 긴장한 표정을 지었다. 나는 한편으론 안도하고 한편으론 실망하면서 다시 이야기를 계속했다.

"뿐만 아니라 냉장고 안에서 마리화나가 발견되었지. 한마디로 밥상이 완벽하게 차려져 있었다고나 할까. 그런데 여기서 잊어서는 안 되는 것이 1960년대는 대항문화(counterculture, 한 사회의 지배문화에 순응하지 않고 이에 반대하거나 충돌을 일으키는 하위문화)나 사이키델릭(psychedelic, LSD 등의 환각제를 복용한 뒤 생기는 일시적이고 강렬한 환각적 도취 상태 또는 감각 체험)의 전성기로, 일반 가정의 냉장고에서도 마리화나를 흔히 볼 수 있는 시대였다는 거지. 물론 미국에서도 마리화나는 불법이었지만 담배보다 해가 덜하다고 주장하는 학자가 있을 만큼 마약의 범주에 들어가지 않았어. 물론 일본에서는 지금도 마리화나를 피우는 게 불법이야. 따라서 그런 행위는 절대로 있어서는 안 되지만 말이야."

　나는 미소를 지으며 익살스럽게 말했다. 최근 들어 마리화나를 피우다 체포된 대학생이 많다는 이야기를 의식한 데다 교육적인 배려를 다소 담으려 했다. 일부 학생들 사이에서 쿡쿡거리는 웃음소리가 새어 나왔다. 아무튼 내가 여기서 하고 싶었던 말은 1960년대에 일반 가정의 냉장고에서 마리화나가 발견되었다고 해서 엽기적인 마약 파티가 있었다고 생각하는 것은 어리석은 일이라는 것이었다.

　"사건의 실체는 매스컴의 보도와 전혀 달라서, 찰스 맨슨이 보낸 살인집단에 의한 무차별 살인이었지. 실제로 그 살인집단의 일원인 수전 앳킨스는 자신이 살해한 이들이 '매우 아름다운 사람들이었다.'고 진술했는데, 그들이 누구인지는 몰랐다고 말했어. 앳킨스가 침입했을 때 샤론 테이트 일행은 마약 파티를 하기는커녕 조용히 책을 읽거나 담소를 나누고 있었다고 하더군. 침입자들은 자신들을 '악마'라고 하면서 피해자들을 묶어 칼과 총으로 살육했는데, 당시 샤론 테이트를 포함해 남녀 다섯 명이 살해되었지. 그리고 범인들은 피해자들의 피로 냉장고 문이나 벽에 '무질서'라든지 '봉기'라고 썼어. 문제는 이런 무차별 살인이 일어난 배경이지."

　그다음에는 맨슨이 자신에게 다가오는 여자들을 마약과 섹스를 이용해 지배한 것에 대해 말했다. 그리고 그가 당시 최고의 인기를 구가하던 비틀스의 노래 〈헬터 스켈터〉를 얼마나 왜 곡해서 해석했는지 설명하기 시작했다.

"헬터 스켈터는 원래 영국 리버풀의 유원지에 있는 미끄럼틀을 가리키는 말이지만, 미국에서는 무질서라는 뜻으로 사용하기도 해. 그런데 맨슨은 이 말을 비틀스가 자신들에게 무질서를 실행하라는 것으로 해석했어. 맨슨이 해석한 비틀스의 메시지는 이랬지. '미국에서는 이제 곧 백인과 흑인 사이에 인종전쟁이 일어난다. 승리하는 쪽은 흑인이다. 하지만 흑인에게는 정권을 유지할 능력이 없으므로 뛰어난 백인에게 위양하게 된다. 그 뛰어난 백인이 바로 맨슨이다.' 이건 누가 봐도 어리석고 황당무계한 망상에 불과하지 않을까? 하지만 맨슨은 진심이었지. 그리고 그런 무질서 상태를 만드는 계기로써 샤론 테이트 일행을 살육하도록 명령한 거야. 조금 전에도 말한 것처럼 그들이 처음부터 샤론 테이트라는 걸 알고 죽인 건 아니었어. 맨슨의 신봉자들은 밤마다 할리우드 일대를 돌아다니며 목표를 물색했지. 자신들의 그런 행동을 크리피 크롤(creepy crawl), 즉 음침한 배회라고 하면서 말이야."

학생들은 진지하게 듣는 것처럼 보였다. 내 수업을 듣는 학생들은 기본적으로 이런 이야기에 관심이 많다. 그러나 그날 수업은 별로 기분이 내키지 않았다. 역시 오와다와 린코가 마음에 걸린 것이다. 심리학적으로 볼 때, 그것은 형태가 일정치 않은 그림자 같은 불안과 복잡하게 뒤얽혀 있었다. 노가미 문제도, 니시노 문제도 여전히 진전은 없었다.

3

수업이 끝나고 일단 연구실로 돌아갔다. 린코의 졸업논문 지도는 다음으로 미뤘다. 그날은 오와다가 주최하는 뒤풀이에 참석할 예정이었다. 린코도 그럴 생각이었으리라. 오와다를 관찰하기로 약속했으니까. 오와다가 내게 뒤풀이에 참석해달라고 권하는 경우, 수업이 끝나고 강의실 밖에서 말하는 일도 있고 연구실로 돌아온 후에 전화를 거는 일도 있다. 그날은 강의실 밖에서 말하지 않은 것으로 보아 나중에 전화를 걸 가능성이 높았다.

나는 연구동 엘리베이터를 타고 연구실이 있는 15층에서 내렸다. 안쪽에 있는 연구실까지 걸어갔다. 연구실 앞에 처음 보는 남자가 서 있었다. 남자는 훔쳐보듯 나를 쳐다보았다.

가까이 다가가자 남자가 물었다.

"다카쿠라 교수님이십니까?"

남자는 상체가 떡 벌어지고 어깨가 실팍했다. 얼굴도 남성적으로 생겼다. 안경은 쓰지 않았다. 키는 그렇게 크지 않아서 170센티미터쯤 될까? 나이는 30대 중반이 조금 넘은 듯했다.

"그런데요……."

"연락도 없이 갑자기 찾아와서 죄송합니다. 지난주에 전화 드린 경시청의 다니모토라고 합니다……."

긴장이 온몸을 휘감았다. 가짜 형사라는 말이 다시 떠올랐다. 그때 경시청에 전화를 걸어서 상대의 신분을 확인하지는 않았다. 노가미에게는 몇 번 전화를 걸었다. 그러나 아무리 걸어도 전화를 받지 않았다. 나는 일단 신분증을 겸한 전자카드로 연구실 문을 열고, 그에게 안으로 들어오라고 했다.

오른손으로 짙은 갈색 소파를 가리키자 그는 경시청 형사답게 예의바르게 고개를 숙였다. 나는 경계심을 무너뜨리지 않고 그의 맞은편 소파에 앉으면서 정중하게 물었다.

"실례지만 경찰수첩을 보여주실 수 있습니까?"

"알겠습니다."

그는 안주머니에서 초콜릿색 수첩을 꺼낸 뒤, 사진이 있는 부분을 펼쳐서 내밀었다. 위쪽에는 사진과 함께 계급과 이름이 있고, 아래쪽에는 'POLICE'라는 로고가 들어간 금속 배지가 붙어 있었다. 틀림없는 진짜였다. 의혹은 멀어졌다. 경찰수첩만으로 판단한 것은 아니었다. 다니모토의 실팍한 상체는 검도나 유도로 단련한 것 같았다. 그리고 진지하고 예의바른 언동도 경시청 형사라는 것을 말해주었다.

"고맙습니다. 실례했습니다."

가볍게 고개를 끄덕이자 그는 경찰수첩을 다시 안주머니에 넣었다.

"지난번 일은 노가미에게 확인했나요?"

나는 서두도 없이 다짜고짜 본론으로 들어갔다. 그가 지난번에 문의한 내용은 전부 노가미에게 물으면 알 수 있는 것이었다. 그 후로 시간이 지났으니 당연히 그렇게 했으리라고 생각했다.

"그게 말입니다……."

그는 잠시 주저하듯 말을 더듬었다. 기묘한 반응이었다. 불길한 예감이 머리를 스쳤다.

그는 결심한 듯 침을 한 번 삼키고 나서 입을 열었다.

"실은 지금 드리는 말씀은 비밀로 해주셨으면 합니다……."

찜찜한 얼굴로 고개를 끄덕였다.

"노가미 선배는 현재 행방불명 상태입니다."

충격이 온몸을 때렸다. 나는 계속 침묵을 유지했다.

"교수님 댁을 방문한 이후 종적이 끊어졌습니다. 그 이후 선배는 한 번도 경시청에 나타나지 않았고 연락도 없습니다. 전화를 포함해 모든 수단을 이용해 연락을 취했지만 지금도 감감무소식입니다."

"가족에게는 연락을 했나요?"

"아뇨, 선배는 혼자 삽니다. 10여 년 전에 이혼했지요. 자제분은 없습니다. 혹시나 해서 전 부인에게 확인했는데 이미 몇 년이나 선배를 만나지 않았다고 하고, 실제로 아무것도 모르더군요."

한마디로 말해 노가미가 감쪽같이 사라진 것이다. 그의 신변에 무슨 일이 일어난 것이 틀림없다.

"노가미가 사건에 관해 내게 의견을 물은 것은 여러분도 아시나요? 다시 말해 경시청의 양해 사항이었습니까?"

"그렇지는 않습니다. 선배가 개인적으로 한 일입니다. 실제로

저 말고는 아무도 모르지요. 저도 선배의 소식이 끊어지기 전날 그 사실을 알았습니다. 선배가 대뜸 교수님 명함을 주면서 '만약 나한테 무슨 일이 생기면 이 친구에게 연락해. 사건에 관해서 이 런저런 의논을 하고 있는 고등학교 동급생이야.'라고 하더군요."

동창회 때 그에게 준 명함이 떠올랐다. 그 명함이 다니모토의 손으로 넘어간 것이다.

"노가미가 그렇게 말했나요? 이상한 일이네요."

"저도 이상해서 무슨 말이냐고 재차 물었더니, '만에 하나 무 슨 일이 생기면 말이야. 사람 일은 모르는 법이잖아.'라고 웃으면 서 대답할 뿐, 더 이상 말해주지 않았습니다."

"그런데 만에 하나인 경우가 일어난 거군요."

"그렇습니다. 선배는 수사반 안에서 고립돼 있었고, 친한 사람 은 저 하나뿐이었습니다. 하지만 아무래 친해도 선배보다 훨씬 후배라서 꼬치꼬치 캐물을 수는 없었습니다."

"왜 고립돼 있었지요? 지장이 없으면 말해줄 수 있을까요?"

"지장이 있는 건 아니지만 설명하기가 어려워서요……."

그는 지그시 눈을 감았다. 어떻게 설명할지 생각하는 모양이 었다. 진지한 사람인 듯했다. 내가 그를 서서히 신뢰하기 시작한 것을 느낄 수 있었다.

노가미의 직책은 '히노 시 일가족 행방불명 사건'을 담당하 는 전담반 반장이었다. 그러나 다섯 명으로 구성된 전담반 안 에서 노가미는 사건에 대한 수사 경험이 가장 적었다. 노가미 이외의 형사들은 전부 사건 발생 초기부터 수사를 담당해왔다. 그런데 수사1과장이 갑자기 노가미를 전담반 반장으로 지목한 것이다.

"경시청 내에서 그런 일이 자주 일어나나요? 사건 경험이 적은 사람이 반장이 되는 일 말입니다."

"아주 이례적입니다. 선배가 수사1과장에게 이 사건을 담당하게 해달라고 지원했다더군요. 하지만 선배가 반장이 된 게 이상한 일은 아닙니다. 다섯 명 중에서 선배의 직급이 가장 높았거든요. 어쨌든 경찰에서는 나이나 수사 경험보다 직급이 더 중요하니까요."

"반대로 말해 노가미는 그때까지 수사 경험이 별로 없었다는 뜻인가요?"

"1과에서 취급하는 사건은 그랬지요. 고지마치 서에 있었을 때는 10년 정도 조직폭력배를 담당했고, 경시청에 왔을 때도 처음에는 조직범죄대책부에 3년 정도 있었습니다. 따라서 조직폭력배에 관해서는 경험이 많지만, 살인 사건이 전문인 수사1과 경험은 올해로 겨우 3년째지요."

"조직폭력배를 담당하는 형사가 수사1과 형사가 되는 것도 이례적인가요?"

"상당히 이례적이죠. 조직폭력배를 담당했던 형사가 시위 현장의 과격파 같은 공안 사건을 취급하는 일은 있어도 수사1과에서 살인 사건을 담당하는 일은 거의 없습니다. 그게 이상한 소문으로 이어지면서 선배가 고립되는 데 결정적인 역할을 한 것이 사실이지요."

"이상한 소문이라니요? 어떤 소문이지요?"

직접적인 질문에 거침없이 대답하던 다니모토가 잠시 망설이는 표정을 지었다. 어쨌든 그와 나는 그날 처음 만났다. 내 마음속에서는 그에 대한 신뢰가 서서히 쌓이기 시작했지만, 그가 나를 어떻게 생각하느냐는 다른 문제였다. 그러나 나는 어떻게든 이상한 소문의 내용을 알고 싶었다.

"물론 말씀하시기 쉽지 않다는 건 잘 압니다. 하지만 노가미에 대해선 뭐든지 알아두고 싶습니다. 그런 다음에 내가 가지고 있는 정보를 모두 말해주지요."

나는 거래하듯 말하면서 그의 눈을 뚫어지게 쳐다보았다. 그는 입술을 지그시 깨물더니 고개를 가볍게 끄덕였다.

"알겠습니다. 말씀드리지요. 소문의 내용은 두 가지입니다. 첫째, 노가미 선배가 행방불명된 사람들의 가까운 친척이 아니냐는 것. 둘째, 선배의 지인 중에 그 사람들의 친척이 있고, 그들로부터 수사라기보다 수색을 부탁받은 게 아니냐는 것. 왜 그런 소문이 났는지는 모르지만 형사들 중에 그런 의혹을 가진 사람이 있는 건 사실입니다. 실제로 한 형사는 1과장을 만나서 진상을 밝혀달라고 요구했을 정도니까요. 피해자와 혈연관계가 있거나 친한 지인일 경우, 그 형사는 당연히 수사에서 제외돼야 합니다."

"그래서 진상이 밝혀졌나요?"

"네. 결국 아무 근거 없는 헛소문이라는 게 밝혀졌지요. 1과장의 지시를 받고 제가 직접 조사했습니다. 1과장이 저를 지목한 것은 저와 노가미 선배가 친하다는 걸 알았기 때문일 겁니다. 그런 조사를 하고 있다는 게 밝혀져도 저라면 친분을 이용해서 선배의 분노를 가라앉힐 수 있지 않을까 하는……. 어쨌든 조사 결과, 그런 일이 없다는 게 밝혀졌습니다. 더구나 저는 선배와 친하다는 걸 이용해서 정면으로 물어본 적도 있습니다. 선배는 웃으면서 '그게 말이 돼? 그럴 리가 없잖아!'라고 하더군요. 형사의 직감으로 그 말은 거짓이 아니라고 생각했습니다."

"그런데 왜 그런 소문이 났을까요?"

"일단 선배가 지원하는 형태로 전담반 반장이 되면서 후배 형사들의 반발을 샀지요. 더구나 선배는 머리가 좋습니다. 수사 경험은 부족할지 몰라도 전담반의 다른 형사들보다 분석력이 뛰어나고 언변도 좋았지요. 실제로 대립하는 부분은 몇 가지 있었지만 수사회의에서도 사건을 오래 수사해온 형사들을 찍소리 못 하게 만들었습니다. 물론 계급적으로도 반장이었으니까 모두 따르지 않을 수 없었지만요……."

그의 말을 들으면서 노가미와 형사들의 대립점이 어디에 있었을까 생각했다. 그리고 그것이 내게 의견을 구한 것과 무슨 관계가 있는지도 알고 싶었다. 혼다 사키의 새로운 증언에 대해 형사들과 의견이 갈린 게 아닐까 하는 생각이 든 것이다. 그러나 수사 내용을 묻는 것은 아직 시기상조였다. 설령 묻는다고 해도 다니모토가 극비인 수사 내용을 나 같은 제삼자에게 말해줄 리 만무했다. 내 질문은 주변적인 부분에 한정될 수밖에 없었다.

"어떤 상황인지 대강 짐작이 가는군요. 한 가지 이상한 점은 아무리 개인적인 차원이라곤 하지만 노가미가 왜 내게 심리학적 의견을 물었느냐는 겁니다. 솔직히 말해 나와 노가미는 고등학교 때 그렇게 친한 사이가 아니었어요. 고등학교를 졸업한 후에도 수십 년간 만나지 않았고, 작년 동창회에서 오랜만에 얼굴을 봤을 뿐입니다. 그런데 왜 내게 극비인 수사 내용까지 알려주면서 의견을 물었는지, 아무리 생각해도 이해가 되지 않는군요."

나는 일부러 수사 내용이라는 단어를 사용해서, 노가미로부터 수사의 진척 상황을 어느 정도 들었다는 것을 암시했다. 나중에는 다니모토와도 그런 이야기를 하지 않을 수 없을 거라는 포석이기도 했다. 그러나 그는 내 논점의 화살을 교묘하게 피해 갔다.

"선배는 예전부터 교수님에 관해 잘 알고 있는 것 같았습니다. 한번은 선배와 같이 경시청 식당에서 점심을 먹을 때, 우연히 TV 뉴스 프로그램에 출연한 교수님을 봤지요. 어느 사건에 대해 분석하는 것 같았습니다. 그러자 선배가 자랑스러운 얼굴로 '고등학교 때 우리 반이었어.'라고 하더군요. 교수님은 친하다고 생각하지 않아도 선배는 꽤 친밀함을 느끼지 않았을까요?

실종되기 전날 선배가 교수님 명함을 건넸을 때, 처음에는 단지 선배가 아는 사람이라고만 생각했습니다. 나중에야 '아아, 그때 TV에 나온 분이군.' 하고 생각했지요."

분명히 사람과 사람에 대한 느낌은 미묘한 차이가 있다. 아득히 먼 과거의 기억과 이어져 있을 때는 더욱 그러하다. 노가미가 내게 그리움과 친밀함을 느꼈다고 하니, 왠지 기분이 좋았다.

"노가미가 마지막으로 우리 집에 왔을 때 말인데요……."

나는 화제를 바꾸었다. 그는 내 의문에 성실하게 대답해주었다. 이번에는 내가 보답할 차례였다. 물론 내가 아는 것을 전부 말해줄 생각이었다. 그때 연구실의 고정전화가 시끄럽게 울렸다. 뒤풀이에 참석해달라는 오와다의 전화이리라. 나는 할 수 없이 말을 끊고 책상 위에 놓여 있는 수화기를 들었다. 여자 목소리가 들렸다. 린코였다.

"교수님, 오늘은 뒤풀이가 없대요. 오와다가 그렇게 말하고 집에 갔어요."

예상치 못한 상황이었다. 그러나 오와다가 다시 린코를 미행할 가능성이 있었다.

"그래? 어쨌든 자네에게 할 말이 있어. 지금 연구실에 손님이 계시니까 30분 정도 어디서 시간을 보내지 않겠나? 손님이 가시면 즉시 휴대폰으로 연락할게."

"알겠습니다."

전화를 끊자 다니모토가 나를 쳐다보며 미안한 표정을 지었다.

"죄송합니다. 약속이 있으셨나 보군요."

"아닙니다. 수업을 듣는 학생인데, 졸업논문을 봐주기로 했거든요. 잠시 기다리게 해도 됩니다."

사람은 뒤가 켕길 때 쓸데없는 설명을 덧붙이는 법이다. 그렇게 생각하자 나도 모르게 쓴웃음이 나왔다. 린코를 만나는 것은 졸업논문 때문이 아니라 오와다 때문이었다. 그러나 즉시 머릿속 스위치를 바꾸었다. 지금은 다니모토에게 노가미에 관해 무슨 이야기를 해주어야 할지 생각해야 한다. 그러나 이내 고개를 갸웃거렸다. 내가 아는 것은 전부 말해줄 생각이었지만, 내가 무엇을 알고 있는지 모호했던 것이다.

4

"오래 기다렸지?"

신주쿠 역 근처의 패밀리 레스토랑에서 린코를 발견하고 말을 걸었다. 린코는 입구 근처에 앉아 있어서 바로 찾을 수 있었다. 그녀도 막 도착했는지 핑크색 코트를 벗으려는 참이었다. 나를 기다리기 위해 적어도 한 시간이 넘게 어디선가 시간을 보냈을 것이다. 손목시계를 보았다. 이미 저녁 8시가 넘었다.

"배가 고프군. 일단 뭐라도 좀 먹지."

웨이트리스가 메뉴판을 가져왔다. 몇 번 본 적이 있는 사람이었다. 대학과 가까운 곳이라서 가끔 학생들과 같이 식사하러 오곤 했기 때문이다. 그런데 그날은 린코와 단둘이었다. 혹시 오해하지는 않을까? 당당하게 있으면 수상쩍게 여기지는 않으리라. 수업이 끝난 뒤, 교수와 학생이 단둘이 밥을 먹는다고 이상할 것은 없다. 다른 학생들은 다 약속이 있어서 우연히 둘만 남게 되었다는 변명이 효과적이리라. 나는 슬쩍 주변 테이블을 둘러보았다. 우리 대학의 학생이나 교수 같은 사람은 보이지 않았다. 그러나 이내 그렇게 한심한 것에 신경을 쓰는 나 자신에게 짜증이 치밀었다.

나는 해산물 카레라이스와 생맥주를, 린코는 게 필라프와 우롱차를 주문했다. 린코의 안색이 좋지 않았다. 오와다로 인해 마음고생이 심한 건지도 몰랐다.

"오늘 오와다는 어땠지?"

맥주와 우롱차를 내려놓고 웨이트리스가 가자마자 나는 그렇게 물었다.

"평소와 똑같았어요. 원래 수업에서 만날 때는 평소와 똑같이 대하거든요."

린코는 아무렇지도 않게 대답했다. 나는 문득 그녀를 쳐다보았다. 하얀 니트 원피스에 짧은 반바지 차림이었다. 밑에는 레깅스도 없이 맨발에 펌프스를 신었다. 밖에 나갈 때는 코트를 입는다고 하지만 한겨울 복장치고는 추워 보였다. 맨발이 기묘하리만큼 자극적이었다.

"지난번 메일은 거절했나?"

"거절했다기보다…… 무시했어요."

"답장을 안 했다는 건가?"

"네. 그런데 오늘 저를 보고 태연하게 대하지 뭐예요? 마치 아무 일도 없었다는 것처럼, 그런 메일을 보낸 걸 잊어버린 것처럼 말이에요."

"정말 이상한 사람이군. 그래놓고 아무도 몰래 미행을 하는 건가?"

"이상하다기보다 소름 끼쳐요. 오늘 수업 때 이런 말씀을 하셨잖아요. 맨슨 신봉자들이 밤이면 밤마다 할리우드의 고급 주택가를 돌아다녔다고요. 그때 크리피 크롤이라고 하셨죠? 무슨 뜻인가요?"

"크리피는 원래 '벌레가 기어 다니는 듯한'이라는 뜻이야. 그게 변해서 '기분 나쁜, 소름 끼치는'이라는 뜻으로도 사용돼. 크롤은 수영의 크롤에서도 알 수 있듯이 '기다'란 뜻이지만 명사로는 산책이라는 뜻으로 사용되지. 즉 '소름 끼치는 산책'이란 뜻이야. 비슷한 뜻의 동사를 기본으로 형용사와 명사를 조합한 일종의 언어유희라고 할까. 맨슨 신봉자들이 살해할 목표를 찾아서 할리우드 주변을 돌아다니는 걸 나타내는 데 딱 맞으니까. 그것도 사람들이 붙인 게 아니라 자기들이 그렇게 붙였다더군."

"정말 오와다가 딱 그래요. 저한테 직접 말을 한 적은 한 번도 없어요. 처음에 교수님께 오와다에 대해 말씀드렸을 때 저한테 접근한다고 했는데, 생각해보니 그 말은 맞지 않아요. 그는 항상 메일을 이용해서 암시적으로 말할 뿐, 직접 사귀자고 한 적은 한 번도 없어요. 더구나 저를 몰래 미행하다니. 마치 제 주변을 벌레처럼 기어 다니는 것 같아요. 정말 크리피예요."

나도 모르게 웃음을 터뜨렸다. 크리피라는 표현의 멋진 응용이었다. 그러나 나는 오와다의 행동이 그렇게 소름 끼치게 느껴지지 않았다. 애초에 오와다 같은 사람이 그렇게 행동하는 것 자체가 이해되지 않았다. 그가 린코를 미행한다는 것도 반신반의했다. 정말로 기분 나쁘고 소름 끼치는 것은 오히려 지금 내 주변에서 벌어지고 있는 사건이었다. 히노 시 일가족 행방불명 사건. 노가미의 실종. 니시노의 아동학대 의혹. 그 세 가지 사항은 서로 직접적인 관련이 없을지도 모른다. 그러나 내 머릿속에서는 서로 뒤얽히면서 정체를 알 수 없는 소름 끼치는 분위기를 자아내고 있었다.

"그만 나갈까?"

식사를 마치고 잠시 이야기가 끊어졌을 때, 나는 계산서를 들면서 말했다. 평소의 자기규제가 작동한 것이다. 여학생과 둘이 있을 때 오래 있는 것은 금물이다. 특히 지금 같은 상황에서는 더욱 그렇다. 오와다에 대해서는 끊임없이 이야기해도 결론이 나지 않을 것이 분명했다.

우리는 밖으로 나와 사람들의 물결을 뚫고 JR 신주쿠 역 방향으로 걸었다. 사람들이 많기는 했지만 동쪽 출구에 비하면 대단하지는 않았다. 지하의 '움직이는 보도' 부근에 이르렀을 때 한순간 사람의 물결이 끊어졌다. 린코의 안색은 여전히 좋지 않았다. 나는 발길을 멈추고 그녀에게 물었다.

"안색이 좋지 않군. 괜찮나?"

"괜찮아요. 좀 어지러워서 그래요. 오늘 여자의 날이거든요."

한순간 어떻게 대답해야 좋을지 몰라서 말문이 막혔다. 그렇게 대담한 말을 하다니. 그녀에게서 내가 모르는 일면을 본 듯했다. 아니면 나를 이성으로 여기지 않는 것일까? 어쨌든 그녀의 안색이 좋지 않은 이유는 알게 되었다. 나는 입을 다문 채 잠시 뒤를 돌아보았다. 오와다의 미행을 경계하는 척한 것이다. 다른 화제로 전환해서 어색한 순간을 넘기려는 의식이 작용했을지도 모른다. 하지만 마음속으로는 오와다가 우리 뒤쪽에 있을 리 없다고 생각했다.

5

폭죽이 터지는 소리가 희미하게 들렸다. 다음 순간 창밖의 어둠 속에서 빨간 불꽃 한 줄기가 솟구쳤다. 나는 논문을 쓰던 컴퓨터 화면에서 눈길을 돌려 서재의 벽시계를 쳐다보았다. 오전

1시 20분. 어디선가 모닥불을 피울 시간은 아니었다. 의자에서 일어나 도로와 마주한 창가로 다가가 밖을 내다보았다. 순간 숨을 들이마셨다. 눈앞의 집에서 새빨간 불길이 활활 솟구치고 있었다. 갑자기 혼란에 빠져서 위치와 방향을 알 수 없었다. 처음에는 니시노의 집에 불이 났다 생각했다. 그러나 불이 난 곳은 옆집이 아니라 앞집, 다나카 모녀가 살고 있는 집이었다.

발톱처럼 날카로운 불길은 흉측한 모습을 드러내며 우리 집 처마 밑까지 다가오려고 했다. 나는 재빨리 서재에서 뛰어나가 침실로 들어갔다. 그리고 아내의 어깨를 흔들어 깨웠다.

"여보, 일어나. 불이야!"

"뭐? 우리 집에?"

"아니, 앞집이야. 다나카 씨 집이야."

아내는 벌떡 일어나서 잠옷 차림으로 창가로 뛰어갔다.

"어떡해! 두 분 다 나이가 많잖아. 빨리 구해줘야지."

"내가 갈게. 당신은 119에 신고해줘."

"조심해!"

아내의 외침이 등 뒤에서 들렸다.

밖으로 뛰어나가자 옆집이 눈에 들어왔다. 불은 켜지지 않았고 쥐 죽은 듯 조용했다. 니시노는 아직 불이 난 것을 모르는 것일까? 그렇다면 그에게도 알려주어야 한다. 경우에 따라서는 그에게 도움을 요청해야 한다.

"니시노 씨, 불이에요. 불이 났어요!"

나는 목이 터져라 소리치며 그대로 앞집으로 뛰어갔다.

1층이 시뻘건 화염에 휩싸였다. 발화지점은 분명히 1층이었다. 휠체어 생활을 하는 어머니는 1층에서 자고 있을 가능성이 높았다. 딸도 평소에는 어머니를 돌보기 위해 어머니 옆에서 잠들 것이다. 그렇다면 상황은 거의 절망적이었다. 그러나 서재에서 보았을 때와 달리 불의 기세는 그렇게 격렬하지 않았다. 적어도 우리 집이나 니시노의 집으로 불길이 옮겨 가기에는 시간이 걸릴 것 같았다. 2층에서는 연기는 나지만 불길은 보이지 않았다. 나는 대문의 인터폰을 누르면서 소리쳤다.

"다나카 씨, 불이에요! 다나카 씨, 괜찮으세요?"

아무런 반응이 없었다. 나는 다시 계속해서 인터폰을 눌렀다.

역시 반응이 없었다. 안쪽에 손을 넣어 대문의 잠금쇠를 풀었다. 마당 안으로 들어갔다. 현관으로 다가가자 불의 열기가 느껴졌다. 열기는 상상 이상이었다. 나는 죽을힘을 다해 현관문을 두들겼다.

"다나카 씨, 괜찮으세요?"

나는 손잡이를 잡고 문을 열려고 했다. 세 번 정도 같은 동작을 반복했지만 문은 열리지 않았다.

"다나카 씨, 다나카 씨!"

다시 세차게 문을 두들겼다. 대답이 없었다.

문틈에서 열기가 뿜어 나왔다. 그와 동시에 2층에서 폭죽이 터지는 듯한 소리가 들렸다. 위쪽을 올려다보았다. 커다란 소리와 함께 어두운 하늘을 향해 불길이 솟구쳤다. 불이 2층까지 번진 것이다. 큰일이다. 위험하다!

"여보, 괜찮아?"

뒤를 돌아보았다. 잠옷 위에 코트를 걸치고 아내가 소리쳤다.

"어떡하지? 문이 안 열려. 더구나 뜨거워서 접근할 수 없어."

"억지로 들어가려고 하지 마. 위험하니까 이쪽으로 와. 이제 곧 소방차가 올 거니까 소방대원에게 맡기자."

일단 뒤로 물러서는 수밖에 없었다.

나는 아내와 함께 점점 불길이 강해지는 다나카 모녀의 집을 아연한 얼굴로 바라보았다. 주변에서 사람들의 목소리가 들리기 시작했다. 빌라 쪽에서 사람들이 뛰어오는 발소리가 들렸다. 남자들 몇 명이 즉시 우리 주위로 모였다.

학생처럼 보이는 젊은 남자가 물었다.

"집 안에 있는 사람은 빠져나왔어요?"

아내가 울먹이는 목소리로 대답했다.

"잘 모르겠어요. 남편이 구하러 들어가려고 했지만 이미 불길에 휩싸여서 들어갈 수 없었어요. 어르신 두 분만 있는데 걱정이에요."

사람들은 숨을 들이마시며 침묵했다. 멀리서 소방차 사이렌 소리가 들리기 시작했다. 사이렌 소리는 눈 깜짝할 사이에 가까이 다가왔다.

그때 5, 6미터쯤 떨어진 곳에서 화재 현장을 바라보는 남자의 모습이 시야 끝에 들어왔다. 불길이 남자의 옆얼굴을 비추었다. 불빛을 받고 어둠 속에서 금테 안경이 반짝 빛을 내뿜었다. 니시노였다. 나는 니시노 옆으로 뛰어갔다.

그는 두꺼운 감색 코트를 입고 있었다. 코트 안에 하얀 스웨터가 보였다. 스웨터와 코트 사이에 점퍼나 카디건을 입었는지는 알 수 없었다. 다만 불이 난 것을 알고도 느긋하게 옷을 챙겨 입고 나온 듯한 차림새였다. 그제야 문득 추위가 느껴졌다. 불이 나기 전에 가벼운 스웨터 차림으로 난방이 잘 된 서재에서 논문을 쓰던 중이었다. 그리고 불이 났다는 것을 알고 그대로 뛰어나왔다. 아래를 보니 맨발에 샌들을 신고 있었다.

"끔찍한 일이 벌어졌네요. 앞집 어르신들이 걱정입니다."

나는 인사말도 없이 그렇게 말했다.

"걱정할 것 없습니다. 이 정도라면 우리 집까지 불길이 미치진 않을 테니까요."

나는 어이가 없어서 할 말을 잃었다. 무섭도록 냉혹한 말이었다. 다나카 모녀의 안부에 대해서는 입도 벙긋하지 않고 엉뚱한 대답을 한 것이다. 나도 모르게 그의 얼굴을 똑바로 쳐다보았다. 소름 끼칠 만큼 차가운 표정이었다. 눈에서 탁한 빛이 뿜어져 나오는 것 같았다. 정서결핍. 문득 피고인의 책임능력에 대해서 말하는 판결문의 한 구절이 떠올랐다.

"피고인의 현저한 정서결핍에는 정신병적인 부분이 느껴지고……"

그러나 이런 경우에도 책임능력은 인정된다. 정서결핍이 정신병의 증거라고 해도 정신병 자체를 증명하는 것은 아니기 때문이다.

정서결핍이란 무섭도록 일그러진 성격을 가리키는 말로, 흉악한 범죄자의 공통적인 성격으로 볼 수 있다. 쉽게 말하면 다른 사람의 불행을 보고도 동정을 느끼지 못하는 성격. 그것이 정서결핍이다. 지금의 니시노는 그 말에 딱 어울리는 사람처럼 보였다.

요란한 사이렌 소리와 함께 첫 번째 소방차가 도착했다. 소방차에서 내리는 소방관을 보고 아내가 재빨리 뛰어갔다.

"부탁해요! 안에 할머니 두 분이 계세요!"

소방관은 고개를 끄덕이고 나서 현관문을 향해 뛰어갔다. 하지만 조금 전의 나처럼 즉시 되돌아왔다. 아내가 다시 뛰어가서 "들어갈 수 없나요?"라고 절규하듯 말했다.

"물을 뿌려야 들어갈 수 있습니다."

소방대원도 큰 소리로 대답했다. 그러나 다른 대원들이 취수마개를 찾지 못하는 바람에 즉시 방수를 시작할 수 없었다.

우리는 안절부절못한 채 그 작업을 지켜보았다. 그러는 사이에 잇달아 소방차들이 도착하고 그에 비례해서 구경꾼의 숫자도 늘어났다. 방수를 시작할 무렵에는 한밤중임에도 서른 명이 넘는 사람들이 모였다. 그때부터는 소방대원이 사람들을 통제하기 시작해서 우리는 도로 반대편으로 밀려났다. 그로 인해 우리 집과 니시노 집 앞으로 사람들이 옹기종기 늘어서게 되었다. 그때 조금 떨어져 있던 니시노가 가까이 다가왔다.

"그나저나 꽤 춥군요. 난 그만 들어가겠습니다. 이제 곧 불길이 잡히겠지요."

그는 그 말을 남기고 재빨리 자기 집으로 들어갔다. 나는 복잡한 심경으로 그의 뒷모습을 바라보았다. 그의 집에는 여전히 어디에도 불이 켜지지 않았다. 그의 두 아이들은 이런 소동에도 계속 잠을 자고 있을까? 다나카 모녀에 대한 걱정에, 그의 아이들에 대한 정체를 알 수 없는 불안이 겹쳐졌다.

6

아침에야 겨우 소방서와 경찰 합동팀이 화재 현장에 모여 현장검증을 했다. 그러는 와중에 오기쿠보 서의 형사 한 명이 우리 집을 찾아왔다. 나는 아내와 같이 현관에서 형사를 맞이했다. 화재가 난 이후 거의 눈을 붙이지 못해 머리가 멍했다. 새벽에 구급차가 사람을 싣고 떠나는 것까지 보았다. 하지만 화재가 발생하고 오랜 시간이 지난 만큼 두 사람이 살아 있을 가능성은 거의 없으리라.

형사는 일단 형식적인 질문부터 시작했다. 나는 내 행동을 순서대로 말했다.

소방서에 신고한 사람은 아내라는 것. 내가 다나카 모녀의 집으로 뛰어갔을 때 불길이 어느 정도였는지. 현관 앞까지 뛰어갔다 불길이 너무 강해서 돌아왔다는 것. 그때 현관문을 열려고 했지만 잠겨 있어서 열 수 없었다는 것 등…….

"할머니들을 구하기 위해 안으로 들어가려고 했을 때, 문이 잠겨 있었단 말이죠? 틀림없습니까?"

내 말이 끝나자 형사가 확인하듯 물었다. 단순한 실화에 의한 화재라면 이상한 질문이었다. 낮이라면 몰라도 한밤중이니까 현관문이 잠겨 있는 것은 당연하지 않은가? 머릿속에 불길한 상상이 떠올랐다.

"틀림없습니다. 문을 열기 위해 손잡이를 몇 번이나 세게 잡아당긴 게 기억납니다. 그래도 문은 열리지 않았지요."

"그렇습니까?"

형사는 낙담한 듯이 힘 빠진 목소리로 말했다. 사람 좋아 보이고 체격도 좋은 중년 형사로, 속마음이 그때그때 얼굴에 나타나는 타입이었다.

나는 탐색하듯이 물었다.

"평범한 화재가 아닌가요?"

"그건 아직 조사 중이라서……."

형사의 얼굴에는 당황하는 빛이 역력했다.

"할머니들은 어떻게 되었나요?"

아내가 옆에서 물었다. 아직 두 사람의 안부를 확인하지 못한 것이다.

"유감스럽게도 두 분 모두 사망했습니다."

예상한 대답이었다. 그러나 형사의 입을 통해 불행한 결과를 듣게 되자 역시 가슴이 아팠다. 아내도 침울한 표정으로 고개를 떨구었다. 나는 그들 모녀와 얼굴을 마주친 적이 거의 없지만 아내는 딸과 종종 이야기를 나눈 만큼 나보다 충격이 클 터였다.

"그런데 그 집에는 두 사람만 살았나요?"

"네, 그럴 거예요. 벌써 10년쯤 따님이 어머님을 돌봤다고 들었어요."

형사는 고개를 크게 끄덕이면서 그 질문을 끝으로 수첩을 덮었다. 그는 밖으로 나가기 전에 아내가 119에 신고한 다음에도 여덟 명 정도가 화재 신고를 했기 때문에, 그 사람들에게도 일일이 확인을 해야 한다고 변명처럼 덧붙였다.

형사가 돌아간 다음에 아내는 침실에서 잠을 잤다. 나는 잠을 잘 수 없었다. 논문 마감이 코앞으로 다가왔기 때문이다. 나는 서재에 틀어박혀 몽롱한 머리로 논문을 썼다. 결국 나와 아내가 다시 얼굴을 마주한 것은 저녁식사 때였다. 그 무렵에는 내 논문도 거의 완성되었다.

석간에 화재 사건이 실렸다. 주방에서 아내가 저녁 준비하는 소리를 들으면서 거실에서 그 기사를 읽었다. 그렇게 큰 기사는 아니었지만 그렇다고 1단짜리 작은 기사도 아니었다. 아직 자세한 내용이 밝혀지지 않은 단계라서 그런지, 사실만 간략하게 쓰여 있었다. 짤막한 기사였지만 제목은 결코 작지 않았다.

　　스기나미 구 화재로 3명 사망

　내 눈은 제목의 숫자에 빨려 들어갔다. 분명히 두 명이 아니라 세 명이라고 되어 있었다. 화재의 원인은 쓰여 있지 않았다. 아내와 같이 저녁을 먹을 때 그 이야기가 나왔다.
　"잘못된 거 아니야? 기자가 착각한 것 아닐까?"
　"그렇지는 않을 거야. 이렇게 큰 신문사 기자가 단순한 실수를 저지를 리 없잖아."
　아내의 의견을 일축하는 순간 머릿속에서 기묘한 상상이 부풀었다. 최근 언론에 자주 등장하는 연금 부정수급이 생각난 것이다. 다나카 모녀 중 어느 한쪽의 남편이 사망했음에도 살아 있는 것으로 해서 부정하게 연금을 받고 있었다. 그런데 우연히 화재로 인해 남편의 시신이 발견됨으로써 부정수급이 발각되었다. 그런 망상과도 같은 추측을 아내에게는 말하지 않았다.
　저녁을 먹으면서 NHK 뉴스를 보았다. 사건의 크기로 볼 때 앞쪽에서 보도할 사안이라고는 여기지 않았다. 그런데 허를 찔렀다. 정치에 관한 톱뉴스 다음에 두 번째로 이 사건이 등장했다. 더구나 아나운서의 입을 통해 뜻밖의 사실을 알게 되었다.

　　오늘 오전 1시경 스기나미 구 주택의 화재 현장에서 시신 세 구가 발견되었습니다. 세 명 모두 거의 연기를 마시지 않았고 머리에 총을 맞은 흔적이 있는 것으로 보아, 경찰에선 방화살인으로 단정하고 수사를 시작했습니다.

나와 아내는 놀란 나머지 입을 다물지 못했다. 직업상 방화살인이란 말은 결코 낯설지 않다. 그런데 우리 집 근처에서 실제로 방화살인이 일어나다니. 긴장이 온몸을 휘감았다. 뉴스는 현장 리포트로 바뀌었다. 화면에 우리 동네가 등장했다. 여성 리포터의 뒤쪽으로 다나카 모녀의 집이 보였다.

"이거 생중계야!"

아내가 흥분해서 날카롭게 소리쳤다. 그와 동시에 식사를 중단한 채 상황을 살펴보기 위해 밖으로 나갔다. 아내가 돌아온 것은 10분쯤 지나서였다.

"기자들이 굉장히 많아. NHK만이 아니야. 다른 방송국과 신문사 기자들도 온 것 같아. 우리 집 앞도 매스컴 관계자들이 몰려와서 꼭 시장통 같아."

아내의 목소리가 흥분으로 들떴다. 아내가 그렇게 말했을 때, TV 화면은 이미 다른 뉴스로 바뀌었다. 그때 인터폰의 초인종이 울렸다. 수화기를 들었다. 신문기자였다. 무서운 취재공세가 시작되었다.

그날 우리는 신문사와 방송국의 취재 요청을 스무 건 넘게 받았다. 저녁 시간이 되어서 돌연 취재전쟁이 시작된 것은 이번 사건이 단순한 실화에 의한 화재가 아니라 방화살인이라는 경찰의 발표 때문이었다. 우리는 인터폰과 전화 인터뷰만 허락했지만, 질문이 거의 비슷해서 똑같은 말을 끊임없이 되풀이해야 했다. 밤 11시가 넘자 인터폰의 초인종 소리가 가라앉았다. 그러나 한밤중에도 전화기는 계속 울어댔다. 도저히 견딜 수 없어서 결국 수화기를 내려놓아야 했다.

목욕을 하고 쓰러지듯 침대에 누운 것은 12시가 가까운 시각이었다.

"피곤한 건 알지만 잠시 얘기 좀 할 수 있을까?"

옆자리에서 이불을 뒤집어쓰고 누워 있던 아내가 물었다. 낮에 잠깐 눈을 붙이긴 했지만 평소에 나보다 일찍 잠자리에 드는 아내는 당연히 잠이 쏟아질 터였다.

"그래, 말해봐."

나는 똑바로 누운 채 졸린 눈을 비비며 대답했다.

"어제도 그렇고 오늘도 이번 화재 사건 때문에 말할 시간이 없었는데, 옆집 딸과 잠시 얘기를 했어. 어제 오후 4시쯤 집 앞에서 학교에 갔다 오는 아이를 우연히 만났거든. 그래서 적극적으로 말을 붙여봤지. 다짜고짜 이상한 질문을 할 순 없으니까 '동아리 활동은 해? 무슨 동아리야?'라고 물었어. 그랬더니 '음악부예요'라고 해서 '악기야? 무슨 악기?' '피아노예요.' '대단하다!'라는 대화가 이어지고……. 그러는 사이에 그 애를 감싸고 있던 단단한 껍질이 벗겨진 것 같아서 조금 억지이긴 하지만 '아빠도 옛날에 악기를 했어?'라고 물어봤어. 그랬더니 뭐라고 한 줄 알아? 잠시 망설이는 얼굴로 입을 다물더니, 떨리는 목소리로 '그 사람은 우리 아빠가 아니에요.'라고 말하지 뭐야? 한순간 등골이 오싹해졌어. 그렇게 말하고 나서 뭔가 호소하는 눈길로 나를 쳐다보더라고. 그래서 '뭐?'라고 하며 무슨 뜻인지 물으려는 순간, 그 집 현관문이 열리고 남자가 얼굴을 내밀었어. 나를 보더니 '안녕하세요?'라고 여느 때처럼 스스럼없이 인사를 했는데, 눈은 웃지 않더군. 마치 뱀처럼 차갑고 무서운, 온몸에 소름이 끼치는 눈이라고 할까? 그 애는 뱀의 날카로운 눈길을 받은 개구리처럼 몸을 움츠리더니 아무 말도 하지 않고 힘없이 집 안으로 들어갔어."

다나카 모녀의 집에서 발생한 화재를 바라보던 니시노의 싸늘한 눈길이 떠올랐다. 그때 그가 한 섬뜩한 말을 아직 아내에게 하지 않았다. 매스컴의 취재공세에 시달리는 바람에 말할 시간이 없었던 것이다. 그러나 지금은 일부러 그 말을 하지 않고 객관적으로 상황을 판단하기로 했다.

"그래서 옆집 남자하고도 잠시 얘기를 했어?"

"아니, 인사만 하고 아무 말도 하지 않았어. 평소에는 이런저런 쓸데없는 얘기도 꽤 하는 사람이었는데 그때는 재빨리 딸의 뒤를 따라서 집 안으로 들어가더라고. 어쨌든 그 사람이 평일 그 시간에 집에 있어서 깜짝 놀랐어. 집에 자주 있긴 했지만……."

"그 사람은 아빠가 아니다……?"

"무슨 뜻일까?"

"말 그대로 두 사람은 부녀 관계가 아니라는 뜻이겠지."

말은 그렇게 했지만 나 역시 그 말이 무슨 뜻인지 확신하지 못했다.

"하지만 비유적으로 해석할 수도 있지 않을까? 그렇게 이상한 사람은 아빠라고 생각하고 싶지 않다든지……."

"그건 중학생이 사용할 만한 비유가 아니야. 역시 말 그대로일 거야."

"친아빠가 아니라면 사정이 있어서 작은아버지나 다른 사람과 같이 산다는 걸까?"

"글쎄. 그것까진 잘 모르겠지만……."

"아무튼 나한테 그런 말을 한 건 도움을 청하기 위해서겠지. 그렇다면 가만히 있으면 안 될 것 같아서 당신하고 의논하려고 했을 때, 그렇게 엄청난 사건이 일어난 거야."

"그랬어?"

나는 한숨을 쉬면서 말했다. 이미 잠은 어딘가로 달아나고, 정체를 알 수 없는 긴장감이 몸속 구석구석까지 스며들었다.

"있잖아, 이상한 말이라는 건 아는데 내가 앞집 따님에게 옆집 남자에 대해 물어본 게 이번 사건과 무슨 관계가 있지 않을까? 앞집 따님과 얘기한 게 최근이거든. 거의 그런 다음에 사건이 일어났으니까……."

"설마 니시노 씨가 이번 사건과 관계가 있다고 말하고 싶은 건 아니겠지?"

"그런 말은 아니야. 하지만 왠지 모르지만 찜찜한 건 사실이야."

그것은 나도 마찬가지였다. 그러나 구체적인 근거는 없었다. 단지 감이라고 할까, 징조라고 할까. 그런 말로밖에 설명할 수 없었다.

"요전에 케이크를 들고 우리 집에 왔던 당신 동급생 말이야, 경시청 형사라고 했잖아. 그 사람에게 의논해보면 어때?"

노가미가 실종되었다는 것은 아직 아내에게 말하지 않았다. 사태가 확실해질 때까지 아무에게도 말하지 않기로 다니모토와 약속했기 때문이다. 아내는 대범한 성격으로 웬만한 일에는 머리를 싸매고 고민하는 타입이 아니지만, 지금 우리 주변에서 일어나는 사건은 여성의 인내력을 뛰어넘는 것으로 여겨졌다. 그러나 이런 상황에서는 말하지 않을 수 없다고 판단했다.

"실은 노가미에게도 이상한 일이 일어났어."

내 이야기를 듣는 동안 아내의 얼굴이 눈에 띄게 창백해졌다. 아무래도 우리는 검은 의혹의 소용돌이 속으로 빨려 들어가기 시작한 듯했다.

8

이튿날부터 신문과 TV의 대대적인 보도전쟁이 시작되었다. 그러나 와이드 쇼의 추측성 보도를 제외하면 기본적인 내용은 모두 비슷했다. 다나카 씨 집 1층에서 시신 세 구가 발견되었고, 세 구 모두 머리에 총탄이 박혀 있었다는 것이다. 시신 두 구는 다나카 모녀라는 것이 확인되었지만 나머지 한 사람이 누구인지는 지금으로선 알 수 없다고 했다.

집 안에는 분명히 뒤진 흔적이 있었다. 그러나 예금통장이나 현금이 없어졌느냐는 질문에 경찰은 대답을 피했다. 발화지점은 평소에 어머니와 딸이 침실로 사용하던 방이었다. 불에 탄 다다미에 기름이 스며들어 있는 것으로 보아 등유에 의한 방화라는 것은 틀림없었다. 그 집에는 기본적으로 가스난방 시설이 갖추어져 있었지만 추위에 약한 어머니를 위해 딸이 석유난로를 장만했다고, 그 집을 드나드는 가스회사 직원이 증언했다. 신원을 알 수 없는 시신을 제외하면 현장은 전형적인 강도 방화 살인의 양상을 보였다.

그 이후 우리는 경시청 수사1과 형사들의 방문을 두 번 정도 받았다. 질문은 모두 형식적인 것으로, 처음에 찾아온 오기쿠보

서 형사의 질문과 중복되는 것이 많았다. 살인 사건인 만큼 경시청 수사1과 형사들이 파견 나온 것은 당연하지만, 나와 노가미의 관계를 아는 것 같지는 않았다. 그런 느낌을 받을 만한 질문은 전혀 없었다. 나는 다니모토를 떠올렸다. 그에게서 연락이 올 거라고 생각했다. 그러나 그는 히노 시 사건을 전담하고 있기 때문에 이 사건을 담당하지 않을지도 모른다. 그렇다면 개인적으로 연락을 취하지 않을까?

내 예상은 적중했다. 사건이 발생한 지 닷새가 지나 대학 연구실에 있을 때, 다니모토가 내 휴대전화로 연락을 해왔다. 동창회 때 노가미에게 준 명함에 휴대전화 번호를 써준 것이 떠올랐다. 명함이 다니모토의 손으로 넘어갔다면 노가미처럼 내 휴대전화로 연락하는 것이 당연하리라. 우리는 그날 오후 4시경에 다시 연구실에서 만났다.

다시 만난 그의 표정은 지난번보다 더 어두워 보였다. 나는 즉시 노가미를 떠올렸다.

"다카쿠라 교수님, 오늘은 나쁜 소식을 전해드려야겠군요."

소파에 앉아마자 그는 단도직입으로 말을 꺼냈다.

"노가미 얘기인가요?"

나는 마음을 정하고 그렇게 물었다. 그는 힘없이 고개를 끄덕였다.

"이미 이 세상 사람이 아닌가 보군요."

"그렇습니다. 노가미 선배의 사망이 확인됐습니다. 그 화재 현장에서 선배의 시신이 발견됐습니다."

"그게 정말인가요?"

한순간 다음 말을 잇지 못했다. 잠시 후, 나는 날카롭게 되물었다. 목소리가 갈라진 것을 스스로도 알 수 있었다.

"그러면 뉴스에 나온 신원을 알 수 없는 시신이란 게 노가미인가요?"

"그렇습니다. 그럴 줄은 상상도 못 했습니다."

너무나 뜻밖이었다. 노가미는 이미 이 세상 사람이 아닐지도 모른다. 막연하게나마 그런 생각이 들었지만 다나카 모녀와 같이 발견된 시신이 노가미일 줄은 상상도 못 했다. 내 머리는 혼란의 구렁텅이에 빠졌다. 허탈함이 온몸을 감쌌다. 가슴이 뻥 뚫린 것 같았다. 동급생이 죽었다. 절친한 사이는 아니었다. 하지만 앞으로 절친한 사이가 될 수도 있는 사람이었다.

"어떻게 된 거죠?"

"자세한 건 아직 모릅니다. 하지만 경찰에 좋지 않은 상황이라는 것만은 분명합니다. 피해자 모녀의 머리에 박혀 있는 총알이 선배가 가지고 있던 권총에서 발사되었다는 사실이 밝혀졌습니다. 선배의 머리에 있던 총알도 똑같았고요. 더구나 그 권총은 선배의 시신 옆에서 발견됐습니다."

"노가미가 두 사람을 총으로 죽인 다음에 자살했단 말인가요?"

"정황상으로는 그렇게 생각할 수밖에 없습니다. 수사를 담당하는 형사 중에는 이미 그렇게 판단한 사람도 있고요. 하지만 전 믿지 않습니다. 선배는 그런 사람이 아닙니다. 그건 누구보다 제가 잘 압니다. 제 의견이 소수라는 건 인정하지 않을 수 없지만요."

"잠시만요!"

나도 모르게 큰 소리가 튀어나왔다. 너무나 부조리한 이야기가 아닌가! 애초에 노가미와 다나카 모녀 사이에 어떤 접점이 있단 말인가! 접점이 없으면 살해할 동기도 없지 않은가?

즉시 그렇게 반박하자 그는 크게 고개를 끄덕였다.

"교수님 말씀은 충분히 이해합니다. 누구나 처음에는 그렇게 생각할 테니까요. 하지만 선배가 돈을 훔치기 위해 그 집에 침입했다고 하면, 선배와 피해자 사이에 반드시 접점이 있을 필요는 없겠지요. 그날 교수님 집에 왔을 때 교수님 앞집에 나이 많은 모녀가 살고 있다는 걸 알고 돈을 쉽게 빼앗을 수 있다고 생각한 겁니다. 실제로 선배의 양복 안주머니에서 잿빛 덩어리가 발견됐는데, 과학수사연구소의 분석에 따르면 다나카 모녀의 집에서 빼앗은 것으로 보이는 현금 다발과 예금통장, 인감이었다고 합니다."

당황스러움을 감출 수 없었다. 그것은 노가미의 범행을 단정하는 결정적인 증거로 보였다. 그와 동시에 커다란 모순이 있다는 사실을 깨달았다.

"그런데 이상하지 않나요? 돈과 예금통장을 빼앗았는데 노가미가 왜 스스로 목숨을 끊어야 하죠? 이건 모순 아닌가요?"

"그렇습니다. 문제는 그것이지요. 하지만 선배의 행위가 분명하다고 주장하는 형사들의 추측은 이렇습니다. 선배는 단지 돈을 훔치기 위해 들어갔다, 처음에는 고령의 모녀와 부딪치지 않고 돈을 빼앗을 수 있다고 생각했다……. 아마 두 사람이 잠들어 있을 시간대를 택해 침입했겠지요. 그런데 운이 나쁘게 두 사람 중 한 사람이, 또는 두 사람이 모두 알아차려 어쩔 수 없이 총을 쏘았다……. 처음에는 단순히 절도를 하려고 했는데 결국 극형을 받을 수 있는 살인으로 발전한 거지요. 그 심리적 압박을 견디지 못해 결국 자살의 길을 선택한 겁니다. 권총으로 자살한 경우 시신의 손에 총이 쥐여져 있을 거라고 생각하기 쉽지만, 감식반 이야기에 따르면 반동의 강도에 따라, 또는 총을 맞은 위치에 따라 총이 손에서 떨어지는 일도 드물지 않다고 합니다. 그래서 총을 쥐고 있지 않은 것도 자살을 부정하는 근거는 되지 않는다고 하더군요. 권총에서는 선배의 지문밖에 발견되지 않았습니다. 죽기 전에 불을 지른 것에 무슨 의미가 있냐고 반문하는 형사도 있었지만, 이 세상에서 사라지고 싶은 심정이었을 거라고 생각하면 이해할 수도 있겠지요. 교수님의 증언대로 현관문은 잠겨 있었기 때문에, 선배가 직접 안쪽에서 문을 잠갔다고 생각하는 것이 자연스럽습니다. 다른 범인이 있을 경우에는 집을 어떻게 밀실상태로 만들고 탈출했는지가 문제가 되겠지요. 물론 열쇠가 있으면 그 정도는 식은 죽 먹기지만 화재 현장에서 열쇠가 발견됐습니다. 현관 열쇠였지요. 여벌 열쇠가 있을 가능성도 있지만 그건 아직 발견되지 않았습니다."

도저히 납득할 수 없었다. 여기저기에 심리적 모순이 넘쳐났다. 자신의 범행을 은폐할 목적으로 불을 질렀다면 이해가 되지만, 다나카 모녀의 집에서 빼앗은 것으로 보이는 현금과 예금통장을 가진 채 불을 지른다는 것은 마치 범인이 자신이라고 주장하는 것 같지 않은가. 일단 도주 후에 다른 이유로 자살한 것처럼 위장하는 편이 적어도 강도 살인범이라는 오명을 피할 수 있는 효과적인 방법이 아니었을까. 물론 흥분상태에 빠진 자살자의 행위는 예측할 수 없는 것이 사실이다. 옆에서 볼 때 모순처럼 보이는 행위라도 심리적으로는 얼마든지 일어날 수 있는 것이다.

"더구나 정황 증거로 판단할 때도 선배에게 불리한 점이 세 가지 정도 있습니다. 첫째, 선배가 경제적으로 곤란했다는 겁니다. 실제로 선배는 여러 금융기관에 5백만 엔이 넘는 빚을 지고 있더군요. 왜 그렇게 돈이 필요했는지는 모르지만요. 또 하나는 선배가 권총을 가지고 있었다는 겁니다. 옛날과 달리 지금은 경시청 형사라고 해서 마음대로 권총을 가지고 다닐 수 있는 시대가 아닙니다. 권총을 소지하는 데에는 대단히 엄격한 규칙이 있습니다. 다만 선배는 권총 취급책임자라는 입장에 있었습니다. 전체를 총괄하는 관리책임자는 따로 있지만 그건 어디까지나 명목일 뿐, 실제로 대여기록을 적고 권총이 들어 있는 금고 열쇠를 관리하는 사람은 취급책임자지요. 따라서 선배는 마음대로 권총을 꺼낼 수 있었습니다. 나이 많은 여성밖에 살지 않는 집에 들어가는데 권총이 무슨 필요가 있냐고 하는 사람도 있지만, 범죄를 저지를 사람은 사용하지 않기를 바라면서도 만일을 위해 흉기를 가져가는 경우가 있습니다."

"또 한 가지는요?"

"그건 교수님의 증언과 관계가 있습니다. 며칠 전에 저와 처음 이야기했을 때, 교수님은 선배가 이웃집에 대해 물은 것을 이상하게 여겼다는 식으로 말씀하셨지요. 교수님은 히노 시 일가족 행방불명 사건과 관련해 그렇게 물었다고 생각하셨겠지만, 히노와 오기쿠보의 거리를 생각하면 의미 있는 질문이라고 할 수는 없습니다. 따라서 히노 시 사건은 하나의 핑계에 불과하고 사실은 절도를 하기 위해 이웃집 상황을 물었다고 볼 수도 있지요. 다시 말해 교수님 댁을 방문한 것은 나중에 강도 살인을 저지르기 위한 사전 답사였다는 겁니다."

"그렇다면 노가미가 12월 말에 우리 집에 오고 나서 왜 곧장 행방불명되었을까요? 사건이 일어난 건 그로부터 약 2주 후니까 그가 모습을 감출 이유는 없지 않을까요? 오히려 누군가에게⋯⋯."

"아닙니다⋯⋯."

다니모토는 재빨리 내 말을 가로막았다. 일부러 내 반대 입장에서 사건의 요점을 정리하려는 듯했다.

"그렇다고 생각할 수도 있지만 선배가 빚 독촉에 시달렸던 건 분명합니다. 실제로 사건이 일어나기 전 2주 사이에 사채업자 같은 남자가 경시청 수사1과에 몇 번 전화를 걸어, 선배가 돈을 갚지 않는다고 격렬하게 비난했다고 하니까요."

다시 말해 이런 것인가? 노가미는 우리 집 주변이 의외로 고립된 것을 보고 범죄를 저지르기 좋은 조건이라고 판단했다. 경시청 형사인 만큼 그런 감각은 예리하리라. 돈에 시달리던 그는 절도 유혹에 휩싸였다. 그래서 히노 시 사건을 빙자하여 내게 넌지시 이웃집 사람들에 대해 물어보았다. 나는 니시노와 다나카 모녀에 대해 말했지만, 절도범에게는 아무리 보아도 다나카 모녀 쪽이 조건이 더 좋았으리라.

그러나 아무리 조건이 좋아도 고등학교 동급생의 앞집에서 그런 범죄를 저지를 수 있을까? 더구나 그가 종적을 감춘 것이 우리 집을 찾아온 작년 12월 30일 직후라면, 이번 강도 살인이 발생하기까지 2주가 넘게 지났다. 그동안 어딘가에 몸을 숨기면서 빚 독촉을 피했단 말인가?

어쩌면 누군가가 이미 살해한 노가미의 시신을 다나카 모녀 집에 던져 넣고 불을 질렀을 수도 있으리라. 사법해부를 했을 테니 다니모토에게 사망추정시각을 확인해보았다. 노가미의 사망 추정시각은 1월 13일 오후 11시 15분에서 15일 오전 1시 15분 사이였다. 상당히 폭이 넓다. 화재 발생 시각은 15일 오전 1시 전후. 노가미는 화재 발생 시에 사망했을 가능성도 있지만 그보다 26시간 전에 사망했을 가능성도 있다.

"다른 두 명의 사망추정시각은요?"

"거의 비슷합니다. 화재로 인해 시신 손상이 심하고 위의 내용물도 적어서, 사망한 세 명의 사망추정시각을 정확히 알아내기는 힘든 것 같더군요."

다나카 모녀는 상당한 고령으로 음식을 많이 먹지 않았을 가능성이 있는 만큼, 위의 내용물이 적은 것을 납득할 수 있다. 그런데 노가미의 위에도 내용물이 거의 남아 있지 않았다고 한다. 혹시 제대로 먹지도 못한 채 어딘가에 감금되어 있었던 것이 아닐까. 더구나 화재로 인해 시신이 심하게 손상되었다. 불에 타서 갑자기 체온이 상승한 시신에는 직장(直腸)의 온도에 의한 감정방법이 적당하지 않을지도 모른다. 악조건이 겹친 탓에 사망추정시각의 폭이 넓어졌으리라. 한마디로 말해 사망추정시각은 대략적인 계산에 불과하고, 실질적인 의미는 거의 없는 것 같았다.

사망추정시각보다 더 중요한 것은 세 사람이 죽은 순서였다. 다나카 모녀보다 노가미가 조금이라도 먼저 사망했다면 사건의 구도는 근본적으로 무너진다. 다니모토도 그것을 알고 있기에 세 명의 사망추정시각이 거의 비슷하다는 사법해부 결과를 몹시 안타까워했다. 그러나 객관적인 숫자의 힘에는 대항할 수 없다. 나는 화제를 바꾸어 경찰의 전체적인 움직임에 대해 물어보았다.

"그런데 신문이나 방송에는 이런 내용이 일체 나오지 않더군요. 역시 경시청의 입장 때문에 진짜 정보를 주지 않는 건가요?"

"반드시 그런 건 아니지만 신중하게 대처하는 건 분명합니다. 경시청이 오기쿠보 서에 설치한 수사본부에서는 모든 형사들에게 엄격한 함구령을 내렸지요. 생각해보십시오. 만약 지금까지 말씀드린 게 사실이라면, 즉 경시청 수사1과의 현역 형사가 돈을 빼앗기 위해 아무 죄도 없는 고령의 일반 시민 두 명을 살해하고 집에 불을 지른 것이 사실이라면, 이는 경시청이 생긴 이래 가장 큰 불상사입니다. 경시총감의 목은 물론이고 경찰청 장관이나 국가공안위원장의 목도 위험하겠지요. 수사는 극비리에 진행할 수밖에 없습니다. 더구나 저를 비롯한 몇몇 형사들은 그 해석을 납득할 수 없습니다. 교수님 말씀처럼 모순점이 너무나 많으니까요. 그런 만큼 정보를 감추는 게 아니라 어디까지나 신중하고 철저하게 조사할 필요가 있는 것으로 봐야겠지요. 솔직히 말하면 오늘 교수님과 노가미 선배에 관해 이야기하는 걸 반대하는 형사도 있었습니다. 지금까지 무슨 일이 있었는지 말하고 교수님의 협조를 구하는 것이 중요하다는 건 다들 알고 있지만, 이는 곧 민간인에게 극비정보를 말하지 않을 수 없다는 뜻이기도 하니까요. 특히 교수님은 저명한 범죄심리학자로, 매스컴 관계자들도 많이 아시잖습니까. 사실 그걸 우려하는 사람도 있었습니다. 하지만 수사1과장이 형사부장에게 최종적인 판단을 물은 뒤, 교수님에게는 모든 사실을 털어놓고 협조를 구하기로 한 겁니다."

그제야 화재가 발생하고 탐문수사를 나온 경시청 형사들의 태도가 납득이 되었다. 화재가 발생한 집의 앞집을 탐문하지 않는 것은 너무도 부자연스러우니까 어쩔 수 없이 형식적인 질문만 하고 돌아간 것이다. 그들은 이미 우리 집에 특별한 의미가 있다는 사실을 알고 있었다. 그러나 그 시점에서는 내게 사실을 말할지 말지 기본방침이 정해지지 않았기 때문에 대충 얼버무릴 수밖에 없었으리라.

"다니모토 씨, 나도 학자 나부랭이로 사회적 책임을 지고 있는 만큼 경시청의 극비정보를 지켜야 한다는 최소한의 도덕은 알고 있습니다. 내 입에서 매스컴에 정보가 새어 나가는 일은 절대로 없을 겁니다."

"고맙습니다. 교수님이라면 그렇게 말씀해주시리라 생각했습니다. 형사부장과 수사1과장도 각오하고 있습니다. 앞으로 밝혀질 진실이 경시청에 치명적인 상처가 되어도 어쩔 수 없다고 말이지요. 두 사람 모두 진실을 밝히는 게 최우선이라고 했으니 교수님도 꼭 협조해주시기 바랍니다."

그는 나에 관한 경시청 내부의 우려를 사죄하듯 말했다. 이 사람이라면 믿을 수 있겠다는 첫 만남에서의 생각이 한층 깊어졌다. 더구나 노가미를 생각하지 않을 수 없었다. 이미 사망했다곤 하지만 고등학교 동급생이 억울한 죄를 뒤집어썼는데 가만히 있을 수는 없다. 그의 억울함을 풀어줄 수 있는 사람은 나밖에 없다는 생각이 들었다.

"알겠습니다. 최선을 다해 협조하겠습니다. 그러기 위해서는 사건의 원점으로 돌아갈 필요가 있을 것 같군요."

"원점이라면, 지금 저희가 수사하고 있는 히노 시 사건 말인가요?"

"그래요. 예전에도 말했듯이 고등학교 시절에 나와 노가미는 별로 친하지 않았지요. 적어도 편하게 이야기할 사이는 아니었습니다. 그런데도 그는 경찰의 수사정보를 말해주면서까지 내 의견을 구했지요. 내 대답은 어차피 학자의 탁상공론으로, 아마 중요한 의미는 없었을 겁니다. 물론 내 의견에 다소 흥미를 가졌다는 건 부정하지 않지만, 기본적으론 내게 접근하기 위해 의견을 물었다고 생각합니다. 고교 시절에 별로 친하지 않았기 때문에 내게 접근하기 위해서는 동급생이라는 것 말고 다른 구실이 필요했던 거지요. 문제는 왜 내게 접근하려고 했냐는 겁니다. 당연한 일이지만 난 히노 시 사건과 아무 관계가 없습니다. 그런데도 접근한 것은 내 의견을 구하기 위해서가 아니라 수사에 필요하기 때문이 아니었을까요?"

"그게 말입니다……."

그는 내 말을 예상하고 있었던 것처럼 크게 고개를 끄덕이며 검은 가방 안에서 A4 크기의 책자를 꺼냈다. 그것을 보고 나는 깜짝 놀랐다. 우리 고등학교 동창회 명부였다. 4년에 한 번 개정해서 졸업생들에게 보내주는데, 나도 석 달 전에 받은 최신판이었다. 나는 노란 포스트잇이 붙어 있는 페이지를 펼쳤다. 중간쯤에 내 이름과 주소, 전화번호가 쓰여 있고, 주소 부분에 빨간 사인펜으로 밑줄이 그어져 있다.

"선배가 살던 아파트의 책상 서랍에서 발견했습니다."

"빨간 사인펜으로 밑줄을 그은 사람은 누구죠?"

"선배겠지요. 중요한 증거품인 만큼 저희가 함부로 밑줄을 긋는 일은 없습니다."

"그래요? 노가미가 그랬다면 한 가지 마음에 걸리는 게 있군요. 내 주소에만 밑줄을 그었다는 겁니다. 이름과 전화번호에는 밑줄이 없고요."

"무슨 뜻이죠?"

"이런 경우에는 보통 이름에 밑줄을 긋지 않나요? 나와 연락하고 싶다면 본능적으로 이름에 밑줄을 긋겠지요. 주소는 이름에 비해 길어서 효율 면에서도 좋다고 할 수 없습니다. 더구나 주소 다음에 있는 전화번호 앞에서 밑줄이 끝났지요. 노가미가 관심을 가진 것은 내가 아니라 주소가 아닐까요?"

"그렇군요. 그것까진 미처 생각을 못 했습니다. 그렇다면 선배는 이 주소에 관심이 있었다, 즉 이 근처에 사는 누군가에게, 또는 무엇인가에 관심이 있었다는 건가요?"

"그럴 가능성이 있습니다."

"그렇다면 피해자들과도 아는 사이였을 가능성이 있겠군요."

나는 고개를 가로저었다. 다니모토가 그렇게 생각하는 것은 무리가 아니었다. 내가 아직 니시노에 관한 정보를 주지 않았기 때문이다. 그 말이 목구멍까지 치밀어 올라왔다. 그러나 아직은 이르다. 아직까지 내 의혹은 모호한 단계로 객관적인 증거는 아무것도 없다. 지금 단계에서 말하면 아무 근거도 없는 주관적인 망상처럼 여길지도 모른다. 나는 암시적인 대답에 머물렀다.

"이웃은 그곳만이 아니지요. 이 부근의 주소는 모두 비슷하니까요······."

그는 석연치 않은 표정으로 나를 쳐다보았다. 어쩌면 내가 무엇인가를 감추고 있다고 생각했을지도 모른다. 문득 니시노의 얼굴이 떠올랐다. 이제부터 그 집에서 무슨 일이 일어나고 있는지 파고드는 수밖에 없다. 그것이 단순한 아동학대에 지나지 않는다고 해도······.

제3장

가면

1

문을 노크하는 소리가 희미하게 들렸다. 나는 잠의 입구로 들어가기 직전이었다. 그 소리는 꿈과 현실의 경계 같은 몽롱함 속에서 실을 당기듯 내 귀로 침투해서 얇은 고막을 진동시켰다. 나는 침대 위에서 몸을 일으켰다. 스스로 생각해도 민첩한 반응이었다. 앞집 화재 사건 이후에 온몸이 칼끝처럼 예민해져 있었기 때문이었다. 벽시계를 쳐다보았다. 밤 1시가 지났다. 잠시 귀를 기울였다. 다시 노크 소리가 들렸다. 현관이다. 틀림없다. 그런데 왜 초인종을 누르지 않는 것일까?

옆자리에서 잠들어 있는 아내를 흔들었다. 소리는 내지 않았다. 아내가 눈을 뜨고 화들짝 놀란 표정으로 나를 물끄러미 쳐다보았다. 나는 오른손 검지를 입술에 댔다. 그리고 잠시 시간을 두고 작은 목소리로 속삭였다.

"누가 현관 앞에 있는 것 같아. 내가 가볼 테니까 무슨 일이 있으면 곧장 110에 신고해."

아내는 황급히 일어나서 침대 밑에 넣어두었던 검도용 죽도를 내밀었다. 나는 검도를 배운 적이 없다. 예전에 검도를 배웠던 제자가 호신용으로 준 것이다. 나는 고개를 끄덕이면서 죽도를 손에 들고 밖으로 나갔다.

"조심해."

긴장한 나머지 아내의 목소리가 거칠게 갈라졌다.

되도록 소리를 내지 않고 계단을 내려갔다. 현관의 층계참이 보였다. 나는 정신을 집중하며 시선을 고정했다. 이번에는 노크 소리가 더 명확하게 들렸다. 거리가 가까워져서 크게 들린 것이 아니었다. 노크의 힘이 강해진 거였다.

"누구지?"

나는 죽도를 잡은 오른손에 힘을 주며 작은 소리로 물었다. 그 소리가 정적을 찢으며 주위의 차가운 공기로 스며들었다.

"도와주세요……"

소녀의 떨리는 목소리가 들렸다. 그 순간 상대가 누구인지 알았다. 나는 오른손에 죽도를 든 채 왼손으로 문의 체인을 벗기려고 했다. 체인은 날카로운 소리를 낼 뿐, 쉽게 벗겨지지 않았다. 결국 죽도를 바닥에 내려놓고 두 손으로 체인을 벗긴 뒤, 이중 잠금장치를 풀었다. 그런 다음 다시 죽도를 들고, 조심스럽게 왼손으로 문을 조금 열었다.

살을 에는 냉기가 흘러들어왔다. 문이라는 장벽으로 잘린 어두운 공간에서는 아무것도 보이지 않았다. 문을 조금 더 열었다. 그러자 머리가 짧은 소녀의 얼굴이 드러났다. 마치 소년처럼 보였다. 실제로 교복 치마가 눈에 들어오지 않았다면 소년으로 착각했으리라. 자세히 쳐다보니 상당히 예쁜 얼굴이었다. 소녀의 눈에 희미하게 고여 있는 눈물이 보였다. 문을 활짝 열자 칼바람이 한 줄기 휘몰아쳤다. 순간 나도 모르게 오른손의 죽도를 휘둘렀다. 소녀의 뒤쪽에서 니시노가 비웃음을 지으며 서 있는 듯한 생각이 든 것이다.

하지만 그것은 착각이었다. 소녀의 뒤쪽으로는 현관 입구에 하얗게 피어 있는 산다화가 어둠 속에서 희미하게 흔들리고 있을 뿐이었다. 나는 추켜올린 죽도를 내렸다.

"니시노 씨 따님인가?"

작은 목소리로 묻자 소녀는 고개를 끄덕였다. 눈에서 눈물이 또르르 흘러내렸다.

"어서 들어와."

나는 어깨를 껴안고 소녀를 안으로 들어오게 했다.

"세상에! 이게 무슨 일이야?"

등 뒤에서 아내의 목소리가 들렸다. 뒤를 돌아보자 어느새 아내가 2층에서 내려와 있었다. 오른손에는 휴대전화를 들고 있었다. 무슨 일이 있을 때 집전화가 있는 곳으로 갈 시간을 벌기 위해서이리라. 나를 대신해 아내가 소녀의 어깨를 껴안고 거실 쪽으로 데려갔다. 나는 다시 현관문을 이중으로 잠갔다. 체인도 끼웠다.

거실로 들어갔다. 불이 환하게 켜져 있었다. '아뿔싸!' 하는 생각이 들었다. 불을 끄고 싶었다. 이런 한밤중에 거실 불을 켜놓으면 니시노에게 딸이 어디 있는지 알려주는 것이나 마찬가지 아닌가. 그러나 불을 끄면 소녀에게 새로운 공포를 심어주게 될지도 모른다. 실제로 소녀는 의자에 앉아 흐느껴 울면서 아내가 하는 질문에 제대로 대답하지 못했다.

"울기만 하면 무슨 일인지 모르잖아. 말을 해야지."

나는 정신을 차리게 할 생각으로 일부러 강하게 말했다.

"괜찮아. 당신은 가만히 있어."

소녀의 옆에 앉아 있던 아내가 나를 타박했다. 그리고 소녀를 향해 다정하게 말했다.

"걱정하지 마. 이제 괜찮으니까 눈물 그치고 말해봐. 그 전에 주스라도 마실래?"

역시 아내에게 맡기는 편이 좋을 것 같았다. 나는 주방으로 가서 팩에 있는 오렌지주스를 컵에 따른 뒤, 컵을 들고 거실로 돌아왔다.

아내에게 주스 컵을 내밀었다. 컵은 아내의 손에서 소녀의 손으로 넘어갔다. 소녀는 단숨에 주스를 들이켰다. 마치 온몸이 수분을 간절하게 원하는 것처럼.

"더 마실래?"

아내가 묻자 소녀는 고개를 가로저었다.

"배고프지? 뭐라도 만들어줄까?"

소녀는 다시 고개를 옆으로 흔들었다. 조금씩 안정을 되찾는 모습이었다.

"천천히 말해도 좋으니까 아줌마 질문에 대답해줄래? 요전에 길에서 만났을 때 '그 사람은 아빠가 아니에요.'라고 말한 거 기억해?"

아내는 조용히 말하면서 확인하듯 소녀의 눈을 들여다보았다. 소녀가 고개를 한 번 끄덕였다.

"그럼 그 사람은 누구지? 친척 아저씨야?"

소녀가 떨리는 목소리로 대답했다.

"전혀 모르는 사람이에요."

나는 놀라서 입을 다물지 못했다. 아내도 역시 할 말을 잃은 듯 한순간 아무 말도 하지 못했다. 아내는 놀란 가슴을 쓸어내리며 다시 천천히 물었다.

"왜 모르는 사람과 같이 살지? 어떻게 된 건지 아줌마한테 말해주지 않을래?"

아내가 그렇게 말하자 소녀는 마치 어려운 수학 문제라도 마주한 것처럼 당황한 표정을 지었다. 무슨 말인가 하려는 것은 분명했다. 하지만 입술만 파르르 떨 뿐 목소리는 나오지 않았다.

아내는 재촉하지 않고 끈기 있게 기다렸다. 잠시 후, 소녀의 입에서 목소리가 흘러나왔다.

"어느 날 학교에서 왔더니 그 사람이 엄마랑 같이 있었어
요……."

아내가 계속 말하라는 듯 고개를 끄덕였다. 그때 인터폰의 초
인종이 울렸다. 순간 아내와 시선이 마주쳤다. 소녀가 바들바들
떨기 시작했다. 다시 무서운 공포에 휩싸인 것 같았다.

"당신이 나가봐."

아내가 작은 목소리로 재빨리 말했다. 나는 고개를 끄덕이고
즉시 옆에 있는 인터폰의 수화기를 들었다.

"누구야?"

일부러 정중한 말투를 쓰지 않았다. 이런 한밤중에 남의 집
초인종을 누르는 무례한 사람에게는 정중하게 대할 필요가 없
다고 생각했다.

"늦은 시간에 죄송합니다. 옆집의 니시노입니다."

수화기를 타고 니시노의 정중한 목소리가 들렸다. 듣기에 따
라서는 위압적으로 들릴 만큼 기묘하게 밝은 목소리였다.

나는 일단 수화기를 내려놓고 말했다.

"니시노 씨야."

"없다고 해."

아내는 일부러 주어를 생략하고 말하더니 재빨리 덧붙였다.

"우리는 2층으로 갈게."

아내가 소녀의 어깨를 감싸고 일어났다.

아내와 소녀가 계단을 올라가는 것을 보고 다시 인터폰의 수화기를 들었다.

"무슨 일이시죠?"

"우리 딸이 이 댁에 신세를 지고 있는 것 같은데요. 한밤중에 소란을 피워서 죄송합니다. 딸을 데려가고 싶습니다."

거침없는 말투였다. 말의 구석구석에서 묘한 압력이 느껴졌다.

"따님은 여기에 없습니다."

나는 가까스로 평정을 가장하고 말했다. 그러자 갑자기 웃음소리가 들렸다. 언제나 그렇듯이 기분 나쁠 만큼 날카로운 웃음소리였다.

머리칼이 곤두서는 듯한 느낌이 들었다.

"그럴 리가 있습니까? 여기로 들어가는 걸 봤는데요."

이번에는 목소리에 분명한 분노가 담겨 있었다.

"안 왔습니다. 한밤중에 남의 집에 와서 트집을 잡다니, 정말 무례하군요."

나는 내던지듯 말하고 수화기를 내려놓았다. 지금은 이웃과 좋은 관계를 유지하기 위해 정중히 대할 때가 아니다. 이렇게 된 이상 크든 작든 마찰은 피할 수 없다.

니시노는 미친 듯이 초인종을 눌러댔다. 날카로운 초인종 소리가 어둠속에서 차갑게 울려 퍼졌다. 응답하지 않았다. 그래도 초인종 소리는 멈추지 않았다. 나는 더 이상 참지 못하고 초인종의 전원을 껐다.

안으로 들어가 복도에 있던 죽도를 들고 자세를 잡았다. 현관 문 너머에서 니시노의 기척이 느껴졌다. 예상한 대로 거친 노크 소리가 들리기 시작했다.

나는 목청을 높여 소리를 질렀다.

"이제 그만하시죠. 경찰에 신고하겠습니다!"

"신고해! 지금 당신이 하는 일은 미성년자 약취야! 알아?"

분노가 가득 담긴 외침이 돌아왔다. 허를 찔린 기분이 들었다. 미성년자 약취. 이런 경우에 법률용어를 사용하면 얼마나 효과가 있는지 아는 듯했다.

우리 집에 도움을 청하러 온 소녀가 진짜로 그의 딸이라면, 그 말은 틀리지 않았다.

"그 애는 당신이 아버지가 아니라고 하더군. 전혀 모르는 사람이라고 말이야."

"무슨 말도 안 되는 소리야? 지금 어린애의 헛소리를 믿고 이러는 거야? 그 애는 노이로제야, 노이로제!"

말이 통하지 않았다. 분노가 머리끝까지 솟구쳤다. 당장이라도 상대의 멱살을 잡고 욕설을 퍼붓고 싶은 심정이었다. 그러나 그것이 얼마나 위험한 일인지는 잘 알고 있었다. 나와 니시노를 가로막고 있는 별로 튼튼하지 않은 문이 내 신체적 위험을 간신히 피하게 해주는 방패였던 것이다.

그가 미친 듯이 문을 두들겼다. 귀를 찢는 소리와 함께 지진이라도 난 듯이 집 전체가 흔들렸다. 그리고 돌연 조용해졌다.

다음 순간 믿을 수 없는 일이 벌어졌다. 잠겨 있던 자물쇠가 돌아가기 시작했다. 처음에 위쪽 자물쇠가 돌아가더니, 곧바로 아래쪽 자물쇠가 돌아갔다. 눈 깜짝할 사이에 이중 잠금이 풀렸다. 그가 우리 집 열쇠를 가지고 있었단 말인가? 그렇게밖에 생각할 수 없었다. 둔탁한 소리와 함께 문이 열리기 시작했다. 그러나 체인 덕분에 문은 4분의 1 정도밖에 열리지 않았다. 그 정도 틈새로는 사람이 드나들 수 없었다.

그의 얼굴이 보였다. 심장이 쿵쾅거렸다. 그는 완전히 딴사람 같은 얼굴을 들이밀었다. 도대체 그는 누구인가? 금테 안경은 없었다. 콧수염은 똑같았지만 눈은 가늘게 치켜 올라가고, 입매는 단정치 못하게 벌어져 있었다. 표정이 너무도 섬뜩했다. 싹싹하고 붙임성 좋은 니시노는 그림자도 찾아볼 수 없었다. 그때 기억 저편에서 누군가의 얼굴이 떠오르려고 했다. 그러나 완전히 떠오르기 전에 기억이 끊어지고 말았다.

어둠 속에서 금속이 빛을 뿌렸다. 그의 오른손에 식칼이 들려 있는 것이 보였다.

"빌어먹을 자식, 빨리 문을 열지 못해?!"

그는 야쿠자처럼 거칠게 욕설을 퍼부으며 화를 냈다. 평소의 품위 있는 행동에서는 상상도 할 수 없는 반응이었다. 식칼을 든 손이 안으로 들어와 체인에 닿았다. 나는 숨을 들이쉬며 죽도로 손을 내리쳤다. 그가 손을 뒤로 뺀 순간, 다시 문을 이중으로 잠갔다. 하지만 열쇠를 가지고 있는 이상, 이 행위는 무의미하게 반복되리라.

나는 2층을 향해 크게 소리쳤다.

"여보, 경찰에 신고해!"

아내도 역시 큰 소리로 대답했다.

"이미 신고했어!"

이 소리는 문밖에 있는 그의 귀에도 들렸으리라. 이제 됐다. 아내는 스스로 판단해서 이미 경찰에 신고한 것이다.

그가 문 앞에서 떨어지는 기척이 느껴졌다. 발소리가 멀어졌다. 온몸의 힘이 빠지면서 동시에 식은땀이 솟구쳤다. 나는 죽도를 움켜쥔 채 한동안 현관문을 뚫어지게 응시했다.

멀리서 순찰차의 사이렌 소리가 들렸다. 사이렌 소리는 점점 더 커지더니 우리 집 앞에서 멈추었다.

"이제 됐어. 경찰이 왔어!"

계단의 중간까지 내려와 있던 아내가 등 뒤에서 그렇게 말했다. 나는 흠칫 정신을 차리고 주방으로 가서 창문 너머로 밖을 내다보았다. 순찰차의 빨간색 등이 보였다. 안에서 경찰 두 명이 나왔다. 그때 한 남자가 순찰차를 향해 뛰어가는 것이 보였다. 니시노였다. 니시노가 경찰에게 무슨 말인가 하고 있었다. 순간 아차 싶었다.

현관을 격렬하게 두들기는 소리가 들렸다.

"경찰입니다! 문 좀 열어주십시오!"

불길한 예감이 가슴을 파고들었다. 마치 피의자 집에 수색영장을 가지고 온 형사 같은 말투가 아닌가. 나는 체인을 벗기고 잠금장치를 해제한 후 문을 열었다. 제복 차림의 경찰 두 명이 서 있었다.

그중 한 명이 비난하듯 말했다.

"옆집 따님이 여기 있죠?"

"네, 2층에 있습니다."

그렇게 말하고 자세히 설명하려고 했을 때, 아내가 소녀를 데리고 내려왔다. 소녀는 온몸이 딱딱하게 굳은 채 잔뜩 겁먹은 표정을 지었다.

"그 애를 이쪽으로 보내십시오."

다른 경찰의 말에 아내가 항의했다.

"잠깐만요. 이 애는 도움이 필요해서 우리 집으로 피해 온 거예요."

"자세한 얘기는 나중에 듣지요. 옆집 사람이 그러더군요. 당신들이 자기 딸을 약취했다고요. 일단 전후 사정을 들어야 하니 당장 옷을 갈아입고 서까지 같이 가주실까요?"

처음의 경찰이 우격다짐으로 강하게 말했다. 다시 어둠을 뚫고 순찰차의 사이렌 소리가 울려 퍼졌다. 뒤이어 다른 순찰차가 도착한 것 같았다. 나는 무슨 일인지 영문을 알 수 없었다.

2

그런 다음에는 피의자 취급을 받았다. 경찰은 우리와 소녀를 떼어놓았다. 격렬하게 항의했지만 들으려고 하지 않았다. 소녀는 망연자실한 표정을 지을 뿐이었다. 경찰이 소녀를 어디로 데려 갔는지는 알 수 없었다. 어쩌면 니시노에게 데려다주었을지도 모른다. 경찰은 나와 아내를 오기쿠보 서로 연행해서 각각 전후 사정을 물었다.

나를 신문한 사람은 험상궂게 생긴 오기쿠보 서의 중년 형사 였다. 한밤중의 신문이었다.

나는 대강 사정을 설명한 후에 강력하게 말했다.

"니시노 씨에게 그 애를 돌려보내는 건 위험합니다. 그 사람은 분명히 아이를 학대하고 있습니다!"

"그 정도 가지고 학대라고 하기엔 좀⋯⋯. 애초에 증거가 없 잖아요."

형사의 말투는 마치 니시노를 감싸는 것처럼 들렸다. 분명 증거는 없었다. 소녀는 "전혀 모르는 사람이에요."라고 말했지만, 그에 대한 이유는 듣지 못했다. 따라서 지금 단계에서는 그 말의 신빙성을 주장할 수 없었다. 아내가 한밤중에 들었다는 여성의 울음소리도 증명할 방법이 없었다.

"그리고 겉으로 보기에는 폭행의 흔적이 없더군요. 지금 오기 쿠보 서의 여경이 그 애한테 사정 얘기를 듣고 있는데, 자기가 학대를 받았다고 하지도 않고……."

"우리에게서 떼어놓은 다음에 그 애와 니시노 씨를 만나게 했나요?"

"그래요, 한 시간쯤 집으로 돌려보냈어요. 사실 사정 청취는 다른 날에 해달라고 했지만 우리도 독자적인 판단이 있으니까 일단 오늘은 우리가 신병을 맡기로 했지요."

"그럼 그 한 시간 사이에 협박을 받은 겁니다. 경찰에 학대받았다고 말하기라도 하면 가만두지 않겠다는 식으로요."

"그건 어디까지나 추측이잖습니까? 더구나 그 애 아버지란 사람은 우리 사정 청취에도 정중한 태도로 협조해주더군요. 우리가 아이를 데려가겠다고 하니까 경찰의 판단이 그렇다면 어쩔 수 없다면서요."

"그 애의 사정 청취가 끝나면 다시 니시노 씨에게 돌려보낼 생각인가요?"

"그건 우리가 판단할 일이 아니죠."

"무슨 뜻이지요?"

"오늘은 그 애에게 제대로 물을 수 없어요. 이제 겨우 중학생이라서, 이런 한밤중에 꼬치꼬치 캐물으면 그야말로 인권문제가 되겠지요. 내일, 아니 오늘인가? 어쨌든 아동상담소에 데려가면 그곳에서 자세히 물을 겁니다. 그 애를 아버지에게 돌려보낼지 말지는 아동상담소에서 판단하겠지요."

애초에 형사의 말은 앞뒤가 맞지 않았다. 소녀는 니시노가 자기 아버지가 아니라고 했다. 그 점을 무시하고 '아버지에게 돌려보낼지 말지'라고 말하는 것 자체가 사건의 본질을 이해하지 못한 게 아닌가. 그러나 아동상담소가 개입한다면 소녀에게 신체적 위협이 가해지지는 않으리라. 나는 가볍게 안도의 한숨을 내쉬었다. 물론 아동상담소에서 어떤 결정을 내릴지 모르는 만큼 속단은 금물이었다.

"그보다 우리가 알고 싶은 건 당신들이 왜 그 애를 집안에 들였나 하는 겁니다."

형사는 몸을 약간 숙이더니 커다란 눈을 빛내면서 나를 뚫어지게 쳐다보았다.

"한밤중에 현관문 두들기는 소리가 들려서 문을 열었더니 그 애가 서 있었다고 아까부터 말씀드렸잖습니까?"

"니시노 씨 말은 전혀 다르더군요. 당신들이 억지로 그 애를 집으로 데려갔다고 하던데요?"

"그렇다면 왜 아내가 경찰에 신고했겠습니까? 켕기는 게 없으니까 신고한 거 아닌가요?"

"그 말도 다르군요."

"어떻게 다르지요?"

"니시노 씨 말로는 경찰에 신고한 사람은 자기 아내라고 하더군요. 옆집 남자가 자기 남편을 공격하고 있다고요."

"말도 안 돼요!"

나는 경악했다. 경찰에 신고했을 때 아내는 경황이 없어 짤막하게 말했으리라. 그때 아내가 이 형사의 말처럼 말했다면 어느 쪽으로도 받아들일 수 있다. 더구나 아내의 휴대전화는 '발신번호 표시제한'이 되어 있었다. 집전화로 걸면 경찰의 통신센터를 통해 어디에서 걸려왔는지 알 수 있지만, 발신번호 표시제한 휴대전화를 사용하면 발신지를 바로 알 수 없을지도 모른다. 물론 일반적으로는 전화를 받은 경찰이 아내에게 주소와 이름을 확인했겠지만, 당장은 아내가 어떻게 대꾸했는지 알 도리가 없었다.

"니시노 씨에게는 부인이 없을 텐데요. 부인을 만나셨나요?"

"아뇨, 아직 못 만났습니다. 아파서 누워 있다고 하는데, 당장 만나게 해달라고 할 순 없잖습니까? 더구나 전화국에 요청하면 경찰에 신고한 게 누구 전화번호인지 알 수 있으니까요."

"지금 당장 알아봐주십시오."

"그건 우리가 필요하다고 판단하면 할 겁니다. 지금 중요한 건 그게 아니잖아요?"

나는 또다시 경악했다. 니시노에게 아내가 있다면 지금 그 집에 있는지가 가장 중요한 문제 아닌가. 그런데 이 형사는 그런 건 별로 중요하지 않다고 말하고 있었다. 지긋지긋했다. 이렇게 어리석은 형사와는 더 이상 말하고 싶지 않았다.

"경시청의 다니모토 씨와 얘기하게 해주시겠습니까?"

"다니모토? 수사1과의 다니모토 형사 말인가요?"

형사의 반응이 눈에 띄게 달라졌다. 말투로 볼 때 다니모토와 면식이 있는 것이 분명했다. 다나카 모녀 사건으로 경시청 수사

1과 형사들이 오기쿠보 서에 자주 드나들고, 다니모토도 그중 한 사람일지 모른다.

"당신, 대학교수라고 했지요? 그러고 보니 어디서 본 얼굴이네."

형사는 내 얼굴을 무례하리만큼 뚫어지게 쳐다보았다. 그 얼빠진 태도에서, 이 사람은 다나카 모녀 사건에 관한 극비정보에 대해 전혀 모른다는 것을 쉽게 상상할 수 있었다. 나에 관해 아는 사람은 경시청 수사1과와 오기쿠보 서 서장 등 수사의 핵심에 있는 몇몇 형사들뿐이리라. 그는 단지 TV에 나온 내 모습을 떠올리고 있을 뿐이었다. 가끔 있는 일이었다. 낯선 사람이 아는 사람인 것처럼 말을 건 적도 있다. 그럴 때마다 상대의 기억이 완전히 회복되지 않기를 바라지만 이때만은 형사의 기억이 빨리 제자리에 도착하기를 바랐다.

3

"무슨 형사들이 그렇게 멍청해? 그래선 학대받고 살해당하는 아이가 나오는 것도 당연해!"

아내가 펄펄 뛰며 화를 냈다. 자신을 신문한 형사의 태도를 용서할 수 없는 모양이었다. 나는 분노를 뛰어넘어 거의 포기 상태였다. 그러나 냉정히 생각해보면 학대당했다는 확실한 증거가 없는 이상, 경찰이 어느 편도 들 수 없는 중립적 입장을 취하는 것은 어쩔 수 없으리라.

어쨌든 우리는 새벽이 되어서야 취조에 가까운 사정 청취에서 풀려났다. 그리고 그것은 내가 다니모토의 이름을 꺼낸 것과 관계가 없지 않은 듯했다. 나는 다니모토의 연락을 기다렸다. 이제 그에게 전부 말할 수밖에 없었다. 지난번에 만났을 때, 니시노에 대해 말하지 않은 것이 후회되었다. 막연하기는 하지만 노가미가 우리 집을 기점으로 니시노의 집을 탐색한 것이 아닐까 하는 생각이 들었다. 니시노의 아내에 대해 말했을 때, 노가미는 몹시 기묘한 반응을 보였다. 우리 집 주변 환경이 히노 시 일가족 행방불명 사건의 주변 환경과 매우 비슷하다는 노가미의 말이 새삼 중요하게 다가왔다.

그보다 더 마음에 걸린 것은 "이런 환경이라면 옆집 사람이 다른 사람으로 바뀌어도 아무도 모르지 않을까 생각했네."라는 노가미의 말이었다. 이제 와서 생각하니 그것은 우리 옆집에서 일어날 일을 미리 예언한 듯한 말이기도 했다.

"그 사람은 아빠가 아니에요."

"전혀 모르는 사람이에요."

나는 소녀의 말을 몇 번이나 곱씹었다. 문제는 노가미가 어떤 과정을 거쳐서 우리 옆집에 도달했느냐는 것이다. 그는 동료에게도 말하지 않고 단독으로 수사를 했다. 그가 왜 단독수사를 고집했는지가 사건을 푸는 열쇠라는 생각이 들었다.

그때 불현듯 동창회 명부가 떠올랐다. 빨간 사인펜으로 밑줄이 그어진 우리 집 주소. 그것은 무엇을 의미하는가. 처음부터 그 주소가 있었던 것은 아니다. 히노 시 사건을 추적한 결과 그 주소에 도달했고, 그가 도달한 주소의 주변에 우연히 내가 살고 있었던 것이다. 그렇다면 우리 집을 찾아오고 싶었던 마음도 충분히 이해할 수 있다.

일단 코앞에 닥친 문제는 여전히 옆집 사람인 니시노의 얼굴을 어떻게 보고, 어떤 식으로 지내느냐였다. 나는 그날 오후에 대학에서 기말고사를 감독하기로 되어 있었다. 그렇다고 아내 혼자 집에 남겨둘 수는 없었다. 나는 경찰에 두 가지를 부탁했다. 한밤중에 니시노가 우리 집에 쳐들어왔을 때, 그는 분명히 식칼을 들고 있었다. 그러면 상해 미수나 협박죄가 성립된다. 다만 그 자신은 식칼을 가지고 있었다는 것 자체를 부정하고 있다. 경찰도 그 사실을 확인하지 못했다. 하지만 그가 또 언제 흉기인 식칼을 들고 나와 아내를 위협할지 모른다. 히노 시 사건과 관련이 있든 없든 그가 이상한 사람이며 위험한 인물이라는 것은 틀림없는 사실이다.

더구나 열쇠 문제도 있었다. 이것도 나를 신문한 형사에게 몇 번이나 말했다. 그러나 형사는 제대로 받아들이지 않았다. 문을 사이에 두고 치열한 공방전이 펼쳐졌을 때 열쇠 잠금장치가 풀렸을 가능성은 부정하지 않지만 그것이 곧 니시노가 여벌 열쇠를 가지고 있었다는 증거가 되지는 않는다고 했다. 형사의 반응을 보면 이번 사건의 입증책임은 전부 내게 있는 것 같았다. 하지만 내 입에서 다니모토의 이름이 나온 후에는 우리 집 주변의 순찰 횟수를 늘리겠다고 약속해주었다.

오전 11시경에 아내와 같이 집을 나섰다. 아내에게는 일단 메구로에 있는 친정에 가 있으라고 했다. 그리고 저녁 때, 오기쿠보 역에서 만나 집으로 올 생각이었다. 사실은 우리 모두 당분간 다른 곳에서 지내는 편이 좋았을지도 모른다. 그러나 만에 하나 아동상담소에서 소녀를 니시노에게 돌려보냈을 때, 우리가 옆에 있어주어야 한다는 마음이 발동한 것이 사실이었다.

전철 안에서 아내는 다나카 모녀 사건과 니시노 사건을 예로 들면서, 불행한 사건이 잇달아 일어난 것을 한탄했다. 두 사건이 관계가 있다고 생각하지는 않는 것 같았지만, 니시노의 이해할 수 없는 행동을 직접 본 만큼 그럴 가능성을 완전히 배제하지는 않았다. 나는 오히려 다나카 모녀 사건과 니시노 사건, 나아가 히노 시 사건이 하나의 중심점을 향해 나아가는 섬뜩한 소용돌이의 궤적처럼 여겨졌다.

그날은 아무 일도 일어나지 않았다. 니시노의 집은 정적에 싸여 있었다. 소녀가 집으로 돌아온 기척은 없었다. 밤이 되자 니시노의 집에 형형하게 불이 켜졌다. 나와 아내는 끊임없이 그의 동향을 살피면서, 옆집에서 나는 소리와 불의 깜빡임까지 신경을 썼다. 다니모토에게서는 아무 연락이 없었다. 대신 저녁 8시쯤 아동상담소 직원이라는 여성이 전화를 걸어왔다. 목소리로 볼 때 젊은 여성 같았는데 느낌이 좋았다. 오기쿠보 서의 형사와 달리 우리에게 호의적이었으며, 지금으로선 소녀를 아버지에게 돌려보낼 생각이 없다고 단언했다.

동시에 소녀가 지금 충격으로 조리 있게 말할 수 없는 상태라면서 협조를 구했다. 소녀는 특히 내 아내를 많이 의지하고 있다고 했다. 니시노가 밀고 들어오려고 했을 때 소녀를 껴안고 있던 아내의 모습이 떠올랐다. 그 이후 두 사람의 마음이 통했을지 모른다. 나는 이튿날 오후에 아내와 함께 아동상담소에 들르기로 약속했다. 아동상담소에서 필요로 하는 사람은 아내뿐일지도 모른다. 하지만 나도 소녀를 만나고 싶었다. 어쩌면 노가미에 대한 정보를 들을 수 있지 않을까? 나는 노가미가 니시노의 집을 방문했을 가능성이 있다고 생각했다.

4

스기나미 아동상담소는 역을 사이에 두고 우리 집의 반대편인 남쪽에 있었다. 역에서는 걸어서 10분쯤 걸리고 우리 집에서 걸어가면 30분쯤 걸린다. 나와 아내는 둘 다 운전을 싫어하는 데다 차도 없어서 간파치에서 택시를 타고 갔다.

소장실 옆에 있는 작은 응접실에서 소장과 젊은 여직원을 만났다. 소장은 온후해 보이는 초로의 남자로, 처음에 잠시 인사만 나누고 다른 일로 자리를 비웠다.

"죄송합니다. 상근하는 사람은 저와 소장님밖에 없어서 각자
여러 건을 떠안고 있거든요."

여직원이 미안한 표정으로 말했다. 짧은 머리에 눈이 맑은 여
성이었다. 나이는 20대 후반쯤 됐을까. 전날 우리에게 전화한 사
람인 듯했다. 통화했을 때처럼 느낌이 좋은 사람이었다. 명함에
는 히로나카 료코라고 적혀 있었다.

"여기까지 오시게 해서 죄송해요. 일단 경찰에게 이야기를
들었지만, 두 분께 좀 더 자세하게 듣고 싶어서요. 니시노 미
오 양도 어느 정도는 얘기를 해주었어요. 다만 솔직히 말씀드
리면 이해되지 않는 부분이 너무 많아서 두 분께서 보충해주
셨으면 해요."

우리는 그제야 소녀의 이름을 알았다. 니시노 미오. 문제는 우
리가 아는 니시노가 진짜 니시노냐 하는 것이다.

아내가 물었다.

"그 애 이름이 미오예요? 지금 이 안에 있어요?"

"네, 지금 다른 곳에서 경시청 형사분과 얘기하고 있어요."

"경시청 형사요?"

나도 모르게 되물었다. 단순한 아동학대 사건이나 그에 따른
이웃 간의 분쟁이라면 경시청에서 파견 나올 리가 없다. 다니모
토의 얼굴이 떠올랐다.

"그러고 보니 그 형사분, 다카쿠라 씨를 아신다고 하더군요.

오늘 오후에 여기로 오신다고 했더니 꼭 만나 뵙고 싶다고 하셔서, 미오 양의 사정 청취가 끝나면 이쪽으로 오실 거예요."

역시 다니모토였다. 그도 이 사건을 주목하고 있었다. 다나카 모녀 사건과 이 사건이 밑바닥에서 이어져 있다는 감이 작동했을지도 모른다. 갑자기 희망이 솟구치고 마음이 밝아졌다.

"알겠습니다. 그분은 나중에 만나기로 하지요. 그런데 미오 양은 어느 정도까지 말했나요? 그리고 그 말이 얼마나 신빙성이 있다고 생각하시나요?"

"글쎄요, 확실히 말씀드리기는 어려워요. 다만 제 추측을 더해서 말씀드리자면 미오 양이 아버지로부터 학대를 받았을 가능성은 있는 것 같아요. 육체적 학대가 아니라 정신적 학대였던 것 같고요. 폭행당한 흔적은 없고, 물과 음식도 최소한은 준 것 같아요. 그럼에도 미오 양은 아버지에 대해 극도의 공포심을 가지고 있어요. 두 분이 경찰에 말씀하신 것처럼 지금도 '그 사람은 아빠가 아니에요.' '전혀 모르는 사람이에요.'라고 거듭 말하고 있어요. 그런데 아무리 물어도 이유를 말하지 않아요. 실은 어제 미오 양의 중학교 담임선생님과 통화를 했는데, 원래 매우 활발하고 성적도 좋았다고 하더군요. 그런데 최근 몇 달 사이에 몰라볼 정도로 기운이 없고 동아리 활동도 하지 않고 성적도 떨어졌다고 해요. 초등학교 때부터 피아노를 쳐서 나중에 피아니스트가 되고 싶다고 한 적도 있는데, 무슨 이유인지 피아노 학원도 그만둔 것 같아요. 지금까지 미오 양과 이야기를 나누면서 느낀 건, 사건과 관계없는 이야기를 할 때는 매우 머리가 좋은 아이라는 거예요. 그런데 이번 사건에 관한 이야기를 꺼내면 갑자기 말의 앞뒤가 맞지 않고 지리멸렬해져요. 개인적인 생각으론 부분적인 마인드 컨트롤을 당하고 있거나 혹은 마인드 컨트롤이 절반밖에 풀리지 않은 것 같은……."

예리한 판단이었다. 내 생각도 그랬다. "그 사람은 아빠가 아니에요."라는 말은 틀림없이 마인드 컨트롤이 반쯤 풀린 것을 가리킨다. 동시에 그 이상 제대로 설명하지 못하는 것은 더 강한 마인드 컨트롤이 내면 깊숙한 곳에서 여전히 작동하고 있다는 뜻이다.

"무슨 말씀인지 이해합니다. 그 애가 우리 집으로 피신해 왔을 때 어떻게 모르는 사람과 같이 살게 되었는지 물으려는 순간, 니시노 씨가 달려오는 바람에 결국 대답을 듣지 못했지요. 지금도 거기에 대해서는 말하지 않던가요?"

"아예 말하지 않은 건 아니에요. 하지만 단편적인 데다가 내용이 너무 황당해서 종잡을 수 없다고 할까요."

"어떻게 황당하던가요?"

"미오 양의 말을 억지로 꿰어 맞추면 이렇게 돼요. 어느 날 미오 양이 학교에 갔다가 집에 왔더니 엄마와 오빠, 그리고 낯선 중년 남자가 있었다는 거예요. 아버지는 얼마 전에 사라져서 그 후에는 한 번도 못 봤대요. 이상한 것은 엄마와 오빠 모두 그 중년 남자를 아버지로 대하고, 마치 예전부터 그 남자가 아버지였던 것처럼 행동했다는 거예요. 미오 양이 '이 사람은 아빠가 아니야.'라고 말한 순간, 남자가 버럭 화를 냈다고 하더군요. 엄마는 간절한 얼굴로 '무슨 말이야? 아빠가 아니면 누구란 거야?'라고 하고, 오빠는 어두운 표정으로 입을 다물고 있었대요. 그런 일이 반복되는 사이에 그 남자가 아버지가 아니라고 말하는 게 무서워져서, 미오 양도 진짜 아버지인 것처럼 행동하게 되었다더군요. 그러던 어느 날, 오빠가 그 남자를 따라 밖에 나갔는데 돌아오지 않았대요. 남자는 다시 집에 와서 같이 살았고요. 어머니는 어떻게 되었냐고 물으니까 대답을 안 하고 입을 꼭 다물고 있어요. 어떻게 남자한테서 도망칠 생각을 했냐고 물었더니 옆집 아주머니, 즉 다카쿠라 씨의 아내분과 말을 하면서, 이 사람이라면 자신을 도와줄지도 모른다고 생각했대요."

미오가 아버지에게, 아니 아버지라고 부르는 인물에게 마인드 컨트롤을 당한 것은 분명하다. 이런 경우에 마인드 컨트롤의 기본요소는 공포와 협박, 좁은 공간 세 가지다. 아마 집 안에서 가족에 관한 끔찍한 일을 겪지 않았을까? 그리고 그것으로 협박을 당했다. 그 후에 그녀는 아버지라고 부르는 인물과 좁은 공간에서 같이 지내지 않을 수 없게 되었다. 어쩌면 그녀의 주거 공간은 그 집 안에서도 더욱 좁은 곳에 한정되어 있을지 모른다. 유일한 예외는 학교에 다니는 것을 허락해준 것이다.

왜 그것을 허락했는지는 알 수 없지만, 미오를 계속 학교에 다니게 함으로써 사건의 발각을 지연시키는 효과가 있었던 것은 틀림없다. 신체적인 폭행 흔적이 없는 것도 니시노의 계산이었으리라. 그런 흔적을 남기면 발각의 우려가 높아진다는 사실을 알고 있는 것이다. 그런 어리석은 짓을 하지 않아도 그녀의 입을 완전히 봉쇄할 수 있는 '시스템'을 만들어놓았으니까. 그녀가 밖에서 비밀을 폭로할 위험과 마인드 컨트롤의 힘을 저울질하면서, 범죄의 발각을 지연시키는 쪽을 선택했으리라.

"솔직히 니시노 씨가 아버지가 아니라는 미오 양의 주장을 어떻게 받아들여야 할지 모르겠어요. 아무리 생각해도 어느 날 갑자기 낯선 사람이 아버지라고 주장하고, 엄마와 오빠가 그 사람을 아버지로 인정한다는 게 말이 안 되잖아요? 어제 니시노 씨가 여기 오셔서 소장님과 함께 만나봤는데, 어떤 의미에서는 니시노 씨 말씀이 맞는 것 같기도 해요. 아내가 병에 걸린 이후 미오 양이 가끔 이상한 말을 해서 병원에 데려가려는 찰나에 이런 일이 일어났다는 거예요. 원래 공부를 싫어하던 아들은 고등학교를 그만두고, 지금은 아사쿠사의 자동차공장에서 일하며 기숙사 생활을 한다더군요. 아들이 다니는 고등학교에 니시노 씨가 직접 자퇴서를 냈다고 해서 알아봤는데, 사실이었어요. 다만 담임선생님 얘기론 아들이 공부를 상당히 잘했다고 하더군요. 아들이 일하는 회사의 연락처는 알려주지 않았어요. 아들이 이번 사건에 휘말리는 걸 원치 않는다면서요. 하지만 니시노 씨는 시종일관 침착했고, 약간 모순되는 내용이 있긴 해도 나름대로 조리 있게 말해서 저희도 어떻게 해야 할지 판단이 서지 않아요. 아동학대에 대해서도 미오 양을 때린 적은 한 번도 없고, 너무나 황당한 말을 해서 고함을 지른 일은 몇 번 있다고 인정했어요. 지금은 그걸 깊이 반성하고, 앞으로는 절대 그러지 않겠다고 약속했고요."

"하지만 저희 집에 쳐들어왔을 때, 얼마나 흥분했는지 몰라요. 문을 쾅쾅 두들기면서 주변이 떠나가라 고함을 지르고, 식칼까지 들이대면서 안으로 들어오려고 했어요."

아내가 더 이상 참지 못하고 이의를 제기했다. 나는 아내를 지원사격할 생각으로 덧붙였다.

"마치 딴사람이 된 것처럼 돌변하더군요. 평소에는 붙임성도 좋고 우연히 만나면 살갑게 대하곤 했는데, 그때의 모습은 지금도 잊을 수 없을 만큼 섬뜩했습니다. 광기에 휩싸였다고 할까, 꼭 미친 사람 같았지요. 그래서 우리는 미오 양의 말을 더 믿습니다. 물론 미오 양은 현재 극심한 혼란에 빠져 있어서 앞뒤가 맞지 않는 말을 할지도 모르지만요. 어쨌든 지금은 미오 양을 니시노 씨에게 돌려보내면 절대로 안 됩니다."

"네, 그렇게 하지는 않아요. 경찰분도 그렇게 말씀하셨고요. 어쨌든 미오 양이 니시노 씨의 신원에 대해 납득할 만한 설명을 해주면 좋을 텐데 말이에요……."

료코가 혼잣말을 하듯 중얼거렸다. 그때 그녀의 뒤에 있는 문이 열리고 건장한 체격의 남자가 들어왔다. 남자가 나를 보고 가볍게 고개를 숙였다. 다니모토였다.

5

다니모토와 밖으로 나왔다. 아내는 료코와 같이 미오와 이야기하기로 했다. 미오의 마음속에 남성에 대한 공포가 뿌리 깊게 박혀 있는 만큼, 여성들끼리 잡담을 하듯 말하는 게 좋겠다는 것이 료코의 판단이었다. 실제로 다니모토도 사정 청취에서 별다른 정보를 얻어내지 못한 것 같았다.

나와 다니모토는 주택가를 산책하면서 이야기를 나누었다. 한 시간 정도 정보를 교환하고 나서 아동상담소로 돌아갈 예정이었다. 겨울의 공기가 몹시 차가웠다. 우리는 코트 깃을 세우고 걸었다. 거리를 오가는 사람이 많지 않아서 우리의 대화를 엿들을 가능성은 거의 없었다. 적어도 커피숍에서 이야기하는 것보다는 안전하리라. 아동상담소에서 료코와 아내, 미오가 이야기를 나눌 것을 생각하니, 같은 공간에서 다니모토와 이야기하는 것이 심리적으로 거북하게 느껴졌다. 그래서 밖으로 나가자고 내가 먼저 제안했다.

"그렇다면 노가미 선배가 교수님 옆집에 사는 니시노라는 사람을 탐색하기 위해 교수님 집에 갔다고 생각하시는군요."

다니모토는 나에게 사건의 전말을 듣고 나서 침착하게 말했다. 역시 눈치가 빨랐다.

"확신할 순 없지만 지금 생각하니 그가 한 말에 옆집에서 일어날 사건을 예견했다고 느껴지는 부분이 있더군요."

"옆집 사람이 다른 사람으로 바뀐다……."

그는 나의 오른쪽에서 걸으며 중얼거리듯 말했다. 택시 한 대가 우리를 지나쳤다.

"컴퓨터 범죄에서 자주 사용하는 '위장'이라는 개념과 비슷하군요. 인터넷상에서 다른 사람으로 위장하는 것처럼 현실에서도 그렇게 한다……. 즉 다른 사람으로 위장해 외부 사람을 속이고, 협박과 공갈을 통해 내부 가족을 지배하며 위장을 정당화한다는 건가요?"

적절한 설명이었다. 니시노에 대해 내가 상상한 것이 바로 그것이다. 그는 컴퓨터 바이러스처럼 니시노 집에 침투해 가족들을 철저하게 먹어치운 것이 아닐까? 그러나 객관적인 증거는 아무것도 없다.

"난 그렇게 생각합니다. 아직 직접적인 증거는 없지만 니시노 씨 집을 가택수색하면 뭔가 나오지 않을까요? 하지만 역시 어렵겠지요?"

"지금 단계에서 법원에서 가택수색 영장을 받기는 어려울 겁니다. 다만 교수님 생각은 이해할 것 같습니다. 이런 말 하긴 좀 그렇지만 미오 양의 부모님은 이미 그 집에서 살해당한 게……."

"감금상태이긴 해도 어머니는 살아 있지 않을까요? 그것이 미오 양이 진실을 말할 수 없는 원인 같습니다. 경찰에 신고한 사람이 아내라고 주장하는 것도 실제로 미오 양의 어머니가 집에 있기 때문일 겁니다. 그자는 금방 탄로 날 거짓말을 하는 사람이 아닙니다. 지금은 아내가 병에 걸려 누워 있다고 그럴듯하게 꾸미고 있지만, 경찰이 아내를 만나겠다고 강력하게 요구하면 내보낼 겁니다. 자신이 시키는 대로 말하라고 협박한 다음에 말이지요."

"경찰에 신고한 전화번호가 사모님 휴대전화 번호였다는 게 이미 밝혀졌기 때문에 이제 와서 그런 주장은 통하지 않을 겁니다. 하지만 그건 사소한 거짓말이라 가택수사를 할 만큼 중대한 사안이라고는 할 수 없습니다. 그날 너무 흥분해서 자기도 모르게 그렇게 말했다고 변명하면 그만이니까요. 더구나 교수님 말처럼 미오 양의 어머니가 살아 있다면, 변명의 신빙성을 높여주게 됩니다. 그런데 지금 증거를 뛰어넘어 너무 앞서 나가는 게 아닐까요? 니시노 씨는 진짜 니시노 씨일지도 모릅니다. 그렇지 않다는 확증을 얻을 때까지는 그걸 전제로 생각해야 하지 않을까요?"

그의 말은 정론이었다. 그 말은 앞서가는 내게 하는 충고라기보다 자기 자신에 대한 경계의 말처럼 느껴졌다. 나는 구태여 반론을 제기하지 않았다.

"히노 시 사건에는 새로운 진전이 있었나요?"

"유감스럽게도 아직 없습니다. 그런데 진전이라고 할 일은 아니지만, 노가미 선배의 전 부인이 경시청으로 저를 찾아왔더군요. 특별히 새로운 정보를 가지고 온 건 아니고, 선배가 행방불명되었다는 이야기를 듣고 걱정돼서 찾아온 것뿐입니다. 하지만 위쪽에서는 아직 그분에게도 사실을 말하지 말라고 해서, 저도 결정적인 말은 해드릴 수 없었습니다. 그분이 지금도 선배의 아내라면 위쪽의 생각도 좀 다르겠지만, 정식으로 이혼한 만큼 법적으로는 완전히 제삼자니까요……."

말꼬리가 흐려졌다. 자신의 괴로운 심정을 이해해달라는 것처럼 들렸다. 비인도적인 대응이라고 할 수도 있지만 가족이 아니면 생사에 관한 진실을 말해주지 않는다는 원칙에 따른 것이니만큼 비난할 수는 없었다.

"노가미의 전 부인은 어떤 사람이지요?"

나는 슬쩍 화제를 바꾸었다. 실제로 노가미가 어떤 여성과 결혼했는지 관심이 갔다.

"음악가입니다. 전 고급 예술에는 문외한이지만 상당히 유명한 클래식 피아니스트라고 하더군요. 다리가 불편한지 조금 절고 있었는데, 그런 식으로 몸에 핸디캡이 있는 사람은 저처럼 평범한 사람과 달리 예술적 감성이 뛰어나겠지요."

그의 말을 듣고 흠칫 놀랐다. 과거의 기억이 되살아났다.

"혹시 가와이 소노코 씨인가요?"

"네, 분명히 가와이 소노코 씨라고 했습니다. 아시는 분입니까?"

그는 의외라는 표정을 지었다. 내가 개인적으로 가와이 소노코를 안다는 사실을 모른 채, 그녀가 그렇게 유명한 피아니스트냐고 묻는 거였다. 나도 그와 마찬가지로 예술에는 거의 문외한

이다. 그러고 보니 소노코가 음대에 진학했다는 이야기를 풍문으로 들은 적이 있다. 하지만 그렇게 일류 피아니스트가 된 줄은 꿈에도 몰랐다. 더구나 예전에 노가미와 결혼했었다니. 버스 정류장 사건이 머리를 가로질렀다.

"소노코도 고등학교 때 같은 반이었지요."

나는 최대한 감정 없이 말했다. 다니모토의 눈에 미묘한 관심이 빛이 어렸다.

우리는 한동안 말없이 걸었다. 어느새 역 앞의 복잡한 길에 다다랐다. 우리는 방향을 바꾸어 다시 아동상담소로 돌아가기 시작했다.

6

아동상담소에 도착한 것은 밖으로 나간 지 한 시간쯤 지났을 때였다. 정면 현관 옆의 작은 사무실에는 아무도 없었다. 나와 아내가 처음 왔을 때는 접수처에 아르바이트 직원으로 보이는 젊은 여성이 있어서 응접실까지 안내해주었는데, 잠시 자리를 비운 것 같았다. 나와 다니모토는 사무실 앞의 통로를 지나 응접실로 향했다. 료코와 아내는 2층 회의실에서 미오를 만나고 있을 것이다.

문을 노크했다. 형식적인 노크였다. 안에 아무도 없을 거라 생각했다. 예상한 대로 응답이 없었다. 손잡이를 잡아당긴 순간, 나는 숨을 들이마셨다. 문 바로 뒤쪽에 젊은 여성이 엎드린 채 쓰러져 있었다. 여성의 배에서 거무칙칙한 피가 흘러나오고 있었다. 처음에는 료코인 줄 알았다. 하지만 료코는 아니었다. 접수처에 있던 여성인 듯했다. 멍하니 서 있는 나를 제치고 다니모토가 재빨리 뛰어들었다.

"이봐요, 정신 차려요! 괜찮아요?"

다니모토가 여성의 상체를 일으켰다. 여성이 눈을 떴다. 안색은 그렇게 나쁘지 않았다.

"소장님이……."

그녀는 눈물을 흘리며 갈라진 목소리로 말했다. 의식은 또렷했다. 옆에 있는 소장실 문이 반쯤 열려 있었다. 나는 여성을 다니모토에게 맡기고 소장실로 뛰어 들어갔다. 세 평쯤 되는 좁은 사무실 한가운데에 백발의 남자가 쓰러져 있었다. 소장이었다. 마룻바닥에 피가 흥건했다. 소장은 이미 의식이 없어 보였다. 여성보다 상처가 깊은 것이 분명했다.

"다니모토 씨, 소장님도 찔렸어요! 여기는 피바다입니다!"

나는 있는 힘껏 크게 소리쳤다.

대답 대신 휴대전화로 긴급 연락을 하는 다니모토의 목소리가 들렸다.

"긴급, 긴급! 1과의 다니모토입니다. 스기나미 아동상담소에서 중대 사건 발생. 신속히 와주십시오! 구급차도 부탁합니다.

현재 부상자는 두 명. 급히 대처해야 하니까 일단 끊겠습니다."

그는 전화를 끊자마자 나를 향해 고함을 쳤다.

"교수님, 2층으로 가보세요!"

그제야 흠칫 정신이 들었다. 아내의 얼굴이 떠올랐다. 아내와 료코, 미오도 습격당했을 가능성이 있다. 혼란에 빠져서 그렇게 단순한 생각도 하지 못했다.

"금방 구급차가 올 겁니다. 상처는 깊지 않으니까 괜찮아요. 움직이지 말고 기다리세요!"

응접실에서 뛰어나올 때, 다니모토는 다시 여성을 향해 소리쳤다. 그를 뒤따라 나갈 때 여성과 눈이 마주쳤다. 여성은 엎드린 채 고개를 들고 불안한 표정을 지었다. 하지만 2층에 있는 세 사람의 안부를 확인하지 않을 수 없었다.

2층 회의실로 뛰어 올라갔다. 바닥에 웅크리고 있는 여성의 모습이 보였다. 응접실의 젊은 여성과 마찬가지로 배에서 피를 흘리고 있었다. 우리가 들어가는 소리를 듣고 여성이 얼굴을 들었다. 아내였다.

"여보, 어떻게 된 거야?"

나는 아내의 상체를 안았다.

"여보, 어서 가봐. 그 애를 빼앗겼어. 칼로 위협해서 료코 씨도 데려갔어. 운전을 시킬 건가 봐. 나간 지 오래되지 않았으니까 어쩌면 아직 근처에 있을 거야."

한쪽 무릎을 바닥에 댄 채 아내의 말을 듣고 있던 다니모토가 벌떡 일어섰다.

"교수님은 사모님 곁에 계십시오. 금방 구급차가 도착할 겁니다."

그 말을 남기고 그는 밖으로 뛰어나갔다. 두 사람에 대한 추격은 그에게 맡기는 수밖에 없으리라.

아내의 상태는 그리 심각해 보이지는 않았다. 하지만 배를 찔린 만큼 속단은 금물이었다. 나는 손수건을 꺼내 아내의 상처에 댔다. 응접실에 있는 여성이 마음에 걸렸지만, 몸이 하나인 이상 이곳을 떠날 수는 없었다.

"니시노 짓이지?"

"그래, 아마 그럴 거야."

"아마 그럴 거라고? 얼굴을 못 봤어?"

"봤어, 똑똑히 봤어. 그런데 키와 덩치는 옆집 남자와 똑같았지만 얼굴은 전혀 달랐어. 안경도 쓰지 않고 입매도 힘없이 벌어지고 인상도 평범해서 꼭 딴사람 같았어. 얼마나 무서웠는지 몰라."

나는 현관문을 사이에 두고 니시노와 대치했을 때를 떠올렸다. 문틈으로 본 니시노의 섬뜩한 표정. 아내의 말은 그때 내가 느꼈던 감각과 똑같았다. 어쩌면 그것이 니시노의 진짜 얼굴일지도 모른다. 그렇다면 우리가 평소에 본 얼굴이 변장한 가면이었단 말인가? 새삼스레 등줄기가 오싹해졌다.

"어쨌든 당신을 데려가지 않은 게 다행이야. 상처도 그렇게 깊지 않고."

나는 아내를 격려하듯 말했다.

"난 장롱면허라서 운전을 못한다고 했어. 반면에 료코 씨는 운전을 잘하는 것 같아. 더구나 료코 씨가 나보다 더 젊고 예쁘잖아."

나는 쓴웃음을 지었다.

"아직 농담할 기운이 있나 보네."

그러나 아내는 진지하게 되받아쳤다.

"농담이 아니야. 우리를 협박하는 동안 료코 씨를 보는 그자의 눈길이 이상했어. 그래서 걱정이야. 미오 양과 료코 씨는 어떻게 될까?"

대답을 할 수 없었다. 그들이 걱정되는 것은 나도 마찬가지였지만 이제는 운을 하늘에 맡기는 수밖에 없었다. 두 사람을 쫓아간 다니모토가 니시노를 잡기만을 기도하는 수밖에 없었다.

"미오 양한테 무슨 얘기 들었어?"

"아니. 막 말하려는 순간 니시노가 들이닥쳤거든."

나도 모르게 한숨이 새어 나왔다. 하지만 정신을 차리고 다시 물었다.

"언제 찔린 거야?"

"그 사람들이 여기서 나가기 직전에. 미오 양이 애원하는 눈길로 나를 쳐다보길래 나도 모르게 녀석의 손에 매달렸더니 푹……. 용감하지?"

아내는 자학적인 미소를 지었다. 아마 1층 응접실에서 일어난 사건을 몰랐을 것이다. 만약 알았다면 공포가 앞서서 그렇게 무모한 행동은 하지 않았으리라.

"너무 용감해서 탈이야."

그렇게 말한 순간, 순찰차와 구급차의 사이렌 소리가 들렸다.

7

아내는 아사가야에 있는 종합병원으로 이송되었다. 상처는 꽤 깊었지만 다행히 생명에는 지장이 없었다. 전치 2주라고 하니 그렇게 심각한 상태는 아니리라. 접수처 직원도 비슷한 정도였다. 소장은 구급차로 이송하는 도중에 사망했다. 니시노는 미오를 데리고 그대로 도주해서, 두 사람의 행방은 일주일이 지난 지금까지 오리무중이다.

당연히 TV나 신문에서는 대대적으로 보도했다. 단독 사건으로도 작은 사건은 아니었지만 이번 사건은 다나카 모녀의 집에서 일어난 방화살인 사건과 시간적으로나 공간적으로 무섭도록 가까웠다. 두 사건이 관계가 있다고 소문이 나는 것은 당연했다. 하지만 어떤 매체도 확실한 정보를 얻지 못한 채 억측만 늘어놓을 뿐이었다. 그런 와중에도 노가미는 매스컴의 도마 위에 오르지 않았다. 경시청에서 완벽하게 정보를 관리하고 있었던 것이다. 다만 니시노가 미오의 아버지가 아니라 생판 모르는 남으로서 아버지로 위장했던 게 아닐까 하는 추측이 일부 주간지에 등장하고, 그로 인한 파문이 확산되기 시작했다.

매스컴에 그런 정보를 흘린 사람은 나 다니모토가 아니다. "그 사람은 아빠가 아니에요." "전혀 모르는 사람이에요." 현재 행방불명 상태인 미오가 했던 이 말을 수사본부에서 단편적으로 발표하면서 매스컴 사이에서 자연스럽게 싹튼 추리였다.

한편 간사이 지방에 사는 니시노의 형이 매스컴과 가진 인터뷰에서 동생과는 1년에 한 번 연하장을 주고받을 뿐 최근 3년간은 얼굴을 보지 못했다고 증언했다. 그의 말에 따르면 도쿄에 사는 동생은 약 2년 전인 56세 때 대형 철강회사에서 정리해고를 당했다. 그 이후 구직활동 중이라는 말을 듣고는 왠지 연락할 수 없었다. 그 사이에 한 번 동생 집에 전화를 건 적이 있는데, 제수가 받아서 동생은 외출했다고 했다. 대단한 용건이 아니라서 다시 전화하지 않고 지금까지 지냈다.

니시노의 아내는 외동딸로, 부모님은 센다이에 살고 있었다. 부모님의 증언에 따르면 석 달에 한 번 정도 전화 통화를 해서 안심했다고 한다. 물론 남편과 이혼했다는 이야기도, 몸이 아프다는 이야기도 듣지 못했다. 최근에는 6개월이 넘게 연락이 없었지만, 원래 자주 연락하는 사이가 아니라서 특별히 신경 쓰지 않았다.

신문과 방송에서는 앞다투어 니시노의 다른 친척에게도 새로운 이야기를 들으려고 했다. 하지만 현대 사회의 친척 관계는 생각만큼 끈끈하지 않아서, 니시노의 형이나 아내의 부모님에게서 얻은 정보 이상은 얻을 수 없었다.

나는 모자이크처럼 복잡한 퍼즐을 맞추는 심정으로 옆집에서 일어났을지 모를 사건들을 시간별로 배열해보았다. 우리가 여기로 이사 온 것은 약 열 달 전이다. 그때 니시노를 처음 보았는데, 이미 그 시점에서 진짜 니시노가 아니지 않았을까? 어디까지나 내 추측이지만 그는 그 집에 침입하기 전에 미오의 아버지, 즉 진짜 니시노를 살해했다. 그리고 미오의 어머니와 오빠, 미오를 감금 상태로 만들었다.

이윽고 오빠도 밖으로 데려가서 살해했다. 힘으로 저항할 수 있는 사람을 죽이고 나면 다음에는 힘없는 여성만을 감금하고 지배하면 된다. 사건이 밖으로 드러나지 않도록 미오는 학교에 보내면서 평소처럼 행동하게 했다. 미오가 경찰에 신고하는 일은 없을 거라는 상당한 자신과 확증이 있었기 때문이리라.

이 사이에 노가미가 니시노의 집을 찾아갔을 가능성이 높다. 노가미가 왜 그 집을 찾아갔는지는 알 수 없다. 어쨌든 노가미는 니시노에게 권총을 빼앗기고 감금 상태에 놓였다. 그리고 가짜 니시노는 다나카 모녀의 집에 침입해서 두 사람을 살해하고, 그 전후에 노가미도 살해해 그의 범죄로 위장했다. 만약 이것이 모두 사실이라면 초인적인 범죄 능력이었다. 물론 이를 뒷받침할 만한 증거는 아직 발견되지 않았다.

상황은 복잡하기 이를 데 없었다. 애초에 자칭 니시노라는 남자가 진짜 니시노인지 아닌지 알 수 없다. 내가 그를 계속 니시노라고 부르는 것은 지금으로서는 그렇게 부를 수밖에 없기 때문이다. 경찰이 주민등록을 조사한 결과, 옆집 사람이 니시노 아키오라는 이름으로 10여 년 전에 전입신고를 한 것은 확인되었다. 우리가 열 달 전에 이사 왔다고 인사하러 갔을 때 받은 명함에도 그 이름이 적혀 있었다. 그러나 경찰 조사를 통해 '오리엔트 협회'라는 조직은 존재하지 않는 것으로 밝혀졌다.

어쨌든 니시노의 형에게도, 니시노 아내의 부모님에게도 상황은 매우 심각했다. 그들의 동생 또는 사위는 희대의 살인마이거나 아니면 이미 살해당했을지도 모른다. 미오와 미오의 어머니 그리고 미오 오빠의 생사도 걱정스러웠다. 게다가 이해할 수 없는 일이 한 가지 있다. 만약 니시노가 진짜 니시노가 아니라면 왜 그렇게 위험한 짓을 저지르면서까지 미오를 데려가려 했을까? 역시 미오는 우리가 상상하는 것 이상으로 여러 가지를, 사건을 해결하는 열쇠를 쥐고 있는 게 아닐까? 그렇게 생각하자 미오를 빼앗긴 것이 분해서 견딜 수 없었다.

한편 생각지도 못한 일이 벌어졌다. 니시노가 도망치는 와중에 료코를 풀어주었다. 아내의 불길한 예상이 맞지 않은 것이다. 어쨌든 그는 JR 나카노 역 앞의 로터리에서 내린 뒤, 자기 차의 핸들을 잡고 있는 료코에게 기이하리만큼 정중하게 "여러모로 죄송했습니다. 한 시간 후에 경찰에 통보해주십시오."라는 말을 남긴 채 미오를 데리고 전철역 안으로 유유히 사라졌다. 료코의 말로는 두 사람의 뒷모습이 평범한 부녀처럼 보였다고 한다.

그녀는 당연히 니시노의 지시를 따르지 않았다. 그렇다고 그지시가 전혀 효과가 없었던 것은 아니다. 그녀는 적어도 5분쯤차 안에 그대로 있었다. 차에서 내릴 때 니시노의 태도는 너무도 냉정하고 이성적이었다. 때문에 그녀는 그 말에 강한 경계심을 품고 혹시 함정이 아닐까 생각했다.

그때까지 그녀는 소장실에서 살인 사건이 일어났다는 사실을 모르고 있었다. 소장과 접수처 직원은 미오를 찾기 위해 2층으로 올라가려는 니시노를 막다 칼에 찔렸지만, 1층 소장실과 2층 회의실은 조금 떨어져 있어서 옥신각신하는 소리가 그녀와 아내의 귀에는 들리지 않은 모양이다. 어쩌면 니시노는 소장실에서 거의 큰 소리를 내지 않았을지도 모른다. 그런데 니시노가 내 아내를 칼로 찌르는 것을 보고 그녀의 마음속에 깊은 공포심이 들어차서, 심리적으로 그의 말에 지배당하게 된 것이다. 그는 심리의 마술사였다. 그녀는 니시노와 미오의 모습이 사라지고 5분이 지나서야 퍼뜩 정신을 차렸다. 그리고 차에서 뛰어내려 나카노 역의 역무원에게 경찰에 신고해달라고 부탁했다.

수사본부에서 니시노의 차인 도요타 플라츠를 철저하게 조사한 것은 말할 필요도 없다. 감식반의 조사 결과 차 안에서 복수의 혈흔이 발견되었는데, 그중 하나는 니시노 자신의 것이었다. 료코와 아내의 증언으로는 니시노가 회의실에 들어왔을 때 이미 식칼을 쥔 오른손에서 피가 뚝뚝 떨어졌다고 한다. 아마 소장과 접수처 직원을 찔렀을 때 본인도 상처를 입은 것이리라. 그것이 새로운 혈흔으로 차 안에 남아 있었다. 문제는 그 밖의 오래된 혈흔이었는데, 양도 너무나 적고 시간도 오래돼서 DNA 감식이 불가능했다. 그러나 나와 아내는 니시노가 가끔 그 차를 타고 나가는 것을 보았기 때문에, 복수의 혈흔이 미오의 부모 님이나 오빠의 생사에 어두운 그림자를 드리운 것이 사실이다.

그 즉시 니시노의 집에 대한 가택수사가 이루어졌다. 그러나 결과는 너무도 뜻밖이었다. 나와 다니모토의 예상과 달리 그곳 에서는 미오의 부모님이나 오빠의 모습이 발견되지 않았다. 뿐 만 아니라 2층 방에서 혈액반응이 나타난 것 말고는 사건의 흔적을 거의 찾아볼 수 없었다. 도대체 미오의 가족은 어디로 사라진 것일까? 특히 미오의 어머니를 발견하지 못한 것은 정 말 의외였다. 미오의 모습으로 볼 때 적어도 어머니는 살아 있 을 거라고 예상했다. 아마 집 안에 감금되어 있으리라는 것이 내 추측이었다. 반쯤 자유롭게 행동하면서도 미오가 다른 사람 에게 도움을 요청하지 않은 것은 마인드 컨트롤을 당했기 때 문이기도 하지만, 어머니가 인질로 잡혀 있기 때문이라고 생각 한 것이다.

나는 일주일 동안 집에 들어가지 않았다. 오메 가도(街道)의 지하철 마루노우치 선 미나미아사가야 역 근처에 있는 호텔에 머물렀다. 가까운 병원에 입원해 있는 아내를 자주 들여다봐야 한다는 실질적인 편의 때문이기도 했다. 그러나 병원까지는 우리 집에서 택시를 타면 10분 안팎에 도착할 수 있다. 내가 집을 나와 지낸 가장 큰 이유는 끈질기게 취재를 요청해오는 매스컴을 피하기 위해서였다.

매스컴의 취재전쟁은 상상을 초월했다. 범죄심리학자로서 TV에 자주 얼굴을 내민 것이 취재전쟁을 부추긴 요인 중 하나라는 사실은 부정할 수 없다. 신문이나 TV는 그렇다고 쳐도 주간지에까지 흥미 위주의 무책임한 기사가 마구 날뛰고 있었다. 개중에는 나를 명탐정으로 보고 위장 살인마와 명탐정의 대결을 흥미진진하게 써대는 기자도 있었다. 구멍이 있으면 들어가고 싶다는 말은 이럴 때 사용하는 말이리라. 생각해보면 명탐정은커녕 니시노에게 철저하게 농락당했다. 이번 사건에서 내가 올린 득점은 하나도 없었다. 위장살인이라는 개념도 노가미가 암시를 준 것이지 내가 추리해서 알아낸 사항은 아니다.

미오가 우리에게 도움을 요청한 날도 마찬가지로, 순찰차가 도착했을 때 나의 대응은 최악이었다. 니시노는 즉시 순찰차 경관에게 다가가서 우리가 자신의 딸을 약취했다고 주장했다. 그 결과 그에게 주도권을 빼앗긴 채, 그를 체포하기는커녕 오히려 경찰에게 불쾌하기 짝이 없는 신문을 받아야 했다.

그가 수상하다고 생각하면서도 다니모토에게 말할 타이밍을 놓친 것도 뼈아픈 실수였다. 미리 말했으면 경찰에서 그에 대한 감시를 강화했을지 모른다. 그랬다면 적어도 미오를 빼앗기지 않았을 것이고, 시간이 흐르면서 마인드 컨트롤이 풀린 미오에게 결정적인 증언을 끌어낼 수도 있었으리라.

결국 범죄심리학의 전문가라고 떠들지만 어차피 탁상공론일 뿐, 실제로는 무력한 존재라는 사실을 깨달았다. 문제는 매스컴이 그런 사실을 알아차리지 못한다는 점이다. 더구나 매스컴은 노가미에 대해서도, 히노 시 사건과의 관련성에 대해서도 여전히 알아차리지 못했다. 그리고 그 사실이 드러났을 때, 매스컴이 얼마나 소란을 피울지 지금으로선 상상도 되지 않았다.

8

주변을 둘러보았다. 기자나 카메라는 보이지 않았다. 다나카 모녀의 집 앞에는 여전히 순찰차가 한 대 서 있고, 그 너머에는 노란 통제선이 쳐져 있었다. 니시노의 집은 어둠 속에서 쥐죽은 듯 조용히 가라앉아 있었다. 차가운 바람이 불었다. 나도 모르게 왼손으로 감색 코트 깃을 세웠다. 오른손으로는 여행용 캐리어백을 끌고 있었다.

집을 비운 지 벌써 열흘이 지났다. 그동안 속옷이나 갈아입을 옷을 가지러 올까 했지만 결국 병원 근처의 편의점에서 사서 쓰면서 버텼다. 아내는 아사가야에 사는 처제가 돌봐주고 있어서, 그날까지 집에 오지 않고도 지낼 수 있었다. 그러나 역시 한 번은 집에 들러서 여러 가지를 정리할 필요가 있었다. 다행히 대학은 입시기간이라서 수업이나 회의가 거의 없었다. 단지 여기저기서 도착했을 서류나 메일을 확인하고 싶었다. 연구에 필요한 서적은 연구실에도 있어서, 그동안 연구실에는 몇 번 들렀다.

현관문에 열쇠를 끼우고 우편함으로 돌아갔다. 산더미처럼 쌓여 있는 신문과 우편물을 두 팔로 끌어안은 채, 캐리어백을 현관 입구에 두고 오른손 새끼손가락을 손잡이에 걸치며 문을 열었다. 다음 순간, 후끈하고 기이한 냄새가 코를 찔렀다. 끌어안고 있던 신문과 우편물이 손에서 떨어졌다. 심장이 방망이질 치기 시작했다. 반쯤 열린 문틈으로 안을 들여다보았다. 부서진 석상 같은 물체가 어둠 속에 방치되어 있었다. 백화점 창고 안에 있는 마네킹처럼 보였다. 그러나 자세히 보이지 않아서 물체의 정체가 무엇인지는 알 수 없었다.

불안이 아직 공포로 바뀌지는 않았다. 나는 현관 안으로 상반신을 밀어 넣은 채 불편한 자세로 왼쪽 벽의 전등 스위치를 눌렀다. 환한 불빛 아래 모든 것들이 명백하게 드러났다. 귀를 찢는 비명이 울려 퍼졌다. 내 입에서 터져 나온 비명이었다. 얼어붙은 듯한 사람의 눈이 나를 뚫어지게 쳐다보았다. 목울대 부근에서 엄청난 피가 솟구쳐 시커먼 종양 덩어리처럼 굳어 있었다. 얼굴에는 이미 말라붙은 피가 기이한 모양을 이루었다. 여자였다. 그러나 그 얼굴은 성별을 초월해서 인간임을 강력하게 주장하고 있었다. 나는 다리 힘이 빠져서 뒤쪽으로 비틀거렸다. 그때 내 시선이 다른 물체를 포착했다. 얼굴 옆에 아무렇게나 방치되어 있는 물체였다. 다리였다. 인간의 몸에서 잘려 나온 한쪽 다리였다. 뭐가 뭔지 알 수 없었다. 기이한 냄새의 밀도가 한층 강해졌다. 나는 코를 잡고 다시 현관 밖으로 뛰어나왔다.

뒤엉키는 발로 캐리어백이 있는 곳까지 뛰어갔다. 몸을 웅크리고 가방 안에서 휴대전화를 꺼내려고 했다. 순간 구토증이 엄습했다. 고개를 숙이고 몸을 웅크렸다. 노란 점액이 턱을 적셨다. 숨을 집어삼키고 고개를 들었다. 다나카 모녀의 집 앞에 서 있는 제복 차림의 경찰이 시야의 한쪽 끝을 가로질렀다. 나는 뭐라고 소리를 질렀다. 무슨 말을 했는지는 알 수 없다. 경찰이 나를 쳐다보았다. 나는 다시 알아들을 수 없는 소리를 지르면서 경찰 쪽으로 뛰어갔다.

그다음 일은 전부 무성영화 필름처럼 진행되었다. 하지만 내 기억은 군데군데 끊겨졌다. 순찰차 몇 대가 잇달아 도착했다. 사이렌이 시끄럽게 울렸겠지만 그 소리는 기억나지 않는다. 우리 집 현관으로 몰려드는 제복 차림의 경찰들. 안을 들여다본 경찰들의 입에서 터져 나오는 경악과 공포의 비명. 이윽고 제복 차림의 경찰이 나를 순찰차 안으로 밀어 넣고 사정을 물었다. 뭐라고 대답했는지 기억나지 않는다. 다행히 이번에는 비교적 이른 단계에서 다니모토가 나타났다. 그는 현장을 확인하고 나서 어느새 달려온 매스컴으로부터 나를 보호한 뒤 다른 형사가 운전하는 승용차에 태우고 현장을 떠났다.

나중에 안 사실이지만, 시신의 주인공은 미오의 어머니인 니시노 노부코였다. 앉은뱅이 의자에 상반신이 묶인 상태로 우리집 현관 마룻바닥에 내던져졌다. 직접적인 사인은 예리한 칼로 숨통을 끊은 것이다. 그 옆에는 시신의 몸에서 잘린 것으로 보이는 한쪽 다리가 아무렇게나 던져져 있었다. 검시와 사법해부 결과, 가공할 만한 사실이 밝혀졌다. 생체절단이었다. 즉 노부코는 살아 있는 상태에서 한쪽 다리가 잘린 것이다.

시신의 부패 상태로 볼 때 사후 10일에서 11일쯤 지난 것으로 추정되었다. 니시노가 아동상담소를 습격하기 직전까지 살아 있었다는 이야기다. 아마 아동상담소를 습격하기 직전에 시신을 우리 집에 내던진 것이리라. 명백한 본보기임과 동시에 나에 대한 협박이자 도발이었다. 나는 미오가 물리적으로 자유로웠음에도 외부 사람에게 집 안에서 일어나는 일을 말할 수 없었던 것은 단순히 마인드 컨트롤 때문만이 아니라 강한 공포가 작용한 탓이 아닐까 생각했다. 그 공포의 원인이 이것이라면 충분히 이해가 되었다. 미오는 어머니의 한쪽 다리가 잘려 나가는 모습을 직접 본 것이다. 그것도 살아 있는 상태에서······.

소름 끼치는 광경이 떠올랐다. 어쩌면 니시노는 노부코의 한쪽 다리를 단숨에 자른 것이 아니라 조금씩 자르면서 미오를 협박했을지도 모른다. 아내가 들었다는 울음소리는 미오가 아니라 다리를 잘리며 고통스러워하던 노부코의 울음소리가 아니었을까? 온몸이 떨렸다. 미오가 우리 집에 도움을 청하러 왔을 때 노부코가 아직 살아 있었다고 생각하자 형용할 수 없는 슬픔과 자괴감이 밀려들었다. 그때 경찰이 니시노의 집을 급습했다면 미오뿐 아니라 노부코도 구할 수 있었을지 모른다. 또 선수를 빼앗겼다. 모든 것이 사후 약방문이다.

그날 나는 오기쿠보 서에서 다니모토를 비롯한 형사들의 사정 청취를 받은 뒤, 다니모토와 같이 몰래 집으로 돌아왔다. 원칙적으로 우리 집은 경찰관계자 이외에는 주인인 나를 비롯해 어떤 사람도 출입할 수 없었다. 그러나 다니모토에게 부탁해 경찰관계자와 똑같이 잠시 들어갈 수 있게 되었다. 노부코의 시신을 발견한 것은 오후 7시쯤이고, 우리가 집으로 들어간 것은 밤 12시가 다 되어서였다. 매스컴의 모습은 거의 사라졌다. 일부 방송국 직원이 심야의 현장중계를 마치고 뒷정리를 하고 있었지만, 다니모토와 함께 집 안으로 들어가는 나를 알아보는 사람은 없었다. 매스컴에서 이 사건을 어떻게 보도하는지 관심이 갔지만, 그날은 도저히 TV 뉴스를 볼 수 있는 상황이 아니었다.

집에 가겠다고 고집을 부린 것은 컴퓨터의 메일을 보기 위해서였다. 나는 휴대전화 메일(일본에서는 휴대전화 개통시 통신회사의 도메인으로 메일주소가 발급된다.)을 거의 사용하지 않는다. 업무로 주고받는 것은 거의 컴퓨터 메일이다. 니시노가 내게 메시지를 보냈을지도 모른다는 생각이 들었다. 이사 와서 처음 인사하러 갔을 때 명함을 교환했고, 내 명함에는 메일 주소가 적혀 있었다. 노부코의 시신을 우리 집에 던져 넣은 것은 나에 대한 협박이자 도발이며, 동시에 강한 자기과시욕을 느끼게 하는 행위이기도 했다. 설마 내게 죄를 뒤집어씌우려는 생각은 아니었으리라.

내 예상은 적중했다. 나는 다니모토와 함께 서재로 들어가서 그의 눈앞에서 메일을 열었다. 열흘이나 메일을 확인하지 않아서 받은메일이 백 통이 넘게 들어와 있었다. 절반 이상은 광고나 스팸 메일로, 필요한 메일을 확인하는 데는 그다지 시간이 걸리지 않았다. 그때 마음에 걸리는 제목이 눈에 띄었다. '선물'이라는 제목이었다. 보낸 사람의 이름은 없었다. 나는 본문을 열었다.

다카쿠라 선생

옆집의 니시노입니다. 선물은 어떠셨나요? 부인을 상처 입힌 것에 대한 사죄의 표시입니다. 하지만 따지고 보면 당신들 잘못 아닌가요? 쓸데없는 일에 고개를 들이밀지 말았어야죠. 계속 기고만장해서 명탐정 놀이라도 하면 다음에는 정말로 부인의 목숨을 가져갈지도 모릅니다. 아무쪼록 자중하기 바랍니다.

니시노 배상

우리는 숨을 삼키며 얼굴을 마주 보았다. 아내의 얼굴이 떠올랐다. 아내가 입원한 병원에는 매일 얼굴을 내밀었지만 아내의 신변에는 아무런 변화가 없었다. 메일을 보낸 날짜와 시간은 아동상담소 사건이 일어난 다음 날 오전이었다. 나중에 조사해보니 다치카와에 있는 인터넷 카페에서 보낸 것으로 밝혀졌다. 그로부터 이미 일주일쯤 지났으니 니시노가 진심으로 다시 아내를 공격하리라고는 생각되지 않았다. 그러나 다니모토는 즉시 수사본부에 전화를 걸어 아내의 신변경호를 부탁했다.

"생각보다 무서운 놈이군요. 마치 범죄를 즐기는 것 같습니다."

다니모토가 울화가 치민다는 듯이 말했다. 그렇다. 그의 말이 맞는다. 가능하면 두 번 다시 상대하고 싶지 않은 사람이다. 그러나 미오에 대한 책임감이 어깨를 무겁게 내리눌렀다. 기껏 도움을 청하러 온 미오를 구하지 못했다는 생각이 마음속에서 점차 죄의식으로 바뀌기 시작했다. 어떻게든 미오를 구하고 싶었다.

"미오 양에 대해서 한 줄도 언급하지 않은 게 더 섬뜩하군요."

"그러게 말입니다. 미오 양이라도 제발 무사했으면 좋겠는데요……."

다니모토의 말투는 몹시 신중했다. 미오가 살해되었을 가능성을 염두에 둔 것이다. 도주 중인 니시노에게 인질의 역할이 끝난 미오는 걸리적거리는 짐일 수밖에 없다.

제4장

핏줄

1

휴대전화가 울렸다. 그러나 평소처럼 즉시 눈이 뜨이지는 않았다. 어젯밤에는 좀처럼 잠이 오지 않아 새벽녘에야 겨우 깜빡 잠이 들었다. 그 후에 얼마나 잠을 잤는지는 짐작이 되지 않았다. 눈을 가늘게 뜨고 실내를 둘러보았다. 창가의 커튼 사이로 연약한 겨울 햇살이 들어오고 있었다. 그제야 겨우 지금 있는 곳이 집이 아니라 게이오플라자 호텔의 20층이라는 것이 어렴풋이 생각났다. 경찰로부터 2, 3일은 집에 있지 말라는 요청을 받았다. 물론 그런 요청이 없어도 집에 있고 싶은 마음은 없었다. 다시 아사가야 호텔로 가려고 했지만 이미 만실이라서 어쩔 수 없이 신주쿠의 게이오플라자를 선택했다. 집에서는 좀 멀지만 대학과는 가까워서 어떤 의미에서는 편리한 곳이었다. 그리고 되도록 집에서 멀어지고 싶다는 본능이 작용하기도 했다.

머리맡의 휴대전화를 들고 수신 버튼을 눌렀다.

"네, 다카쿠라입니다."

스스로 생각해도 잠에 취한 목소리였다.

"교수님이세요?"

조금 망설이는 듯한 젊은 여성의 목소리가 들렸다. 한순간 누구인지 알 수 없었다. 나는 잠시 숨을 들이마시고 나서 침묵했다.

"가게야마 린코예요……."

린코였다. 그녀의 목소리조차 알아들을 수 없을 만큼 몸과 마음이 지쳐 있었던 것이다.

"아아, 자네였군. 이렇게 아침 일찍 무슨 일이지?"

"네? 교수님, 벌써 11시예요."

그 말을 듣고 침대에 붙어 있는 시곗바늘을 보았다.

분명히 11시가 되기 직전이었다.

"아아, 시간이 벌써 그렇게 됐나?"

나는 한숨을 쉬듯 말했다.

"교수님, 어제 많이 놀라셨죠? 다들 그 얘기만 하고 있어요."

"그렇겠지. 신문이며 TV며 계속 떠들어대겠지. 어제는 TV를 볼 정신도 없었지만."

"방송도 그렇지만 학교에서도 난리가 아니에요. 학생들도 모두 걱정하고 있어요. 오와다는 혼자 흥분해서, 학생들에게 교수님을 응원하러 가자고 메일을 보내고 있어요. 어쩌면 진짜로 교수님을 찾아갈지도 몰라요."

"오와다는 사양할게. 그보다 시간 있으면 이쪽으로 와주지 않겠나?"

나도 모르게 입에서 위험한 말이 튀어나왔다. 나 역시 기묘한 흥분 상태에 빠져서 선악을 판단하는 기능이 떨어진 것이다.

"네, 갈게요. 저도 뭔가 도움이 되고 싶어서 교수님께 전화 드린 거예요."

그녀는 스스럼없이 말했다. 의외였다.

"말이라도 고맙군. 실은 자네가 좀 도와줬으면 하는 일이 있어."

문득 정신을 차리고 위험한 말을 부드러운 방향으로 수정했다. 물론 그녀의 도움을 받아야 할 일이 있을 리 없었다.

우리는 결국 내가 묵고 있는 호텔의 1층 커피숍에서 만나기로 했다. 예전에 노가미를 만난 곳이었다. 다시 호텔 안에서 만나기로 한 것이 조금 마음에 걸렸다. 그러나 달리 적당한 곳이 생각나지 않았다. 다만 그 커피숍은 도로 쪽에 있기 때문에 객실 엘리베이터를 이용하지 않고 출입할 수 있다.

"12시 반까지 커피숍으로 가면 되죠?"

"그래, 그렇게 해줘."

"조금 늦을지도 모르겠어요."

"괜찮아. 점심이라도 같이 먹지."

우리의 약속은 눈 깜짝할 사이에 이루어졌다. 나는 조용히 전화를 끊었다. 린코를 만난다고 생각하자 조금 기운이 났다. 역시 그녀는 내게 특별한 학생이다. 특히 지금처럼 심리적으로 불안정할 때는 그녀가 필요하다. 하지만 이제 한 달 후면 그녀는 내 곁을 떠난다.

침대 위에서 상체를 일으켰다. 옆에 침대가 하나 더 있었다. 트윈 룸이었다. 체크인할 때 싱글 룸을 요청했지만 트윈 룸이 비어 있다면서 서비스로 트윈 룸을 주었다. 공간도 싱글 룸의 두 배가 넘을 만큼 사치스러운 방이었다.

두 침대 사이에 아무렇게나 놓여 있는 캐리어백이 눈에 들어왔다. 침대 위에 앉은 채 캐리어백을 끌어당겼다. 지퍼를 열고 안을 들여다보았다. 우편물 다발이 보였다. 그것들이 어떻게 캐리어백에 들어 있는지 기억나지 않았다. 시신을 보았을 때 신문과 함께 우편물을 현관 앞에 내던진 건 기억했다. 어쩌면 혼란 속에서 그것들을 주워 모아 무의식중에 캐리어백 안에 집어넣었을지 모른다. 본래 경찰이 보관해야 할 증거물일 수도 있는데, 몇 가지 우연이 겹쳐서 경찰의 정밀 조사를 빠져나왔다.

호텔 방 안에 있는 유카타(평상복으로 사용하는 간편한 일본 옷)를 입고 우편물을 하나씩 확인하기 시작했다. 특별한 의미는 없었다. 린코를 만나기 전까지 시간을 때운다는 느낌이었다. 거의가 광고 전단지나 대학에서 보낸 업무 관련 편지였다. 그때 하얀 직사각형 봉투가 눈에 들어왔다. 청첩장 같은 것에 사용하는 봉투였다. 봉투를 돌려서 보낸 사람을 확인했다. 다음 순간, 숨을 들이켰다. '가와이 소노코'라고 쓰여 있었다.

봉투를 열고 내용물을 꺼냈다. 두 번 접은 콘서트 프로그램과 티켓 한 장이 나왔다. 프로그램을 펼쳤다. 상단 여백에 소노코가 직접 쓴 메모가 있었다.

"오랜만이에요. 시간 있으시면 제 콘서트에 오실 수 있을까요? 콘서트가 끝나면 대기실로 와주세요. 꼭 드리고 싶은 말이 있습니다. 가와이 소노코."

프로그램을 보았다. 가와이 소노코 피아노 리사이틀. 몇 가지 곡명이 쓰여 있었다. 거의 모르는 곡이었다. 그러나 마지막에 쓰여 있는 곡은 우연히 알고 있었다. 연습곡집 작품번호 10 제12곡 C단조 〈혁명〉. 일명 〈혁명 에튀드〉로 알려진 쇼팽의 피아노 독주곡이다. 루이스 부뉴엘의 영화 〈트리스타나〉가 떠올랐다. 병에 걸려 한쪽 다리를 잃은 트리스타나가 절망의 늪에서 미친 듯이 이 곡을 연주하는 장면이 있다. 그 장면이 너무도 인상적이라서 클래식 음악에 관심이 없는 나도 이 곡은 알고 있다. 다리가 불편한 소노코와 다리를 잃은 트리스타나. 두 사람의 이미지가 겹쳐졌다. 거의 30년 만에 만나는 소노코가 그 곡을 어떻게 연주할지 머릿속으로 상상해보았다.

콘서트는 2월 23일 오후 6시. 모레였다. 큰일 날 뻔했다. 우편물을 조금만 늦게 꺼냈다면 그녀를 만나지 못했으리라. 그녀가 내게 하고 싶은 말이 무엇인지는 짐작이 되지 않았다. 그러나 노가미에 관한 중요한 말일 거라고 직감했다.

2

    린코와 앉은 자리는 우연히도 노가미와 히노 시 일가족 행방불명 사건에 대해 이야기했던 그 자리였다. 우리가 선택한 자리가 아니라 종업원이 안내해준 자리였다. 나는 특별한 인연을 느꼈다.

    우리는 나시고렝을 주문했다. 나는 그 커피숍의 나시고렝을 좋아했다. 매운 두반장 소스를 듬뿍 뿌려 먹는 것이 내 취향이었다. 그녀는 내가 먹는 모습을 보는 것만으로도 얼굴을 찡그리고 몸을 움츠렸다. 매운 음식이 질색인 것이다. 그렇지만 그런 반응도 나에 대한 친밀함의 표시인 것처럼 보였다.

    "자네 예전에 피아노를 쳤다고 했지?"

    "초등학교 때부터 고등학교 졸업할 때까지 배웠어요. 그렇게 잘 치지는 못하지만요……."

    "〈혁명 에튀드〉란 곡을 알고 있나?"

    "쇼팽 말이에요? 피아노 독주곡이죠."

    "그 곡 정도는 칠 수 있나?"

    "어림없어요. 옛날이라면 몰라도 지금은……."

    그녀는 그렇게 말하면서 커다란 스푼으로 두반장 소스를 넣지 않은 나시고렝을 입으로 가져갔다. 평소보다 짙은 립스틱이 입술 위에서 반짝반짝 빛을 뿌렸다. 나시고렝 위에 있던 달걀프라이의 노른자 조각이 그녀의 입술에 묻었다. 그녀는 그런 사실을 알아차리지 못한 듯했다. 입술이 기묘하리만큼 매끄러워 보였다.

면 반바지에 검은색 타이츠. 가슴골이 V자로 깊게 파인 감색 스웨터. 커피숍에 들어와서 코트를 벗자마자 가슴골이 깊이 파인 것을 알았다. 고개를 약간 숙일 때마다 가슴골은 더욱 깊이 드러나서, 새하얀 가슴의 봉긋한 부분까지 보였다. 나도 모르게 재빨리 시선을 피했다.

"연주하기 어려운가?"

"네, 아주 어려워요. 에튀드, 즉 연습곡이란 제목이 붙어 있지만 피아노 독주곡 중에서는 난이도가 제일 높은 곡이에요. 어설픈 아마추어는 어림도 없어요. 부닌이 열아홉 살에 쇼팽 콩쿠르에서 우승했을 때 친 곡으로도 유명하지요."

"이번에 가와이 소노코가 연주회에서 그 곡을 친다고 하더군."

"네? 가와이 소노코 씨 연주를 좋아하세요? 교수님께서 클래식 음악에 조예가 깊으신 줄은 몰랐어요."

"범죄연구를 생업으로 하고 있는 내가 클래식 음악에 조예가 깊을 리가 없잖나? 가와이 소노코와는 고등학교 때 같은 반이었지. 티켓을 보내줘서 한번 가보려고. 프로그램에서 〈혁명 에튀드〉를 봤는데 그 곡만은 알고 있거든. 그런데 가와이 소노코가 그렇게 유명한가?"

"물론이에요. 피아니스트 중에선 일본에서 다섯 손가락 안에 들어갈 정도예요. 그런 사람이 직접 티켓을 보내줬다니, 정말 부러워요. 저도 가고 싶어요."

조바심이 났다. 티켓은 한 장밖에 없었다. 더구나 콘서트 후에 소노코와 나눌 대화를 생각하면 그녀를 데려갈 수 없었다.

"미안하지만 이번에는 티켓이 한 장뿐이야. 대신 소노코에게 부탁해서 다음엔 티켓을 두 장 보내달라고 하지."

그렇게 말해놓고 나도 모르게 숨을 들이마셨다. 데이트라고 생각해도 어쩔 수 없는 말이었다. 그러나 그럴 생각은 없었다. 단지 말실수였을 뿐이다. 그녀는 생긋 미소를 지을 뿐 대꾸하지 않았다. 나에 대한 그녀의 반응에는 항상 이런 모호함이 떠다녔다.

"사모님은 괜찮으세요?"

그녀는 진지한 표정으로 화제를 바꾸었다. 그녀도 신문이나 TV의 보도를 통해 이번 사건에 대한 기본 정보는 알고 있을 터였다.

"그래, 지금은 입원 중이지만 며칠 안에 퇴원할 수 있을 거야. 생각보다 상처가 깊지 않았어. 불행 중 다행이라고 할까. 정신적 충격에서 어떻게 회복하느냐가 문제겠지."

"그렇겠죠. 정말 가슴 아픈 일이에요."

린코와 나의 시선이 마주쳤다. 미묘한 순간이었다. 아마 오와다가 의심하고 있는 불륜이란 단어를 동시에 의식했을 것이다. 아내가 입원한 사이에 아름다운 여학생과 호텔 커피숍에서 식사를 하고 있는 것은 사실이었다. 이 행위에 정당성을 부여하기 위해서는 사건에 대해 부탁할 필요가 있었다. 하지만 아무것도 생각나지 않았다.

나는 할 수 없이 뻔한 이야기를 꺼냈다.

"요즘 오와다는 어때?"

졸업논문을 제외하면 우리에게 가장 중요한 주제는 오와다였다.

"여전해요. 매일 이상한 메일을 잔뜩 보내요. 내용은 점점 더 변태스러워지고 있어요. 하지만 이젠 익숙해져서 심각하게 생각하지 않아요. 어차피 한 달만 있으면 졸업이니까요. 졸업만 하면 얼굴 볼 일도 없잖아요."

"참 골치 아픈 녀석이군."

나는 깊이 한숨을 내쉬었다. 실제로 오와다를 생각하면 한심하기 짝이 없었다. 젊음과 정열을 그런 것에 낭비하다니. 지금해야 할 일이 얼마나 많은가.

"이제 오와다는 아무래도 상관없어요. 저에겐 좋아하는 사람이 있으니까요. 그 사람을 생각하면 마음이 밝아질 수 있어요."

그녀는 그렇게 말하며 눈을 반짝거렸다. 그와 동시에 가벼운 실망이 가슴을 스쳤다. 그 말은 곧 예전에 말했던 좋아하는 사람과 좋은 관계에 들어갔다는 뜻일까?

"지난번에 말했던 사람과 잘되나 보군."

나는 평정을 가장하며 물었다. 얼굴은 웃고 있었지만 확정적인 대답은 듣고 싶지 않았다.

"아니요, 상황은 달라지지 않았어요. 그 사람은 여전히 제가 좋아한다는 사실조차 모르고 있으니까요. 아마 이런 상태가 계속될 거예요. 전 결국 그 사람이 아니라 다른 사람과 결혼하게 되겠지요. 분명히 그렇게 될 거예요. 하지만 상관없어요."

"그 사람이 누구지? 내가 아는 사람인가?"

나는 단도직입으로 물어보았다. 그녀의 어조가 왠지 암시적으로 들린 것이다. 별일 아니라는 듯이 가볍게 물어보려고 했지만 말끝이 희미하게 떨렸다. 그녀의 얼굴에 수줍은 미소가 드리우고 뺨이 불그스름하게 물들었다. 대답은 없었다.

그때 안주머니에서 휴대전화가 울렸다. 할 수 없이 휴대전화를 꺼내 수신 버튼을 눌렀다.

"여보, 괜찮아?"

아내의 목소리였다. 나는 린코를 자리에 남긴 채 입구에 있는 계산대 근처로 걸어갔다.

"그래, 괜찮아."

"우리 집에서 그렇게 끔찍한 일이 일어나다니."

"경찰에게 들었어?"

"응, 다니모토 씨가 병원에 와서 말해줬어. 지금 형사들이 번

갈아가며 지켜주고 있어."

"다행이군. 어쨌든 자세한 얘기는 나중에 가서 할게. 지금 게이오플라자에 묵고 있어."

"몇 시쯤 올 수 있어?"

"아마 저녁때쯤 될 거야. 그 전에 사무적인 일들을 처리해야 하거든."

아내에게 또 거짓말을 했다. 린코와의 점심에 두 시간 정도는 할애하고 싶었다.

"그럼 기다릴게. 조심해."

아내는 아무런 의심도 하지 않고 전화를 끊었다. 린코가 앉은 테이블로 돌아갔다. 그녀가 좋아하는 사람에 관해 말할 기회는 이미 잃어버렸다. 나는 다시 사건에 대해 말하기 시작했다. 범죄 연구의 생생한 현장학습이라고 생각했는지 그녀는 내 이야기에 귀를 기울이면서 때로는 질문까지 했다. 그러나 내가 도와달라는 것이 무엇인지는 끝까지 묻지 않았다. 그것이 그녀를 불러낸 핑계에 지나지 않는다는 것을 알고 있었을지도 모른다. 뒤집어 말하면 그녀도 나를 찾아올 핑계로 내 일을 도와주겠다고 한 것이리라. 마음속에서 희미한 기대가 피어올랐다. 그러나 즉시 고개를 가로저었다. 그런 일은 있을 수 없었다. 나는 이미 사랑의 번뇌에서 버림받은 나이였다.

3

독특한 고음의 주선율이 끈질기게 반복되었다. 내가 기억하는 것은 그 선율뿐이었다. 그때마다 소노코의 새하얀 드레스가 물결쳤다. 불길한 일이 일어날 듯한 징조, 또는 폭풍우가 휘몰아칠 전조라고 해야 할까? 연주자가 피아노 건반에 불안과 조바심을 쏟아내는 듯한 격렬한 선율. 피아노 수준에 대해서는 잘 모른다. 그러나 온몸에서 불길한 흥분이 가득 차올랐다.

나는 고탄다의 유포토홀에서 〈혁명 에튀드〉를 듣고 있었다. 마치 꿈속의 광경처럼 느껴졌다. 내 자리에서는 소노코의 자세한 표정까지는 보이지 않았다. 다만 처음 무대에 등장했을 때, 독특한 걸음걸이가 과거의 기억을 불러냈다. 달라진 점은 그녀가 입고 있는 옷이 교복이 아니라 순백의 이브닝드레스라는 것이었다.

박수가 천장을 뚫을 듯했다. 청중들이 모두 일어섰다. 나도 일어서서 정신없이 박수를 쳤다. 그 자리에 어울리지 않는다는 위화감은 어느새 사라졌다. 환한 웃음으로 청중을 대하는 소노코의 표정에는 한 분야에서 일가를 이룬 사람만이 가지는 자신감과 겸손이 적당히 어우러져 있어 한눈에 대가임을 알 수 있었다. 고등학교 때 그녀의 얼굴이 떠올랐다. 슬픔에 가득 찬 소극적인 표정은 어디에서도 찾아볼 수 없었다. 그것은 인간에게 일어난 가장 바람직한 변화임에 틀림없었다.

홀의 뒤쪽으로 돌아갔다. 정면 현관에서는 귀가를 서두르는 사람들이 바깥 어둠으로 빨려 들어갔다. 앞을 가로막듯 통로 앞에 서 있는 하얀 안내판을 바라보았다. 관계자 외 출입금지. 대기실은 통로 안쪽에 있는 것 같았다. 젊은 여성 세 명이 내 앞을 지나더니 잠시도 망설이지 않고 안쪽으로 들어갔다. 그중 한 사람이 꽃다발을 끌어안고 있었다. 나는 빈손을 어색하게 쳐다보았다. 그런 관행에 어두웠다. 당장 꽃다발을 준비할 방법은 없었다. 문제는 안쪽 대기실에 있는 소노코에게 어떻게 연락을 하느냐였다. 나는 당황한 얼굴로 그 자리에 우두커니 서 있었다.

통로 안쪽에서 가슴에 이름표를 단 여성이 나왔다. 연주회의 스태프인 듯했다.

조심스럽게 말을 걸었다.

"실례합니다. 가와이 소노코 씨를 만나고 싶은데, 대기실이 이 안쪽에 있나요?"

여성은 걸음을 멈추며 부드러운 미소를 지었다.

"실례지만 본인과 약속을 하셨나요?"

"네, 연주회가 끝나면 대기실로 오라고 했습니다."

"성함은요?"

"다카쿠라라고 합니다."

"잠시만 기다리세요."

여성은 가볍게 고개를 숙인 뒤 방금 왔던 통로로 되돌아갔다. 5분쯤 기다리자 조금 전의 여성이 다시 모습을 드러냈다.

"이쪽으로 오십시오."

여성의 뒤를 따라 출입금지 통로를 걷기 시작했다. 심장의 고동이 빨라졌다.

                                    4

안으로 들어가자 대기실은 생각보다 꽤 넓었다. 벽에는 화려한 화환과 꽃다발이 늘어서 있었다. 입구에서 떨어진 안쪽 소파에서 소노코가 조금 전에 봤던 세 여성과 담소를 나누고 있었다.

내 모습을 보자마자 여성들은 제각기 작별 인사를 했다.

"선생님, 그럼 다음에 뵐게요."

"오늘 와줘서 고마워."

소노코는 생긋 미소를 지으면서 대꾸했다. 여성들은 입구에 서 있는 내게 가볍게 고개를 숙이고 대기실을 나섰다.

"선생님, 다카쿠라 씨가 오셨는데요."

나를 안내해준 여성이 소노코에게 말을 걸었다. 소노코가 나를 향해 고개를 돌렸다. 나는 그녀의 표정을 명확히 알 수 있는 곳까지 다가갔다. 성숙한 여성의 편안한 모습과 기품 있는 얼굴이 나를 향했다. 생전 처음 보는 낯선 여성처럼 보였다. 과거의 그림자는 털끝만큼도 보이지 않았다.

"다카쿠라 씨? 이게 얼마 만이에요? 와줘서 고마워요."

그녀의 얼굴이 일그러졌다. 미소를 지었지만 눈물을 흘리는 듯한 얼굴로도 보였다. 그제야 30년 만에 고등학교 동급생을 만났다는 실감이 솟아올랐다.

"오랜만입니다. 오늘 초대해줘서 고마워요. 아주 훌륭했어요."

"실은 오지 않을지도 모른다고 생각했어요. 그동안 많은 일들이 있었다고 신문에서 봤거든요."

그녀는 그렇게 말하면서 나를 안내해준 여성을 힐끔 쳐다보았다. 그 여성 앞에서 말하기에 어울리지 않는 화제라고 생각한 것이리라. 그것은 나에 대한 배려로 보였다.

"그래요. 여러모로 힘들었지요. 하지만 소노코 씨에게 꼭 하고 싶은 말이 있어서 왔습니다."

"나도 마찬가지예요. 난 가마쿠라에 사는데, 오늘은 제국 호텔에서 묵기로 했어요. 거기 커피숍에서 천천히 얘기하지 않을래요?"

내가 동의하자 그녀는 옷을 갈아입을 때까지 로비에서 10분만 기다려달라고 말했다.

우리는 택시를 타고 제국 호텔로 향했다. 이미 밤 10시가 가까웠다. 도로가 혼잡하지 않으면 20분 만에 도착하지만 차가 막히면 더 걸릴지도 모른다. 우리는 그동안 사건과는 아무 관계가 없는 잡담을 나누었다. 그녀는 새하얀 드레스를 검은색 바지와 베이지색 블라우스로 갈아입었다. 블라우스의 왼쪽 가슴에는 커다란 진주 브로치가 달려 있었다. 팔에는 베이지색 코트가 안겨 있었다. 우리의 화제는 자연스럽게 음악에 이르 렀다.

"다카쿠라 씨, 클래식 공연 자주 와요?"

"천만에요. 그쪽 방면에는 관심이 없어요. 아마 오늘이 두 번째나 세 번째일 겁니다. 그래서 곡목도 거의 몰랐지요. 다만 쇼팽의 〈혁명 에튀드〉만은 예전부터 좋아하는 곡이에요. 소노코 씨 연주로 그 곡을 듣다니, 정말 행운이네요."

"그래요? 그 곡을 좋아하는군요. 나도 쇼팽 작품 중에서 제일 좋아하는 곡이에요."

〈트리스타나〉 이야기를 하고 싶었다. 하지만 왠지 망설여졌다. 〈혁명 에튀드〉에 관해 말하면 자연히 트리스타나의 다리에 대해 말할 것 같았기 때문이다. 그것은 필연적으로 소노코의 다리를 연상시킬 터였다. 나는 아직도 30년 전 고등학교 근처의 버스 정류장에서 목격한 사건에 얽매어 있는지 모른다.

그때의 소노코와 지금 내 옆에 앉아 있는 소노코는 딴사람이라고 할 만큼 달랐다. 다리를 끌면서 걷는 모습은 똑같지만 그 동작이 신경 쓰이지 않을 정도로 그녀의 온몸에서는 한 분야의 대가다운 아우라가 넘쳤다. 그러나 과거에 축적된 기억의 앙금은 쉽게 사라지지 않는 법이다.

"클래식에 관심이 없던 내가 그 곡을 알게 된 건 어느 영화에서 연주했기 때문이지요."

내 말이 끝나기도 전에 그녀가 제목을 말했다.

"〈트리스타나〉 말인가요?"

의외였다. 우리는 부뉴엘의 영화를 보고 자란 세대보다는 한 세대 젊지 않은가.

"그래요. 소노코 씨도 그 영화를 봤나요?"

"봤어요. 〈혁명 에튀드〉를 좋아하는 사람 중에는 그 영화를 본 사람이 많지요. 몇 사람이 그 이야기를 해서 비디오 대여점에서 빌려 봤어요. 주인공이 카트린 드뇌브였지요? 그녀가 수술로 한쪽 다리를 잃은 뒤, 그 곡을 연주하는 장면은 정말 굉장했어요. 보다시피 나도 다리가 이래서 남의 일 같지 않더군요. 다카쿠라 씨도 그 영화를 좋아해요?"

한순간 망설였다. 물론 좋아하는 영화다. 하지만 좋고 싫음의 범주에 속하지 않는 영화처럼 여겨졌다. 더구나 내게 좋아하냐고 묻는 그녀의 말이 어딘지 모르게 어둡게 들렸다.

"좋으냐 싫으냐를 떠나서 뛰어난 예술영화라고 생각해요."

"그래요. 1급 영화라는 건 나도 인정해요. 하지만 난 별로 좋아하지 않아요. 다리가 불편해서 싫어하는 게 아니에요. 그 영화가 가지고 있는 독특한 사상이랄까, 특히 마지막 장면이 상징하는 부부에 대한 부정적인 생각을 참을 수 없어요. 난 인간의 사랑을 믿고 싶어요……."

분명히 마지막 장면은 인상적이었다. 트리스타나의 양부이자 남편이 죽어가는 장면이다. 트리스타나는 어렸을 때부터 양부의 손에 자라면서, 본의 아니게 육체관계를 맺으며 부부처럼 지낸다. 그러다 가난한 화가와 도망치지만 병에 걸린 채 양부의 곁으로 돌아온다. 그 후에 결국 화가와 헤어지고 누나의 유산을 물려받은 양부의 경제력으로 살아간다. 처음에 무섭고 오만했던 양부는 세월과 함께 약해지면서 비굴한 태도로 트리스타나를 대한다. 그러나 그녀는 결코 그를 용서하지 않는다. 양부의 만년에 두 사람은 사제의 권유를 받고 형식적으로 결혼하지만, 그녀는 남편이 된 양부를 잔혹하게 대하고 같은 침대 쓰기를 거부한다.

마지막 장면의 연출은 일품이다. 자세하게는 기억나지 않지만 대강 이러하다. 심장마비를 일으킨 남편이 그녀에게 도움을 청한다. 그녀는 평소와 달리 믿을 수 없을 만큼 다정하게 대하며 의사에게 전화하기 위해 황급히 다른 방으로 간다. 그때 카메라가 침대 위에서 괴로워하며 발버둥치는 남편의 모습을 잡는다. 그리고 그 장면 위에 의사에게 전화하는 트리스타나의 목소리가 겹친다. 이윽고 카메라가 이동하며 별실에 있는 트리스타나의 모습을 잡는다. 섬뜩한 순간이다.

그녀는 수화기를 들지 않고, 가공의 상대를 향해 말을 하고 있을 뿐이다. 남편이 죽어가는 모습을 지켜보는 것이다. 부작위에 의한 살인이라고 할까. 그런 다음에는 환상적인 묘사가 이어져서 어디까지가 현실인지 알 수 없다. 트리스타나는 남편이 누워 있는 침실의 창문을 활짝 연다. 세찬 바람이 분다. 그 바람 속에서 과거 회상 장면이 단편적으로 떠오르고 영화는 막을 내린다.

이 영화의 마지막에 남은 것은 바로 증오라는 감정이다. 그녀가 원한 것은 남편의 유산도, 남편의 사랑도 아니었다. 증오의 완결이었다. 그런 의미에서 〈슬픔의 트리스타나〉라는 제목이 적절한지 모르겠다. 원래 제목은 그냥 〈트리스타나〉다(일본에서는 〈슬픔의 트리스타나〉로 소개됐지만 한국어 제목은 〈트리스타나〉다.).

"하긴 그래요. 마지막 장면은 너무 잔인했지요."

잠시 침묵을 유지한 다음, 나는 한마디 한마디를 곱씹듯이 말했다. 그리고 소노코와 노가미에 관해서 생각했다. 나는 사랑과 증오라는 말을 머릿속에 떠올리면서 두 사람의 이별이 어떠했을지 상상했다. 그러는 사이에 택시는 제국 호텔의 현관 앞으로 미끄러지듯 들어갔다.

5

우리는 결국 커피숍으로 가지 않고 소노코의 방에서 이야기하기로 했다. 그녀 자신이 그렇게 하자고 제안했다. 나도 그러는 편이 좋겠다고 생각했다. 우리가 이야기할 내용은 극비여야 했다. 그리고 TV와 신문 덕분에 나는 최근 한 달 사이에 갑자기 유명인이 되었다. 매스컴의 취재공세를 전부 거부하는 것은 불가능해서 몇몇 방송국의 인터뷰에 응했다. 횟수는 별로 많지 않았지만 그 영상은 뉴스는 물론이고 와이드 쇼에서도 끊임없이 흘러나와, 내 의지와 상관없이 얼굴이 알려지게 되었다. 생각해보니 호텔 커피숍에서 얼굴을 드러내는 것은 위험천만한 일이었다. 다만 아무리 고등학교 동급생이라곤 하지만 그녀의 방에 들어가기는 조금 망설여졌다. 그러나 그녀가 신경 쓰지 않는다면 나는 더할 나위가 없었다.

우리는 응접세트에 마주 앉아서 이야기를 시작했다. 그녀는 나를 위해 실내에 있는 미니바에서 스카치 온더록스를 만들어주었다. 자신은 냉장고에서 소프트드링크를 꺼냈다.

"매스컴의 취재공세 때문에 많이 힘들지요?"

음료를 한 모금씩 마시고 나서 그녀가 물었다. 본론으로 들어가기 위한 화제 전환처럼 느껴졌다.

"그렇죠. 매스컴에 할 수 있는 말과 할 수 없는 말이 있으니까요."

나는 일부러 의미심장하게 말했다. 실제로 매스컴의 질문 중에서 가장 곤란했던 것은 다나카 모녀의 집에서 발견된 나머지 한 구의 시신이 누구냐는 질문이었다. 그것은 니시노가 다나카 모녀 사건에 관여했는지 여부를 묻는 질문이기도 했다. 매스컴에서는 내 추리를 듣고 싶어 했지만 추리할 필요 없이 해답을 알고 있다. 그러나 나는 일체 말하지 않았다. 범죄심리학자의 얼굴을 최대한 봉인한 채 사건의 당사자로서 니시노와의 사이에서 일어난 문제에 대해서만 객관적으로 말했을 뿐이다. 매스컴에서 요구하는 것은 범죄심리학자로서의 내 추리였기 때문에, 인터뷰는 항상 묘하게 어긋났다.

"다카쿠라 씨, 노가미의 행방불명과 지금 당신이 관여하고 있는 사건, 그 두 가지가 관계가 있지 않나요? 알고 있겠지만 다니모토라는 경시청 형사를 만나서 이런저런 이야기를 들었어요. 노가미의 후배 같은데, 노가미에 대해 묻기만 할 뿐 아무 말도 해주지 않더군요. 그래서 당신과 이야기하고 싶었어요. 실은 노가미가 당신에게 전해주라고 한 게 있어요. 하지만 내가 원하는 정보를 주지 않으면 줄 수 없어요. 그게 노가미가 내건 조건이에요."

그녀는 내 눈을 똑바로 쳐다보았다. 긴장이 머리끝까지 솟구쳤다. 그녀는 분명히 노가미에 관한 결정적인 정보를 가지고 있다.

"내용은 차치하더라도 노가미가 맡긴 게 무엇인지 말해줄 수 있나요?"

"그 사람에게서 편지가 왔어요. 그 안에 당신에게 주라는 편지가 들어 있더군요. 뜯어보지 않아서 내용은 모르지만요."

"편지가 언제쯤 도착했지요?"

"아마 올 1월 10일쯤이었을 거예요. 소인을 보니 우체통에 넣은 건 1월 9일이었던 것 같아요. 하지만 내가 편지를 본 건 1월 13일이었죠. 외국에서 연주회가 있어서 작년 연말부터 일본에 없었거든요……."

다나카 모녀의 집에 방화살인이 일어난 것은 1월 15일이다. 노가미는 그 사건이 일어나기 6일 전에 우체통에 편지를 넣은 것이다.

"조건은 뭐지요?"

나는 잠시 망설이다가 물었다. 그녀는 한차례 숨을 들이마시고 나서 침묵했다. 그리고 마침내 결심한 듯이 입을 열었다.

"그의 죽음이에요. 그의 죽음을 확인하면 당신에게 편지를 주라고 했어요. 그때까지는 나를 포함해서 누구도 볼 수 없게 하라고 내게 보낸 편지에 쓰여 있었지요. 정말이에요. 그 편지는 우리 두 사람의 개인적인 일이 쓰여 있어서 보여줄 수 없지만……."

충격이었다. 노가미의 죽음을 확인해야만 볼 수 있는 편지. 그렇다면 나는 그 편지를 볼 자격이 있다. 그러나 그녀에게 어떻게 말해야 할지는 다른 문제였다. 나는 일단 에둘러 질문부터 시작했다.

"실례라는 건 알지만 노가미와는 이혼했지요?"

"그래요, 벌써 10년이 넘었어요."

"그 후에도 노가미와 연락을 했나요?"

"이혼하고 나서는 한동안 소식이 없었어요. 그러다 1년쯤 지나고 나서 이따금 연락이 오기 시작했지요. 거의 메일이었지만 가끔 통화한 적도 있었어요. 처음에는 1년에 한두 번 만나기도 했고요. 그가 행방불명되고 다니모토 씨가 연락했을 때 최근 5년 정도는 만나지 않아서 자세한 건 모른다고 했지만, 그 말은 절반은 사실이고 절반은 거짓이에요. 최근 5년간은 실제로 서로 바빠서 한 번도 만나지 못한 건 사실이지만 가끔 메일이나 전화는 주고받았거든요. 물론 사는 이야기를 나눴을 뿐이니 그 사람에 대해서 중요한 무언가를 아는 건 아니었지만요."

"그런데 올해 들어 갑자기 심각한 편지가 날아온 거군요."

"그래요. 하지만 내게 보낸 편지는 어디까지나 우리 두 사람의 문제에 관한 거였고, 좀 전에 말한 것처럼 자신의 죽음이 완전히 확인되었을 때 당신에게 전해달라는 편지가 첨부되어 있었어요."

"노가미의 행방불명이 이번에 일어난 일련의 사건과 관계가 있다고 생각하나요?"

별로 좋은 질문이 아니었다. 이미 대답을 알고 있으면서 묻는 것이나 마찬가지였다. 그러나 아직도 결심이 서지 않았다. 그녀에게 노가미의 죽음을 전해야 할지 말아야 할지. 또 전한다면 어느 시점에 전해야 할지…….

"일종의 직감이라고 할까요. 하지만 근거가 없는 건 아니에요. 그 말을 하기 전에 우리가 왜 이혼했는지 말해야 할 것 같군요."

그녀는 잠시 시선을 떨구었다. 나는 온더록스 잔에 살짝 입술을 적신 다음 입을 열었다.

"꼭 듣고 싶군요. 개인적인 이야기라서 좀 그렇긴 하지만, 노가미의 행방불명과 조금이라도 관계가 있다면 말해줘요."

"좋아요. 우리는 특별히 사이가 나빠서 이혼한 게 아니에요. 난 지금도 그 사람을 사랑해요. 그는 다리가 불편한 나를 사랑해주었고, 신혼 초부터 피아노에 집중할 수 있도록 최대한 도와주었어요. 형사라는 직업 때문에 늦게 들어오는 건 좀 힘들었지만, 그래도 집안일을 하지 않아도 되도록 해주었어요. 그 점은 진심으로 고마워하고 있어요. 다만 우리 사이에는 끊이지 않는 문제가 있었지요. 그 사람의 형이었어요."

"고등학교 때 노가미에게 이복형과 누나가 있다는 소문을 들었는데, 그 형 말인가요?"

"그래요, 형과 누나는 그 사람 아버지의 전처 자식이에요. 아버지는 전처와 이혼하고 그 사람의 어머니와 재혼했지요. 그는 어릴 때부터 성인이 될 때까지 이복형제들과 20년을 함께 살았어요. 그가 대학생일 때 아버지와 어머니가 이혼했는데, 그는 어머니를 따라가서 어머니의 성인 노가미를 쓰게 됐지요. 형과 누나는 아버지 성인 야지마를 그대로 쓰고 그와도 따로 살았지만, 무슨 이유인지 그 후에도 두 사람의 만남은 계속되었어요. 그의 누나는 만난 적이 없지만 형에 대해서는 아주 잘 알아요. 신혼 초부터 우리 집에 자주 왔거든요. 그리고 난 그 형을 끔찍하게 싫어했어요."

"노가미는 어땠나요? 자주 찾아온 걸 보면 노가미와는 사이가 좋았나 보죠?"

"그렇지 않았어요. 그도 형을 끔찍하게 싫어했어요. 나와 그 사람만 싫어했던 게 아니에요. 이 세상에 그런 사람을 좋아할 사람은 단 한 명도 없을 거예요. 심술궂고 뻔뻔한 데다 오만방자하고……. 나쁜 점을 꼽자면 끝도 한도 없어요. 처음 만났는데도 내 다리를 말똥말똥 쳐다보며 노골적으로 비아냥거리더군요. 한없이 착했던 그 사람과는 정반대였다고 할까요. 형제라고 해도 핏줄의 절반은 다르니까 성격이 다른 것은 당연하지만 나는 야지마가 집에 올 때마다 온몸이 얼어붙고 겁에 질려 바들바들 떨었지요."

어렴풋이나마 이야기의 줄기가 보이기 시작했다. 야지마라는 사람에 대한 혐오감이 결국 노가미와 소노코 사이를 갈라놓은 것이리라. 그런데 이해되지 않는 점이 있었다. 노가미는 왜 그런 사람과 인연을 끊지 않았을까? 어머니와 아버지는 이미 이혼했고, 그 결과 이복남매와는 성도 다르고 사는 곳도 달랐으니 인연을 끊는 것이 어렵지 않았으리라. 나는 그것을 그녀에게 확인했다.

"노가미가 왜 그런 사람과 인연을 끊지 않았는지 이상하군요."

"그 사람도 어떻게든 형에게서 도망치고 싶어 했어요. 실제로 결혼 초기에는 도심의 아파트에 살았지만, 야지마가 뻔질나게 드나들기 시작하고부터는 가마쿠라의 단독주택으로 이사를 갔지요. 도심에서는 야지마가 쉽게 드나들 수 있지만 가마쿠라까지 가면 쉽게 찾아올 수 없을 거라고 생각한 거예요. 하지만 소용없었어요. 어디로 이사 갔는지 알려주지도 않았는데, 어느새 우리 주소를 알아내서 또 찾아왔어요. 그리고 예전보다 더 뻔뻔해져서 밤늦게까지 술을 마시고 자고 가기도 했지요. 나는 더 이상 참지 못하고 '그자와 인연을 끊어!'라고 그 사람에게 요구했어요. 그러자 그 사람은 이해할 수 없을 만큼 약한 모습으로 '억지로 인연을 끊을 수는 없어. 그럼 무슨 짓을 할지 몰라.'라고 하는 게 아니겠어요? '그는 악의 천재야.'라는 말도 덧붙였어요."

악의 천재. 나는 그 말을 마음속으로 곱씹었다. 대체 노가미는 왜 그렇게 겁을 먹었던 것일까? 그것도 현역 형사가……

소노코가 말을 이었다.

"난 그 사람이 야지마에게 약점을 잡혔다고밖에 생각할 수 없었어요. 확실한 증거는 없지만 실제로 나 몰래 그자에게 돈을 주는 것 같았거든요. 몇 번인가 '그자에게 약점이라도 잡혔어?'라고 직접 물어본 적도 있었어요. '당신은 현역 형사잖아. 왜 그자가 마음대로 하도록 내버려두는 거야?'라고 비난하기도 했고요. 그러는 동안 우리 둘 사이가 어색해지면서 그 사람은 점점 그 화제를 피하게 됐지요. 내가 억지로 말을 꺼내려고 하면 노골적으로 싫은 표정을 짓기도 하고요. 그 와중에도 야지마는 계속 찾아왔어요. 특히 그 사람이 없을 때 찾아오면 정말 끔찍했지요. 탐문수사나 잠복수사를 하다 보면 한밤중에 오는 일도 있거든요. 한번은 그 사람이 집에 없을 때였어요. 밤 11시쯤 초인종 소리가 나서 밖을 내다보니, 어둠 속에 야지마가 서 있는 게 아니겠어요? 그때는 말 그대로 온몸에 소름이 끼쳤지요. 그래서 뒷문으로 살짝 빠져나가 같은 동네에 사는 친구에게 사정을 이야기하고 잠시 숨겨달라고 했어요. 그런 일이 거듭되고 있을 때 어느 날 갑자기 그 사람이 이혼하자고 하더군요. 자신에게 애인이 있다고 고백하면서요. 엄청난 충격이었어요. 하지만 애인 때문에 충격을 받은 건 아니에요. 그 사람에게 젊은 애인이 있다는 건 오래전부터 알았으니까요. 그렇더라도 어쩔 수 없다고 생각하기도 했고요. 보다시피 내 몸이 이렇잖아요. 이런 말을 하긴 좀 그렇지만 남편과 잠자리하기도 힘들고요. 그래서 그 사람이 밖에서 애인을 만들어도 어쩔 수 없다고 생각했어요. 다만 내게 말하지 않기를 바랐지요. 이미 충분히 상처 받았으니까 구태여 말을 해서 확인시켜줄 필요는 없다고 말이에요. 물론 내게도 잘못이 있다는 건 알아요. 형 때문에 그를 몰아붙인 탓에 나한테서 마음이 떠나게 만들었으니까요. 어쨌든 그의 입으로 애인이 있다는 말을 듣고 싶진 않았어요. 여자 마음은 원래 그렇거든요. 하지만 결국 머리가 멍한 상태에서 이혼신고서에 도장을 찍어버렸지요……."

그녀는 내게서 시선을 돌린 채 허공을 바라보았다. 수많은 과거의 기억들이 눈앞을 스치는 것 같았다.

"그 후에 노가미와 가끔 연락하면서, 야지마라는 이복형에 대해 이야기한 적은 없었나요?"

"없었어요. 그렇게 철면피였던 야지마도 이혼한 후에는 발길을 끊더군요. 그 사람도 야지마에 대해선 입에 담지 않았고요. 이혼의 가장 큰 원인이 야지마란 건 알고 있었으니까요. 하지만 이번에 받은 편지로 야지마와 인연이 끊어지지 않았다는 걸 알 수 있었어요. '당신이 잘 알고 있는 문제 때문에 난 지금도 괴로 워하고 있어.'라고 쓰여 있었거든요."

"노가미가 야지마라는 자와 계속 만나왔다는 건가요?"

"그렇겠죠. 그 사람보다 일곱 살이 많으니까 올해 쉰세 살쯤 됐을 거예요. 누나는 그 사람과 별로 나이 차이가 나지 않고요."

뜬금없이 누나 이야기를 꺼내니 왠지 위화감이 들었다. 노가 미 이복형의 이미지는 선명하게 상상할 수 있는데 똑같이 야지 마라는 성을 쓰는 누나의 이미지는 몹시 모호했다. 물론 복잡한 인간관계에서 제외된 존재일지도 모르지만, 핏줄이 통하는 세 사람 중에 한 사람만 관계가 없을 수는 없다는 생각이 들었다.

"다카쿠라 씨, 이제 노가미와 나에 대해서는 전부 말했어요. 그러니까 당신도 솔직하게 말해주세요. 물론 경찰은 말하지 말 라고 했겠지요. 그 사람의 안부만이라도 말해주세요. 그는 지금 살아 있나요?"

가슴에 묵직한 통증이 느껴졌다. 아내에게는 이미 노가미에 대해 말했다. 일이 이렇게 된 이상 다니모토와의 약속을 저버리 더라도 아내에게만은 진실을 말하지 않을 수 없었다. 그리고 소 노코 역시 이번 사건의 피해자인 아내만큼 노가미의 생사에 대 해 알 권리가 있다고 생각했다. 나는 마음을 정했다.

"유감스럽지만 노가미는 이미 이 세상 사람이 아니에요. 우리 옆집의 화재 현장에서 발견된 세 구의 시신 중에 한 구가 노가미였지요."

한순간 시간이 멈추었다. 그녀는 꼼짝도 하지 않고 나를 똑바로 쳐다보았다. 그러다 갑자기 몸을 가늘게 떨기 시작했다. 눈에서 굵은 눈물방울이 뚝뚝 떨어졌다. 나는 아무것도 할 수 없었다. 그녀가 진정되기를 기다리는 수밖에는······.

6

우리 집 주변은 예전보다 더 깊은 정적에 휩싸였다. 옆집도 앞집도 모두 비어 있을 뿐 아니라 경찰이 관리하고 있다. 앞집 앞에는 여전히 순찰차가 상주하고, 그 뒤로 불에 타서 거무칙칙하게 변한 일본식 가옥이 무참한 잔해를 드러내고 있다. 현장검증을 마친 후에도 한동안 출입이 금지되었던 우리 집은 이제야 겨우 주인인 우리 마음대로 사용할 수 있게 되었다. 그러나 심리적으로는 경찰의 관리를 받고 있는 듯한 생각이 떠나지 않았다.

아내는 퇴원했다. 경찰의 경호 대상에서도 제외되었다. 우리가 그렇게 해달라고 부탁했다. 그러나 앞집에는 여전히 순찰차가 상주하고 있다.

다행히 아내는 정신적으로 많이 안정되었다. 전문 청소업체에 부탁해서 현관을 포함해 1층을 전부 청소했지만, 니시노 노부코의 시신이 현관 마룻바닥에 있었다고 생각하면 기분이 찜찜했다. 아내는 이사 가고 싶다고 말했다. 그러면서 "이렇게 유명해졌는데 우리 집을 살 사람이 있겠어?"라고 한탄하기도 했다. 실제로 우리 집 주변은 조금 과장해서 말하면 모든 일본이 주목하는 지역이 되었다.

소노코를 만난 날, 집에 도착한 것은 밤 1시가 가까워서였다. 아내는 아직 깨어 있었다. 예전 같으면 이미 잠들었을 시간이지만, 사건이 일어난 후에는 내가 집에 들어갈 때까지 잠을 자지 않는다. 그날은 소노코를 만난다고 했으니까 이야기를 듣고 싶은 마음도 있었으리라. 우리는 거실 소파에 앉아 잠시 이야기를 나누었다.

"TV의 와이드 쇼는 여전히 우리 사건으로 도배를 하고 있어. 지긋지긋해 돌아가시겠어."

"우리 사건이라⋯⋯."

나는 비아냥거림을 담아 아내의 말을 따라 했다. 그나저나 거실에 앉아 있자 문득 미오가 떠올랐다. 도움을 청하러 온 날, 우리는 그 애를 거실에 앉히고 어떻게든 진정시키려고 했다. 그 이후 니시노와 미오의 행방은 여전히 묘연하다.

"소노코 씨를 만났지?"

"응, 여러 가지 이야기를 들었어."

"그래서?"

"사실을 말하지 않을 수 없었지."

"노가미 씨의 죽음을 전한 거야?"

"응. 잠시 망설였지만 말하지 않을 수 없었어. 눈물을 뚝뚝 떨구면서 울더군."

나는 말을 하면서 한숨을 쉬었다. 소노코의 흐트러진 모습이 떠올랐다. 그 모습에서 아직도 노가미를 깊이 사랑하고 있다는 것을 느낄 수 있었다.

"소노코 씨의 이야기에서 뭔가 새로운 사실을 알게 됐어?"

"왜 이혼했는지 말하더군."

"그게 이번 사건과 관계가 있나?"

"있을 수도 있고 없을 수도 있고……."

그렇게 말한 뒤, 나는 노가미의 이복형인 야지마에 관해서 말했다.

이야기를 다 듣고 나서 아내가 말했다.

"뭔가 냄새가 나는데? 야지마라는 이복형 말이야, 니시노와 이미지가 비슷하지 않아?"

우리는 미오를 납치해 도주한 범인을 여전히 니시노라고 불렀다. 하지만 그 도주범은 진짜 니시노가 아닐 가능성이 높다. 니시노의 형이 상경해 경찰에 동생 사진을 제출했다. 5년 전의 사진이지만 지금의 얼굴과 크게 다르지 않으리라. 경찰이 그 사진을 내게 보여주었다. 옆집 사람인 니시노와는 별로 닮아 보이지 않았다. 그러나 완전히 딴사람이라고도 장담할 수 없었다. 우리가 보았던 니시노의 얼굴은 마치 연체동물 같아서, 원래 얼굴이 어떠했는지 떠올릴 수 없는 기묘한 얼굴이었다.

"니시노가 실은 야지마일지도 모른다는 거야? 그동안 너무나 이상한 사건을 겪는 바람에 감각이 마비돼, 모든 사람이 니시노처럼 보일지도 몰라. 소노코의 이야기만으로 야지마란 남자를 니시노라고 단정하는 건 매우 위험해. 냉정하게 생각하고 판단해야겠지."

아내는 심각한 표정을 지으며 내 말에 고개를 끄덕였다. 소노코에게 받은 노가미의 편지 이야기는 하지 않았다. 언젠가는 말할 생각이지만 어쨌든 아직은 내용을 읽지 않았다. 그 편지는 지금 내 가방 안에 소중히 간직되어 있다.

"그나저나 이렇게 이상한 일들이 언제까지 계속될까? 빨리 미오가 돌아오고 니시노가 잡혔으면 좋겠어. 당신도 지금은 수업이 없어서 괜찮지만 4월에 새 학기가 시작되면 바빠질 테고."

그건 그렇다. 소노코의 콘서트가 있었던 날은 2월 23일로, 지금은 날짜가 바뀌어 24일이 되었다. 이 일련의 사건들이 적어도 4월 전에 해결되지 않으면 내 정신상태가 어떻게 될지 모른다. 그리고 이번 사건을 해결할 수 있는 결정적인 열쇠는 지금부터 내가 읽으려고 하는 노가미의 편지임이 틀림없다. 문제는 이 편지에 얼마나 새로운 정보가 담겨 있느냐는 것이다. 경우에 따라서는 사건이 급진전될지도 모른다.

침실로 가는 아내의 뒷모습을 보고 나서 서재로 들어갔다. 잠시 조사할 것이 있다고 적당히 둘러댔다. 아내는 내가 사건에 대해 조사한다고 생각하는 것 같았다. 하지만 피곤해서인지 꼬치꼬치 캐묻지는 않았다.

가방 안에서 노가미의 편지를 꺼냈다. 봉투에는 '다카쿠라에게'라고 쓰여 있었다. 뒤쪽에는 그의 이름만 쓰여 있을 뿐 주소는 보이지 않았다. 편지봉투를 뜯었다. 대충 살펴보아도 서른 장 가까이 되는 것 같았다. 검은 볼펜으로 쓴 작고 꼼꼼한 글자가 빼곡히 늘어서 있었다. 장문의 편지였다.

다카쿠라, 난 지금 도내의 어떤 곳에서 편지를 쓰고 있네. 자네가 편지를 읽을 때는 이미 죽었을 테지만 이건 결코 유서가 아니야. 오히려 이 조사를 계속해달라는 현실적인 목적으로 썼다는 걸 미리 말해두고 싶군. 자네에게는 귀찮기 그지없을지도 모르지만 이 일을 맡길 수 있는 사람이 자네밖에 없다네. 실은 자네를 만났을 때 직접 부탁해야 했지만 그 시점에서는 아직 확신이 없었지. 아니, 이 편지를 쓰고 있는 지금도 확신이 있다곤 할 수 없네. 다만 내 죽음이 의혹을 확신으로 바꾸리라는 것만은 틀림없어. 즉 자네가 이 편지를 본다는 것은 불행하게도 내 생각이 적중했다는 결정적 증거가 되는 거지.

아아! 나는 참으로 무서운 자의 함정에 빠져버렸네. 그 상황을 설명하기 위해서는 내 출신과 집안 환경부터 자세하게 말해야 하겠군. 일단 나와 이복형제의 기이하고도 특이한 관계를 알아야 하니까 말이야.

우리 아버지는 방탕하기 짝이 없는 사람이었지. 요즘은 그런 남자를 뭐라고 하는지 모르지만 옛날식으로 말하면 플레이보이나 난봉꾼인 사람이었네. 그런 주제에 직업은 건실해서 모 도시은행에 근무하는 샐러리맨이었지.

아버지가 어머니와 재혼했을 때, 당연히 난 아직 태어나지 않았네. 당시 아버지에게는 이혼한 전처와의 사이에서 두 아이가 있었지. 한 명은 요시오라는 다섯 살짜리 장남이고, 또 한 명은 유키라는 갓 태어난 딸이었어. 내가 앞에서 말한 무서운 자란 이 야지마 요시오라는 인간이네. 착할 선(善) 자에 사내 웅(雄) 자, 착한 남자란 뜻의 요시오란 이름은 이자가 앞으로 저지를 일들을 생각하면 최대의 아이러니라고밖에 표현할 길이 없겠지. 그자는 이윽고 악의 화신 같은 사람으로 진화하니까 말이야.

아버지가 어머니와 재혼하고 2년 후에 내가 태어났지. 그 이후 나는 20여 년을 이복형제들과 함께 살았네. TV 드라마를 보면 어머니가 다른 형제자매는 사이가 나빠서 으르렁거리는 일이 많지만, 우리 남매의 경우에는 그렇게 단순한 관계가 아니었지. 터울이 두 살밖에 나지 않아서인지 누나인 유키와는 사이가 좋았네. 우리는 취미도 맞고 성격도 잘 맞아서 많은 것을 함께했어. 실제로 누나와 어머니가 다르다는 생각을 한 적은 한 번도 없었지. 나중에 아버지로부터 그 이야기를 들었을 때도 별다른 충격 없이 오히려 '그게 어때서?'라는 심정이었네. 형인 요시오와도 처음부터 사이가 나쁜 건 아니었어. 나이 차이가 있어서 누나와 같은 친근함은 느끼지 못했지만, 적어도 싫다는 감정이 싹트기까지는 조금 시간이 걸렸지. 그가 우리 남매를 잘 돌봐준 시기도 있었네. 특히 그가 중학생이었을 때는 내게 멋진 형이자 동경의 대상이었지.

실제로 형은 놀라우리만큼 머리가 좋아서 열심히 공부하지 않았는데도 늘 학년에서 1, 2등을 다투곤 했다네. 고등학교도 우리 학교와는 달랐지만 역시 도내의 일류 고등학교에 진학했어. 그러나 자네도 알다시피 사람의 능력이나 학업성적이 반드시 인간성과 비례하는 것은 아니지. 오히려 반비례하는 경우가 많지 않을까? 그리고 형은 고등학교 때부터 그 말의 본보기 같은 존재가 되어갔지. 형이 달라진 건지 아니면 선천적으로 가지고 있던 성향이 고개를 내밀었는지는 알 수 없네. 다만 인간의 변화에는 항상 이유가 있는 법이지. 그 이유를 나름대로 생각해보면 자신의 외모를 인식하기 시작했기 때문이 아닐까 싶네.

난봉꾼에 바람둥이가 대부분 그렇듯이 우리 아버지는 용모가 꽤 번듯한 사람이었지. 아버지의 전처를 만난 적은 없지만 아버지가 나와 어머니 앞에서도 상당한 미인이었다고 자랑했을 정도니까 외모는 나쁘지 않았을 거야. 실제로 두 사람의 피를 물려받은 누나만 해도 성격은 내성적이었지만 얼굴은 너무도 아름다워서 남자들의 인기를 한 몸에 받는 매력적인 사람이었지. 그런데 잘생긴 아버지에 아름다운 어머니를 두었음에도 형의 외모는 어딘지 모르게 혐오감을 주었다네. 그것이 그의 마음을 난폭하게 만들었다는 것은 부정할 수 없지. 그리고 가장 큰 문제는 그가 항상 자신의 외모를 이복동생인 나와 비교해서 분노와 콤플렉스를 숨기지 않았다는 것이네.

어머니는 다르지만 같은 아버지의 피를 물려받아서 그런지 주변에서 닮았다는 소리를 많이 들었지. 키는 둘 다 180센티미터가 넘었고, 얼굴도 눈, 코, 입을 하나씩 비교하면 비슷하게 생겼다는 걸 나도 인정하네. 하지만 전체적인 인상은 전혀 달랐어. 하나하나의 미세한 차이가 전체적인 큰 차이로 이어지는 전형적인 사례라고나 할까?

물론 내 용모에 대해 객관적으로 평가하는 건 불가능하지만, 이것이 내 주변 사람들이 말하는 나와 그에 대한 평가였네. 우리를 처음 본 사람은 반드시 "정말 많이 닮았군요."라고 말하지. 그런 다음에는 반드시 "동생이 좀 더 잘생겼군요."라는 뉘앙스의 말이 나오는 거야. 나는 내가 잘생겼는지 어떤지 생각해본 적이 없고, 이런 말은 오히려 귀찮을 뿐이었네. 그런 일이 있을 때마다 나에 대한 그의 증오가 점점 커진다는 사실을 알았기 때문이지.

중학교에 들어갔을 때, 그는 이미 대학교에 진학했네. 고등학교 시절에는 공부를 소홀히 해서 성적이 좋진 않았지만, 그래도 그럭저럭 이름이 알려진 사립대학에 진학했지. 그 무렵부터 누나와 그의 관계가 어색해지기 시작했네. 아니, 어색해졌다는 말은 적절하지 않아. 그에 대한 누나의 혐오감은 억제할 수 없을 정도였으니까. 두 사람은 같은 어머니에게서 태어났으니 사이가 좋지 않으려면 다른 어머니에게서 태어난 나와 그래야겠지. 하지만 나와 누나는 사이가 좋았네. 그보다 누나가 그를 싫어하고 나를 좋아했다고 말하는 편이 정확하겠지. 그로 인해 나에 대한 그의 증오는 더욱 증폭되었네.

이 이야기에는 놀라운 비밀이 숨어 있네. 누나에 대한 그의 감정은 일반적인 남매의 감정과는 달랐지. 그는 누나를 여자로 사랑했다고 할까? 그리고 누나에 관해 이야기할 때마다 그런 사실을 감추기는커녕 노골적으로 선언했네. "난 언젠가 유키를 내 것으로 만들 거야."라고 내 앞에서도 확실하게 말했지. 그 무렵 나는 중학생이었고 그는 이미 대학생이었네. 아무리 싫다고 해도 힘의 차이가 확연했기 때문에, 나는 이 이상한 형의 말을 듣지 않을 수 없었어. 심리학이나 정신의학 전문가인 자네는 가족관계 안에서도 그런 감정이 일어날 수 있다는 걸 알겠지. 하지만 당시 중학생이었던 내게는 도저히 이해할 수 없는 일이었네.

당시 누나는 중학교 3학년이었지. 겨우 중학생인 여동생을 두고 같은 핏줄의 대학생 오빠가 자기 것으로 만들겠다고 선언하다니……. 그 말의 이면에는 '그러니까 넌 절대로 손대면 안 돼.'라는 협박이 담겨 있었네. 도저히 믿을 수 없는 일이지.

어쨌든 난 누나와 사이가 좋았네. 친한 친구 같은 느낌이랄까? 누나는 나를 '세이 짱'이라고 불렀지. 내 이름이 세이지니까. 나도 누나를 '유키 짱'이라고 불렀네. 하지만 나는 누나를 여자로, 더구나 성적 대상으로 본 적은 한 번도 없었어. 따라서 처음에는 그의 말에 충격을 받았다기보다 무슨 뜻인지 이해할 수 없었다고 하는 편이 정확할 거야. 그러다 계속해서 똑같은 말을 듣는 사이에 이윽고 무슨 뜻인지 알고, 점차 두려움을 느끼기 시작한 게 사실이네.

그는 말만 그렇게 한 게 아니라 고등학교 입시를 눈앞에 둔 누나에게 구체적인 행동을 취했네. 당시 우리는 2층짜리 단독주택에 살았어. 1층에는 아버지 서재와 응접실, 부모님 침실이 있고, 2층에는 아이들 방이 세 개 있었지. 가족구성과 방의 숫자를 생각하면 생활환경은 꽤 좋았다고 해야겠지. 대형 은행에 다니는 아버지의 월급이 나쁘지 않기도 했지만 원래 할아버지가 부자였거든. 더구나 아버지가 장남이라서 상당히 많은 재산을 물려받았지. 우리가 살던 집도 유산 상속으로 물려받은 땅 위에 지은 거였다네. 유산을 둘러싸고 그와 아버지 사이에 다툼이 일어나지만 그건 한참 뒤의 이야기이고…….

아무튼 누나에 대한 그의 이상한 행동이 수면 위로 드러난 것은 누나의 고등학교 입시가 일주일 앞으로 다가온 날이었어. 그날 밤, 누나가 한밤중에 내 방문을 노크했지. 누나와 그의 방은 나란히 있고, 내 방은 그들 방의 맞은편에 있었어. 그런데 누나가 한밤중에 내게 도움을 청하러 온 거네. 공부를 가르쳐준다는 핑계로 그가 누나의 방에 들어오려고 했다더군. 나는 누나를 들어오게 해서 이야기를 들었는데, 그 전에도 그가 공부를 가르쳐준다고 하면서 옷 위로 몸을 더듬은 적이 몇 번 있었다지 뭔가? 그날 밤에도 끈질기게 누나의 방문을 두들기며 공부를 가르쳐주겠다고 했고, 그가 잠시 1층으로 내려간 틈을 타서 내 방으로 도망친 거였어. 그도 누나가 내 방으로 도망쳤다는 걸 알고 있었겠지. 하지만 아무래도 거북했는지 그날은 내 방까지 쫓아오지 않았네.

다음 날, 누나는 그런 사실을 어머니에게 말했지. 누나 입장에서 보면 우리 어머니는 계모였지만 어렸을 때부터 같이 살아서 그런지 어머니도 누나를 사랑했고 누나도 어머니를 잘 따랐다네. 결국 누나는 어머니에게 말하고, 어머니는 저녁에 퇴근해 집에 온 아버지에게 말했지. 평소에 집안일에는 관심이 없었던 아버지도 이 이야기는 한귀로 흘려버릴 수 없다고 생각했는지 그를 서재로 불러서 캐물었어. 그런데 결국 비참한 꼴을 당한 사람은 아버지였지. 그는 누나에게 한 짓을 인정하지 않았을 뿐만 아니라 끈질기게 캐묻는 아버지에게 주먹까지 휘둘렀네.

아버지는 흠씬 두들겨 맞은 뒤 머리채를 잡힌 채 우리가 있던 응접실(대형 TV가 놓여 있어서 우리는 그곳을 거실처럼 사용했네)까지 끌려 나왔어. 그리고 다시 끔찍하게 얻어맞은 후 결국 "내가 잘못했다."고 사과까지 하게 됐다네. 옆에서 말리던 어머니는 내팽개쳐지고 누나는 흐느껴 울고, 나는 공포에 사로잡힌 채 얼어붙었지. 아버지는 그에게 사과할 때 겁에 질려 바들바들 떨었네. 우리 집에서 아버지의 권위가 땅에 떨어진 순간이었지. 그는 고등학교 시절부터 자기 마음대로 행동하면서 아버지를 완전히 무시했지만 아버지의 체면을 노골적으로 구기지는 않았어. 가끔 아버지에게 대들기도 했지만 아버지도 적당히 대꾸하며 가까스로 권위를 유지하고 있었지. 하지만 그때의 아버지 모습은 비참하다는 말 외에 무슨 말로 표현할 수 있을까. 그 이후 그는 우리 집에서 폭군의 자리를 차지하게 되었다네.

여기서 내가 하고 싶은 말은 그의 폭군적인 모습이 집안에서 폭력을 행사하는 은둔형 외톨이들의 히스테릭하고 비이성적인 행동이 아니라는 거야. 그의 행동은 어느 면에서 질서라고 할 수 있을 만큼 전부 계산된 것이었네. 특히 어머니나 누나에게는 말로 협박하는 일은 있어도 폭력을 휘두르는 일은 없었지. 아버지와 내게는 가끔 주먹을 휘두르면서도 당근과 채찍을 알고 있어서, 내게는 용돈을 많이 주거나 하면서 적당히 구슬리기도 했다네.

밖에서 여자들과 노는 아버지를 비난하지 않으면서도, 한편으로 계모인 어머니 앞에서는 방탕한 아버지 모습에 분노하는 것처럼 행동하는 등

두 사람의 애증을 적당히 이용했지. 어머니와 재혼한 후에도 아버지의 여자관계는 끊이지 않아서 어머니는 엄청난 스트레스에 시달려야 했네. 그는 그것을 교묘하게 파고들어 어머니가 아버지에게 완전히 의지하지 못하게 막았지. 한마디로 말해 폭력은 물론이고 가족의 애증을 절묘하게 이용하는 고등 전술을 사용해서 가족을 지배한 거야.

여기에서 중요한 것은 누나에 대한 그의 감정이네. 그가 내게는 누나, 그에게는 여동생인 유키를 특별히 생각하는 건 분명했지. 그의 행동을 보고 있으면 누나를 진심으로 좋아한다는 걸 알 수 있었어. 가끔 협박을 하면서도 유키를 바라보는 눈길은 한없이 다정했으니까. 그리고 매일 누나에게 줄 선물을 사 왔지. 주로 옷이나 액세서리였지만. 난 누나를 통해 그의 여성 취향을 알았네. 누나는 흔히 말하는 여성스러운 타입은 아니야. 이목구비도 뚜렷하고 예쁘게 생겼지만 청초한 미소년 타입이었지. 항상 머리를 짧게 잘라서 청바지를 입으면 소년으로 착각할 정도였어. 그의 취향이 중성적인 아름다움을 가진 여자라는 것은 나중에 그가 사랑한 여성을 보더라도 분명했지.

어쨌든 고등학생이 되면서 누나도 변하기 시작했어. 오빠에 대한 혐오감을 그대로 드러내는 건 좋은 방법이 아니라고 느꼈겠지. 성장과 함께 몸에 밴 분별력 덕분이 아니었을까? 누나는 겉으로 순진한 여동생을 연기하면서, 최대한 자신의 마음을 감추는 것 같더군. 다만 그가 집에 없고 나와 둘만 있을 때는 감정이 폭발했지. 그때마다 누나는 "온몸에 소름이 끼쳐서 도저히 견딜 수 없어!"라고 소리치곤 했어. 특히 그가 사 온 옷을 입어야 하는 것을 고통스러워했네.

누나가 그런 말을 부모님이 아니라 내게 한 건 나름대로 이유가 있었지. 부모님 중 어느 한쪽에 말하면 즉시 그에게 전해질 가능성이 있었던 거야. 공포심 때문인지, 아버지와 어머니는 모두 어이가 없을 만큼 그의 비위를 맞추기 시작했거든. 그는 집에 없는 동안 누나에게 무슨 일이 있었는지 나와 부모님에게 캐물었어. 그때마다 나는 모른다고 대답해 누나의 신뢰를 얻었지. 그래서 둘만 있을 때면 봇물이 터진 듯이 그에 대한 혐오감을 드러낸 거야. 하지만 그것도 어느 날 갑자기 멈추었지. 누나가 고등학교 2학년 때, 나는 봐서는 안 될 것을 보고 말았다네.

그날 밤 1시쯤 소변이 마려워 화장실에 가려고 침대에서 나왔지. 그런데 복도로 나간 순간, 누나의 방문이 열리고 누나가 비척비척 걸어 나오는 게 아닌가. 흐트러진 앞머리가 이마를 가려서 여느 때의 보이시한 모습과 달리 매우 요염하게 보였지. 그러나 내가 놀란 건 누나의 얼굴 때문이 아니었어. 누나는 그때 청바지에 하얀 반소매 티셔츠 차림이었는데, 청바지의 지퍼가 반쯤 열려서 하얀 속옷까지 보이지 뭔가. 청바지의 맨 위에 있는 버튼도 채우지 않은 데다 티셔츠 길이가 짧아 배꼽까지 보였지. 누나는 망연자실한 얼굴로 마치 나를 못 본 것처럼 그대로 화장실로 들어갔어. 다음 순간, 나는 더 놀라운 일을 목격했다네. 누나 방에서 그가 나오는 게 아닌가. 그는 나를 보자 음침하게 히죽 웃더니, 마치 승리한 사람처럼 V 사인을 그리더군. 나는 화장실에 가려던 것도 잊은 채 황급히 내 방으로 철수했지.

이에 대해 누나는 나중에 변명하듯 말한 적이 있네.

"세이 짱, 괜찮아. 폭행을 당한 건 아니니까."

그 말을 들었을 때, 나는 그때 누나가 나를 봤다는 사실을 알았네. 물론 누나로서는 보고도 못 본 척하는 수밖에 없었겠지만…….

어쨌든 그 사건 이후, 나와 누나의 대화는 눈에 띄게 줄어들었지. 누나는 형뿐 아니라 나까지 피하게 된 거야. 그때는 누나의 심리적 변화를 이해할 수 없었다네. 누나가 나까지 싫어한다는 생각이 들어서 매일 숨 막히는 밤을 보내야 했지.

내가 이렇게 부끄러운 집안의 수치까지 말하는 것은 요시오라는 자가 얼마나 기이하고 악질적인 인간이냐는 것뿐만 아니라 그가 누나에게 얼마나 집착했는지 말하고 싶기 때문이네. 이런 유형의 인간은 비사교적이어서 주로 은둔형 외톨이가 된다고 생각하는 사람이 많지만 그는 정반대였지. 실제로 그는 대학에서 많은 사람을 사귀었다네. 그리고 그의 악명은 집 안에 머물지 않고 어느새 대학까지 퍼졌지. 그가 대학에서 저지른 수많은 범죄행위와 범죄에 가까운 행위들을 나열해서 편지지를 낭비할 생각은 없네. 다만 그가 자주 일으켰던 문제는 새로운 클럽이나 동아리를 만들어 운영비 명목으로 돈을 걷은 후 즉시 클럽을 해체하는 것이었지. 그리고 사람들에게 받은 돈을 돌려주지 않고, 어디에 썼는지도 말해주지 않았네. 개중에는 화를 내는 사람도 있었겠지만 어차피 상대는 아직 세상을 모르는 대학생이었기 때문에 그다지 큰 문제는 되지 않은 것 같더군. 가끔 따지는 사람이 있으면 동아리를 위해 물품을 구입했다며 영수증까지 보여주면서 교묘하게 되받아치기 때문에 상대는 쭈뼛거리며 물러설 수밖에 없었지. 대학을 졸업한 후에는 대규모 투자사기를 저지르게 되는데, 신기하게도 경찰이 개입하기 직전에 항상 미꾸라지처럼 빠져나갔네. 그가 정상적으로 직장에 다닌 것은 대학을 졸업하고 2년간 대형 부동산회사에 근무했을 때뿐이고, 그곳을 그만둔 후에는 정체를 알 수 없는 금융회사를 경영하면서 악덕상술과 투자사기를 반복했다고 할 수 있지.

우리 부모님은 내가 대학에 다닐 때 정식으로 이혼했네. 가장 큰 원인은 아버지가 또 밖에서 여자를 만든 것이었지만, 그가 영향을 끼친 건 부정할 수 없어. 나와 어머니는 그와 따로 살 수만 있다면 무슨 일이든 하겠다는 심정이었으니까. 실제로 어머니는 아버지에게 위자료도 거의 받지 못한 것 같았어. 나와 어머니가 집에서 나올 때 누나는 몹시 슬퍼했지. 아마 우리와 같이 집을 나오고 싶었겠지만 그 앞에서는 도저히 그런 말을 할수 없었을 거야. 내가 충격적인 순간을 목격한 이후 그와 누나가 특별한관계, 즉 강제적이었다곤 하지만 남매 이상의 관계가 되었는지는 알 수 없네. 그에 대해 누나 스스로 아무 말도 하지 않았으니까. 결국 누나는 그와함께 아버지 곁에 남았지.

나와 어머니는 집을 나오고, 나는 대학을 졸업한 후 경시청에 들어갔네. 솔직히 고백하면 특별히 경찰이 되고 싶었던 건 아니야. 어쩌면 마음깊은 곳에서 그에게 대항하기 위해서는 경찰이 되는 게 좋겠다고 생각했을지도 모르지. 직업을 선택한 동기까지 그자와 관계가 있다니, 결국 그는 내 모든 인생을 지배했다고 해도 과언이 아닐 거야. 나는 경찰이 된 후에도 한동안 어머니와 함께 살았는데, 어머니는 결국 유방암으로 세상을떠났지. 그러는 동안 3년쯤 그와 담을 쌓고 살았는데, 그때가 내 인생에서 가장 행복한 시기였네. 그런데 어머니 장례식이 끝나고 일주일쯤 지났을 때, 그가 불쑥 찾아왔지 뭔가. 우리 집 주소를 가르쳐주지 않았지만 아마 누나를 통해 알아냈겠지. 누나에게는 휴대전화로 어머니의 죽음을 알려서 장례식에 참석했거든.

그의 얼굴을 본 순간, 온몸에 소름이 끼쳤지. 하지만 오랜만에 만난 그는 예전과 전혀 달랐네. 누나에게 어머니의 죽음을 듣고도 장례식에 참석하지 않은 것을 솔직하게 사과한 다음, 부의금이라며 백만 엔을 내밀더군. "그 비정한 영감탱이에게 빼앗아냈어."라고 하면서……. 말투는 너무나 그다웠지만, 전처의 장례식에 참석하기는커녕 부의금도 보내지 않은 아버지에 대한 분노를 터뜨리더니. 집에 있는 어머니 위패에 고개를 숙인 다음 순순히 돌아갔지. 그 모습에 나는 깜빡 속아 넘어갔네. 그가 정상인이 되었다고 생각한 거야. 하지만 그의 마음속에는 무서운 계략이 숨어 있었지.

내가 마음을 허락한 순간, 그는 이런저런 핑계를 대며 우리 집에 드나들었네. 지금 생각하면 그가 나와 관계를 회복하려고 한 가장 큰 이유는 형사인 내 이름이 필요했기 때문이었어. 한동안 일하던 부동산회사를 그만둔 후 그의 사기 수법은 점점 더 악랄해졌네. 회사를 만들어 돈을 끌어모은 다음 일부러 망하게 하는 짓을 반복한 거야. 그리고 상대의 신뢰를 얻기 위해 경찰인 내 이름을 교묘하게 이용했지. 단지 이름만 이용한 게 아니야. 사기 치는 자리에 나를 동석시켜 공범이 되도록 만들었네. 난 완전히 그의 덫에 걸려버렸지.

그가 돈을 빌릴 때 몇 번 보증도 서줬다네. 그때마다 돈을 갚지 않아 결국 내가 대신 갚기 위해 사금융에서 돈을 빌리게 되었지. 부의금 명목으로 처음에 백만 엔을 받은 것이 마음의 부담이 됐는지도 모르네. 그래서 처음에는 그 돈의 일부를 돌려준다는 심정으로 그의 빚을 대신 갚았어. 그러는 사이에 대신 갚은 금액이 처음에 받은 백만 엔을 훨씬 넘어서게 되었네.

자네는 나를 비웃을지도 모르네. '형사가 이렇게 어리석다니' 하면서 말이야. 하지만 마음을 파고드는 그의 테크닉은 무서울 정도로 교묘했네. 처음에 나를 사기의 공범으로 만든 뒤, 그것을 들키지 않으려면 내가 경제적 부담을 져야 하는 식으로 만드는 거야. 교활한 수법을 일일이 열거하면 끝이 없어서 자세한 내용은 생략하지만, 어쨌든 그는 나를 사기의 공범으로 몰아넣고 경제적 부담을 지우는 짓을 끝없이 반복했다네. 그의 사기행각이 일시적으로 잘되었을 때, 예를 들어 근거 없는 투자 이야기를 해서 거액의 자금을 모으는 데 성공했을 때, 그는 내게 어느 정도 이익을 분배해주었지. 그리고 나는 어리석게도 그 돈을 받았네. 그의 빚을 갚느라 내 빚이 늘어났기 때문에 받지 않을 수 없었어. 물론 나중에는 받은 돈의 몇 배가 나가곤 했지만……

　　내가 그를 끊지 못한 또 하나의 이유는 누나 때문이네. 그 무렵에는 아버지와 그자, 누나가 따로 살았지. 그자가 아버지에게 집을 처분하고 셋이 돈을 나누자고 했다더군. 아마 아버지에게 그 이상의 돈을 요구해서 손에 넣었겠지만, 자세한 사정은 나도 모르네. 다만 나중에 누나에게 들으니, 생전증여를 둘러싸고 그와 아버지 사이에 큰 마찰이 있었다고 하더군.

　　누나는 이미 고등학교 교사와 결혼해서 아이를 하나 낳았지. 그는 나와 누나의 좋은 관계를 이용해 내 이름을 빌릴 때는 항상 이렇게 말했네.

　　"유키의 남편은 고등학교 교사라서 끌어들이고 싶지 않아. 나중에 괜히 문제가 돼서 학교에 알려지면 곤란하니까. 넌 형사이긴 하지만 남자에다 나와 핏줄이 같잖아. 형제지간에 이 정도는 해줘야지."

　　다시 말해 내가 응하지 않으면 유키를 끌어들이겠다고 협박한 것이나 마찬가지지. 누나가 내게 전화해서 그의 요구를 들어주라고 울며 매달린 적도 있다네. 누나의 머릿속에는 그에 대한 공포가 자리 잡고 있어서, 혹시 무슨 짓을 당하지 않을까 늘 벌벌 떨었던 것 같더군.

그러나 내가 보기에 누나에 대한 그의 성적 관심은 이미 희미해졌네. 그가 매력을 느끼는 것은 중학생에서 고등학생 정도의 아직 미성숙한 소녀니까. 물론 누나는 여전히 아름다웠지만 예전의 순진한 소년 같은 모습은 사라지고 성숙한 여인이 되었지. 하지만 예전에 받은 성적 학대를 생각하면 누나의 공포를 충분히 이해할 수 있었네. 그래서 누나에게 피해가 가지 않도록 방파제 역할을 하기 위해 그를 끊지 못했다고 해도 과언이 아니야.

그의 투자사기나 악덕상술 같은 사기 행위가 영원히 경찰의 눈을 피할 수는 없었지. 나는 아는 경시청 생활안전부 형사에게 부탁해 그에 대해 조사해달라고 한 적이 있네. 성이 다르기 때문에 그 형사는 우리의 혈연관계를 눈치채지 못했지. 어쨌든 경시청 생활경제과에서도 투자사기 건으로 그를 주목하고 있더군. 그도 그 사실을 알고 있었는지 한 곳에 오래 머물지 않도록 신경을 쓰고 주소를 자주 바꾸었지. 한마디로 말해 신출귀몰하다고 할까? 경찰이 주목하고 있는 걸 의식해서 투자사기는 잠시 중지하고, 위험한 강력범죄로 돌진하는 것처럼 보였지.

히노 시 사건에 대해 나는 한 가지 의혹을 가지고 있네. 지금으로부터 10여 년 전, 즉 그 사건이 일어나기 2년 전에 그는 내게 피해자의 이웃에 사는 미즈타라는 사람에 대해 조사해달라고 한 적이 있지. 구체적으로 말하면 주민등록등본을 보고 싶다는 거였어. 그 무렵 그는 다치카와에 금융회사를 차렸는데, 융자 대상으로 적합한지 알아보고 싶다고 했어. 그러나 나는 그가 차린 회사의 합법성에 강한 의구심을 가지고 있었기에 대꾸도 하지 않았네. 그도 웬일로 끈질기게 요구하지 않고, 어느 날 전화를 걸어 "그 건은 필요가 없어졌어."라고 말하더군. 융자 이야기가 흐지부지되었다면서.

나중에 히노 시 사건 전담반에 들어가서 알게 되었지만 미즈타라는 사람은 분명히 개인 회사를 경영했더군. 돈을 빌리기 위해 다치카와에 있는 그의 금융회사를 찾아갔을 가능성이 있는 거지. 그로부터 2년 후에 옆집에 사는 일가족 세 명이 행방불명되었네. 더구나 거기에는 흰개미 방역회사 직원이 관련되어 있다고 하더군. 그런 사기수법은 그의 전매특허로 흰개미 방역회사에 다니는 지인이 한두 명 있어도 이상할 게 없지. 나중에 조사해보니 그가 경영한 것으로 보이는 금융회사는 도내에 흰개미 방역회사를 몇 군데 갖고 있었던 것 같더군. 이것이 단순한 우연일까?

예전에 그로부터 기이한 범죄 이야기를 들은 적이 있지. 그는 범죄연구에 남다른 관심이 있어서 대학 시절에 범죄연구회란 동아리를 만들었을 정도라네. 활동비만 모으고 즉시 없애버린 다른 동아리들과 달리 범죄연구회는 꽤 오래 유지한 것 같더군. 내가 중학생일 때, 그는 내게 낡은 범죄연구 잡지를 보여주면서 자랑스럽게 설명한 적이 있네. 그중에서 『범죄과학』이라는 꽤 오래된 잡지의 창간호에 실렸던 기사를 기억하네.

제목은 「체사레 롬브로소의 범죄인류학」. 중학생에게는 상당히 어려운 논문이었지. 롬브로소라는 사람은 이탈리아의 학자로, 범죄인류학의 창시자이자 프랑스혁명으로 등장한 죄형법정주의를 실제로 받아들인 인물이라고 하더군. 그 죄형법정주의는 도쿠가와 막부의 형법이었던 '어정서백개

조'에도 반영되었고 말이야. 지금까지 그걸 기억하는 이유는 두 가지야. 하나는 의미도 모른 채 억지로 읽어야 했기 때문이고, 또 하나는 그가 그렇게 학문적이고 난해한 논문을 읽었다는 게 의외였기 때문이지.

그런데 히노 시 사건을 생각할 때면 반드시 떠오르는 장면이 있네. 그는 내게 그 논문을 읽으라고 한 후에 다른 잡지에 실린 범죄 기사에 대해 설명해주었지. 어려운 논문을 읽은 탓인지 머리가 몽롱해져서 그 잡지의 이름도, 논문 제목도 잊어버렸지만 그의 설명은 이상하리만큼 선명하게 남아 있네. 메이지 시대(1868~1912)에 이바라키 현의 시골에서 발생한 '위장살인'에 관한 기사였지. 갓난아이가 있는 젊은 부부의 남편을 살해한 뒤 생판 모르는 사람이 남편으로 위장해 오랫동안 마을 사람들을 속였다는 이야기였네.

그런 일이 가능했던 것은 남편이 다른 지역에서 온 데릴사위였기 때문이라고 하더군. 아내는 그 지역 사람이라서 이웃들과도 잘 지냈지만, 남편은 그 지역에 온 지 얼마 되지 않아 얼굴을 모르는 사람이 많았다. 범인은 남편을 살해하고 몇 달 후에 같이 살았던 여자의 부모도 살해하고 그들의 재산을 독차지했네. 남편이 살해된 지 5년 만에 아내가 어린아이를 껴안고 옆집으로 뛰어들어 도움을 청하면서 사건이 드러났지.

"메이지 시대에는 지금보다 이웃과의 관계가 훨씬 긴밀했을 거야. 그런데도 그런 일이 가능했다면 인간관계가 많이 취약한 현대에는 더 쉽지 않겠어?"

그는 사건에 대해 자세하게 설명한 다음 이렇게 덧붙이면서 메마른 웃음을 터뜨렸지. 당시 중학생이었던 나는 마을 사람들은 몰라도 아내가 왜 좀 더 일찍 도움을 청하지 않았는지 이상해서 견딜 수 없었네. 내가 그렇게 물어보자 그는 아무렇지도 않게 대답했지.

"지배당했던 거야. 일정한 조건만 갖추면 그런 일은 식은 죽 먹기거든."

그는 그 이상은 말하지 않았어. 무슨 말인지 잘 이해할 수 없었지만 나도 더 이상은 묻지 않았네. 물론 지금은 무슨 말인지 충분히 이해하지.

자네는 이미 눈치챘을지 모르지만 내가 경시청의 본청에 들어가 히노 시 사건의 전담반을 자원한 건 그 사건에 그가 관여했을지도 모른다는 의혹을 품었기 때문이네. 전담반의 일부 형사들은 그런 나를 이상하게 여기며 피해자와 혈연관계가 아닌가 의심했는데, 어느 정도 맞다고 할 수 있지. 피해자와 혈연관계는 아니지만 가해자와는 혈연관계일지도 모르니까.

내 손으로 그자를 어둠 속에 묻고 싶었네. 그런 마음을 자네에게 어떻게 설명해야 할까? 그자 때문에 내 인생은 엉망이 되고 나는 진흙탕에 빠졌지. 나와 소노코가 이혼한 것도 그자 때문이고, 누나의 결혼생활이 평탄하지 않은 것도 그자 때문이야. 항상 범죄에 가담한 듯한 죄책감에 시달려야 했고, 혹시 경찰에 체포되어 나에 대해 쓸데없는 말을 하면 어쩌나 두려움에 떨어야 했지. 한마디로 말해 그는 머리 좋은 미치광이이자 이 세상에 살아 있어서는 안 되는 인간이야. 그의 행동 영역이 사기에서 살인으로 이동한다는 느낌을 받았을 때, 나는 그를 어둠 속에 묻기로 결심했네. 개인적인 원한과 사회 정의라는 감정이 기묘하게 뒤섞였다고 할 수 있겠지.

하지만 그가 히노 시 사건에 관여했다는 확신은 없었네. 전담반에 들어가 그 사건을 파헤치기 시작했을 때, 그는 행방불명 상태였지. 우리 집에도, 누나 집에도 나타나지 않았어. 누나는 안도의 한숨을 내쉬었지만 나는 오히려 불안해졌네. 상상을 초월하는 끔찍한 사건을 저지를 것 같은 예감이 들었으니까.

　나는 혼자 히노 시 사건을 추적했네. 그것이 전담반의 인간관계에 악영향을 미쳤다는 건 알고 있어. 나를 이해해준 사람은 다니모토라는 후배 형사뿐이었지. 하지만 나는 다니모토에게조차 수사 내용을 제대로 말해주지 않았네. 가족의 치부를 폭로하려는 내 행위가 정당한 수사 활동이 아니라는 것을 알고 있었고 다른 사람을 휘말리게 하고 싶지 않았으니까. 그런 내 마음을 수사과 형사들이 이해할 수 있을까?

　여기에서 자네에게 사과해야 할 일이 있네. 히노 시 사건에 대해 자네에게 의견을 구한 것에 대해서……. 자네는 예리하니까 이미 알아차렸을 테지만 내가 심리학적 판단을 물은 것은 자네에게 접근하기 위한 구실에 불과했네. 물론 자네가 어떻게 생각할지 관심이 있었고, 처음부터 완전히 속일 생각은 아니었지만 말이야.

　내가 자네를 만나러 간 진짜 목적은 자네의 주소 때문이었지. 실은 전담반에 들어가 히노 시 사건을 담당한 이후, 요시오에게 전화가 온 적이 딱 한 번 있었다네. 돈을 빌려달라는 것이었지. 언제나 그렇듯 누나를 들먹이며 협박했네. 누나에 대한 내 마음이 변함없다는 것을 알고 그걸 파고든 거야. 하지만 이번에는 순순히 받아들이지 않았네. 생활안전부 생활경제과의 움직임까지 말하며, 계속 나와 누나를 괴롭히면 법적 조치를 취하겠다고 넌지시 이야기했지. 그는 두고 보자면서 전화를 끊더군. 내 말이 단순한 협박이 아니라는 사실을 깨달은 거겠지.

　그때 문득 휴대전화의 착신 이력을 보고 깜짝 놀랐네. 그가 휴대전화가 아니라 집전화를 사용한 게 아닌가? 더구나 발신번호 표시제한을 하지 않아서 전화번호가 그대로 표시되어 있더군. 그처럼 완벽한 범죄자가 이런 실수를 저지르다니. 그 무렵 그는 꼬리를 밟힐 것이 두려워 휴대전화도 자주 바꾸었지. 실제로 그가 예전에 사용했던 휴대전화로 연락했지만 받지 않더군. 어쨌든 나는 발신번호 표시제한이 되어 있지 않은 집전화 번호를 통해 그 주소를 알아냈네.

그 무렵 고등학교 동창회의 새 명부가 집에 도착했지. 별다른 생각 없이 휙휙 넘겨보는데 자네의 주소가 눈에 들어오더군. 그자가 내게 연락할 때 사용한 집전화 번호의 주소와 거의 같았기 때문이지. 나는 자네 집에 가기 전 이미 자네 집 근처에 가서 문제의 집을 확인했지. 문패에 '니시노 아키오'라고 쓰여 있더군.

모르는 이름이었지. 처음에는 니시노란 사람이 그의 지인일지도 모른다고 생각했네. 나는 신중하게 행동했지. 머릿속에 히노 시 사건이 있었으니까. 내 상상이 맞는다면 그는 자네 옆집 사람에게도 똑같은 짓을 할 가능성이 있고, 그 옆에 사는 자네 부부도 위험할지 모른다고 생각했지. 나는 자네 집에 간 다음 날, 즉 12월 31일에도 그곳에 가서 자네 옆집을 감시했네. 그 결과 니시노라는 인물이 요시오라는 것을 확신했지.

그는 가끔 밖으로 얼굴을 내밀더군. 안경을 쓰고 콧수염을 기르는 등 변장을 했지만, 20년이나 같이 산 이복형제를 못 알아볼 리가 있겠나. 중학생처럼 보이는 소녀의 모습도 확인했네. 히노 시 사건이나 자네 이야기를 종합해보면 그가 그 집의 주인인 니시노로 위장해서 들어갔을 가능성이 충분하더군. 물론 어떤 방법을 사용했는지는 모르네. 다만 그 집의 누군가가

요시오의 금융회사에서 돈을 빌렸다면 그게 바로 접점일 거야.

다만 증거는 아무것도 없네. 애초에 이 편지를 쓰고 있는 시점까지 자네 옆집에서는 아무 일도 일어나지 않았어. 그러나 나는 그가 히노 시 사건과 관계가 있다는 예감을 도저히 버릴 수 없네. 그래서 좀 더 자세히 조사한 다음, 그를 직접 만나 확인하기로 결심했지. 그가 사건에 관여했다는 게 밝혀지면 그를 총으로 쏴 죽이고 나도 죽을 생각이었네. 물론 자네는 이렇게 말하겠지. 경찰로서 그것은 해서는 안 되는 일이고, 그를 체포해서 재판에 넘겨야 한다고…….

하지만 부디 이해해주기 바라네. 난 이미 경찰의 긍지를 잃어버리는 행위를 몇 번이나 저질러왔어. 결과적이라곤 하지만 경시청 형사라는 신분으로 그의 사기 행위에 가담했을 뿐 아니라 때로는 부정한 돈을 받기도 했지. 내가 아무리 변명해도 옆에서 볼 때는 공범으로 보일 거야. 그건 경시청 형사로서 도저히 견딜 수 없는 일이야. 더구나 난 지금 돈에 쪼들리고 여러 금융기관의 빚 독촉에 시달리고 있네. 물론 대부분 그자 때문에 빌린 돈이지만, 전부 그의 탓으로 돌릴 생각은 없어. 처음부터 의연하게 대처했다면 자존심도 지킬 수 있고, 범죄에도 가담하지 않았겠지. 나는 그를 죽이는 것으로 나 자신의 죄도 처단할 생각이네.

하지만 그는 악의 천재야. 난 지금까지 그자만 한 악인을 본 적이 없어. 오히려 내가 살해당할 수도 있다는 것을 염두에 두어야겠지. 자네에게 한 가지 부탁할 게 있네. 만약 그런 사태가 일어나면 다니모토에게 연락해서 이 편지의 내용을 말해주기 바라네. 다니모토에게는 자네에 대해 넌지시 일러두었으니까 만에 하나 내게 무슨 일이 일어나면 자네에게 연락할 거야.

이제 곧 날이 밝으려 하는군. 어제부터 편지를 쓰기 시작해서 벌써 여섯 시간이 지났네. 자네와 달리 평소에 글을 쓰지 않는 나는 긴 편지를 쓰기가 여간 힘든 게 아니군. 이제 그만 펜을 놓아야겠어. 마지막으로 할 말이 있네. 내가 왜 자네에게 편지를 썼는지 말해두고 싶군.

이렇게 중요한 일을 왜 자네에게 맡기는지 어쩌면 자네는 이해할 수 없을지도 몰라. 고등학교 시절의 동급생이라고 해도 그렇게 친한 사이는 아니었으니까. 솔직히 말해 자네는 뛰어난 수재로, 공부에 관심이 없었던 내겐 멀기만 한 존재였지. 아마 수사에 필요하기 때문에 자네에게 접근했다고 생각할 거야. 틀린 말은 아니지만 이것만은 믿어주게. 난 옛날부터 자네에게 존경하는 마음을 가지고 있었네.

버스 정류장 사건을 기억하겠지? 난 그때 사람들 사이에 자네가 있었다는 걸 몰랐네. 하지만 소노코는 알았다고 하더군. 그 사건이 일어난 이후, 나와 소노코는 급속히 친해졌지. 그녀는 그때까지 만난 여자들과는 조금 다른, 매우 독특한 여성이었어. 물론 장애인이었다는 것이 그녀에 대한 내 마음을 부추겼다는 건 부정하지 않겠네. 그녀는 내게 순백의 마음을 가진 성녀처럼 보였지. 어떻게든 그녀를 지켜주고 싶었네. 그래서 버스 정류장 사건이 소문날까 봐 내심 안절부절못했지. 나 자신을 위해서가 아니라 그런 소문이 퍼지면 그녀가 상처를 받을 것 같았으니까. 실제로 다른 반에서는 그 사건을 목격한 학생이 흥미 위주로 말하는 바람에 상당히 시끌벅적했던 것 같더군.

그러나 우리 반에서는 그런 이야기가 나오지 않았지. 우리 반의 유일한 목격자인 자네가 말하지 않았기 때문이야. 그 사실을 알고 난 자네에게 결벽한 윤리관을 느꼈네. 소노코도 그렇게 말하더군. 그리고 나중에 자네의 직업을 알고 우리는 둘 다 고개를 끄덕였지. 도쿄 대학에 진학한 것을 보고 자네가 관료가 되든지 대기업에 취직하리라고 생각했어. 그래서 대학교수이자 범죄심리학자로서 TV에 나오는 것을 보고 얼마나 기뻤는지 모르네. 학문의 길로 나아간 것이 자네답다고 생각했으니까.

물론 우리는 고등학교 시절에도, 어른이 되어서도 깊은 이야기를 나눈 적은 없지만, 난 자네를 존경할 뿐 아니라 자네와 있으면 왠지 마음이 편해지더군. 그건 신뢰라고 할 수 있겠지. 그런 일방적인 마음을 품고 이렇게 당치도 않은 부탁을 하게 되었네. 자네에게는 귀찮기 짝이 없는 일이라는 걸 너무나 잘 알고 있어. 하지만 자네라면 내 마음을 이해해주리라고 믿고, 이 편지를 소노코에게 맡기네. 아무쪼록 잘 부탁하네.

노가미 세이지

편지를 읽고 나자 입에서 깊은 한숨이 새어 나왔다. 의문이 완전히 풀린 것은 아니다. 여전히 많은 의문이 남아 있다. 그러나 이 편지에 의해 사건의 큰 윤곽이 드러나기 시작한 것은 틀림없다. 현재 도주 중인 니시노 아키오를 사칭한 남자는 야지마 요시오일 가능성이 짙어졌다. 나는 책상 위에 편지를 올려놓은 채 칠흑처럼 어두운 창밖을 응시했다.

제5장

흉악

1

경시청에서는 전국에 야지마 요시오의 지명수배령을 내렸다. 단순히 미성년자 유괴약취 용의였다. 아동상담소의 살인 사건 용의는 명백했지만 이런 경우에는 일단 영장을 받기 쉬운 죄목으로 지명수배를 내린다. 그가 나를 비난하면서 사용한 죄목이 그대로 그의 범죄에 적용된 것이다. 경시청에서는 다나카 모녀의 방화살인도 그의 소행이라고 생각하지만, 경시청 형사부장은 공식 기자회견에서 그에 대해 단언하지 않았다. 다만 그 자리에서 노가미의 죽음을 처음으로 공표했다. 기자단이 술렁거렸다.

경시청 수사반은 이 시점에서야 겨우 노가미의 무죄를 확신했다. 다니모토를 통해 수사반에 제출한 노가미의 편지 때문이다. 수사반에서는 그 편지를 철저하게 분석하고 사실관계를 검증했다. 경시청 생활안전부 생활경제과 형사의 증언으로, 노가미가 야지마에 대해 문의한 사실이 밝혀졌다.

형사부장의 기자회견이 있은 지 이틀 후, 사태는 다시 새로운 국면을 맞았다. 가나가와 현의 미우라 해안 앞바다를 항해하던 어선이 다른 배의 릴에 얽혀 표류하던 남성의 시신을 발견했다. 처음에는 시신의 손상이 하도 심해서 신원을 판명하는 데 시간이 걸릴 것 같았지만, 의외로 빨리 밝혀졌다. 미오의 오빠인 스스무였다. 피해자의 양말 안에서 고등학교 학생증이 발견된 것이다. 혹시 살해당할 가능성을 생각해 그런 비상조치를 취해놓았던 게 아닐까? 사인은 익사였다. 시신의 여기저기에 바위에 부딪친 외상이 있는 것으로 보아 절벽 위에서 밀었을 가능성이 있다.

그로부터 다시 열흘 후 기후 현의 장아찌 공장 창고에서 백골 시신이 발견되었다. DNA 감식 결과 니시노 아키오란 사실이 밝혀졌다. 장아찌 공장은 이미 폐업한 후에 철거되고 무슨 이유인지 창고만 남아 있었다고 한다. 시신은 마치 지나가는 자동차에서 쓰레기라도 던지듯 아무렇게나 던진 것처럼 보였는데, 몇 가지 우연이 겹치는 바람에 발견이 늦어졌다. 사후 1년이 넘은 것으로 보였지만 정확히 판단하기는 어려웠다. 전라의 모습에 신원을 증명할 물건이 아무것도 없어서, 일반적인 상황이라면 신원 확인에 난항을 거듭했으리라. 그러나 경찰청에서 전국 경찰에 니시노 아키오에 대한 자세한 정보를 내려 보낸 덕분에, 기후 현경에서 신속하게 경시청에 신원조회를 요구했다. 사인은 아직 밝혀지지 않았다.

이것으로 니시노의 가족 네 명 중에 세 명의 사망이 확인되었다. 이제 문제는 미오의 생존이다. 그것에 대해서도 비관적인 관측이 흘러나왔다. 신문이나 방송에서는 생사에 관한 노골적인 논평을 피했지만, 주간지에서는 미오가 살해되었을 가능성이 높다고 단정적으로 보도했다. 그러나 나는 아직 살아 있을 가능성을 버리지 않았다. 내 희망적 관측이라는 것은 부정하지 않지만 그렇다고 근거가 없는 것은 아니다.

노가미의 편지에는 친여동생에 대한 야지마 요시오의 소름끼치는 집착이 쓰여 있었다. 가장 현저하게 나타난 것은 중학교에서 고등학교에 걸친 한정적인 시기다. 유키가 성인이 되어 결혼한 후에도 야지마가 따라다닌 듯하지만, 노가미를 협박하기 위해 이용한 것일 뿐 성인이 된 유키에 대한 관심이 희미해진 것을 노가미 자신도 인정하고 있다. 야지마는 분명 소녀성애, 즉 롤리타 신드롬의 소유자다. 그렇다면 중학생인 미오는 분명히 매력적인 존재일 것이다.

내가 미오를 자세히 관찰한 것은 그 애가 우리 집에 도움을 청하러 왔을 때뿐이다. 언뜻 보기에는 소년처럼 생겨서 일반적인 의미에서 여성으로서의 매력은 부족하지만, 얼굴 자체는 날렵하고 단정하며 미소년처럼 보였다. 한마디로 말해서 야지마의 취향이었다. 범죄심리학자의 입장에서 보면 아무리 흉악한 범죄자에게도 마음을 쉴 수 있는 존재가 있는데, 그것이 과거의 유키나 현재의 미오가 아닐까 싶었다.

야지마가 위험을 저지르며 미오를 데리러 온 것은 그 애가 살인 사건의 중요한 증언자이기 때문이라고 생각했다. 그러나 지금은 그 때문만은 아니라는 생각이 든다. 도주의 반려자로서 료코가 아니라 미오를 선택한 것은 비밀 유지라는 범죄자의 관점뿐 아니라 그의 소녀성애 경향이 반영된 결과가 아닐까. 성적인 면에서 상식적인 내 아내는 그런 성향을 이해하지 못하고, 평범한 남성이라면 여성스럽고 매력적인 료코를 데려갈 것이라고 예상했다. 그러나 실제로는 그렇지 않았다.

아내는 나중에 내 설명을 듣고 반쯤 납득하는 표정을 지었지만, 이번에는 성폭행을 걱정하기 시작했다. 그런 우려는 처음부터 존재했다. 그러나 나는 야지마가 미오에게 완전한 성행위를 했다고는 생각하지 않는다. 노가미의 편지에 쓰여 있는 유키의 말이 떠올랐다. "괜찮아, 폭행을 당한 건 아니니까." 유키가 야지마로부터 어떤 행위를 당했는지 상상할 수 있는 말이다. 야지마 쪽에서도 근친상간에 대한 죄책감이 없었다고 할 수 없다. 야지마가 노가미에게 보여준 V 사인은 마음속의 불안을 감추려는 허세였을지도 모른다.

미오의 경우에는 야지마와 혈연관계가 아니므로 한층 위험하다고 할 수 있으리라. 그러나 다른 식으로 해석할 수도 있다.

야지마는 미오 안에서 과거 여동생의 그림자를 본 것이고, 그런 면에서 보면 성폭행의 범위는 상당히 한정적이라고 할 수 있다. 그렇다고 미오의 고통이 줄어드는 것은 아니지만, 미오의 생존에 희망적인 사항으로 여겨졌다. 도망자는 항상 고독하다. 야지마가 아무리 '악의 천재'라고 할지라도 처절한 고독을 견디기 위해서는 오아시스가 필요하리라. 미오가 그 오아시스 역할을 하고 있다면 야지마가 미오를 죽이지 않으리라는 것이 내 판단이자 바람이었다.

다니모토를 비롯한 히노 시 사건의 전담반은 중대한 단서를 잡고 환호했다. 미즈타라는 혼다 씨 옆집 사람을 제일 먼저 수사한 것은 말할 필요도 없다. 노가미의 편지로 유추하건대 일가족 행방불명 사건의 열쇠를 쥐고 있는 사람이 미즈타이기 때문이다. 생각해보면 일가족 세 명이 차를 타고 사라지는 것을 봤다는 것도 미즈타의 증언일 뿐, 그것을 뒷받침하는 다른 증언은 하나도 없다. 직감적으로, 적어도 행방불명된 직후에는 생사는 둘째 치더라도 세 사람이 그 지역에서 멀지 않은 곳에 있었으리라는 생각이 들었다. 문제는 그 미즈타가 진짜 미즈타인가 하는 것이다.

전담반의 조사를 통해 미즈타의 집은 이미 다른 사람에게 넘어갔다는 것이 밝혀졌다. 옆집에서 사건이 발생한 후 6개월 만에 미즈타의 아내가 병사했다. 그러자 미즈타는 다시 6개월 후, 즉 사건이 발생한 지 1년 후에 집을 팔고 이사를 갔다. 미즈타가 어디로 이사 갔는지는 알 수 없다. 다만 집을 산 사람과 매매 중개를 한 부동산중개소 사람이 어렴풋이 미즈타를 기억하고 있었다. 두 사람의 기억을 종합해보면 미즈타는 금테 안경을 쓰고 콧수염을 기른 50대 남성이었다. 붙임성이 좋고 사람의 기분을 잘 맞추는 사람이었다는 점에서 두 사람의 증언이 일치했다. 단정할 수는 없지만 니시노, 즉 야지마 요시오와 비슷하다는 것을 부인할 수 없었다. 주민등록등본과 호적초본을 조회해보니, 미즈타에게는 사야마 시에 사는 결혼한 외아들이 있었다. 아들은 결혼을 반대하는 부모와 싸우고 10년 가까이 연락을 끊고 지냈다. 심지어 어머니의 사망 사실조차 모른 채 부모님이 지금도 히노 시의 같은 곳에 살고 있다고 여겼다.

혼다 씨 뒷집에 살던 노부부는 두 사람 다 병으로 세상을 떠났다. 집에서 죽음을 맞은 것이 아니라 혼다 가족의 행방불명 사건이 일어나기 전에 노인병원에 입원한 뒤, 1년도 채 지나지 않아 남편과 아내가 차례로 사망했다. 그 집은 딸 부부가 물려받았는데, 그들은 현재 다른 곳에 살고 그 집은 비어 있다. 건물이 너무 낡아서 조만간 철거하고 땅을 팔 거라고 한다.

수사반에서는 야지마가 경영했던 금융회사도 조사했다. 야지마가 모습을 감춘 다음에는 다른 남자가 물려받아서 지금도 여전히 영업을 하고 있다. 수사반은 회사의 과거 고객 리스트를 입수해 그 안에서 미즈타의 이름을 발견했다.

그 금융회사는 겉으로 보기에는 정상적인 회사 같지만 불법으로 막대한 이자를 받는 등 대금업법을 상습적으로 위반했다. 그러나 수사반의 목적은 그 회사가 법을 위반했는지 따지는 것이 아니라 혼다 가족의 납치에 관여한 남자를 찾아내는 거였다. 아마 형사들은 대금업법 위반을 들먹이면서 증언을 끌어냈으리라. 현재의 경영자는 8년 전에 야지마의 심복으로 일했던 남자를 알고 있다고 했다. 그의 증언을 통해 혼다 가족을 협박한 흰개미 방역업체 직원을 찾아냈다.

그러나 히노 서에 출두한 직원은 야지마의 지시로 혼다 씨 집을 방문해 흰개미 방역회사 명의의 가짜 계약서를 만들어 돈을 뜯어내려고 한 것은 인정했지만, 일가족 납치에 대해서는 강력하게 부인했다. 어느 날 갑자기 야지마가 더 이상 혼다 가족과 접촉하지 말라고 명령했다는 것이다. 그 이후 신문을 통해 혼다 가족이 행방불명되었다는 사실은 알았지만, 야지마가 그 일에 관여했는지는 몰랐다. 어쨌든 그는 사건에 휘말리고 싶지 않아서 야지마가 경영하는 금융회사와 흰개미 방역회사에서 손을 떼고 다른 금융회사로 옮겼다. 그 이후 야지마와는 한 번도 만난 적이 없다고 한다.

수사반에서는 그의 증언이 사실이라고 판단했다. 자세한 부분은 다를지 모르지만 큰 줄기는 믿을 수 있다고 판단한 것이다. 야지마가 이 남자를 어떻게 이용했는지는 분명하지 않지만, 그의 증언을 통해 당시 혼다 료코가 야지마의 금융회사에서 5백만 엔 정도를 빌렸다는 사실이 밝혀졌다. 그런데 놀랍게도 돈을 갚으라는 독촉은 심하지 않았다고 한다. 무엇 때문인 지는 명확하지 않다. 다니모토로부터 그 이야기를 듣고, 어머 니가 누군가에게 폭행을 당했을지 모른다는 혼다 사키의 증언 이 떠올랐다.

2

야지마 유키를 만나기로 결심했다. 하지만 쉽지 않은 일이었 다. 수사본부에서는 노가미의 편지를 매스컴에 일부분밖에 공 개하지 않았다. 공개한 것은 노가미에 관한 것일 뿐, 소노코나 유키에 관해서는 나의 강력한 요청으로, 그리고 인권적인 배려 에서 덮어두기로 했다. 소노코와 유키는 경찰의 사정 청취를 몇 번 받기는 했지만 그것은 극비리에 이루어졌다. 그러나 유키는 매우 곤란한 사태에 처하게 되었다. 여동생에 대한 야지마의 기 이한 행위가 한 형사의 입을 통해 일부 매스컴에 새어 나간 것 이다. 다니모토의 말에 따르면 문제의 발언을 한 사람은 오기쿠 보 서의 형사로, 친한 잡지기자가 끈질기게 묻는 바람에 자기도 모르게 입을 놀렸다고 한다.

그런 정보는 한 사람에게 말하면 모두에게 말한 것이나 마찬 가지다. 그 기자가 쓴 기사를 계기로 신문뿐 아니라 TV와 주간 지 등 모든 매스컴이 유키에게 달려들었다. 남매의 근친상간을 가벼운 가십으로 다루는 저널리즘에게는 좋은 먹잇감이었으리라. 매스컴의 취재공세는 어이가 없을 만큼 집요했다.

모 방송국에서는 상상을 초월하는 기획을 만들어 내게 출연 요청을 했다. 내가 갑자기 유키의 집을 방문해 인터뷰를 하는 식이었다. 평소에 인권보호를 외치는 방송국이 그런 기획을 하다니, 입이 다물어지지 않았다. 그런 비상식적인 제안은 당장 그 자리에서 거절했다. 그러나 그와 비슷한 기획을 한 곳이 한두 군데가 아니었다. 딸과 남편이 함께 사는 유키의 집에는 와이드 쇼 리포터들의 발길이 끊이지 않았다. 그녀의 가족은 커튼을 친 채 모든 대응을 거부했다. 그러던 어느 날, 그녀는 남편과 고등학생 외동딸을 남긴 채 모습을 감추었다.

그녀를 만나고 싶었던 것은 매스컴과 같은 가벼운 호기심 때문이 아니다. 그녀는 미오와 달리 사건의 열쇠를 쥔 인물도 아니다. 먼저 내가 받은 편지에 담긴, 그녀에 대한 노가미의 따뜻한 마음을 전하고 싶었다. 그리고 오랫동안 요시오와 같이 살아온 그녀라면 현재 요시오가 어디 있을지 짐작할 수 있지 않을까 생각했다. 미오를 위해서라고 하면 요시오의 수색에 적극적으로 협조해줄 수도 있다. 미오는 과거의 자신을 연상시키는 존재이고, 감정이입을 하기 쉬운 대상이니까……

그러나 나는 결국 그녀를 만날 수 없었다. 행방불명된 지 일주일 후, 그녀는 하코네의 산속에서 목을 맨 채 발견되었다. 그 일이 있기 사흘 전 『주간 앵글』이란 잡지에 유키의 중학교 때 단체사진이 실렸다. 그것이 자살의 결정적 원인이라고 할 수는 없지만, 주간지의 행위는 두말할 필요 없이 인권을 무시한 만행이었다. 도대체 그녀가 무슨 범죄를 저질렀단 말인가.

나도 그 단체사진을 보았다. 다른 학생들은 알아볼 수 없도록 눈을 가리고 유키의 얼굴은 그대로 실었다. 소년을 연상시키는 짧은 머리의 미소녀. 그러나 어딘지 모르게 어둡고 허무해 보였다. 사진 밑에는 "야지마 유키 씨는 현재 행방불명으로, 자살의 가능성이 있으므로 그녀를 보호하기 위해 사진을 공개하기로 했다."고 쓰여 있었다. 주간지에서 흔히 사용하는 위선적인 수법이다. 애초에 48세인 현재의 그녀 모습과 중학교 시절의 그녀 모습이 똑같을 리가 없지 않은가. 그렇다면 중학교 시절의 사진을 공개하는 것이 무슨 의미가 있는가.

나는 매스컴뿐 아니라 유출해서는 안 되는 정보를 맨 처음 유출한 오기쿠보 서의 형사에게도 분노를 느꼈다. 그리고 그 분노의 감정은 어느새 세상을 떠난 노가미에 대한 속죄의 감정으로 바뀌었다. 노가미도 자신의 편지로 인해 누나가 죽음을 선택하리라곤 생각지 못했으리라. 내게 보낸 편지가 수사기관의 손에 넘어가는 건 예상했다고 해도, 나라면 사건과 직접적인 관계가 없는 요시오와 유키 이야기가 매스컴에 새어 나가지 않도록 배려할 거라고 생각하지 않았을까?

두 사람의 기묘한 관계는 일련의 사건을 이해하는 데 심리학적으로 중요하다고 할 수 있다. 그러나 수사의 행방을 좌우하는 결정적인 요소는 아니다. 나는 편지를 그대로 수사기관에 넘긴 것을 후회하기 시작했다. 수사에 관련된 부분만 넘겼더라면 이런 일은 없었을 텐데……. 노가미와 유키에 대한 미안함으로 가슴이 먹먹해졌다.

3

"정말 죄송합니다. 매스컴에 그 말을 흘린 형사는 이번 사건에서 제외하고 다른 서로 보냈습니다……."

다니모토는 진지한 태도로 사과했다. 우리는 히가시 초 방면을 향해 기치조지의 복잡한 선로드를 걷고 있었다. 그는 자신이 정보를 누설한 것은 아니지만 같은 형사로서 도의적 책임을 지고 사과한 것이리라. 어차피 그에게 화를 내봤자 소용없는 일이었다.

그러나 유키의 자살은 뜻밖의 방향으로 파문을 일으켰다. 국회에서 야당이 인권문제로 언급한 것이다. 법무대신과 국가공안위원장도 주간지의 행위를 인권을 무시한 행위라고 답변했다. 『주간 앵글』을 발행하는 대형 출판사는 잡지를 폐간하기로 결정했고, 사장의 인책사임 이야기도 들렸다. 실제로 고등학생 딸과 함께 남은 유키의 남편은 "아내는 천박한 주간지에 의해 살해당했다."고 말했다. 물론 문제는 그 주간지만이 아니라 매스컴

전체였다. 그러나 이런 경우 항상 희생양이 존재하고, 나머지 대부분은 살아남는 것이 관습이다.

우리는 대단히 신중해졌다. 두 번 다시 유키와 같은 희생자를 내서는 안 된다고 생각했다. 따라서 그날 혼다 사키를 방문한 것도 극비리에 이루어졌다. 다행히 매스컴의 관심은 우리 집 근처에서 일어난 일련의 사건에 쏠려 있었다. 일부 매스컴에서는 히노 시 사건과 관련지어 다루기도 했지만 아직 별달리 주목을 받지는 못했다. 경찰 발표에서도 관련이 있을 가능성이 있다고만 말했을 뿐, 전담반의 수사 내용에 대해서는 구체적으로 언급하지 않았다.

혼다 사키는 할머니와 같이 조용한 주택가의 단독주택에 살고 있었다. 우리는 그 집의 응접실에서 사키와 할머니로부터 이야기를 들었다. 사키는 근처의 유명한 여자대학에서 심리학을 전공하는 학생이 되었다. 벌써 4학년으로, 직장도 정해졌다고 한다. 졸업을 코앞에 둔 그녀에게는 이미 건전한 사회인다운 침착한 분위기가 느껴졌다.

사키와 할머니는 TV를 통해 내 얼굴을 알고 있었고, 자신들의 사건이 우리 옆집에서 일어난 사건과 관계가 있을지 모른다는 주간지의 보도에도 강한 관심을 보였다. 나와 다니모토는 그럴 가능성을 부정하지 않았다. 다만 옆집 사람인 미즈타가 수상하다는 것은 일단 숨긴 채, 조금 어려운 질문이지만 사키의 어머니인 혼다 교코의 금전문제부터 묻기 시작했다.

다니모토가 사키의 할머니를 쳐다보며 물었다.

"세 사람이 행방불명되던 날, 따님이 할머니를 만나러 오기로 되어 있었지요?"

그 말은 노가미에게 들은 적이 있다. 그날 교코는 어머니를 만나러 가기로 약속했다고 했다.

"그래요. 그런데 아무리 기다려도 오지 않더군요. 아무런 연락도 없이 말이에요."

사키의 할머니는 이미 여든에 가까웠지만 기품이 있는 지적인 여성이었다. 기억도 또렷했다.

"따님이 그날 무슨 일로 할머니를 만나러 오기로 했죠?"

그것은 나도 알고 싶은 대목이었다.

"돈을 빌리고 싶다고 했어요. 그래서 50만 엔을 준비해놓고 기다렸지요."

"돈이 왜 필요하다고 하던가요?"

"이유는 말하지 않았어요. 그런데 그 전에 돈을 빌려달라는 전화를 했을 때, 우리 인생이 엉망이 될지도 모르는 사건이 일어났다고 했지요. 사건이 일어난 후 형사가 와서 우리 딸이 흰개미 방역업자에게 협박을 당했다고 하길래, 그래서 돈이 필요했구나 싶었어요……."

50만 엔이라는 금액은 분명히 흰개미 방역비용과 일치했다. 그런데 사키의 말에 따르면 교코는 방역업자에게 강하게 나갔고, 전화 통화를 할 때도 "우리가 왜 그런 돈을 줘야 하죠?"라고 반박했다. 갑자기 마음이 바뀌어서 그들의 요구를 들어주기로 한 것일까? 그럴 리는 없다. 갑자기 마음이 바뀌었다면 뭔가 다른 요인이 작용했을 것이다.

"이런 걸 묻기는 좀 그렇지만 혹시 따님이 다른 데서 돈을 빌린 적은 없나요?"

"사건 직후에 히노 시 형사님도 몇 번이나 그렇게 묻더군요. 그런데 딸에게 그런 말은 들은 적이 없어요. 그래서 그런 일은 없다고 대답했지요……."

말을 얼버무리는 느낌이 희미하게 남았다. 처음에는 히노 서를 중심으로 일가족 가출 사건으로 판단했을 테니까 그들이 막대한 빚을 지고 있을 가능성에 대해 집요하게 물었을 것이다. 빚과 실종은 떼려야 뗄 수 없는 관계에 있다.

그때 사키가 옆에서 끼어들었다.

"할머니, 그 일에 대해 말하는 게 좋지 않을까요?"

무슨 일인지 사키도 내용을 알고 있는 듯했다. 할머니는 가볍게 고개를 끄덕였다.

"딸에게 직접 듣지는 않았지만 실은 딸이 사라지고 6개월쯤 지났을 때 이상한 일이 있었답니다. 청소를 하려고 딸네 집에 갔을 때, 우연히 옆집 남자를 만났어요. 그분이 내게 다가오더니 말을 꺼내기 미안한 표정으로, 실은 우리 딸이 백만 엔을 빌렸다고 하면서 차용증을 보여주지 뭐예요. 깜짝 놀라서 '왜 그런 돈이 필요했을까요?'라고 물었더니 '글쎄요, 그건 잘 모르겠습니다. 이유는 말하지 않았지만 꽤 절박해 보여서 일단 빌려줬지요.'라고 하더군요."

"그래서 그 돈은 어떻게 하셨습니까?"

"제가 갚았어요. 차용증의 글씨는 딸의 글씨가 분명했거든요. 그리고 딸이 실종된 이후, 그분이 무척 친절하게 대해주어서 더이상 폐를 끼칠 수는 없었지요."

"경찰에 말씀하셨나요?"

"처음에는 말을 안 했어요. 딸이 실종된 지 벌써 반년이나 지나서 형사분들도 거의 찾아오지 않았고, 솔직히 말하면 딸의 치부 같은 생각도 들었고요. 자칫하면 딸이 납치된 게 아니라 제 발로 도망쳤다고 할 것 같기도 하고요……. 그런데 최근에 노가미라는 형사님이 딸의 사건을 재수사하게 되었다면서 찾아왔을 때 사키와 의논해서 말했지요. 이제 허세를 부릴 때가 아니다, 모든 사실을 말하고 딸을 찾아달라고 부탁하는 수밖에 없다고 생각해서요."

"노가미 형사에게는 말씀하셨단 거지요?"

다니모토가 못을 박듯이 재차 확인했다. 강한 말투로 볼 때, 노가미로부터 그런 말을 듣지 못했다는 사실을 알 수 있었다. 노가미는 수사반의 누구에게도 그 사실을 말하지 않고 단독으로 수사한 것이다.

"네, 노가미 형사님도 그 말에 관심을 가진 것 같아요. 그리고 혼잣말처럼 '따님 가족들이 차를 타고 갔다고 증언한 사람은 미즈타 씨뿐이죠?'라고 했어요."

할머니의 말이 끝나자 이번에는 사키가 입을 열었다.

"저도 마음에 걸리는 게 있어요. 하지만 말씀을 드려야 할지 어떨지 몰라서 계속 망설이고 있어요. 사람에 따라서는 심리적 망상에 불과하다고 할지도 모르는 거라서요……."

자기 생각에 자신이 없는 듯 말꼬리를 흐렸다. 다니모토가 내 얼굴을 쳐다보았다. 그때까지 거의 아무 말도 하지 않고 있던 내게 "이건 당신의 영역입니다."라고 말하고 싶은 얼굴이었다. 심리적 망상이라……. 심리학을 전공하는 여대생다운 표현이었다. 그렇다, 이것은 내 영역이다. 나는 목소리에 힘을 주며 말했다.

"말해보세요. 꼭 듣고 싶군요. 언뜻 보기에 망상으로 보이는 일이 사건 해결의 열쇠가 되는 경우가 드물지 않으니까요."

그녀는 고개를 끄덕이고 나서 말하기 시작했다. 최근 들어 기묘한 꿈을 꾼다. 짧은 꿈이다. 장대비가 쏟아지고 있다. 쏟아지는 빗발을 뚫고 키 큰 남자가 파란 비닐주머니에 싸인 길고 가느다란 물체를, 어디선가 본 적이 있는 주택가의 나무 대문 안으로 운반하고 있다. 좁은 문을 통과하지 못해서 남자는 몹시 애를 먹고 있다. 빗발이 더욱 거세져서 거의 앞이 보이지 않을 때, 꿈에서 깬다.

"흔히 말하는 데자뷔 현상과 비슷해요. 그 광경도, 그 남자도, 그 주택도, 특히 그 문도 어디선가 본 것 같은 느낌이 들어요. 어디서 봤기 때문에 그런 기억이 무의식에 남았다가 꿈에 나오는 게 아닐까요?"

"하지만 데자뷰란 실제로 그런 모습을 본 순간에 과거의 기억으로 축적된다는 설도 있어요. 반드시 예전에 실제로 체험한 기억이라곤 할 수 없는데, 사키 양의 경우는 틀림없이 과거에 본 것 같은……."

"네, 그런 생각이 들어요."

"단도직입으로 묻겠는데, 그 사람이 누구지요? 그리고 그 문이 있는 주택은요?"

"이 말을 하는 게 무섭긴 하지만, 그 사람은 꼭 미즈타 씨 같아요."

잠시 침묵이 이어졌다. 나는 정체를 알 수 없는 긴장감에 휩싸였다. 다니모토도 입을 다문 채 심각한 표정을 짓고 있었다.

"그러면 그 일본식 가옥은 미즈타 씨 집인가요?"

그러자 그녀는 내 질문에 대답하지 않고 반대로 질문했다.

"교수님은 사건 현장에 가보신 적이 있나요?"

실은 가본 적이 없다. 언제 한번 가보려고 하다가 내 주변에서 일어난 사건에 쫓기느라 기회를 놓쳤다. 나는 고개를 옆으로 흔들었다.

"미즈타 씨의 집에는 나무 대문이 없어요."

옆에 앉아 있던 다니모토가 고개를 크게 끄덕였다. 몇 번이나 현장을 가봤기 때문에 머릿속에 현장이 떠오른 것 같았다. 그러나 그는 아무 말도 하지 않고 사키의 이야기에 귀를 기울였다.

"저희 집 근처에 그런 대문이 있는 고풍스러운 일본식 가옥은 고구레 씨라는 노부부의 집밖에 없어요. 최근 현장에 가보고 그걸 확신했어요. 저희 집은 가족이 돌아왔을 때 살 수 있도록 옛날 그대로 놔두었는데, 안으로 들어가 보고 알았어요. 저희 집 화장실 창문에서 뒷집 나무 대문이 보인다는 걸요. 사건이 일어나고 한동안 부모님과 오빠가 돌아오기를 기대하며 할머니와 같이 그 집에서 살던 무렵, 한밤중에 잠에서 깨어 화장실에 갔을 때 그 창문을 통해 그런 광경을 본 게 아닐까 생각해요. 하지만 당시 저는 중학생이었고 사건의 충격이 너무나 컸던 탓에, 눈앞에서 일어난 상황을 판단할 능력을 잃어버리고 그렇게 중요한 광경마저 멍하니 바라본 게 아닐까요? 그 상황이 기억의 잔재처럼 눈에 박혀서 꿈속에서 본 것처럼 느끼는 거예요."

"그 이야기를 노가미 형사에게 했나요?"

"아니요, 할머니 말고 다른 사람에게 말하는 건 오늘이 처음이에요. 교수님 옆집에서 일어난 사건 때문에 저희 가족 사건도 다시 화제에 오르고, 그래서 그런지 최근 들어 꿈에 더 자주 나타나는 것 같아요. 그 전에는 그런 꿈을 꾼 적이 없었으니까 말을 할 수도 없었고요."

그녀는 말을 끊고 한순간 먼 곳을 바라보는 눈길로 허공을 응시했다.

"한 가지 더 말씀드리자면, 이런 말을 해도 되는지 모르지만 중학교 때 미즈타란 옆집 사람이 끔찍하게 싫었어요. 저를 쳐다보는 눈길이 어딘가 모르게 이상했거든요."

나와 다니모토는 무의식중에 서로를 바라보았다. 나는 미오의 뒷모습을 바라보는 니시노, 즉 야지마 요시오의 시선을 떠올렸다.

4

우리는 선로드를 향해 기치조지의 주택가를 걸었다. 평일 한낮이라서 그런지 사람의 그림자도 거의 없고 조용했다.

"이제야 겨우 앞이 보이기 시작하는군요."

나의 희망적 관측을 듣고 다니모토는 신중하게 대답했다.

"네에, 다만 이것이 야지마가 현재 잠복한 장소로 이어질지는 미지수지만요."

우리 사이에는 마치 오랫동안 콤비로 일해온 형사 같은 절묘한 호흡이 생겨나고 있었다.

이번에는 내가 신중하게 그의 말을 받았다.

"더구나 아직 몇 가지 의문이 남아 있지요. 교코의 어머니가 마련한 50만 엔이라는 돈은 흰개미 방역업체 직원이 요구했던 돈과 일치하지만, 미즈타가 교코의 어머니에게 변제해달라고 요구한 백만 엔은 교코가 야지마의 금융회사에서 빌린 돈 5백만 엔과는 상당한 차이가 있습니다. 그로 인해 미즈타가 곧 야지마라는 등식에 아직 확신을 가질 수 없군요."

"하지만 은행에 돈을 찾으러 온 사람의 방식과 비슷하지 않을까요? 그때도 천만 엔을 찾을 수 있었는데도 3백만 엔밖에 찾지 않았지요. 실제로 교코의 어머니가 준비할 수 있는 돈을 백만 엔으로 생각한 게 아닐까 싶습니다. 또한 가정주부가 옆집 남자에게 빌릴 수 있는 돈의 상한선을 백만 엔으로 생각했을지도 모르지요."

나도 그렇게 생각했다. 노가미가 악의 천재라고 부른 야지마의 수법은 크게 살인 행위와 사기 행위로 나눌 수 있다. 그런데 살인 행위에서는 상상을 초월할 만큼 대담한데도, 금전에 얽힌 사기 행위에는 기묘하리만큼 세심한 면이 있다. 이 대담함과 세심함의 조합이 경찰의 수사망을 교묘하게 빠져나오는 비결일지도 모른다.

"그보다 교수님께 묻고 싶은 게 있습니다. 교코를 성폭행한 사람을 미즈타라고 생각할 것이냐 하는 건데요……."

실제로 사키는 미즈타를 보고 소름이 끼쳤다고 말한 다음, 완곡하게 그런 식으로 말했다.

"그럴 가능성이 있지요."

"그런데 만약에 미즈타가 야지마라면, 소녀성애적 성향을 가진 야지마가 성숙한 여성에게 그런 충동을 느낄 수 있을까요? 다시 말해 소녀성애와 일반적인 성욕이 양립하기도 하나요?"

"그 두 가지 성욕을 대립하는 개념으로 볼 필요는 없습니다.

소녀성애는 소아성애, 즉 페도필리아(paedophilia)와 달라서 성인 여성에 대한 거부와 한 세트로 생각할 필요는 없지요. 소아성애자의 경우에는 성인 여성을 받아들이지 않는 일이 드물지 않지만, 소녀성애의 경우에는 성인과의 섹스도 큰 저항 없이 받아들이는 것이 보통입니다. 이상한 표현일지 모르지만 두 가지 성애를 잘 구분한다고 할까요?"

"그래서 혼다 교코라는 성숙한 여성에게 성욕을 느끼고, 성폭행이란 형태로 실행한다고 해도 그의 성적 경향과 모순되지 않는단 말씀이시군요."

"그렇습니다. 아마 교코 씨는 금전적인 면에서 약점을 잡혔겠지요. 그걸 빌미로 그런 행위를 하는 일은 충분히 있을 수 있습니다."

"사키가 꾼 꿈에 대해서는 어떻게 생각하십니까? 저처럼 현실적인 사람은 그런 환상적인 이야기를 도저히 믿을 수 없습니다만……."

그는 그렇게 말하고 쓴웃음을 지었다. 나도 정확히 판단하기는 쉽지 않았다. 어쩌면 예전에 살았던 곳이 꿈속에 나타난 것뿐일지도 모른다. 그런데 꿈속의 남자가 운반했다는 파란 비닐에 싸인 물체는 무엇이었을까? 혼다 씨 뒷집에 살았던 노부부는 사건이 일어나기 전에 입원했다고 한다. 그렇다면 그 집은 오랫동안 비어 있었을 것이다.

머릿속에서 야지마의 수법이 떠올랐다. 어떤 방법을 사용했는지는 모르지만 그는 노가미의 시신을 다나카 모녀의 집에 유기하는 데 성공했다. 또한 미오의 어머니 시신을 우리 집에 던져 넣기도 했다. 그렇다면 노부부의 집은 행방불명된 세 사람을 숨기는 데 절호의 사각지대가 아니었을까? 그들이 차를 타고 어딘가로 사라졌다고 증언해서 수사의 눈을 멀리 따돌리고, 실제로는 이웃의 빈집을 시신 은닉 장소로 이용한 것이다. 악의 천재가 아니면 생각하지 못할 수법이다. 나는 손목시계를 보았다. 오후 3시였다.

"다니모토 씨, 지금 시간 좀 있나요?"

그는 허를 찔린 듯이 눈을 살짝 치켜뜨고 나를 쳐다보았다.

"네, 시간은 있습니다만……"

"히노 시의 사건 현장을 안내해주시겠어요? 혼다 사키의 꿈속에 나타났다는 뒷집을 내 눈으로 확인하고 싶습니다."

"알겠습니다. 그러지요."

그가 그렇게 대답한 순간, 우리는 선로드의 상점가에 도착했다.

5

우리는 다마가와 강의 제방을 따라 걸었다. 깊지 않은 강물을 바라보면서 이 강에 세 사람의 시신을 던져 넣기는 불가능하다고 생각했다. 오히려 강의 양쪽에 자리하고 있는 키 큰 참억새 숲이 숨기기에 좋겠지만, 제방에서 한참 들어가야 하기 때문에 현실적으로는 불가능해 보였다.

혼다 씨 집에 도착했다. 새하얀 2층 집으로, 어디에서나 볼 수 있는 평범한 모습이었다. 오랫동안 페인트칠을 하지 않았는지 벽 여기저기에 페인트가 벗겨져 있었다. 사키가 가끔 와서 창문을 열어 환기를 시키고 있다는데, 벽까지 손질할 수는 없었으리라. 기나긴 세월 동안 비바람을 견뎌냈다고 할 정도는 아니지만 그래도 벽의 상태는 사건이 일어나고 오랜 시간이 경과했음을 말해주었다.

집 뒤쪽으로 돌아가 보았다. 짙은 갈색 나무 대문이 눈에 들어왔다. 너덜너덜해진 문패에 '고구레 마코토'라고 쓰여 있었다. 이미 세상을 떠난 예전 주인의 이름이 그대로 방치되어 있는 것이리라. 혼다 씨 집과의 거리는 생각보다 훨씬 가까웠다. 혼다 씨 집에서 고구레 씨 집 대문까지는 3미터 정도밖에 되지 않았다.

대문과 똑같은 짙은 갈색 판자벽이 직사각형으로 집을 에워싸고 있었다. 예전에 서민들이 살았던 전형적인 일본 가옥이었다. 다니모토가 대문 손잡이에 손을 대고 옆으로 당겼다. 삐걱 삐걱. 둔탁한 소리와 함께 대문이 열렸다. 다니모토가 고개를 들이밀고 안을 들여다보면서 농담처럼 말했다.

"영장도 없이 들어가면 주거침입인가?"

혼잣말처럼도 들리고 내 의견을 묻는 것처럼도 들렸다.

"아무도 살지 않는다는 걸 모르고 방문했다고 할 수도 있지요. 안채 현관까지는 괜찮을 겁니다."

"그건 그렇군요."

그는 말을 하면서 안으로 들어갔다. 나도 그의 뒤를 따랐다.

현관에는 자물쇠가 채워져 있었다. 아무리 형사와 같이 왔다고 해도 자물쇠를 열고 들어갈 수는 없었다. 덧문은 닫혀 있고, 툇마루의 일부는 썩어 있었다. 정원에는 잡초가 무성했는데, 툇마루 높이까지 자란 것도 있었다. 우리는 잠시 현관 앞에 우두커니 서 있다가 집 주변을 돌아다니기 시작했다. 안채의 안쪽에 작은 창고가 있었다. 안을 살펴보자 커다란 삽이 두 자루 있었다. 다른 물건은 보이지 않았다. 역시 집 안을 조사해야 할 것 같았다. 그러려면 영장을 가져오거나 집주인의 동의가 있어야 한다.

"안을 보고 싶군요."

내가 솔직하게 말하자 다니모토도 고개를 끄덕였다.

"저도 그렇습니다. 하지만 그러기 위해서는 주인의 동의가 있어야겠지요."

우리는 밖으로 나왔다. 다니모토가 수사본부에 전화를 했다. 집주인의 전화번호를 묻기 위해서였다. 그는 전화를 끊은 뒤, 수사본부를 통해 알아낸 전화번호로 다시 전화를 걸었다. 그리고 상대와 몇 마디 나눈 후에 즉시 전화를 끊었다.

"교수님, 고생할 필요 없을 것 같습니다. 사흘 후에 집을 허문다고 하는군요. 저도 입회하기로 했습니다."

이제 사흘 후면 결론이 나리라. 그런데 무슨 결론이 난다는 것일까? 나는 확신을 가질 수 없었다.

6

아내의 표정이 어둡게 가라앉아 있었다. 물론 밝게 행동할 수 있는 상황은 아니었다. 하지만 칼에 찔렸을 때가 긴장의 정점이라면 분명 그때만큼 절박하지는 않았다. 그런데 아내의 얼굴에는 아무 표정이 없었다. PTSD 증후군(외상 후 스트레스 장애)일까? 사건이 일어난 직후가 아니라 어느 정도 시간이 흐른 후에 증상이 나타나는 것은 흔한 일이다. 실제로 아내는 불면증을 호소했다. PTSD 증후군의 전형적인 증상이었다.

혼다 씨의 뒷집을 허물기 전날 밤이었다. 저녁식사를 마치고 서재에서 일을 하고 있는데 노크 소리가 들렸다. 문을 열자 아내가 서 있었다.

"할 말이 있어."

아내는 그렇게 말하고 서재 안으로 들어왔다. 마치 망령처럼 발걸음이 불안정했다. 불길한 예감이 온몸을 엄습했다.

아내가 사진 한 장을 내밀었다.

"이것 좀 봐."

사진을 손에 든 순간, 심장이 오그라들었다. 사진 속에 있는 사람은 나와 린코였다. 엘리베이터 안인 듯했다. 심장이 더욱 오그라들었다. 어디서 찍힌 사진인지 금방 알 수 있었다. 사진의 오른쪽 밑에 사진을 찍은 날짜가 박혀 있었다. 오와다의 얼굴이 떠올랐다. 나와 린코가 호텔 엘리베이터 안에서 오와다로 보이는 사람을 만났을 때다. 그러고 보니 그 남자는 오른쪽 옆구리에 검은 가방을 끼고 있었다. 그 가방 안에 몰래 사진을 찍기 위한 카메라가 들어 있었던가?

"이 여자는 누구야?"

아내가 린코를 가리켰다. 목소리가 칼처럼 날카로웠다. 나는 즉시 대답할 수 없었다. 머릿속을 가득 메운 잡념이 어지러울 정도로 빙빙 돌았다. 무방비상태에서 정곡을 찔린 느낌이 들었다. 내 머리는 지금 사건으로 가득 차 있다. 린코 문제는 신경도 쓰지 않았다. 더구나 나와 그녀는 아무 사이도 아니다. 그럼에도 가슴 밑바닥에 가라앉아 있는 꺼림칙한 덩어리는 무엇인가?

"내 수업을 듣는 학생이야."

나는 가까스로 대답했다. 목소리가 기묘하게 갈라졌다.

"그래? 누가 내 앞으로 이 사진을 보냈어."

"누가?"

"그건 몰라. 주소도, 이름도 쓰여 있지 않았어. 다만 '이 여자가 남편의 애인입니다.'라고 한 줄 쓰여 있더군."

나는 할 말을 잃었다. 재빨리 대구해야 한다는 것을 알고 있었다. 린코에 대해 자세하게 설명해 아내의 오해를 풀어주는 것은 불가능한 일이 아니었다. 그러나 지금 내가 껴안고 있는 엄청난 사건을 생각하면 그 일에 시간을 오래 할애하고 싶지 않았다. 이기적인 변명 같지만 그렇게 골치 아픈 일은 잠시 피하고 싶었다. 나는 되도록 간단히 설명하는 쪽을 택했다.

"그 여학생과는 아무 일도 없었어. 우연히 같이 있을 때, 누가 사진을 찍은 것 같아."

"여기는 어디야?"

"기억이 안 나. 아마 대학 근처의 술집 엘리베이터 안이겠지. 학생들과 한잔하고 집에 갈 때 누가 찍은 것 같아. 아니, 짐작 가는 사람이 있어."

나도 모르게 사진 찍힌 상황을 적당히 바꾸었다. 실제로는 대학 근처의 술집이 아니라 호텔 안의 엘리베이터였다. 더구나 학생들과 같이 있었던 게 아니라 린코와 단둘이었다. 그러나 나는 결백하다. 이럴 때는 솔직히 말해서 오해를 사기보다 적당히 거짓말을 하는 편이 나으리라. 나는 스스로에게 그렇게 말했다.

"그게 누군데?"

흥분해서 추궁하는 느낌은 아니었다. 오히려 침착했다. 나는 아내의 의혹을 확실히 부정하기 위해 오와다에 대해 말하지 않을 수 없었다.

"같은 수업을 듣는 학생 중에 그 여학생에게 집착해 스토커처럼 쫓아다니는 남학생이 있어. 그 남학생이 나와 여학생이 특별한 사이라는 망상을 가지고 있어서, 나도 여학생도 어찌할 바를 모르고 있지. 그래도 그렇지 이런 사진을 보내다니."

아내는 한동안 말없이 나를 바라보았다. 내 이야기를 믿는지 안 믿는지는 알 수 없었다. 어쨌든 더 이상 추궁할 분위기는 아닌 듯했다.

"그렇다면 당신도 어쩔 수 없겠지. 그 남학생을 어떻게 해야 하는 거 아냐? 그렇게 집착이 심하다면 무슨 짓을 저지를지 모르잖아."

"괜찮아. 곧 졸업이라서 이제 얼굴 마주칠 일도 없어. 다만 이 여학생에게는 말을 해줘야겠지. 앞으로도 계속 따라다닐 수 있으니까."

"그 여학생 이름이 뭐야?"

아내가 혼잣말처럼 물었다. 이름을 숨길 수는 없었다. 가짜 이름이라도 말했다 들키기라도 하면 아내의 의심은 한층 깊어지리라. 지금은 본명을 말하는 수밖에 없었다.

"가게야마 린코야. 그녀는 피해자야."

피해자……. 쓸데없는 한마디를 덧붙였다. 그러나 아내는 순순히 말했다.

"그래, 그거 참 안됐네."

7

연구실에 있을 때, 다니모토로부터 전화가 걸려왔다. 웬일로 목소리가 몹시 들떠 있었다. 직감적으로 뭔가 큰 일이 있었다는 것이 느껴졌다.

"혼다 사키의 꿈이 맞았습니다. 그건 역시 사키가 실제로 본 광경이었습니다!"

그 한마디에 모든 것이 이해되었다. 예정대로 뒷집을 허문 결과, 거실 바닥 밑에서 백골로 변한 시신 네 구가 발견되었다. 행방불명된 가족 세 사람의 사체를 예상했는데, 우리의 예상보다 한 구가 많았다. 또다시 플러스 원의 마법이다. 네 구 모두 사망한 지 오랜 세월이 지나서 신원을 밝히려면 시간이 꽤 걸릴 터였다. 사인을 규명하는 데는 그보다 더 오래 걸린다고 했다. 또한 시신 네 구 중에 한 구는 여성이고, 나머지 세 구는 남성이었다.

수화기 너머로 다니모토에게 물었다.

"만약에 시신 세 구가 혼다 요헤이와 교코, 요스케라면 나머지 한 구는 진짜 미즈타 씨일까요? 그들은 어디에서 살해돼서 어떻게 그곳으로 운반되었을까요?"

"일단 세 구를 제외한 나머지 한 구는 미즈타 씨일 겁니다. 그는 분명히 다른 세 사람보다 먼저 살해되었겠지요. 미즈타 씨 시신은 처음에는 자택에 있었을 겁니다. 그러다 적당한 시기에 고구레 씨 집으로 운반되었었겠지요. 한편 혼다 씨 가족에 한정해서 말하면 DNA 감식을 통해 자택 소파에서 발견된 혈액이 남편과 고등학생 아들의 것으로 밝혀졌습니다. 하지만 남아 있는 혈흔의 양으로 볼 때, 생명에 지장이 있을 정도의 출혈은 아니었습니다. 어쩌면 두 사람은 부상을 입은 상태에서 뒤쪽의 빈집으로 끌려가지 않았을까요? 다시 말해 자력으로 걸어갔고, 그런 다음에 살해된 거죠. 그렇게 생각하면 시신의 운반 문제는 해결됩니다. 교코 씨의 혈흔은 남아 있지 않아서 그녀에 관해서는 잘 모르겠습니다. 다만 남편과 아들과 떨어져 한동안 미즈타의 집에 감금되어 있었을지도 모르지요. 보셨다시피 세 집은 매우 가까이 있었으니까 불가능한 일은 아니었을 겁니다. 다른 집에서 고립되어 있는 세 집을 종횡으로 왔다 갔다 하면서 범죄를 저지르는 수법은 교수님의 이웃집 사건과 똑같습니다. 더구나 낚시에 걸린 가족을 단숨에 죽이는 게 아니라 시간을 두고 단계적으로 죽이는 방법도 비슷하고요."

"그럼 혼다 사키가 봤다는 광경은 사건이 일어나고 한참 후의 일이겠네요?"

"그렇지요. 사키 양의 말이 사실이라면 파란 비닐봉투에 싸인 물체는 교코의 사체였을 가능성이 있습니다. 교코는 역시 한동안 미즈타의 집에 감금되어 있었을 겁니다."

"미즈타에게는 아내가 있었잖습니까?"

"그 사람은 이미 사망하지 않았을까요? 애초에 미즈타는 진짜 미즈타가 아니었을 가능성이 높습니다. 아마 야지마 요시오였겠지요. 그는 진짜 미즈타 씨를 살해하고 미즈타로 위장했습니다. 병약했던 아내는 그의 협박에 넘어갔을지도 모르고, 야지마가 미즈타로 위장한 시점에서 이미 살해되었을지도 모르지요. 나중에 심장병으로 사망했다는 신고가 있었지만, 병사의 경우 의사가 지켜보는 가운데 자택에서 사망했다는 의사의 진단서만 있으면 일본에서는 거의 통과되니까요. 진단서를 어떻게 손에 넣었는지는 알 수 없지만 아는 의사에게 거액을 주면 얼마든지 받을 수 있겠지요. 아무튼 이미 옛날에 화장했을 테니까 사인은 영원히 밝힐 수 없게 됐습니다."

"기본적으로 니시노로 위장한 야지마의 수법과 똑같다는 거군요."

"그럴 가능성이 높습니다. 참, 그 말을 듣고 생각이 났는데 진짜 니시노 씨와 야지마의 접점을 찾았습니다. 원래 야지마가 경영했던 금융회사의 고객 리스트에 니시노 아키오라는 이름이 있더군요. 그 무렵 니시노 아키오 씨는 대형 철강회사에서 정리 해고를 당하고, 돈에 쪼들리다 그 금융회사에서 여러 차례 돈을 빌렸지요. 비싼 불법 이자를 받는 회사였지만 가족을 부양하기 위해서는 어쩔 수 없었을 겁니다. 그로 인해 당시 사장이었던 야지마와 면식이 있었을 가능성이 높습니다."

"야지마는 역시 금융회사를 차려놓고 사냥감이 걸리기를 기다렸다는 건가요?"

"적어도 미즈타 씨와 니시노 씨에 대해서는 그렇지요. 하지만 처음에는 살인을 저지르기 위해서가 아니라 경제적 이익을 얻기 위해 접근했다가 결국 미즈타 씨 가족도, 옆집 사람인 니시노 씨 가족도 죽여버렸을지 모르지요."

"이제 야지마를 체포해 니시노 미오를 구하기만 하면 되는군요."

나도 모르게 말에 힘이 담겼다. 그러나 마음은 매우 복잡했다. 눈앞의 사건이 크게 움직이는 것을 느끼면서도 목에 걸린 작은 가시처럼 내 개인적인 문제가 머릿속에서 떠나지 않았다.

8

이 사건은 또다시 세상을 떠들썩하게 만들었다. 위장살인마. 매스컴에서 붙인 야지마의 별명은 세상에 널리 파고들어 새로운 공포를 불러일으켰다. 그가 죽였을지도 모르는 사람의 숫자가 두 자릿수에 이를 가능성도 있다. 희대의 살인마다. 살해한 사람의 숫자도 그렇거니와 살해한 형태가 너무도 독특했다.

나는 여전히 신문사나 방송국 사람들에게 쫓기면서 그들의 인터뷰에 응하지 않을 수 없었다. 그 때문에 오와다 건으로 린코를 만난 것은 히노 시에서 행방불명된 세 사람으로 보이는 시신이 발견되고 일주일이 지난 3월 중순이었다.

전날 그녀에게 전화를 걸어 간단히 사정을 설명하고 그날 만나기로 했다. 약속 장소는 시부야 역 근처의 패밀리 레스토랑. 그녀와 둘이 그곳에서 만나기는 처음이었다. 오후 6시에 만나기로 했지만 나는 일찌감치 도착해 맥주를 마시며 그녀를 기다렸다.

린코는 6시 정각에 나타났다. 자리에 앉아 있는 나를 향해 가볍게 미소를 지었지만, 생각 탓인지 표정은 딱딱하게 굳어 있었다. 그날은 웬일로 얌전한 베이지색 원피스 차림이었다. 졸업 논문은 이미 제출했지만 표정은 조금도 후련해 보이지 않았다. 우리는 가볍게 식사를 하면서 낮은 목소리로 이야기를 했다.

"교수님, 이제 오와다에게 직접 캐묻는 수밖에 없지 않을까요?"

잠시 이런저런 이야기를 나눈 후에 린코가 결심한 얼굴로 말했다. 내 생각도 그랬다.

"그래도 되겠나?"

"상관없어요. 우리는 꺼림칙한 일을 하지 않았잖아요."

정확한 말이었다. 꺼림칙한 것은 내 마음속뿐이었다. 나도 마음을 정했다.

"알았어. 그러면 오와다를 만나서 이야기하지. 뭐라고 하면서 불러낼까?"

"이번 사건을 핑계로 불러내면 되지 않을까요? 오와다는 교수님을 돕고 싶어 했으니까요."

"그럼 이번 사건에 대해 말하며 도와달라고 하면 되겠군. 시간과 장소는 내일 오후 3시경, 내 연구실에서 만나는 게 어떻겠나? 자네도 동석해주겠지?"

"네, 저도 같은 이유로 오라고 했다면 되지 않을까요?"

이야기는 정해졌다. 상당히 난폭한 방법이었다. 나는 조바심이 났다. 이런 문제는 빨리 처리한 뒤 야지마의 행방을 쫓고 싶었다. 물론 야지마는 다니모토를 비롯한 전문 형사에게 맡기면 된다. 그러나 케케묵은 표현을 빌리자면 나는 노가미의 원수를 갚고 싶었다. 더구나 승리가 바로 눈앞에 있다는 생각이 들었다. 그런데 이런 개인적인 일로 발목이 잡힐 줄은 꿈에도 몰랐다.

나는 린코가 보는 앞에서 오와다에게 전화를 걸었다. 그는 내 휴대전화 번호를 알고 있다. 그리고 내 휴대전화는 발신번호 표시제한이 되어 있지 않다. 과연 그런 짓을 하고도 내 전화를 받을까? 그러나 예상과 달리 신호가 가자마자 그의 목소리가 들렸다.

"교수님이세요? 정말 굉장한 일이 벌어졌네요!"

여느 때의 태평한 목소리였다. 물론 '굉장한 일'이란 내가 현재 대치하고 있는 사건을 가리키는 것이지 린코 문제는 아니었다.

"안 그래도 자네와 의논할 게 있는데, 내일 내 연구실로 와줄 수 있겠나?"

나는 일부러 모호하게 말했다. 구체적인 이야기를 피한 것이다.

"얼마든지요. 어차피 시간이 남아도는데요 뭐."

대학 학무과에 문의해서 그가 졸업논문을 제출했다는 사실은 이미 확인했다. 그런 상황에서 언제 졸업논문을 썼는지 이상할 정도였다. 그는 결국 한 번도 졸업논문을 지도해달라고 요청하지 않았다. 어쨌든 무슨 일인지 묻지도 않고 연구실로 오겠다니 너무도 태평한 평소의 그다웠다. 아마 내가 이번 사건에 대해 의논할 거라고 생각하는 것이리라. 그렇다면 내 계획대로다. 나는 약속 시간을 말하고 전화를 끊었다.

"뭐래요?"

나는 그녀의 질문에 대답하지 않고 눈앞에 있는 맥주를 단숨에 들이켰다. 왠지 찜찜했다.

"내일 오후 3시에 연구실로 오라고 했어. 그런데 전혀 동요하지 않더군. 천재거나 굉장한 바보거나 둘 중 하나야."

그렇게 말하면서 눈앞의 크랩 샌드위치 조각을 입에 던져 넣었다.

"그는 항상 그래요. 저한테 이상한 메일을 보내놓고, 다음에 만나면 아무 일도 없었다는 듯이 대해요. 정말 이상한 사람이에요."

그녀의 말을 듣고 있자니 암담한 기분이 들었다. 이상. 이상. 이상. 이상하다고 하면 전부 다 이상하다. 이상함의 소용돌이 속에 있는 나 자신도 역시 이상한 사람처럼 여겨졌다.

우리는 잠시 아무 말도 하지 않았다. 어색한 시간이 흘렀다.

이윽고 린코가 혼잣말처럼 불쑥 말했다.

"사모님, 화 많이 나셨어요?"

"괜찮아. 그런데 기운은 없어."

그 말에 그녀는 다시 입을 다물었다. 나름대로 죄의식을 느끼는 것이리라. 물론 그녀에게는 아무런 책임이 없다. 졸업논문을 쓰기 위해 나를 자주 만난 것은 학생으로서 정당한 행위다. 문제는 오히려 나다. 그녀에 대한 배려가 부족했다. 아니, 배려가 부족한 게 아니라 그런 상황을 은밀히 즐겼다. 그러나 사건이 해결될 때까지 그런 생각은 하고 싶지 않았다. 이 순간에도 아내이야기는 하고 싶지 않았다.

내 마음을 알아차린 것처럼 그녀가 화제를 바꾸었다.

"지난번 가와이 소노코 씨의 콘서트는 어땠어요?"

"굉장하더군. 내 음악 감성으로 이해할 수 있었던 건 〈혁명 에튀드〉 정도였지만."

"참! 그 말씀을 들으니 생각났는데, 그분은 에세이도 아주 잘 쓰시던데요? 신문에 이런 에세이가 실렸어요."

그녀는 옆에 있는 빨간 토트백에서 신문 조각을 꺼내 내 쪽으로 내밀었다. 나를 위해 일부러 잘라 온 거였다. 어느 대형 신문의 문화면에 실린 소노코의 에세이였다. 제목은 「기억」으로 그리 긴 글은 아니었다.

기억의 모래시계는 거꾸로 흐르지 않는다. 그것은 항상 위에서 아래로 흘러서 무의미한 기억의 응어리를 축적시킨다. 그 응어리 속에서 인간의 어리석음이라는 사체를 발견할 때 우리는 전율을 느낀다.

며칠 전에 지인과 차 안에서 이야기를 나누다 루이스 부뉴엘의 영화 〈트리스타나〉가 화제에 올랐다. 영화의 내용 중에 주인공인 트리스타나가 쇼팽의 연습곡집 작품번호 10 제12곡 C단조를 연주하는 장면이 있다. 통칭 〈혁명 에튀드〉로 알려진 이 피아노 독주곡은 기술적으로 몹시 난해함에도 클래식 팬에게 상당히 인기가 있고, 연주회 주최 측에서도 연주해달라고 하는 일이 많다. 그러나 나는 이 곡을 별로 좋아하지 않는다. 이유는 매우 복잡하다. 순수한 하나의 음악으로 보는 경우, 이 곡은 다른 쇼팽의 곡과 마찬가지로 극적인 리듬과 오묘한 음역으로 가득 차 있어서 연주자의 의욕과 정열을 부추기는 작품이다. 그러나 다른 예술 작품과 마찬가지로 음악도 일개 고립된 예술로 돌아가는 일은 없다. 수많은 배경과 환경, 때로는 기억과 이어지고, 때로는 그들이 혼연일체가 되어 화학작용을 일으키며 허구의 세계를 구축하고, 때로는 인간에게 생각지도 못한 이의신청을 하기도 한다.

내가 〈혁명 에튀드〉에 저항을 느낀 것은 역시 이 영화와 관계가 있다. 오래전에 본 영화 안에서 병으로 다리를 잃은 트리스타나가 미친 듯이 이곡을 연주하는 장면이 기억에 달라붙어서, 이 영화를 떠올리면 그 장면밖에 기억나지 않는다. 그것은 내가 주인공처럼 다리가 불편하기 때문일까?

아니, 또 한 가지 기억나는 장면이 있다. 도저히 믿을 수 없는 엔딩 장면이다. 사랑을 믿지 않는 사람만이 생각해낼 수 있는 엔딩. 내 지인은 나보다 훨씬 이 영화를 자세히 기억하고 있어서, 내 기억에서 완전히 사라진 몇몇 장면을 떠올리게 해주었다. 그의 말을 듣고 '아아, 이런 영화였던가!'라고 생각했다. 어차피 인간은 자신이 기억하고 싶은 것만 기억하는 법이니까.

올해는 어떤 해로 기억될까? 새해가 밝자마자 1월에는 영국과 프랑스, 스페인 등을 연주회로 돌아다녔다. 일본으로 귀국했을 때 새해는 이미 과거의 기억 속에서 사체를 드러내고 있었다.

에세이를 읽은 후에도 나는 한동안 신문에서 시선을 떼지 못했다. 분명히 소노코의 강렬한 감성이 전해지는 글이었다. '사체'라는 단어가 지나칠 만큼 강렬해서 대형 신문의 문화면을 장식하는 에세이로서 어울리는지 고개가 갸웃거려질 정도였다.

나는 겨우 신문에서 시선을 떼면서 말했다.

"그 지인이란 사람이 바로 나야."

"역시 그렇군요. 지난번에 〈혁명 에튀드〉에 대해 물어보셔서 그렇지 않을까 생각했어요."

린코는 기쁨을 감추지 않고 밝은 목소리로 말했다. 그러나 나는 그녀의 이야기를 건성으로 들었다. 그때 소노코는 쇼팽의 곡 중에서 〈혁명 에튀드〉를 제일 좋아한다고 말했다. 그런데 이 에세이에서는 별로 좋아하지 않는다고 했다. 그녀의 복잡한 심경을 이해할 수 없는 것은 아니지만 역시 위화감이 들었다. 린코는 소노코에 대해 더 이야기하고 싶은 듯했다. 그러나 나는 화제를 바꾸고 싶었다. 소노코에 대해 말하는 것이 왠지 내키지 않았다.

"그건 그렇고 자네는 어떤 모습으로 오와다를 만날 생각인가?"

"어떤 모습요? 어떤 옷을 입을 거냐는 말씀이세요?"

그녀는 무슨 뜻인지 모르겠다는 표정으로 물었다.

"그래, 좀 자극적인 옷을 입었으면 해서."

스스로도 본심인지 아닌지 모를 말이었다.

"왜 그런 옷을 입어야 하지요?"

"오와다를 자극해 그의 반응을 보고 싶어서 그래."

"명령이세요?"

그녀의 웃음이 미묘하게 변했다. '사실은 교수님께서 보고 싶은 거죠?'라고 말하고 싶은 듯한 웃음이었다. 청초함과 악마성이 그림자처럼 교차했다. 그녀가 가끔 보여주는 그런 미묘한 도발에 나는 당혹감을 감출 수 없었다. 실제로 내 요구가 정당한지 아닌지 나 자신도 판단할 수 없었다.

"그래, 명령이야."

나는 선언하듯 말했다. 장난스럽게 말할 생각이었지만 생각과 달리 내 말은 딱딱하게 울려 퍼졌다.

"알았어요. 아주 짧은 치마를 입고 갈게요."

그녀는 웃으며 말했다. 그와 동시에 뺨에 붉은 단풍이 흩어졌다.

9

다음 날 오후 3시. 린코와 둘이 오와다가 오기를 기다렸다. 린코는 약속 시간보다 한 시간 일찍 도착해 나와 말을 맞추었다. 오와다는 지하철 도자이 선 가구라자카 역 근처의 원룸 아파트에 살고 있다. 신주쿠의 대학까지는 오래 걸리지 않으리라. 그러나 그가 도착한 것은 오후 4시가 가까운 시각이었다. 거의 한 시간이 늦었다. 그리고 보니 평소에도 시간에 정확한 사람은 아니었다.

그는 커다란 몸을 숙이면서 연구실로 들어왔다. 한가운데로 가르마를 탄 머리칼을 어깨까지 길렀다. 요즘 젊은 학생들에게선 거의 찾아볼 수 없는 장발로, 1970년대에 유행한 스타일이다. 이런 머리 스타일로 취업 활동을 하고 면접을 보았던가? 그렇다면 합격 통지를 받을 리 만무하다.

우리는 연구실 한가운데에 있는 짙은 갈색 소파에 앉았다. 린코가 내 옆에 앉고 오와다가 우리 앞에 앉았다. 그가 소파에 앉는 순간, 나는 그의 시선에 주목했다. 과연 자신의 눈앞에 있는 린코에게 어떤 반응을 보일 것인가? 그녀는 내가 요구한 대로 자극적인 옷을 입었다. 허벅지가 적나라하게 드러난 검은색 미니스커트에 검은색 망사 스타킹. 위에는 검은색 캐미솔 위에 가슴골이 깊이 파인 스웨터를 입어, 풍만한 가슴을 똑똑히 볼 수 있었다. 요즘 여학생들의 복장에 비해 과한 편은 아니었지만, 그녀가 이런 차림으로 수업에 참가하는 일은 거의 없었다.

오와다는 한순간 깜짝 놀란 표정으로 그녀를 쳐다보았다. 그러나 그녀의 복장을 보고 놀랐다기보다 그녀가 있는 것에 놀란 것처럼 보였다. 그는 즉시 그녀로부터 시선을 피하고 침착한 얼굴로 나를 쳐다보았다. 반대로 그녀는 긴장했는지 뺨에 붉은 기운이 떠올랐다.

오와다가 단도직입으로 물었다.

"교수님, 제가 뭘 도와드리면 될까요?"

"그 전에 일단 물어볼 게 있네. 그래서 오늘 가게야마 린코도 와달라고 했지."

린코 역시 내 일을 도와주기 위해 부른 것으로 사전에 약속했지만, 나도 모르게 이렇게 말했다.

"린코가 왜요?"

나는 잠시 입을 다물고 오와다를 똑바로 쳐다보았다. 그의 표정에 동요하는 빛은 없었다. 요즘 학생들 사이에서는 사귀는 사이가 아니어도 성이 아니라 이름으로 부르는 것이 특별한 일은 아니다.

"최근 가게야마에게 이상한 메일이 온다고 하더군. 짐작되는 게 없나?"

이것은 린코와 미리 협의한 질문이었다. 그가 얼빠진 목소리로 반문했다.

"짐작요? 제가 그걸 어떻게 짐작하죠?"

"그 메일이 자네 이름으로 온다고 하던데?"

"그게 정말인가요?"

그는 약간 높은 목소리로 되물었다. 실제로 깜짝 놀란 듯했다. 연기로 보이지는 않았다.

"자네도 여기 있는 가게야마와 메일을 주고받은 적이 있지?"

"그야 물론이죠. 사무적인 메일이었지만요. 우리 메일은 항상 그렇거든요. '오늘 뒤풀이에 참석해?' '난 안 돼.' '그럼 다음에 봐.' 이렇게 끝납니다. 메일로 필요 이상의 대화는 안 하니까요."

나도 모르게 쓴웃음을 지었다. 내 메일은 편지처럼 길어서 학생들에게 놀림을 당하곤 했다. 나는 린코의 휴대전화로 보낸 그의 메일을 떠올렸다. 분명히 대화라고 할 수 없었다. 그러나 그가 말한 것은 어디까지나 형식적인 면이었다. 메일의 핵심은 언급하지 않았다. 그가 그녀를 스토킹한 것은 틀림없다. 그녀 자신이 그렇게 말하고 있지 않은가. 더구나 본인이 눈앞에 있는데, 그녀에게 동의를 구하지 않는 것도 조금 부자연스러웠다.

"하지만 오와다, 자네가 가게야마에게 보낸 이런 메일은 사무적이라고 할 수 없지 않을까?"

나는 그녀의 휴대전화를 받아 탁자 위에 올려놓았다. 이것도 미리 협의한 대로였다.

린코, 오늘 수업 때 입은 옷은 너무 수수하지 않아? 몸매가 확실히 드러나는 옷을 입어서 교수님에게 어필해. 난 너의 수수한 모습이 더 좋지만. 오와다입니다~.

이런 변태 메일을 인정하게 만든 다음, 그녀를 왜 미행했는지 추궁하려는 작전이었다. 그러나 우리 집에 사진을 보낸 사람이 오와다라면, 그렇게 대범한 녀석에게 이런 작전은 통하지 않으리라. 그런 경우에는 마음을 단단히 먹고 이판사판의 난투전으로 나가는 수밖에 없었다.

그는 오른손으로 그녀의 휴대전화를 덥석 잡더니 내용을 확인했다. 표정이 딱딱하게 굳었다. 우리가 그를 의심한다는 사실을 아는 듯했다. 잠시 후, 그의 표정이 단숨에 일그러졌다.

"이건 제가 아닙니다. 제가 이런 메일을 보낼 리가 없잖습니까?"

그는 웃음을 참는 듯한 목소리로 말했다. 소리는 나지 않았지만 얼굴에 기묘한 웃음이 매달렸다. 나와 린코는 무의식중에 서로를 바라보았다. 그가 부정할 가능성을 생각하지 않은 것은 아니다. 오히려 예상했던 반응이라고 할 수 있다. 그런데 그 반응이 지나치게 자연스러웠다.

그때 문득 그의 머리에서 흘러나온 독특한 향기가 코로 파고들었다. 린코에게 휴대전화를 돌려주기 위해 그가 몸을 앞으로 크게 숙이자 거리가 가까워졌기 때문이다.

'이거군!'

그녀가 말했던 헤어크림 냄새였다. 호텔 엘리베이터 안에서 나와 그녀가 보았던 오와다인 듯한 인물이 떠올랐다. 커다란 선글라스에 하얀 마스크. 얼굴 생김새는 알 수 없었다. 나이도 명확하지 않았다. 내가 본 것은 긴 머리칼뿐이었다.

그때 린코는 상대를 오와다라고 단정했다. 거기에 결정적인 역할을 한 것은 그녀의 후각으로, 그것은 그녀 자신도 인정했다. 생각이 거기에 미친 순간, 나는 흠칫 숨을 들이마셨다. 비슷한 냄새가 떠올랐다. 이것과 비슷한 냄새를 우리 집 근처에서 맡은 적이 있다. 바이탈리스, 1970년대의 냄새다. 오와다의 머리모양과 1970년대의 대표적인 헤어크림 이미지가 겹쳐졌다. 린코는 착각의 함정에 빠진 것이 아닐까? 오와다를 아는 사람이 가발을 이용해 장발을 하면, 이 냄새를 아는 그녀가 상대를 오와다로 착각하는 것은 무리가 아닐지도 모른다.

"오와다, 이것만이 아니잖아. 나한테 이상한 메일을 수도 없이 보냈잖아. 그리고 내 뒤를……."

그때까지 입을 다물고 있던 린코가 떨리는 목소리로 그를 비난했다. 나는 황급히 그녀를 제지했다.

"잠시만 기다려. 우리가 어쩌면 터무니없는 착각을 했을지도 몰라. 오와다, 혹시 최근에 누군가에게 내 수업을 듣는 학생들의 휴대전화 메일주소를 가르쳐준 적이 있나?"

갑작스러운 질문에 그는 멍한 표정으로 나를 쳐다보았다. 내 말이 의외였는지, 린코도 오와다처럼 의아한 표정을 지었다. 식은땀이 온몸으로 퍼지기 시작했다.

신주쿠에서 택시를 타고 가구라자카 방면으로 향했다. 린코와 오와다도 함께였다. 오와다의 원룸 아파트로 가는 길이었다. 우리는 모두 입을 다물고 있었다. 운전기사가 있는 곳에서 대화를 계속할 수는 없었다. 손목시계를 보았다. 오후 6시가 가까웠다. 우리는 내 연구실에서 약 두 시간 동안 이야기를 나누었다.

오와다로부터 들은 이야기는 상상을 초월했다. 하지만 그는 별로 중요한 일이라고 여기지 않는 듯했다.

그는 대학에 입학하고부터 가구라자카의 원룸 아파트에서 4년 가까이 살고 있다고 했다. 그의 방은 맨 끝에 있어서 옆집은 한 곳밖에 없다. 그의 옆집은 입주자가 자주 바뀌다 작년 1월부터 비어 있었는데, 6월에 접어들어 한 남성이 입주했다. 쉰 살쯤으로 보이는 남자는 붙임성이 좋아서, 복도에서 우연히 마주칠 때마다 말을 걸었다. 취업정보회사에 다닌다고 했는데, 어느 날 남자의 끈질긴 권유를 이기지 못하고 이자카야에서 함께 술을 마셨다.

오와다 쪽에서 보면 아직 취업을 못 한 만큼, 정보를 얻고 싶다는 속셈이 없었다고 할 수 없다. 언젠가 집안에서 경영하는 여관을 이어받기로 정해져 있었지만 그 전에 어딘가에 취직해 몇 년이라도 일하고 싶었다. 그는 이자카야에서 남자와 휴대전화 메일주소를 교환했다. 그때 남자는 취업에 관한 대학생의 생각을 조사하고 싶으니까 학생들의 휴대전화 메일주소를 가르쳐

달라고 부탁했다. 다음 날 오와다는 일부러 옆집까지 찾아가서 학생들 메일주소록을 건네주었다. 남자의 방에는 프린터가 있어서, 남자는 메일주소록을 복사하고 원본을 돌려주었다. 그때 남자는 고맙다고 정중하게 인사를 했다.

나는 오와다의 비상식적인 행동에 어이가 없었다. 요즘 같은 세상에 잘 모르는 사람에게 친구들의 개인 정보를 넘겨주다니. 어리석기 짝이 없는 행동이었다. 그러나 오와다뿐 아니라 요즘 학생들의 사회 상식은 어차피 그 정도이리라. 그를 비난해봤자 어쩔 수 없는 노릇이었다. 그보다 생각지도 못한 반전이 일어났다. 린코에게 스토커 같은 메일을 보낸 사람이 오와다가 아닐지도 모른다. 실제로 그는 내 추궁을 단호하게 부정했다. 수업에 관한 것 말고는 그녀에게 메일을 보낸 적이 없고, 스팸 메일 발송은 물론이고 미행을 한 적도 없다고 단언했다. 그는 그녀의 휴대전화를 들고 착신 이력을 보면서 합리적인 설명을 덧붙였다.

분명히 그가 그녀에게 보냈다는 메일은 모두 학생들 메일주소록에 있는 그의 주소에서 발송되었다. 반면에 그가 보내지 않았다고 하는 메일은 누구 것인지 확인할 수 없는 핫메일 주소로 보낸 것이었다. 그것조차 모두 똑같지 않고 여러 주소를 사용했다. 나는 휴대전화 메일을 거의 사용하지 않는 아날로그 인간이다. 따라서 나 혼자 힘으로 그런 사실을 규명하기는 거의 불가능하다. 린코도 휴대전화는 자유롭게 사용하지만 메일을 보낸 사람의 주소는 눈여겨보지 않은 것 같았다. 단순히 메일 내용에 있는 '오와다'라는 이름만 믿은 것이다.

그나저나 또 옆집 사람인가? 그 남자는 자기 이름을 마스다로 소개했다고 한다. 시기적으로 보면 야지마가 우리 옆집에서 니시노로 위장하면서 동시에 오와다의 옆집에서 마스다로 위장했다는 말인가? 미오와 미오의 어머니를 감금한 상태에서 그런 이중생활을 하다니, 이것이 물리적으로 가능한 일일까?

다니모토에게 연락을 해야 할까? 하지만 너무도 황당한 이야기라서 망설이지 않을 수 없었다. 마스다라는 남자가 정말로 야지마일까? 가령 오와다로 가장해 린코에게 변태 메일을 보낸 사람이 마스다라고 해도, 마스다와 야지마가 동일 인물이라는 증거는 되지 않는다. 오와다는 최근 한두 달 사이에 옆집 사람을 거의 못 봤지만 이사 간 흔적은 없는 것 같다고 말했다. 내 눈으로 직접 확인하는 편이 제일 빠르다. 확인을 한 다음 다니모토에게 연락해도 늦지 않는다. 어쩌면 오와다의 옆집에 희대의 살인마가 숨어 있을지 모른다. 야지마는 이런 잠복 장소를 몇 군데 가지고 있어서, 필요에 따라 전전하고 있을지도 모른다.

나는 흥분했다. 린코와 오와다도 갑자기 주인공이 된 엑스트라처럼 들떠 있었다. 우리는 너무도 무방비했다. 머리 한구석에서 적어도 린코는 이 일에서 빼야 한다는 생각이 들긴 했다. 그러나 오랫동안 오와다를 의심한 마음의 빚 때문인지 그녀는 보기 드물게 적극적이었다. 나도 구태여 그녀를 말리지 않았다. 야지마 요시오가 얼마나 무서운 자인지 몰랐다고 할 수 있으리라. 그와 동시에 우리의 행위가 얼마나 위험한지도 제대로 인식하지 못했다.

11

1층 오와다의 집에 들어온 지 벌써 세 시간이 지났다. 우리는 지저분한 바닥에 털썩 주저앉아 작은 목소리로 이야기를 나누며 옆집의 기척을 살폈다. 그나저나 정말 지저분했다. 도로 쪽 창가에 컴퓨터가 놓인 책상이 있었다. 그것 말고는 책상 반대쪽으로 작은 냉장고 하나가 있을 뿐이었다. 대신 책과 게임기 종류가 발 디딜 틈도 없이 바닥에 흩어져 있었다. 오와다가 잡다한 물건을 치워서 겨우 세 사람이 앉을 수 있는 공간을 마련했지만, 비좁은 데다가 바지나 양말에 미세한 먼지가 달라붙는 느낌이 불쾌하기 이를 데 없었다.

가장 가엾은 사람은 린코였다. 미니스커트 차림으로 바닥에 앉자 아무리 자세를 잡아도 허벅지가 드러나고 속옷이 보일 것 같았다. 아니, 실제로 언뜻언뜻 속옷이 보이기도 했다. 그녀도 그것을 의식해 신경질적으로 치맛자락을 끌어내렸지만 그런 노력은 아무 소용이 없었다.

오와다가 갑자기 목소리를 낮추었다. 발소리가 들리고 이윽고 옆집 문에 열쇠 끼우는 소리가 들렸기 때문이다. 문이 열리고 닫히는 소리. 옆집 사람이 돌아온 것이 틀림없었다.

"오와다, 잘 들어. 먼저 물어볼 게 있다고 하면서 안으로 들어가. 상대가 이유를 대며 들어오지 못하게 하면 그를 밖으로 유인해서 얼굴을 볼 수 있게 해줘."

"만약 안으로 들어오라고 하면 교수님과 린코는 어떻게 할 건데요?"

"물론 나는 같이 들어갈 거야. 자네 혼자 들여보낼 수는 없으니까. 린코는 만에 하나라도 일이 잘못되면 도망칠 수 있도록 현관 입구에 서 있어. 그러다 위험한 일이 발생하면 즉시 110에 신고해줘."

린코는 고개를 끄덕였다.

"교수님은 뭐라고 하면서 안으로 들어가실 건데요? 교수님을 보면 수상하게 여길 텐데요."

"그건 각오하고 있어. 사실대로 말해. 난 대학교수고, 린코는 내 조교라고. 만약 안으로 들어오지 못하게 하면 의혹은 점점 더 깊어지겠지. 야지마가 아니라고 해도 우리 메일주소를 이용해 변태 메일을 보낸 장본인일 가능성이 높아."

우리는 천천히 일어섰다. 세 사람 모두 긴장했다. 앞으로 무슨 일이 벌어질지 짐작조차 할 수 없었다. 가방 등의 소지품은 일단 오와다의 집에 두고 밖으로 나갔다. 린코는 오른손에 휴대전화를 들고 있었다. 나도 가방에서 휴대전화를 꺼내 윗도리 오른쪽 주머니에 넣었다.

오와다가 옆집 초인종을 눌렀다. 긴장감이 최고조에 달했다. 안으로 들어갈지 말지는 최종적으로 내가 판단하기로 했다. 함정의 냄새가 조금이라도 느껴지면 자중해야 했다.

"누구세요?"

안에서 남자 목소리가 들렸다. 야지마의 목소리를 떠올렸다. 비슷한 것 같기도 하고, 아닌 것 같기도 했다.

"밤늦게 죄송합니다. 옆집의 오와다입니다. 잠시 여쭤볼 말이 있어서요."

오와다가 침착하게 말했다. 의외로 잘했다. 문이 열렸다. 남자가 얼굴을 내밀었다. 머리는 7 대 3 가르마였다. 콧수염은 보이지 않았다. 세로줄무늬의 파란색 셔츠 위에 카디건을 걸치고 있었다. 야지마인지 아닌지 판단할 수 없었다. 단정한 얼굴이었다. 그러나 어딘지 모르게 개성이 없는 평범한 얼굴이기도 했다. 키는 상당히 커서, 오와다나 나와 별 차이가 없었다. 남자는 오와다를 힐끔 쳐다본 다음, 경계하듯 재빨리 나와 린코에게 시선을 돌렸다. 나와 눈길이 마주쳤다. 그 즉시 남자가 시선을 피했다. 이 단계에서 괜한 의심을 살 필요는 없다고 생각해 나도 남자에게서 눈길을 돌렸다.

"마스다 씨, 이쪽은 우리 대학 교수님과 조교입니다. 잠시 드릴 말씀이 있는데요."

조금 전에 협의한 대로였다.

"들어와요. 이사 갈 준비를 하느라 아무것도 드릴 순 없지만
요."

남자는 무슨 용건이냐고 묻지도 않고 퉁명스럽게 대꾸한 다
음, 이내 우리에게 등을 돌렸다. 내게 얼굴을 오래 보여주고 싶
지 않은 것일까. 순간적으로 위험하다는 느낌이 들었다. 이런 경
우에는 보통 용건을 묻는 법이다. 오와다의 말과 달리 붙임성도
없었다. 오와다가 내 얼굴을 힐끔 쳐다보았다. 어떻게 할지 묻는
거였다. 나는 잠시 망설이다 이내 고개를 끄덕였다.

"실례하겠습니다."

우리는 그렇게 말하고 안으로 들어갔다. 내가 지시한 대로 린
코는 신발을 벗지 않고 현관 입구에 섰다. 남자가 날카로운 눈
길로 린코를 쳐다보면서 강요하듯 말했다.

"그쪽도 들어와요."

"아뇨, 전 그냥 여기에 있을게요."

린코의 목소리가 희미하게 떨렸다. 그 대답에 대해 남자는 아
무 말도 하지 않았다.

창가의 책상 위에 컴퓨터와 프린터가 놓여 있었다. 그것 말고
가구라고 할 만한 것은 하나도 없었다. 기본 구조는 오와다의
집과 똑같았다. 그런데 오와다의 집에 비해 기이하게 넓게 느껴
졌다. 생활의 냄새가 나지 않았다. 이사 갈 준비를 한다고 했지
만 짐을 꾸린 흔적도 없었다.

"그런데 무슨 일이지?"

남자는 우뚝 선 채 조금 위압적인 목소리로 물었다. 우리도 계속 서 있었다. 현관문을 등진 채 나와 오와다가 몸을 도사리며 서 있고, 현관문을 막듯이 린코가 서 있었다.

나는 린코를 가리키며 말했다.

"그쪽이 오와다를 사칭해 제 조교에게 보낸 메일 말인데요."

남자의 얼굴에 미묘한 변화가 나타났다.

"무슨 말이지? 난 그런 기억이 없는데."

남자의 얼굴에 음침한 미소가 떠오른 것처럼 보였다. 캄캄한 어둠 속에서 두 개의 얼굴이 희미하게 떠올랐다. 두 개의 얼굴이 하나의 그림처럼 합쳐지고 내 망막에서 명확한 상을 맺었다. 칠칠치 못하게 늘어진 이중 턱. 움푹 들어간 눈구멍에 깃든 차갑고 둔탁한 빛. 그것이 내 시야를 점령한 순간 확신했다. 온몸이 굳어졌다. 내 눈앞에 있는 남자는 틀림없이 야지마였다. 내가 눈치챘다는 것을 알게 해서는 안 된다. 다음 말이 중요하다. 어디까지나 린코에게 보낸 변태 메일을 추궁하기 위해 온 척해야 한다.

"당신은 오와다를 통해 학생들의 메일주소를 손에 넣었지요."

나는 부드럽게 말했다. 최대한 상대를 자극하지 말아야 했다. 하지만 다음 순간, 사태가 급변했다. 남자가 움직인 것이다. 나와 오와다 사이에 있는 1미터 정도의 간격을 남자의 몸이 질풍처럼 빠져나갔다. 기이한 풍압을 느낀 나는 왼쪽으로 휘청거렸다. 그 직후에 비명이 들렸다. 린코였다. 남자는 어느새 칼을 꺼내 린코의 목에 들이댔다. 왼손으로 린코의 목을 감고, 오른손에 쥔 칼을 린코의 목에 맞추었다. 순식간에 린코의 얼굴이 창백해졌다. 눈에서 눈물이 흐르고, 경련을 일으키는 듯한 울음소리가 들리기 시작했다.

"그만둬!"

나도 모르게 소리쳤다. 역시 린코를 데려오지 말았어야 했다. 남자는 우리의 약점을 보기 좋게 찌르고 재빨리 발밑의 신발을 신었다. 린코를 데리고 도주할 생각인가? 조바심이 머리끝까지 치밀었다.

"선생, 내가 누군지 알지? 하지만 잡힐 생각은 없어."

침착한 말투였다. 잠시 눈싸움이 이어졌다. 나는 말없이 두 손을 벌리고 몸을 도사렸다. 옆에 있는 오와다도 권투선수처럼 주먹을 쥐고 자세를 잡았다. 두 손을 쓰지 못하는 만큼 남자도 문을 열 수 없는 것 같았다. 아니면 문을 열 타이밍을 계산하고 있는 것일까? 숨 막히는 긴장이 정적을 지배했다. 오와다가 움직이는 기척이 느껴졌다. 벽을 따라 남자와의 거리를 좁히고 있는 것 같았다. 우리는 맨손에다 인질까지 잡혀 있지만 수적으로 우위에 있다. 그렇게 생각한 순간, 오와다가 귀청이 떨어져라 고함을 지르며 남자의 오른손으로 뛰어들었다. 격렬한 몸싸움이 벌어졌다.

남자의 손에서 린코가 벗어났다. 다음 순간 그녀가 내게로 뛰어들었다. 나는 그녀를 꼭 껴안았다. 그로 인해 오와다에게 가세할 타이밍을 놓쳤다. 한순간 눈앞에서 벌어지는 광경에서 시선을 뗀 것이다.

나는 재빨리 린코를 뒤로 숨기고 눈앞의 광경으로 시선을 돌렸다.

오와다가 무릎을 꿇고 있었다. 배에서 피가 흘렀다. 그럼에도 두 손은 남자의 양쪽 다리를 꼭 잡고 있었다. 남자의 칼이 위쪽에서 오와다의 목덜미를 내리쳤다. 붉은 선혈이 솟구쳤다. 오와다가 비명을 지르며 뒤쪽으로 나뒹굴었다. 몇 초 사이에 벌어진 일이었다. 남자가 문을 열고 뛰어나갔다.

"오와다, 정신 차려!"

나는 재빨리 뛰어가서 오와다를 일으켰다. 솟구치는 피가 내 옷을 적셨다. 어지간한 출혈이 아니었다. 윗도리 주머니에서 손수건을 꺼내 오와다의 목덜미에 댔다. 손수건은 순식간에 피를 빨아들여 피의 양동이에 담근 걸레처럼 변했다.

오와다가 숨을 헐떡이면서 말했다.

"교수님, 저자를 쫓아가세요……."

"지금은 자네가 먼저야. 린코, 구급차!"

나는 절규하듯 소리치면서 뒤를 돌아보았다. 그녀는 패닉 상태에 빠져 그 자리에 주저앉은 채, 내 절규조차 듣지 못하는 듯했다. 멍한 눈은 아무것도 없는 허공을 바라보고 있었다. 나는 윗도리 주머니에서 휴대전화를 꺼냈다. 손이 떨리는 것이 느껴졌다. 떨리는 손으로 전화 버튼을 눌렀다.

"여보세요, 구급차를 부탁합니다. 사람이 칼에 찔렸어요. 중태입니다. 어서 와주세요……"

　내 목소리가 다른 사람 목소리처럼 들렸다. 옆에서 누군가가 말하는 것을 듣는 느낌이었다. 눈 깜짝할 새에 오와다의 얼굴이 창백해지는 게 느껴졌다. 거친 숨소리도 사라졌다. 그러나 그것이 무엇을 의미하는지조차 제대로 인식할 수 없었다.

제6장

환영

1

    그로부터 10년이 지났다. 사건이 일어난 이후, 나는 도라쿠 대학을 사임했다. 위험하기 짝이 없는 범인 추적에 학생을 끌어들여 사망에 이르게 한 책임을 진 것이다. 학교를 그만두는 것에 미련은 없었다. 그 정도로 죽은 오와다에 대해 책임을 졌다고는 생각하지 않는다. 학교를 그만두고 3년간 낭인 생활을 했다. 당연히 생활은 어려웠다. 하지만 세상에는 버리는 신(神)이 있으면 줍는 신도 있는 법이다. 낭인 생활을 한 지 4년째로 접어들던 해에 후쿠오카에 있는 여자대학에 문학부 특임교수로 취임했다. 특임교수만의 장점도 있었다. 교수 모임에 나가지 않아도 되고, 꼭 참석해야 할 회의도 많지 않았다.

    매주 월요일부터 목요일까지는 후쿠오카의 위클리맨션(일주일 단위로 임대하는 단기 임대형주택)에 머물고, 금요일 밤에 비행기를 타고 도쿄로 오는 생활을 반복했다. 친구들은 힘들지 않느냐고 안타까워했다. 도쿄의 대학을 알아봐주겠다고 하는 사람도 있었다. 하지만 나는 정중히 사양했다. 이 생활은 생각만큼 힘들지 않았다. 애초에 수업은 일주일에 4단위이기 때문에 시간적으로 상당히 여유가 있었다. 수업도 없고 회의도 없는 날은 혼자 후쿠오카 시내를 돌아다녔다. 하카타라는 이름으로도 알려진 이곳은 대도시임에 틀림없지만 아는 사람이 없어서인지 도쿄보다 편안히 돌아다닐 수 있었다. 더구나 내 얼굴도 도쿄만큼 알려지지 않았다. 여전히 TV에 출연하긴 했지만 내가 자주 출연하는 방송이 이 지방에서는 나오지 않았다.

사건은 아직도 해결되지 않았다. 야지마도 체포되지 않았고 미오도 발견되지 않았다. 오와다의 아파트에서 도망친 이후, 야지마는 10년간 감쪽같이 사라졌다. 명백한 오보를 제외하면 목격자 정보도 거의 없다. 흔적도 없이 홀연히 사라진 것이다. 미오에 대해서는 여전히 비관적 관측이 흘러나왔다. 야지마가 오와다의 옆집에 혼자 숨어 있었다는 것이 가장 중요한 근거였다.

공범이 없는 이상, 야지마가 미오를 자기 곁에 감금해두는 것은 실질적으로 불가능하다. 부모님도 오빠도 이미 죽었다. 야지마가 미오를 협박할 수 있는 재료는 아무것도 없다. 공간적으로 가까운 곳에 있지 않는 한 마인드 컨트롤도 서서히 풀릴 것이다. 실제로 야지마와 같이 살았을 때 우리 집으로 도망친 것을 보면, 이미 그 시점에 마인드 컨트롤이 상당히 약해졌다고 생각할 수 있다. 종합적으로 보면 시체가 발견되지 않았을 뿐, 미오는 이미 살해되었을 것이라는 추측이 나름대로 개연성을 얻고 있었다.

사건이 일어난 직후, 항간에 '이웃'이라는 말이 유행했다. 본래 '서로 돕는다'는 뜻을 가진 이 말이 '위험'의 대명사로 사용되었다. '네 이웃을 의심하라'는 자학적 광고문구가 일상생활에서 흔히 사용되는 상투어가 되었다. 실제로 사람들은 옆집 사람을 의심의 눈으로 쳐다보고, 행동을 감시하는 것을 이상하게 여기지 않았다.

그러나 최근 들어 야지마 사건은 사람들의 기억 속에서 잊혀가고 있다. 끔찍한 흉악 사건이 끊임없이 발생하는 현대 사회에서는 제2, 제3의 야지마가 거의 간격을 두지 않고 잇달아 등장하고 있기 때문이다. 인간의 기억이 악의 재생산을 쫓아가지 못하는 것이다.

나 자신도 조금씩 포기하고 있었다. 생사를 모른 채 행방불명된 자식을 기다리는 부모의 심정이 이럴까? 끝이 없는 이야기. 나는 제목도 기억나지 않는 이탈리아 영화의 스토리를 떠올렸다. 어느 해안에서 연인이 행방불명되자 남자는 계속 여자를 찾아다닌다. 영화는 세 시간이 훌쩍 넘는 장편이다. 남자가 여자를 찾아다니는 모습이 무거운 구름이 드리운 이탈리아의 풍경을 배경으로 잇달아 장면을 바꾸면서 나른하게 등장한다.

여자의 행방에 관한 사람들의 불확실한 증언. 아무리 찾아다 녀도 여자는 발견되지 않는다. 생사도 알 수 없다. 결국 이 영화 는 클라이맥스를 보여주지 않는다. 행방불명된 여자를 찾지 못 한 채 영화는 끝난다. 세상에서 가장 뒷맛이 꺼림칙한 영화라고 할까? 처음에 보았을 때는 감독의 의도를 알 수 없었다. 그러나 지금 내가 처한 상황이야말로 그 감독이 그리려고 한 세계관이 아닐까? 사건의 끝은 인간의 근거 없는 기대에 불과하다는 사 실을 나는 절실히 깨달았다.

오와다의 죽음만이 가장 확고한 사실로 남았다. 다른 일들은 10년이라는 세월의 흐름 속에서 꿈속 사건처럼 흘러갔다. 사건 이 일어난 이후, 린코는 한동안 PTSD 증후군에 시달렸다. 그러 나 이윽고 회복해서, 대학을 졸업한 지 3년 만에 종합상사에 다 니는 남성과 선을 보고 결혼했다.

그녀는 결혼식에 나를 초대했다. 참석하고 싶지 않았다. 그러 나 참석하는 것이 의무라고 생각했다. 신부 측 지인의 대표로 사람들 앞에서 축하의 말을 했다. 진심으로 그녀의 행복을 빌었 다. 그녀가 행복해야만 그녀를 사건에 휘말리게 한 마음의 죄가 조금이나마 가벼워질 것 같았다.

그녀는 현재 해외 주재원인 남편과 캘리포니아에 살고 있으 며, 그곳에서 딸을 낳았다. 최근에 그녀로부터 그런 근황이 적 힌 편지를 받았다. 편지의 내용이 머릿속에서 떠나지 않았다.

"결국 제가 좋아하는 사람에게 마음을 고백하지는 못했지만 전 지금 남편과 아이와 함께 충분히 행복합니다."

충분히 행복하다……. 그러면 됐다. 그녀가 좋아했던 남성은 과연 누구였을까? 가슴이 조이는 애절한 감정과 함께 아련한 기대가 피어올랐다. 하지만 마음속으로 메마른 웃음을 지으며 망상의 그림자를 지웠다.

다니모토에게도 변화가 있었다. 그는 경시청을 그만두고 대형 경비회사의 경비부장으로 들어갔다. 사건 이후에 관계는 조금씩 희미해졌지만 지금도 연하장을 주고받고 있다.

소노코와는 연락을 하지 않는다. 오와다 사건이 보도되고 나서 일주일 후쯤 내 휴대전화로 연락이 온 것은 기억이 난다. 단지 형식적인 안부 전화를 나누었을 뿐, 깊은 이야기는 하지 않았다. 그 후로 서로 연락하는 일은 없었다. 그녀의 아픔은 충분히 이해한다. 가능하면 빨리 사건의 상처를 잊게 해주고 싶다. 그러기 위해서는 사건 관계자를 만나지 않는 편이 좋다. 다행히 그녀는 연주활동을 활발히 해서, 일본과 유럽에서의 리사이틀 모습이 가끔 신문이나 잡지를 장식하곤 했다.

나와 아내는 한때 어색했던 관계를 회복하고 예전과 다름없는 상태로 돌아왔다. 그러나 사건이 일어난 이후, 아내는 미신을 믿기 시작했다. 점이나 풍수에 관한 책을 읽거나 거실에 작은 불단을 놓고 매일 아침 향을 피우며 기도를 올렸다. 내가 도라쿠 대학을 그만두고 나서 1년 후에 장인이 세상을 떠난 탓도 있다. 그러나 아내는 장인 이외에 오와다와 노가미의 명복도 비는 것 같았다. 내게도 기도하라고 재촉해서, 나도 가끔 기도를 올리곤 했다.

그러나 그 정도로는 내 마음이 치유되지 않았다. 노가미는 그렇다고 쳐도 오와다에 대해서 엄청난 죄의식에 시달렸다. 후계자를 잃은 양친을 생각하면 마음이 찢어질 것 같았다. 실제로 그의 장례식에서 비탄에 젖은 양친을 만났다. 하지만 그들은 나를 비난하지 않고, 장례식에 참석해줘서 고맙다고 정중하게 인사했다. 그 분별 있는 모습이 나를 한층 괴롭게 만들었다. 그날 불러내지만 않았다면 오와다는 죽지 않았으리라. 더구나 터무니없는 착각으로 그를 불러낸 것이다. 아무리 애를 써도 내가 죽인 것이나 다름없다는 마음을 떨쳐낼 수 없었다. 그 죄의식을 줄이고 오와다의 영혼과 마주하기 위해서는 야지마를 체포해야 한다. 그럼에도 실질적인 방법은 거의 없는 것이나 마찬가지인 상태가 이어졌다.

2

아크로스 후쿠오카 1층에 있는 후쿠오카 심포니홀. 후쿠오카에서 클래식 연주회를 보러 가기는 처음이었다. 애초에 10년 전 소노코의 연주회에 간 이후, 클래식이든 무엇이든 연주회란 이름이 붙은 것에는 가본 적이 없다. 그런 내가 후쿠오카의 피아노 리사이틀에 관심을 가진 것은 작은 우연 때문이었다. 내가 사는 위클리맨션은 아크로스 후쿠오카 근처에 있다. 여름방학이 코앞으로 다가온 7월 초순, 나는 우연히 아크로스 후쿠오카 안으로 들어가 종합안내소에 있는 팸플릿을 보았다.

가와이 유 피아노 리사이틀의 밤. 소노코와 똑같은 성이 내 시선을 끌었는지도 모른다. 그러나 가와이는 어디서나 볼 수 있는 흔한 성이다. 따라서 그 즉시 소노코의 친척이 아닐까 생각한 것은 아니다. 그 성이 소노코를 떠올리게 만들었다는 것이 정확하리라. 나는 잠시 팸플릿을 바라보았다. 가와이 유. 국립음악대학 부속고등학교 음악과를 졸업한 후 프랑스로 건너가 파리 국립음악원에 입학. 재학 중인 21세에 쇼팽 콩쿠르에서 4등 입상. 이듬해 파리에서 첫 리사이틀 개최. 이후 쇼팽에서 현대음악에 이르기까지 폭넓은 레퍼토리를 연주하면서 국제적으로 활약하고 있다. 가와이 소노코의 딸이다…….

나는 팸플릿에서 고개를 들었다. 소노코에게 딸이 있었던가? 놀라운 일이 아닐 수 없었다. 노가미의 딸일까? 그녀의 말이 떠올랐다.

"보다시피 내 몸이 이렇잖아요. 이런 말은 좀 그렇지만 남편과 잠자리하기도 힘들고요."

어떻게 된 것일까? 그녀가 내게 거짓말을 했다고는 생각지 않았다. 그녀는 내게 딸이 있다고 하지는 않았지만 딸이 없다고도 하지 않았다. 다시 팸플릿으로 시선을 떨구었다. 연주할 곡목을 보았다. 전부 쇼팽이었다. 마지막 곡목에 시선이 빨려 들어갔다. 쇼팽의 연습곡집 작품번호 10 제12곡 C단조.

괴로운 시간이 흘렀다. 나는 오직 〈혁명 에튀드〉를 기다렸다. 다른 곡을 받아들일 수 있을 만한 음악적 귀는 가지고 있지 않았다. 그것은 클래식에 대한 내 감상력의 문제임과 동시에 정신적 균형의 문제이기도 했다. 곡과 곡 사이에서 가끔 들리는 헛기침. 그 헛기침이 연주 도중의 헛기침을 예방하는 효과가 있는 것 같지는 않았다. 오히려 새로운 헛기침에 대한 충동을 낳는다고 할까? 나는 어차피 이런 고급 클래식 감상에는 맞지 않는다. 다만 어떻게든 〈혁명 에튀드〉를 듣고 싶었다. 그 곡만이 나와 소노코를 이어주고 있다. 「기억」, 소노코가 쓴 에세이의 제목과 함께 그 선율은 나의 시상하부를 자극하고 내 신경을 전율케 했다.

〈혁명 에튀드〉가 시작되었다. 홀을 가득 메운 청중들 사이에 한층 긴장감이 차오르는 것 같았다. 이윽고 똑같은 후렴구가 반복되기 시작했다. 내가 흥얼거릴 수 있는 유일한 선율. 소노코와의 기술적인 차이는 알 수 없었다. 내 귀에는 똑같이 들렸다. 스타니슬라프 부닌의 연주를 들어도 그럴 것이고, 아마추어 고등학생의 연주를 들어도 그럴 것이다. 뒷문과 가까운 내 자리에서는 연주자의 얼굴이 보이지 않았다. 나는 눈을 감고 오직 연주에 귀를 기울였다. 가끔 의식이 어딘가로 날아갔다. 노가미의 얼굴, 소노코의 얼굴, 야지마의 얼굴, 미오의 얼굴이 주마등처럼 스쳐 지나갔다. 갑자기 박수가 솟구쳤다. 어느새 연주가 끝났다.

3

아크로스 후쿠오카 지하 2층의 이탈리안 레스토랑으로 들어갔다. 연주회가 끝나고 저녁 8시가 지났다. 후쿠오카에서는 혼자 지내기 때문에 혼자 식사하는 것이 익숙하다. 금요일이었다. 다른 때 같으면 그날 밤 도쿄로 돌아갔겠지만 이 연주회를 위해 귀경을 하루 늦췄다. 여름방학이 코앞으로 다가와 내 수업은 모두 끝났다. 이번에 도쿄로 돌아가면 다음에는 9월에 오게 된다. 그런 점이 특임교수가 가진 특권이다. 교수회에 참석하지 않아도 되고 학내 행정 업무에서도 자유롭기 때문에 수업이 끝나면 할 일도 끝난다. 특임교수는 4년마다 갱신해야 하고 신분도 불안정하지만, 나는 이미 한 번 갱신해서 최소한 앞으로 2년은 근무할 수 있다.

레드와인과 파스타, 샐러드를 주문했다. 창가 자리에서 지나가는 사람들을 바라보았다. 금요일 밤이어서인지 인파가 넘쳤다. 위쪽 건물에는 심포니홀뿐 아니라 여러 시설이 있어서, 각각의 행사가 끝난 후 지하 식당가에서 식사를 하는 사람이 많았다.

입구에 새로운 손님들이 들어왔다. 일고여덟 명쯤으로 보이는 단체였다. 자리가 거의 찬 상태에서 들어온 것을 보면 예약 손님이리라. 대각선 앞쪽에 커다란 테이블 자리가 비어 있었다. 내 자리에서 10미터쯤 떨어진 곳이다. 방금 들어온 손님들이 그 자리를 메우기 시작했다. 조용한 그룹으로, 인원수에 비해 떠들썩하지는 않았다. 나는 멍하니 그들을 바라보았다. 이미 레드와인을 두 잔 정도 마셔서 가벼운 취기가 온몸으로 퍼져나갔다. 그래서인지 그 그룹의 중심인물이 누구인지 바로 알아차리지 못했다.

가족으로 보이는 옆 테이블 사람들은 상당히 시끄러웠다. 그런 탓에 그 테이블 맞은편에 앉은 사람들의 조용한 대화는 어렴풋이 들리는 정도였다. 그러나 단편적이긴 해도 대화의 내용을 알 수 있는 부분이 있었다.

"쇼팽의 피아노곡은 여전히 인기가 있나요?"

앞쪽에 있는 남성이 한가운데에 앉은 젊은 여성을 향해 말을 걸었다. 그러자 여성이 내 쪽을 향해 얼굴을 돌렸다. 나는 흠칫 놀랐다. 연주회 때보다 훨씬 명확하게 얼굴을 볼 수 있었다. 팸플릿에 실려 있던 가와이 유의 사진이 떠올랐다. 그녀였다. 그녀에게 말을 건 남성은 주최 측 관계자인 듯했다. 이번 연주회는 후쿠오카 시에서 주최하는 것이므로, 시의 행사 담당 직원이었을지도 모른다.

여성은 미소를 지으며 대답을 했지만 목소리가 작아서 내 귀에까지 닿지는 않았다. 다만 표정은 똑똑히 볼 수 있었다. 짧게 자른 머리. 실제로 보니 팸플릿의 사진보다 더 소년처럼 보였다. 아래위 검은색 바지 정장에 하얀 블라우스라는 딱딱한 복장 때문이었을지도 모른다. 이목구비가 반듯하고 서늘한 눈매가 인상적이었다.

이 애가 소노코의 딸인가? 얼굴은 별로 닮지 않았다. 아니, 내 기억 속 소노코의 얼굴이 또렷하지 않아서 실제로 닮았는지 아닌지 알 수 없었다. 정확히 말하면 그 애를 보고 즉시 소노코를 연상할 만큼 닮지는 않았다고 해야 하리라.

가족으로 보이는 옆 테이블의 말소리가 더 커지는 바람에 가와이 유 일행의 대화는 거의 알아들을 수 없었다. 그래도 나는 계속 그 테이블을 쳐다보았다. 취기가 돌기 시작했다. 나는 이미 와인을 넉 잔째 주문했고 그 잔도 거의 비어갔다. 문득 모든 소리가 멎은 듯한 느낌이 들었다. 그 정적 속에서 내 탁한 시선은 계속 가와이 유의 표정을 좇고 있었다.

4

서재에서 과거의 신문 조각을 바라보았다. 나카노 역 근처에 있는 방 세 개짜리 아파트다. 여기로 이사 오고 벌써 7년이 지났다. 그동안 나는 예전 집을 허물고 땅을 매물로 내놓았다. 그리고 작년에야 믿을 수 없을 만큼 저렴한 가격으로 겨우 팔렸다. 니시노 집과 다나카 모녀 집도 허물어서 땅만 매물로 내놓았다는 이야기를 들었는데 팔렸는지는 알 수 없다.

올해는 어떤 해로 기억될까? 새해가 밝자마자 1월에는 영국과 프랑스, 스페인 등을 연주회로 돌아다녔다. 일본으로 귀국했을 때 새해는 이미 과거의 기억 속에서 사체를 드러내고 있었다.

소노코의 에세이 「기억」의 마지막 몇 줄을 뚫어지게 쳐다보았다. 10년 전에 처음 읽었을 때, 이 부분에서 위화감을 느낀 것이 기억났다. 그때는 그 느낌의 원인을 깊이 생각하지 않았다. 머릿속이 야지마의 행방으로 가득 찼던 탓이다. 그러나 지금은 냉정한 분석이 필요하다. "새해가 밝자마자 1월에는 영국과 프랑스, 스페인 등을 연주회로 돌아다녔다."는 말은 1월 내내 외국에 있었다는 뜻이 아닐까? 그리고 '귀국했을 때'라고 쓰여 있는데, 언제 귀국한 것일까? 구체적인 날짜를 적지 않은 것에 특별한 의미가 있는 것 같았다.

나는 책상 위에 신문 조각을 내려놓고 오른손으로 10년 전의 수첩을 펼쳤다. 제국 호텔 방에서 그녀와 이야기를 나누었을 때 메모한 것이다. (런던에서 귀국한 후인) 1월 13일, 노가미의 편지 발견. 편지의 소인은 1월 9일. 1월 15일, 방화살인 사건 발생. 작은 수첩 위에서 난잡한 글자가 뛰어다녔다.

그녀는 이때도 구체적인 귀국 날짜를 말하지 않았다. 괄호 안의 글자가 그것을 의미하고 있다. 그러나 우편함에서 노가미의 편지를 발견한 것이 1월 13일이라면 귀국일은 그날이나 전날쯤일 거라고 추정할 수 있다. 다시 말해 그녀는 1월 중순 이전에 일본으로 돌아와 있었다. 그러나 "1월에는 영국과 프랑스, 스페인을 연주회로 돌아다녔다."는 부분을 보면 1월 내내 외국에 있었다는 느낌을 받게 된다. 물론 "새해는 이미 과거의 기억 속에서 사체를 드러내고 있었다."는 추상적인 마지막 줄에 의해 전체적으로는 어떻게도 해석할 수 있지만.

생각해보니 노가미가 그녀에게 보냈다는 편지는 보지 못했다. 그 편지에 내 앞으로 보낸 편지가 동봉되어 있었다고 했다. 9일자 소인이 찍혀 있는 봉투도 보여주지 않았다.

"그 편지는 우리 두 사람의 개인적인 일이 쓰여 있어서 보여줄 수 없지만요."

그녀는 내가 요구하지도 않은 일을 선수 치듯 처음부터 부정했다. 나의 위화감은 희미한 의혹으로 바뀌기 시작했다. 소인이 찍힌 봉투는 처음부터 없었던 게 아닐까? 어쩌면 그 편지는……

나는 다시 수첩을 펼쳤다. 노가미의 사망추정시각을 찾기 위해서였다. 그러나 바로 찾을 수 없었다. 컴퓨터를 켰다. 이 사건에 대한 모든 정보가 저장되어 있는 파일이 있다.

파일을 열었다. 사망추정시각 항목이 나왔다. 1월 13일 오후 11시 15분에서 1월 15일 오후 1시 15분 사이. 문제는 사망추정시각이 13일까지 포함하고 있다는 것이다. 화재에 의한 시신 손상과 얼마 되지 않은 위의 내용물 등 불리한 조건이 겹친 탓에 사법해부 결과는 정확하지 않다. 세 구 모두 화재 연기를 들이마시지 않은 것으로 보아 살해한 후에 방화를 한 것은 분명하다. 그러나 다나카 모녀와 노가미가 거의 같은 시간에 살해되었다고 단정할 수는 없다. 오히려 두 사람의 죽음과 노가미의 죽음 사이에는 시간적으로 큰 차이가 있었을 가능성이 있다.

머릿속으로 2주일의 공백을 떠올렸다. 노가미가 우리 집에 온 후 다나카 모녀의 집에서 불에 탄 시신으로 발견될 때까지 2주일. 그는 어디서 무엇을 했을까? 그는 당시 거액의 빚을 지고 있었다고 한다. 따라서 빚쟁이로부터 도망치기 위해 행방을 감추었다고 생각할 수도 있다. 나는 처음에 그가 니시노 집에 감금되어 있었을지 모른다고 생각했다. 위의 내용물이 적었던 것도 그렇게 생각한 근거 중 하나였다.

그러나 그 해석은 현실성이 부족했다. 내가 니시노의 옆집에 살았다는 사실이 해석의 신빙성을 가로막았다. 노가미가 야지마를 급습해서 몸싸움이라도 벌어졌다면 작은 징후 정도는 알아차릴 수 있지 않았을까? 더구나 권총까지 가지고 있던 베테랑 형사가 야지마에게 너무나 쉽게 감금되고 살해된 것 역시 부자연스럽다. 내게 보낸 편지에서처럼 야지마를 죽일 생각으로 니시노의 집으로 갔다면 나름대로 조심했을 테고, 그렇게 쉽게 살해되었을 리 없다.

내 생각은 뫼비우스의 띠처럼 계속 되풀이되었다. 노가미가 니시노의 집에서 감금된 후 살해되었다는 생각과 다른 곳에서 살해되고 시신이 발견된 장소까지 차로 옮겨졌을 거라는 생각이 머릿속에서 빙글빙글 맴을 돌았다. 그러나 후자의 경우가 노가미가 권총을 쥐고 있지 않았던 이유를 합리적으로 설명해준다는 생각이 들었다. 물론 권총으로 자살한 사람의 손에서 총이 떨어지는 것은 드문 일이 아니다. 그 사실을 아는 것은 상당한 전문 지식이 있는 사람뿐이다.

자살로 보이기 위해 위장하는 경우, 보통은 그럴듯하게 보이기 위해 죽은 사람의 손에 권총을 쥐여주는 법이다. 그러나 권총은 노가미의 시신 옆에 떨어져 있었다. 혹시 권총을 쥐여주고 싶어도 그렇게 할 수 없었던 것은 아닐까. 사후경직이라는 단어가 머리에 떠올랐다. 노가미가 니시노 집에서 살해되었다면 즉시 총을 쥐여주고, 시신을 다나카 모녀의 집에 유기할 수도 있었으리라. 그러나 노가미의 시신을 다나카 모녀의 집으로 옮겼을 때, 이미 사후경직이 진행되어 손가락을 펼 수 없지 않았을까? 불길한 예감이 가슴을 찔렀다. 사고(思考)의 안쪽에 있는 수수께끼 상자의 문에 손이 살짝 닿은 듯했다. 그러나 아직 말로써 명확히 설명할 수 있는 단계는 아니었다.

5

거실로 갔다. 아내가 소파에 앉아 홍차를 마시며 여성잡지를 읽고 있었다. 이미 밤 10시가 넘었지만 최근 들어 아내는 밤에 강한 체질로 변하고 있다.

"당신, 이번 달에는 흰색이 좋대. 하얀색 재킷 있지? 이번 달에는 되도록 그걸 입는 게 좋겠어."

여성잡지에 실린 별자리 점을 보고 있는 듯했다. 나는 황소자리로, 이번 달 황소자리의 행운의 색깔은 흰색이라고 쓰여 있는 것이리라.

"그렇게 할게."

나는 그런 종류의 점은 믿지 않지만 아내의 마음을 생각해서 그렇게 대꾸했다. 그리고 의자를 끌어당겨 아내 앞에 앉았다. 아내가 고개를 들었다.

"당신도 홍차 마실래?"

"괜찮아."

아내는 잡지를 놓고 내 얼굴을 쳐다보았다. 할 말이 있다고 생각한 모양이다.

"히노 시 사건에서 아직 명쾌하게 해결되지 않은 것은 야지마와 옆집 주부인 교코의 관계야."

나는 다짜고짜 그렇게 말했다. 아내의 거부반응이 두려웠다. 지난 5년간 아내는 사건에 대해서 말하고 싶어 하지 않았다. 예전에는 미오를 걱정해서 야지마가 체포되기를 바랐지만, 요즘에는 그에 대해 입도 벙긋하지 않았다. 미오가 이미 이 세상 사람이 아니라고 포기한 탓도 있으리라.

아내가 조용히 말했다.

"또 사건에 대해 생각하는 거야?"

"그러면 안 돼?"

"아니야, 자세히 말해봐."

최근의 아내에게서는 보기 드문 반응이었다. 내가 새로운 사실을 알아냈다고 생각했을지도 모른다. 새로운 정보가 확실하게 있는 것은 아니다. 다만 사건을 새로운 시점에서 보기 시작했다는 느낌은 있었다.

"당신은 어떻게 생각해? 두 사람의 관계는 역시 폭력에 의한 강요였을까?"

"난 잘 모르겠어. 같은 여성인 당신 눈으로 보면 어때?"

"글쎄. 반반이지 않았을까? 처음에는 꽤 친했을 수도 있어. 남편은 모르는 비밀스러운 관계였을 수도 있고. 그래서 돈을 빌렸는데 그게 점점 많아지면서 결국 섹스를 강요당하지 않았을까?"

"노가미의 편지에는 여성들이 야지마를 보면 혐오감을 느낀다고 쓰여 있잖아. 한마디로 말해 여성들에게는 인기가 없다는 식으로……."

"내 생각은 좀 달라. 나도 편지를 읽어봤지만 그 부분에서 고개를 갸웃거렸거든. 노가미 씨를 만난 적은 없지만 당신 말로는 옛날부터 여자들한테 인기가 많았다면서? 그에 비하면 인기가 없었을지도 모르지. 더구나 노가미 씨와 피가 절반은 섞인 형이잖아. 우리와 만났을 때는 이미 중년이었지만 좀 더 젊

었다면 여자들에게 제법 인기가 있었을 거야. 우리한테도 그랬
듯이 처음에는 가볍고 부드럽게 접근하니까 여자들이 마음을
놓기도 하고."

의외였다. 아내의 느낌은 무시할 수 없었다. 중상은 아니었지
만 칼에 찔린 만큼 야지마에 대한 혐오감이 남들보다 강할 터였
다. 그런 아내조차 야지마의 매력을 부정하지 않았다.

나는 왜 야지마의 인상에 집착하는 것일까? 문제는 히노 시
사건이 아니었다. 그것을 간파한 듯이 아내가 물었다.

"그게 사건과 관계가 있어? 야지마가 여자에게 인기가 있는
지 없는지가?"

"그가 어디에 숨어 있을지 생각해봤어. 경찰의 대대적인 수
색에도, 더구나 얼굴이 세상에 널리 알려졌는데도 여전히 행방
은 오리무중이야. 그렇다면 누가 그를 숨겨주고 있을 가능성이
있지 않을까?"

"여자란 거군. 구체적으로 짐작 가는 사람이 있어?"

나는 대답하지 않았다. 아내의 눈에는 미묘한 반응으로 보였
으리라. 지금은 간접적으로 대답하는 수밖에 없었다.

"아니, 내가 지금 생각하는 건 노가미가 다나카 모녀 집에서
불에 탄 시신으로 발견될 때까지 어디에 있었을까 하는 거야.
그걸 알면……."

"니시노 씨 집이나 다나카 씨 모녀 집에서 살해되었다고 생
각하지 않는군."

"맞아. 왠지 그런 생각이 들어. 불이 나기 전에 우리는 총소리는커녕 몸싸움하는 소리도 못 들었어. 당신이 한밤중에 들었다는 소리는 여자 울음소리잖아. 야지마가 미오의 어머니를 고문한 것은 분명하지만 노가미가 어디 있었는지는 분명하지 않아. 다나카 모녀는 틀림없이 노가미가 가지고 있던 권총에 의해 살해당했어. 방아쇠를 당긴 사람은 물론 야지마였겠지. 석유를 뿌리고 불이 붙는 굉음과 동시에 방아쇠를 당겼다면 총소리가 들리지 않았을지도 몰라. 하지만 노가미를 쏜 총은 훨씬 이전에 발사되지 않았을까?"

"그럼 야지마와 노가미 씨가 다른 곳에서 만났다는 거야?"

"어쩌면 노가미의 살해 현장에 야지마는 없었을지도 몰라."

"그게 무슨 말이야? 지금 누구를 의심하는 거지?"

아내의 불안한 시선이 내 얼굴에 쏟아졌다. 그러나 아내가 내 생각을 정확하게 이해했을 리는 없다. 나도 내 생각을 명확하게 이해하지 못하고 있으니까.

6

긴자 선의 아카사카미쓰케 역에서 내렸다. 엑셀 호텔 도큐 방면으로 나와 남쪽으로 5분 정도 걸었다. 아직 오전이었지만 이미 강렬한 햇살이 대지를 감쌌다. 7월 초순인데도 여름의 열기가 가득해서 뜨거운 하루가 될 것임을 예감케 했다. 다니모토가 가르쳐준 빌딩이 눈에 들어왔다. 10층짜리 건물이었다. 정면 현관 입구에 '제국종합보장'이란 간판이 붙어 있었다. 1층 접수처에서 나는 이름을 말한 후 다니모토를 찾아왔다고 이야기했다. 접수처 여성은 내부 전화로 연락을 취하더니 8층으로 가라고 정중하게 말했다.

8층 엘리베이터 앞에서 제복 차림의 다니모토가 맞아주었다. "교수님, 그동안 격조했습니다."

여전히 예의 바른 태도였다. 다만 드문드문 보이는 흰머리가 지난 세월을 실감나게 했다. 그도 이미 쉰에 가까울 것이다.

"10층에 사원식당이 있습니다. 그곳에서 점심이라도 드시면서 얘기를 나누는 게 어떨까요?"

그가 정한 약속 시간은 오전 11시 반이었다. 거의 점심시간이다. 경비부장이라곤 하지만 민간기업에 있는 이상 경시청에 있을 때처럼 시간에 구애 받지 않고 자유롭게 행동할 수는 없으리라.

사원식당은 꽤 넓었다. 이제 막 점심시간이 시작된 탓인지 아직 사람들이 몰려들지는 않았다. 카페테리아 스타일로, 음식을 받고 나서 계산대에서 정산하는 시스템이었다. 그가 카레라이스와 커피를 주문하는 것을 보고 나도 똑같은 것을 주문했다. 내 몫을 계산하려고 하자 그는 나를 제지하고 2인분을 지불했다.

우리는 계산대에서 가장 멀리 떨어진 안쪽 자리에 마주 앉았다. 다행히 옆자리와 앞쪽 자리 모두 비어 있었다.

나는 미리 인사를 했다.

"바쁜데 찾아와서 미안합니다."

"아닙니다. 저야말로 여기까지 오시라고 해서 죄송합니다. 경시청에 있을 때보다 시간이 자유롭지 않더군요."

우리는 잡담을 나누면서 재빨리 카레라이스를 먹었다. 자세한 말은 하지 않았지만 그는 내가 무엇 때문에 왔는지 잘 알고 있었을 것이다.

"그런데 전화로 말씀하신 것 말입니다……."

식사를 마치고 커피를 마시기 시작했을 때 그가 재촉하듯 말했다.

"네, 노가미가 소노코 씨에게 맡겨 내게 전하라고 한 편지 말인데요……."

그가 다그치듯 물었다.

"그 편지에 무슨 의문을 가지고 계시나요?"

"의문이라고 할 정도는 아니지만 당시 수사본부에서 그 편지를 어떻게 평가했는지 알고 싶어서요. 최근에 사건을 다른 각도에서 바라보면 어떨까 하는 생각이 들었습니다. 그러자 왠지 그 편지가 마음에 걸리더군요."

그는 한순간 입을 다물고 내 눈을 들여다보았다. 좋은 생각이라고 말하고 싶어 하는 표정으로 보였다. 이윽고 그는 침착한 어조로 말하기 시작했다.

"안 그래도 교수님 전화를 받고 돌이켜봤는데, 당시 현장 책임자였던 1과장을 포함해 대부분의 형사들은 긍정적으로 평가했습니다. 자세한 부분은 몰라도 큰 줄기는 진실이라고 말이지요. 실제로 노가미 선배의 편지 덕분에 사건의 많은 부분이 밝혀지고, 야지마 요시오라는 유력 용의자가 수사선상에 올랐으니까요. 가와이 소노코 씨에게도 여러 가지 이야기를 들었는데, 그분의 말도 선배의 편지 내용과 거의 일치하더군요. 그래서 대부분의 형사들은 그 편지에 의문을 제기하지 않았지요. 다만⋯⋯."

그는 망설이는 얼굴로 일단 말을 끊었다. 잠시 시간이 흘렀다. 나는 더 이상 기다릴 수 없어서 재촉하듯 물었다.

"왜 그러시죠?"

"다만 한 형사가 상당히 회의적인 의견을 말했지요. 내용의 진실성을 의심한다기보다, 내용은 진실에 가깝다고 인정하지만 편지를 쓴 사람이 노가미 선배가 아닐지도 모른다고 했습니다."

"오호!"

나도 모르게 입에서 감탄사가 새어 나왔다. 흥미로운 의견이었다.

"그렇게 생각한 근거는요?"

"첫째, 노가미 선배가 '보쿠'(僕, 남자가 자신을 가리킬 때 사용하는 말)라는 단어를 사용한 것이 부자연스럽다고 하더군요. 당시 선배는 마흔여섯이었습니다. 일상생활에서는 '보쿠'라고 해도 이상하지 않지만, 수기에 가까운 편지에서는 역시 '와타시'(私, 남녀 모두 자신을 가리킬 때 사용하는 말)라고 쓰는 게 일반적이지 않냐는 거지요."

그것은 내 생각과 일치했다. 아마 편지를 읽는 사람에게, 그 편지를 쓴 사람이 남성이라는 것을 강제로 세뇌시키고 싶었을지 모른다. 다시 말해 편지를 쓴 사람은 여성일 수 있다는 의미다. 그 형사의 말에도 그런 암시가 담겨 있는 듯했다. 나는 일부러 그런 말을 하지 않고 계속 다니모토의 이야기를 들었다.

"그 형사는 노가미 선배가 경시청 홍보부 잡지에 기고한 「범죄박멸에 관한 계발」이란 글까지 들고 와서 스타일이 너무 다르다고 지적했지요. 분명히 잡지에 기고한 글은 아무 특징이 없는 평범한 문장으로, 빈말이라도 잘 썼다고 할 수는 없었습니다. 물론 선배는 머리가 나쁘지 않았으니 앞뒤가 맞지 않는 지리멸렬한 글은 아니었어요. 다만 뭐랄까, 문학적인 냄새는 털끝만큼도 없는 무미건조한 문장이랄까요? 반면에 교수님에게 보낸 편지는 상당히 문학적인 데다 문장도 아주 좋더군요. 마지막 부분에 교수님과 비교하면서 글쓰기에 익숙하지 않다고 강조했지만 지나친 겸손이라는 생각이 들 만큼, 편지를 읽은 사람이라면 누구나 글을 많이 써본 사람의 솜씨라고 생각할 겁니다. 그런데 대부분의 형사들은 글을 쓰는 목적의 차이에서 생기는 스타일 차이에 불과하다는 식으로 받아들이더군요. 하지만 그는 끝까지 주장을 꺾지 않아서 결국 필적 감정까지 했습니다."

의외였다. 나는 당시에 그런 이야기를 듣지 못했다. 수사본부에서 내게도 정보를 덮었다는 사실을 새삼스레 깨달았다.

"필적 감정에서도 명확한 결론은 나오지 않았습니다. 두 명의 감정인에게 의뢰했는데, 한 사람은 매우 비슷하다고 하면서 편지를 쓴 사람이 노가미 선배일 가능성이 높다고 했지요. 반면 또 한 사람은 다른 사람일 가능성이 높다고 부정적인 결론을 내렸습니다."

다니모토는 잠시 말을 끊고 나를 똑바로 쳐다보았다.

"교수님은 어떠신가요? 당시 그 편지를 한 번도 이상하다고 여기지 않으셨나요?"

"당시에는 그렇게 여기지 않았어요. 어쨌든 내 주변에서 이상한 일이 잇달아 일어났으니까요. 기묘한 열기 속에서 객관적인 관찰력에 안개가 낀 듯한 느낌이 들었다고 할까요? 그런데 지금 생각해보니 그 형사의 말이 일리가 있습니다. 그리고 지금은 가와이 소노코 씨가 나를 불러낸 방법도 조금 이상했다는 생각이 듭니다."

그의 눈이 반짝 빛나는 듯 보였다. 현역에서 은퇴했다고는 하지만 이런 반응을 볼 때 그가 경시청의 민완 형사였다는 것을 여실히 알 수 있었다.

"콘서트 프로그램과 티켓 한 장을 보냈고, 거기에 소노코 씨의 메모가 있었지요?"

"그렇습니다. 생각해보면 고등학교 시절에는 소노코 씨와 거의 이야기를 나눈 적이 없어요. 그녀는 동창회에도 참석하지 않았습니다. 따라서 우리는 예전의 고등학교 동급생일 뿐 그 밖에는 접점이 전혀 없었지요. 당시에는 막연하게나마 이렇게 생각했습니다. 그녀가 직감적으로 우리가 쫓고 있던 사건과 노가미의 실종이 어딘가 밑바닥에서 이어져 있다고 생각한 게 아닐까……. 실제로 그녀는 다니모토 씨를 만나서 노가미의 실종에 대해 알고 있었으니까요. 하지만 당시 매스컴에서는 우리 옆집에서 일어난 사건에 집중했을 뿐 노가미와의 관련성은 거의 언급하지 않았어요. 그녀가 직감적으로 그렇게 느꼈다면 감이 과하게 좋다고 생각되지 않나요? 더구나 우리가 쫓고 있던 사건과 노가미의 실종이 관계가 있다고 생각했다면 내게 전화를 건다든지 좀 더 평범한 방식으로 연락하는 편이 자연스럽지 않았을까요? 그런 식으로 콘서트에 초대하는 건 너무 연극적이라고 할까…….”

“연극적이라…….”

다니모토가 내 말을 따라 했다. 잠시 침묵이 흘렀다.

내가 먼저 침묵을 깨뜨렸다.

“아무튼 좀 전에 말한 노가미 편지의 신빙성을 의심한 형사는 그렇게 주장함으로써 무엇을 입증하려고 했을까요? 그런 주장을 했다면 당연히 입증취지가 있었을 텐데요?”

“그건 잘 모르겠습니다. 다만 그는 노가미 선배가 어디에서 죽었는가에 매우 집착했습니다. 물론 선배가 강도짓을 하기 위해 다나카 모녀를 살해하고 자살했다고는 생각지 않았지요. 그렇다고 교수님 댁을 방문한 뒤 당시 니시노로 위장했던 야지마를 급습하려다 오히려 감금되고 살해되어 다나카 모녀의 집에 던져졌다고도 생각하지 않는 것 같더군요. 권총으로 무장한 형사가 그렇게 쉽게 당하지는 않을 테니까요."

"그 형사가 누구지요? 꼭 한 번 만나고 싶습니다."

그의 얼굴에 어색한 미소가 떠올랐다.

"그건 말씀드릴 수 없지만 교수님은 이미 그 사람을 만났을 지도 모릅니다."

이는 대답을 한 것이나 마찬가지였다. 그 즉시 모든 것이 이해되었다. 더 이상 묻는 것은 촌스러운 짓이었다.

"그러면 그 형사가 제기한 의혹을 내게 말하지 않은 것은 내가 누군가를 감쌀 가능성이 있다고 생각해서였나요?"

나는 되도록 심각해지지 않도록 웃으면서 가볍게 물었다. 그러나 생각하기에 따라서는 미묘한 질문이었다.

"그렇지는 않습니다. 교수님이 전면적으로 협조해주셨다는 것은 경시청 상층부도 인정하고 있고, 진심으로 고마워하고 있습니다."

그는 일부러 심각한 말투로 대답했다. 다시 침묵이 흘렀다. 결코 어색한 침묵은 아니었다. 둘 다 성인이다. 이제 와서 당시의 심리적 견제를 문제 삼아봤자 아무 의미가 없으리라.

나는 혼잣말처럼 말했다.

"야지마가 잡히지 않으면 내 안에서 이 사건은 영원히 끝나지 않은 것이나 마찬가지예요."

"이해합니다. 제 마음도 그러니까요. 그런 흉악범이 여전히 도주 중이란 걸 도저히 용납할 수 없습니다. 하지만 전 이제 일선에서 은퇴했습니다. 경시청에서는 제 후배들이 아직도 이를 악물고 야지마를 쫓고 있지요. 살인 사건의 시효가 없어진 만큼 야지마를 체포할 때까지 그들의 투쟁은 끝나지 않을 겁니다. 저는 이제 수사에 참여할 수 없지만 교수님이 원하시면 그들을 소개해드릴 수는 있습니다. 교수님이 지금 무슨 생각을 하는지 어느 정도 짐작이 갑니다만 일선 형사들에게 그 얘기를 해주는 게 어떨까요?"

말이 끝나자마자 나는 즉시 대답했다.

"아니, 그건 됐습니다."

야지마가 체포되지 않는 한 사건은 끝나지 않는다고 생각하면서도, 사건에 직접 관여하고 싶지 않다는 거부반응은 그보다 훨씬 더 강했다. 객관적으로는 모순된 감정이지만 내 마음속에서는 둘이 미묘한 균형을 유지하고 있었다.

그의 얼굴이 흐려졌다. 내 단독행동을 걱정하는 듯한 표정이었다.

"걱정하지 마십시오. 단독으로 행동해서 학생을 희생시키는 일은 이제 지긋지긋하니까요. 그리고 내가 무슨 생각을 하는지, 어쩌면 나 자신도 모를지 모릅니다."

갑자기 주변이 소란스러워졌다. 주위를 둘러보았다. 사람들이 주변 테이블을 점령하고 있었다. 정면의 벽시계를 쳐다보았다. 어느새 12시 반이 지났다.

7

희미한 어둠 속에서 스기나미 공회당 앞에 서 있었다. 콘서트가 끝난 지 벌써 한 시간이 지났다. 청중들은 대부분 건물 밖으로 나왔다. 스기나미 공회당은 예전에 살던 집 근처에 있어서, 위치도 건물의 구조도 잘 알고 있다. 오메 가도에 있고, 오기쿠보 역에서 걸어서 5분 정도 걸린다. 역까지 가는 데 택시를 탈 필요도 없다. 예전에 아내와 같이 재즈 연주를 들으러 갔을 때, 연주자들이 일반 청중들과 같이 역을 향해 걸어가는 것을 본 적이 있다.

가와이 유의 일정은 그녀의 홈페이지를 통해 미리 조사해놓았다. 이제 막 이름이 알려지기 시작한 피아니스트라서, 소노코와 달리 연주 장소는 시민회관이나 공회당 같은 곳이 대부분이었다. 티켓 요금도 비교적 저렴했다. 정통 클래식 팬을 대상으로 하기보다 클래식 초보자를 위한 가벼운 연주회인 경우가 적지 않았다. 현재 거주하는 곳은 어디까지나 파리이기 때문에 일본에서의 연주활동은 몹시 한정적이리라. 일본에 있는 동안은 소노코와 같이 가마쿠라에 살고, 평소의 활동 거점은 파리가 아닐까. 실제로 홈페이지에는 5년 만의 귀국이라고 나와 있었다.

찜통 속에 있는 것처럼 더운 날이었다. 그래도 저녁 7시가 지나 해가 저물자 더위가 한풀 꺾였다. 눈앞의 오메 가도는 전철역과 환상8호선의 중간지점이라서 어느 방향으로도 열차가 끊이지 않고, 역과 가까운 도로는 혼잡하기 이를 데 없었다. 보도를 걸어 다니는 사람도 많았다. 나는 정면 현관에서 조금 떨어진 보도 쪽에 있어서 거의 눈에 띄지 않을 것이다.

나는 순간 숨을 살짝 들이마셨다. 정면 현관에서 가와이 유가 나왔다. 관계자로 보이는 두 사람이 깊숙이 고개를 숙이며 그녀를 배웅했다. 유도 생긋 웃으며 인사했다. 하얀 세로줄무늬가 들어간 감색 바지 정장 차림이었다. 오른손에는 연주용 의상이 들어 있는 것으로 보이는 커다란 검은 가방을 들고 있었다. 그녀는 오기쿠보 역을 향해 걸음을 내딛었다. 성큼성큼 걸어와서 내 옆을 지나갔다. 내게는 눈길도 주지 않았다. 제법 빠른 걸음이었다. 이후에 다른 일정이 있을지도 모른다. 나는 황급히 그녀의 뒤를 따라갔다.

"잠시 실례합니다."

1분쯤 걷고 나서 나는 그녀를 불러 세웠다. 그녀가 의아한 표정으로 나를 쳐다보았다.

"가와이 유 양이죠?"

사인을 요구하는 팬이라고 생각했는지 그녀는 생긋 미소를 지었다.

"다카쿠라라고 합니다. 어머니의 지인이지요."

그녀의 얼굴에서 웃음이 사라졌다. 한순간 불안의 그림자가 드리운 것처럼 보였다. 하지만 정확하지는 않았다. 당황한 듯 느껴지기도 했다. 우리는 잠시 아무 말도 하지 않고 우두커니 서 있었다. 그녀가 문득 생각난 듯이 다시 미소를 지었다.

"시간 있으면 잠시 얘기를 나눌 수 있을까요?"

그렇게 말하자 그녀는 손목시계를 쳐다보았다.

"실은 오늘 밤에 파리로 돌아가야 하거든요. 30분 정도라면 시간을 낼 수 있어요."

그녀는 싹싹한 말투로 성실하게 대응했다. 얼마든지 핑계를 대서 시간을 내주지 않을 수도 있었으리라. 하지만 그녀의 대응에서 그런 교활함은 찾아볼 수 없었다. 뒤가 켕기는 일은 하나도 없다는 것인가?

"물론 30분이면 충분해요. 시간을 많이 뺏진 않을 겁니다."

나는 그렇게 말하면서 오른쪽 대각선에 있는 커피숍을 바라보았다.

지하로 내려갔다. 커피숍과 레스토랑을 겸하는 곳이었다. 우리는 왼쪽 구석 자리에 마주 앉았다. 저녁 시간이기도 해서 식사하는 사람들이 대부분이었다. 테이블에도 카레라이스나 오므라이스 식기가 놓여 있는 곳이 많았다. 웨이트리스가 다가왔다. 나는 커피를 주문하고 나서 그녀에게 먹을 것을 권했다.

"가볍게 식사하고 음료수를 마시는 게 어때요?"

연주가 끝나고 공복을 느끼지 않을까 생각한 것이다.

"아니에요, 식사는 됐어요. 오렌지주스를 마실게요."

불현듯 과거의 기억이 되살아났다. 한밤중의 오렌지주스. 내가 아내에게 건네주고, 아내의 손에서 흐느껴 우는 미오의 손으로 넘어갔다. 미오는 마치 며칠이나 수분을 섭취하지 못한 것처럼 단숨에 오렌지주스를 들이켰다. 이 일련의 연상이 가와이 유와 무슨 관계가 있을까?

"엄마에게 교수님 말씀 많이 들었어요. 엄마가 신세를 많이 졌다고 하더군요."

웨이트리스가 가자 유는 부드럽게 미소를 지으면서 말했다. 정면에서 그녀의 얼굴을 똑바로 쳐다보았다. 아름다운 얼굴이었다. 화장은 짙지 않았지만 꼼꼼히 한 듯했다. 언뜻 보면 처음 보는 사람 같았다. 그러나 과거의 기억에 희미하게 닿는 무언가를 떠올리게 했다. 예전에 참석한 중학교 동창회가 떠올랐다. 남자 동급생은 대부분 얼굴을 알아볼 수 있었는데, 꼼꼼히 화장한 여자 동급생은 누가 누구인지 알아볼 수 없었다. 그때 여성의 성장이 얼마나 무서운지 절실히 깨달았다. 지금 내 눈앞에 있는 여성도 그런 성장의 궤적을 걸어왔음이 틀림없다.

"신세는 오히려 내가 졌지요. 어머니는 건강하시죠?"

"네, 여전히 건강하게 잘 계세요. 요즘은 체력적으로 힘들어서 그런지, 외국에 나가는 걸 뒤로 미루고 일본에서 연주하는 일이 많지요. 최근에는 엄마를 못 만나셨나요?"

"그래요, 벌써 10년쯤 못 만났어요."

"그렇게나……!"

그녀의 놀라는 표정이 매우 자연스러웠다. 그러나 순수한 반응인지 연기인지는 확실하지 않았다.

"하카타에서 우연히 유 양의 연주회를 봤어요. 너무나 감동해서 오늘 또 들으러 왔지요."

하카타의 이탈리안 레스토랑에서 봤다는 말은 하지 않았다. 일부러 그녀를 찾았다고 생각하게 만들고 싶지 않았다.

"고맙습니다. 일본에서 연주한 것은 아직 손에 꼽을 정도인데 두 번이나 보시다니, 정말 영광이에요."

"이 근처에는 처음 왔나요?"

가벼운 긴장이 몸속을 뛰어다녔다. 위험한 질문으로 들어가기 시작한 것을 느꼈다. 미오라면 이 근처에 대해 잘 알고 있을 것이다. 미오(澪)와 유(優). 양쪽 다 한자로 한 글자인 것에 특별한 의미가 있는 것 같았다. 이름의 이미지가 매우 비슷했다.

"물론 처음이에요."

그녀의 반응은 여전히 자연스러웠다. 잠시 대화가 끊어졌다. 조바심이 머리끝까지 치밀었다. 시간은 30분밖에 없다. 이렇게 느긋하게 주변 이야기를 할 때가 아니다. 그러나 무슨 이야기부터 시작해야 할지 막막했다.

"그나저나 소노코 씨에게 이렇게 큰 딸이 있을 줄은 몰랐군요."

"그러세요? 딸이라곤 하지만 전 양녀예요. 원래 엄마의 제자였거든요. 그래서 지금도 엄마이자 피아노 스승님이기도 하죠."

이 말은 거짓이 아닌 듯했다. 총명한 여성이다. 즉시 탄로 날 거짓말을 하리라곤 생각되지 않았다. 그로 인해 내 의혹은 점점 더 깊어졌다.

"호적에는 언제 올라갔지요?"

"6년쯤 됐을 거예요. 일본 음악학교를 졸업하고 프랑스 음악학교로 유학 가기로 했을 때, 엄마와 의논해서 그렇게 했어요. 신원보증 면에서도 그 편이 파리 학교에 들어가기 쉽거든요."

"부모님은 반대하지 않으셨나요?"

"부모님은 두 분 다 돌아가셨어요……."

갑자기 말끝이 가라앉았다. 그녀의 얼굴이 몹시 슬퍼 보였다. 긴장감이 온몸을 가득 메웠다. 6년 전이라면 사건이 일어난 다음이다. 미오의 부모님은 이미 살해되었다. 그러나 유의 부모님이 언제 돌아가셨는지는 알 수 없었다.

"부모님은 모두 병으로 돌아가셨나요?"

나는 언제 돌아가셨느냐는 질문을 피하면서 비교적 무난한 사인(死因)에 대해 물었다. 사람이 세상을 떠난 경우, 병이라고 생각하는 것이 가장 일반적이리라.

"네에."

유는 시선을 떨구었다. 이어지는 말은 없었다. 구체적으로 말하고 싶어 하지 않는 듯했다. 더 이상 그녀의 부모님에 대해서 묻는 것은 좋은 작전이 아니라는 생각이 들었다. 자칫하면 마음을 닫아버릴 가능성이 있다. 나는 한 걸음 물러나 주변적인 질문으로 돌아가기로 했다. 그때 웨이트리스가 주문한 음료를 가져왔다.

"드세요."

웨이트리스가 사라지자 나는 유에게 음료를 권했다. 빨대가 꽂혀 있었지만 그녀는 컵을 들고 직접 입술을 댔다.

내 시선이 대각선상으로 미묘한 각도를 포착했다. 높은 콧대, 서늘한 눈매, 비교적 얇은 입술, 고개를 갸웃거리는 동작. 그것이 하나로 이어지면서 내 기억의 문을 열었다. 가벼운 어통이 일었다. 과거의 그리운 기억을 회복한 듯한 감각이 온몸을 휘감았다. 미오와 닮았다. 아니, 실제로 미오일지 모른다. 그와 동시에 그것이 기억의 환영이라는 것도 부정할 수 없었다.

그녀가 손목시계를 보았다. 이제 자리에서 일어서는 것은 시간문제인 것 같았다. 더 이상 뒤로 미룰 수 없었다. 이렇게 어중간하게 끝나는 것보다는 단도직입으로 질문하는 편이 낫다.

"혹시 니시노 미오라는 여성을 아시나요?"

뻔뻔스러울 만큼 직접적인 질문이었다. 그러나 지금은 어쩔 수 없었다.

"네, 알아요. 엄마가 사건에 대해서 자세히 말씀해주셨으니까요."

생각지도 못한 강한 말투였다. 일부러 의연하게 반박한 듯한 느낌이 들었다. 내 질문은 단순한 의문문이지 그녀를 추궁한 것은 아니었다.

"그랬군요. 난 경찰에 협조하며 지금까지 계속 미오 양을 찾았지요. 어떻게든 그 애를 구하고 싶었어요. 아내의 마음도 나와 똑같았지요. 범인인 야지마 요시오를 체포하는 것보다 미오 양을 구하는 게 우선이었어요. 우리 집까지 도움을 청하러 왔는데, 내가 잘못 판단해서 그 애를 야지마에게 빼앗겼어요. 화가 나서 견딜 수 없더군요. 세상 사람들은 모두 그 애가 죽었을 거라고 생각하고 있어요. 솔직히 여러 가지 상황을 생각하면 그럴 가능성을 부정할 수 없지요."

"아니요……."

그녀가 부드럽게 내 말을 가로막았다. 그녀의 얼굴에 다시 미소가 돌아왔다.

"전 미오 양이 살아 있다고 생각해요."

"왜 그렇게 생각하죠?"

"직감이에요. 음악가에겐 직감이 있으니까요. 교수님 마음은 충분히 이해해요. 하지만 미오 양은 교수님이 자신을 구하기 위해 얼마나 노력했는지 알고 있고, 충분히 고마워하고 있을 거예요. 그러니까 만약 어딘가에 살아 있다면 그냥 놔두는 편이 좋지 않을까요?"

그녀의 말투는 여전히 부드럽고 밝았다. 하지만 밝은 목소리와 달리 그녀의 눈에는 눈물이 고이기 시작했다.

"그리고……."

그녀는 잠시 말을 잇지 못했다.

"그리고……?"

나는 그녀의 말을 되풀이하면서 다음 말을 재촉했다.

"부모님과 오빠가 살해당한 후, 어느 누구도 믿을 수 없었던 여중생이 어떻게 살았든 누가 비난할 수 있을까요? 자신을 도와주는 사람이 있으면 그 사람을 믿을 수밖에 없지 않았을까요? 비록 그 사람이 범죄자라고 해도요……."

눈물 한 줄기가 뺨을 타고 흘러내렸다. 그러나 부드러운 말투는 달라지지 않았고 미소도 사라지지 않았다. 그녀의 말이 깊은 여운을 남기며 내 가슴에 스며들었다. 그녀는 단호한 얼굴로 다시 시계를 보았다.

"교수님, 죄송해요. 이제 가봐야겠어요. 이만 실례할게요. 오늘 교수님을 만나서 정말 좋았어요."

그녀는 검은 가방을 껴안고 일어섰다. 나도 반사적으로 자리에서 일어났다.

"시간이 없어서 먼저 일어나겠습니다. 오렌지주스, 얻어 마셔도 될까요?"

"물론입니다."

"잘 마셨습니다. 그럼 실례할게요."

오렌지주스는 한 모금 마셨을 뿐이어서 거의 그대로 남아 있었다. 그녀는 깊숙이 고개를 숙이고 나서 몸을 돌렸다. 그리고 다시 뒤를 돌아보며 문득 생각난 것처럼 말했다.

"사모님께 안부 전해주세요. 사실은 사모님도 만나고 싶었어요."

"반드시 전해줄게요. 앞으로도 건강한 모습으로 훌륭하게 활약해주세요."

그녀의 얼굴에 웃음이 돌아왔다. 그러나 그 얼굴은 우는 것처럼 보이기도 했다. 그녀는 발길을 돌리자마자 출구 계단 쪽으로 순식간에 모습을 감추었다. 나는 직감적으로 생각했다. 가와이 유는 이제 일본으로 돌아오지 않으리라.

8

"그 유란 애, 분명히 미오야. 왜 나를 데려가지 않았어? 나라면 확인할 수 있었는데."

"그럴지도 모르지. 하지만 확인하지 않는 편이 좋지 않을까? 그 애는 그런 식으로밖에 말할 수 없었을 테니까."

나와 아내는 평소처럼 집의 거실에서 마주 앉았다. 그러나 평소와 달리 긴박한 공기가 주변을 떠다니고 있었다. 벽시계 바늘이 밤 11시 반을 가리켰다.

"하긴……. 그렇지만 '비록 그 사람이 범죄자라고 해도요.'란 말이 마음에 걸려. 범죄자라니, 야지마 말이야? 그럼 야지마가 계속 그 애를 돌봐줬다는 거야? 그렇게밖에 생각할 수 없잖아."

"꼭 그렇다고 할 순 없지."

나는 모호하게 대꾸하는 수밖에 없었다. 지금은 아내에게도 그것에 대해 말하고 싶지 않았다.

"어떻게 할 거야? 경찰에 말할 거야?"

흥분했는지 아내가 빠른 말투로 질문 공세를 펼쳤다.

"그럴 생각은 없어. 그 애는 범죄자가 아니라 피해자니까. 그 애의 행복을 방해할 권리는 누구에게도 없어."

"야지마는 어떻게 할 거야? 그자는 지금도 태연하게 살아 있을 텐데."

"물론 그자는 용서할 수 없어. 그자가 체포될 때까지는 절대로 포기 안 해."

"어떻게 잡을 거야? 미오를 파리로 돌려보내도 괜찮을까? 그 애는 야지마가 어디 있는지 알지도 모르잖아."

"그 애에게 묻지 않아도 다른 루트가 있어."

"소노코 씨?"

나는 대답하지 않았다. 긴박한 공기는 가라앉지 않았다. 막연하기는 하지만 아내는 내 생각을 알아차린 듯했다. 하지만 일종의 윤리적 억제가 작용해서 그 말을 입에 담을 수 없었을 뿐이다.

그때 안주머니의 휴대전화가 요란하게 흔들렸다. 휴대전화를 꺼내서 수신 버튼을 눌렀다.

"다카쿠라 씨인가요?"

여성의 목소리였다.

"그런데요……."

나는 대답하면서 아내에게 의미 있는 눈길을 던졌다. 아내는
한층 긴장한 얼굴로 나를 응시했다.

"소노코예요. 가와이 소노코요."

소노코가 못을 박듯 이름을 반복해서 말했다.

"아아, 소노코 씨군요. 오랜만입니다."

"아까 딸이 공항이라고 하면서 전화를 걸었어요. 오늘 제 딸
을 만났다고 하더군요."

"네, 만났습니다."

"부탁이 있어요. 딸을 끌어들이지 말아주세요."

그녀는 간절한 목소리로 말했다. 목소리에는 분노가 아니라
슬픔이 가득 담겨 있었다.

"따님을 끌어들일 생각은 없습니다. 오늘 소노코 씨의 허락
없이 따님을 만난 건 사과하지요."

수화기 건너편에서 짧은 침묵이 흘렀다. 그 침묵을 깨뜨리듯
나는 의미 없는 질문을 했다.

"따님은 파리로 떠났나요?"

"그래요. 이제 일본으로 돌아오지 않을 거예요."

다시 침묵이 흘렀다. 이번에는 긴 침묵이었다. 나는 일부러 입

을 열지 않았다.

잠시 후, 쥐어짜는 듯한 괴로운 목소리가 들렸다.

"다카쿠라 씨. 내일 우리 집으로 와주실 수 있나요? 만나고 싶어요."

"그러죠. 나도 만나고 싶습니다."

그렇게 대답하자마자 소노코가 재빨리 덧붙였다.

"하지만 혼자 오셔야 해요. 다른 분은 곤란해요."

'다른 분'이라는 말은 '경찰'을 가리키는 것처럼 들렸다.

"알겠습니다."

"주소는 기타카마쿠라……."

그녀는 구체적인 주소를 말했다. 반사적으로 눈앞에 있던 전단지에 주소를 받아 적었다. 그러나 그것은 무의미한 기호처럼 여겨졌다. 나는 주소를 말하고 나서 오는 길을 설명하려고 하는 그녀의 말을 가로막았다.

"가장 가까운 역은 JR 기타카마쿠라 역이지요? 역에 도착하면 전화하지요. 그때 어떻게 가면 되는지 말해주세요. 몇 시쯤 가면 될까요?"

"몇 시라도 상관없지만 오후 3시가 어떨까요?"

"그러면 3시쯤 찾아뵙지요."

우리는 서로 인사말도 나누지 않고 전화를 끊었다.

휴대전화를 테이블 위에 내려놓고 아내를 쳐다보았다. 아내는 전화의 내용을 모두 이해했다는 듯이 크게 고개를 끄덕였다.

"소노코 씨지? 드디어 내일 만나기로 했군."

"그래, 이제 사태는 크게 진전될 거야."

"하지만 위험하지 않을까? 함정일지도 모르잖아. 야지마가 뒤에서 그녀를 협박해 당신을 유인한 건지도 몰라."

"그렇지는 않을 거야."

"어떻게 알아?"

"감이야. 그리고 그녀는 정상적인 사람이야. 내가 위험에 빠질 만한 상황을 쉽게 받아들였을 리 없어. 야지마가 아무리 협박한다고 해도……."

"소노코 씨를 믿는 마음은 이해해. 하지만 난 걱정돼서 견딜 수 없어. 다른 사람하고 같이 가면 안 돼? 다니모토 씨와 같이 가면 되잖아."

"안 돼. 소노코 씨가 혼자 와달라고 했어. 아마 그게 절대적인 조건일 거야. 걱정할 필요 없어. 그녀는 이번 사건에 대해 내가 모르는 걸 알고 있고, 그걸 말해주려는 것뿐이야. 야지마가 어디 있는지는 모를지도 몰라."

"그럼 약속해. 내일 소노코 씨 집에 도착한 다음, 한 시간마다 연락해줘. 연락이 끊기면 경찰에 신고할게."

"알았어. 그렇게 할게."

나는 소노코의 주소를 쓴 전단지를 아내에게 주었다. 주소를 알면 경찰에 신고하기 편하리라. 그러나 이것은 아무 의미 없는 일이었다. 아내의 마음을 편하게 해주기 위해서 동의한 것뿐이다. 야지마가 소노코의 집에 숨어 있다가 나를 죽일 생각이라면 막을 도리가 없을 것이다.

아내 뒤에 있는 창문 너머로 밖을 내다보았다. 눈에 보이지 않는 야지마의 살의가 칠흑의 어둠 속에서 음산한 빛을 내뿜는 듯했다. 갑자기 빗소리가 들리기 시작했다. 내일도 비가 올지 모른다.

9

플랫폼에서 내려 선로를 건너 반대편 출구로 나왔다. 일요일이라 역 앞은 관광객으로 매우 혼잡했다. 토산품 가게의 처마 밑에는 사람들이 우르르 몰려 있었다. 기타카마쿠라 역이 가마쿠라 관광 거점의 하나라는 사실은 알고 있었다. 아득한 과거의 어느 봄날, 친구들과 같이 근처 사원에 벚꽃 구경을 하러 온 기억이 있다.

하늘에는 거무칙칙한 구름이 드리우고 가끔 비가 흩날렸지만 본격적으로 쏟아지지는 않았다. 가방 안에 있는 접이식 우산을 꺼낼 정도는 아니었다. 덕분에 무더위가 한풀 꺾여 돌아다니기 편했다. 나는 잠시 걸어서 사람들 사이를 빠져나왔다.

소노코에게 전화하자 그녀는 꼼꼼하게 길을 설명해주었다. 목소리는 침착했고, 특별히 긴장한 것처럼 들리지 않았다. 걸으면

20분 정도 걸린다고 했다. 역 앞에서 조금 벗어나 있어서 택시가 보이지 않았다. 나는 걸어가기로 했다. 걷는 동안 냉정하게 머릿속을 정리할 수 있으리라.

그녀의 집은 높은 지대에 있어서, 도중에 산길에 가까운 비탈길을 올라가야 했다. 오는 동안은 포장도로였지만 길 폭이 좁아지면서 포장되지 않은 땅이 그대로 드러났다. 주변은 주택가라기보다 별장 지역이라는 느낌이 들었다. 집들이 드문드문 늘어서 있는 일대의 맨 안쪽 구석에 2층짜리 호화 저택이 자리 잡고 있었다. 그녀의 집이었다. 가장 가까운 집이라고 해야 아래쪽으로 50미터쯤 떨어진 곳에, 역시 별장 같은 저택이 있을 뿐이었다. 하늘이 흐려서 그런지 주변은 기이하게 어둡고, 산그늘이 박쥐의 날개처럼 그녀의 집을 뒤덮고 있었다.

그녀의 집 앞에서 아내에게 전화를 걸었다.

"나야. 지금 소노코 씨 집 앞에 도착했어. 이제 안으로 들어갈 거야. 한 시간 후에 적당한 핑계를 대고 또 전화할게."

"알았어. 조심해."

아내의 목소리는 긴장으로 가득 차 있었다. 나는 전화를 끊고 초인종을 눌렀다.

1층 응접실로 들어가자 가볍게 냉방이 되어 있었다. 다섯 평정도 되는 서양식 공간으로 옆방과 이어지는 문이 열려 있었다. 옆방 한가운데에 있는 피아노가 눈에 들어왔다. 방음장치가 된 피아노 연습실 같았다.

소노코가 내 앞에 홍차를 내려놓고 소파에 앉았다. 우리는 갈색 탁자를 사이에 두고 마주 앉았다. 그녀는 짙은 초록색 원피스 차림이었다.

나는 그녀의 얼굴을 뚫어지게 쳐다보았다. 뺨이 움푹 들어가 있었다. 전체적으로 10년 전에 비해 윤기를 잃어버린 모습이었다. 그녀도 나처럼 올해 쉰일곱 살이 되었을 것이다. 세월의 흔적은 그녀에게도 스며들어 있었다. 아니, 이렇게 시들어버린 것이 꼭 세월 때문일까?

2층은 쥐죽은 듯 조용했다. 나는 숨을 죽이고 계단 아래에서 나는 소리에 귀를 기울이는 야지마를 떠올렸다. 그러나 왠지 실감이 나지 않았다. 2층에 사람이 숨어 있는 징후는 느껴지지 않았다.

그녀가 권하는 대로 홍차를 입에 댔다. 중국풍의 아름다운 도자기 찻잔이었다. 그러나 짙고 화려한 차의 색채가 독약을 연상시켰다. 홍차가 목구멍을 넘어가는 순간 온몸이 딱딱하게 굳었다. 청산칼리라도 들어 있으면 나는 즉시 목숨을 잃으리라. 그러나 잠시 시간이 지나도 내 몸에는 아무런 변화가 일어나지 않았다.

"많이 야위었군요."

나는 홍차 잔을 받침에 내려놓고 솔직하게 말했다.

"그렇죠? 한눈에 알아보겠죠? 실은 위암이에요."

너무도 담백한 고백이었다. 한순간 뭐라고 대답해야 좋을지 몰라서 입을 다물었다.

"의사가 수술을 권하는데 거부하고 있어요."

"내 지인 중에도 암에 걸린 사람이 몇 명 있지만 대부분 회복되었어요. 이제 암은 죽을병이 아니에요."

"그래서 더 문제예요. 수술까지 해서 억지로 살고 싶진 않거든요. 이미 충분히 살았어요."

그녀는 그렇게 말하더니 나로부터 시선을 피하고 허공을 바라보았다. 57년의 인생이 충분했다는 것인가? 그런 생각은 사람마다 다르니까 내가 이러쿵저러쿵 말할 문제는 아니다.

"그보다 왜 유를 만났지요?"

그녀는 느닷없이 본론으로 들어왔다. 비난한다기보다 정말로이유를 알고 싶은 말투였다.

"확인하고 싶은 게 있었어요."

대답을 듣자마자 그녀의 얼굴이 흐려졌다. 자신의 예상이 맞는 것에 대한 낙담의 표정으로 보였다.

"그래서 확인했나요?"

"아니요…… 그 애는 분명히 내가 찾던 사람과 닮았더군요.하지만 그건 기억의 환영일지도 모르지요."

한순간 침묵이 흘렀다.

"기억의 환영요? 멋진 말씀이군요. 솔직히 말해주세요. 무얼의심하는 거지요?"

나는 당황스러움을 금치 못했다. 이런 직접적인 질문은 예상하지 못했다. 이런 경우에 어설픈 거짓말은 통하지 않는다.

"솔직히 말하지요. 난 그 사건을 10년이 지난 지금에서야 조금 다른 각도에서 보게 되었습니다. 그러자 마음에 걸리는 게 있더군요. 소노코 씨가 준 노가미의 편지입니다. 그 편지는 정말로 노가미가 썼을까요?"

"가짜라는 건가요?"

반박이라기보다 다음 말을 재촉하는 것처럼 들렸다. 감정의 기복은 느껴지지 않았다. 싸움을 포기하고 고백할 타이밍을 엿보는 것처럼 보이기도 했다.

"가짜라는 표현은 적절하지 않아요. 노가미의 마음을 대변한다는 점에서는 한없이 진짜에 가깝지요. 내용도 거의 진짜일 겁니다. 하지만 그 편지는 노가미가 살해되기 전에 쓴 게 아니라 살해된 다음에 쓴 거지요. 이미 세상을 떠난 사람이 그런 고백의 편지를 썼을 리 없잖아요."

그녀는 대꾸를 하지 않았다. 나는 계속해서 말을 이었다.

"그럼에도 그 편지에는 많은 진실이 담겨 있지요. 그것은 한 가지 사실을 의미합니다. 노가미에 대해 잘 아는, 그와 매우 친밀한 사람이 썼다는 것이지요. 아마 노가미는 그 사람에게 편지에 있는 내용을 직접 말했을 겁니다. 그래서 그토록 많은 진실을 담을 수 있었겠지요. 여기까지 생각했을 때, 그동안 껴안고 있던 의문에 대한 대답이 나왔습니다. 노가미는 어디서 살해되어 다나카 씨 집으로 옮겨졌는가. 그리고 미오를 데리고 도주한 야지마는 세상이 떠들썩할 만큼 얼굴이 알려졌는데도 왜 잡히지 않는가. 정답은 공범입니다."

"공범요?"

그녀는 숙이고 있던 고개를 들면서 겨우 반응을 보였다.

"공범이라기보다 공범으로 보아도 어쩔 수 없는 인물이라고 해야 할까요? 그 편지를 보면 노가미가 야지마를 급습해 살해하려고 했던 것으로 보입니다. 그러다 오히려 야지마에게 잡혀서 살해되었다고 생각하도록 쓰여 있지요. 그 편지의 가장 큰 거짓말은 그것입니다. 편지를 쓴 사람은 거짓말의 원칙을 잘 알고 있더군요. 90퍼센트의 진실과 10퍼센트의 거짓, 즉 허와 실을 절묘하게 섞은 겁니다. 그런데 냉정히 생각해보면 그 상황은 자연스럽지 않아요. 상대를 죽이기 위해 권총까지 소지한 현역 형사가 그렇게 쉽게 살해될 리 있을까요? 편지에서 야지마를 '악의 천재'라고 강조했는데, 아마 편지를 쓴 사람도 부자연스러움을 깨닫고 그렇게 강조함으로써 어떻게든 리얼리티가 생기도록 꾸민 것 같습니다. 다시 말해 노가미는 다른 곳, 생각지도 못한 곳에서 생각지도 못한 방법으로 살해되었지요. 그리고 도주 중인 야지마가 숨어 있던 곳도, 또한 미오가 감금되었던 곳도 모두 같은 곳 아닐까요?"

"그곳이 어딘데요?"

그녀는 조용하게 물었다. 얼굴에는 이미 체념의 빛이 드리워 있었다.

나는 망설이지 않고 대답했다.

"이 집입니다."

그녀의 표정은 바뀌지 않았다. 내 대답을 이미 예상한 것 같았다.

"아마 노가미는 이 집 어딘가에서 살해되었겠지요. 그런 일이 일어나리라곤 상상도 못 한 채 말이지요."

"동기가 뭘까요?"

그녀와 시선이 부딪쳤다. 그것을 내게 묻는 것은 적반하장 아닌가? 나는 입을 다문 채 눈으로 그렇게 말했다. 그녀가 납득한 듯 고개를 끄덕였다.

"좋아요, 그건 내 입으로 말하라는 거군요. 오늘 그 대답을 듣기 위해 여기까지 온 거고요. 그런데 잠시만 기다려줘요. 약 먹을 시간이에요. 2층에서 약을 가져올게요."

한순간 당황해서 눈동자가 흔들렸다. 그것을 허락해도 되는지, 순간적으로 판단하기 어려웠다.

"걱정하지 말아요. 죽지 않을 테니까. 일부러 죽지 않아도 어차피 얼마 안 있으면 죽을 거예요. 금방 돌아올게요."

내 불안을 알아차렸는지 그녀는 그렇게 말하며 메마른 미소를 지었다. 그 말을 믿어야 할지 알 수 없었다. 그러나 말릴 방법이 없었다. 그녀가 자리에서 일어섰다. 왼쪽 문을 열고 발을 끄는 독특한 걸음으로 복도로 나갔다. 이윽고 계단을 올라가는 둔탁한 진동음이 들리기 시작했다. 머릿속에 고등학교 시절의 광경이 떠올랐다. 교실이나 복도에서 발을 끌며 걷는 그녀의 뒷모습을 자주 보았던 것이다. 그녀와 이야기를 나눈 적은 거의 없었다. 그러나 내 시선은 항상 그녀에게 빨려 들어갔다. 주위에 침투되는 것을 거부당한 이질적인 존재에 대한 순수한 감동이었을지도 모른다.

손목시계를 보았다. 이 집에 들어온 지 벌써 한 시간이 지나려고 했다. 나는 재빨리 하얀 와이셔츠의 가슴주머니에서 휴대전화를 꺼내 집 전화번호를 눌렀다.

"나야. 지금 소노코 씨와 이야기하고 있어. 아무 일도 일어나지 않았어. 앞으로도 일어나지 않을 거야."

"정말이야? 정말 괜찮은 거야?"

아내의 목소리는 여전히 긴장으로 가득 차 있었다.

"그래, 걱정하지 마. 집에 가서 천천히 얘기해줄게."

나는 일방적으로 전화를 끊었다. 한 시간 후에 다시 전화하겠다고 약속하지는 않았다.

휴대전화를 진동 모드로 바꾸었다.

10

내 걱정은 기우였다. 소노코는 약속한 대로 응접실로 돌아왔다. 2층에 있는 누군가와 이야기한 기미도 없었다.

"무엇부터 말해야 좋을까요?"

그녀는 다시 내 맞은편 소파에 앉아서 한숨을 쉬듯 입을 열었다. 2층에서 가져왔는지, 무릎 위에 작은 베이지색 가방이 놓여 있었다. 그곳에 약이 들어 있을지 모른다. 하지만 약을 먹으려고 하지는 않았다.

어떤 식으로 말할지는 모두 그녀에게 달렸다. 그녀가 무슨 이야기를 하더라도 나는 마음을 비운 채 귀를 기울이는 수밖에 없었다.

"그래요, 그 편지는 내가 썼어요. 난 노가미를 증오했어요. 이혼의 원인은 그 사람의 형인 야지마 요시오가 아니었어요. 물론 그 사람의 형이 영향을 끼친 건 사실이지만, 두 사람 사이에 강한 사랑이 있으면 그런 건 얼마든지 극복할 수 있어요. 난 노가미를 진심으로 사랑했어요. 첫 남자였고, 내게서 장애인이란 딱지를 떼어준 유일한 사람이라서 잊을 수 없었지요. 하지만 그는 달랐어요. 처음에 나를 안은 것도 내가 장애인이었기 때문이지요. 인간은 순간적인 기분으로, 때로는 이질적인 사람을 안고 싶은 마음이 드나 보더군요. 아마 변태성욕과도 무관하지 않을 거예요.

그 사람의 형은 분명히 변태성욕자였어요. 핏줄은 속일 수 없는지 그에게도 그런 피가 흘러서 성적 호기심이 매우 왕성했지요. 더구나 자기 아버지처럼 바람둥이 기질이 있어서 내가 얼마나 힘들었는지 몰라요. 나를 껴안은 것은 처음의 1년 정도였고,

그다음은 완전히 방치했어요. 그러면서 밖에서는 젊은 여자를 몇 명이나 만들었지요. 그러다 여자들과 헤어지면 이런저런 핑계를 대면서 다시 다가오곤 했어요. 그게 바람둥이 남자들의 특징이라고 하더군요. 예전에도 말한 것처럼 이혼하고 몇 년간은 아무 소식이 없었는데 어느 날 갑자기 메일을 보내더니, 죽기 2년 전부터는 이 집으로 찾아오곤 했어요.

목적은 거의 돈이었어요. 그는 야쿠자 때문에 돈이 필요하다고 하면서 내 동정을 사려고 했지만 그 말을 백 퍼센트 믿지는 않았지요. 절반은 사실이고 절반은 거짓이라고 생각했어요. 워낙 흥청망청 사는 데다가 술과 도박, 여자에게 돈을 쏟아붓는 바람에 빚투성이가 되어 있었거든요. 반면에 나는 결혼 초기에 비해 피아니스트로 이름이 알려진 덕분에 금전적 여유가 있었지요. 한심하게도 그의 의도를 알면서도 내칠 수 없었어요. 실제로 돈도 빌려줬어요. 아니, 줬다고 하는 편이 맞을 거예요. 이미 이혼해서 그를 돌봐야 할 이유가 전혀 없었는데 말이에요. 그리고 그해 1월에 그가 불쑥 이 집을 찾아왔어요."

"며칠이었지요?"

여기에서 나는 겨우 질문을 했다. 그녀의 이야기가 사건의 핵심에 다가가기 시작한 것을 느낄 수 있었다.

"1월 7일이었어요. 6일에 유럽에서 귀국했으니까 하마터면 못 만날 뻔했지요."

역시 그랬던가. 그녀는 예전에 13일 전후에 귀국했다고 말했고, 에세이에서는 1월 내내 외국에 있었다고 암시했다. 그것은 역시 진실을 위장하기 위한 것이었다.

"그 전까지는 어디에 있었다고 하던가요?"

"그건 말하지 않았어요. 하지만 여자가 한둘이 아니었으니 빚쟁이를 피해 숨어 있을 곳은 얼마든지 있었을 거예요. 어쨌든 그는 히노 시 사건 수사에 열을 올리고 있었지요. 오랜만에 열심히 일한다는 인상을 받았어요. 그때는 빚 때문에 잠시 모습을 감추고 있지만 언젠가 경시청으로 복귀할 생각이었던 게 틀림없어요. 그리고 형인 야지마가 히노 시 사건에 관여했을 가능성이 있다는 것을 알고 몹시 흥분했지요. 자기 손으로 반드시 야지마를 체포하겠다고 하더군요. 다카쿠라 씨 옆집에 살고 있다는 것도 확인해서, 무슨 일이 있어도 그곳에서 체포하겠다고 별렀지요. 안 그러면 다카쿠라 씨 부부가 위험한 상황에 처할지 모른다고 걱정하면서 말이에요. 그의 말에 따르면 야지마는 자신의 이웃을 철저히 조사하는 것부터 시작한다고 하더군요. 그리고 빚이나 여자 문제 등의 약점을 잡아 범죄의 단서를 끌어내는 거예요. 하지만 다카쿠라 씨 경우에는 좀 달랐어요. 유명한 범죄심리학자라는 걸 알고 언젠가 자신의 비밀을 알아낼 것에 대비해 정보를 모았을 거예요. 야지마는 보통 사람보다 두세 걸음 앞을 내다보는 사람이거든요."

린코와 나의 모호한 관계가 떠올랐다. 야지마는 조사를 통해 내 약점은 돈이 아니라 여자관계라고 생각했으리라. 그리고 오와다에게 접근한 뒤 가짜 메일을 이용해 나를 혼란에 빠뜨리려고 했다. 엘리베이터 안에서 나와 린코의 사진을 찍어 아내에게 보낸 것은 가족의 붕괴를 노린 짓이었을지 모른다. 나는 "질서라고 할 수 있을 만큼 전부 계산된 것이었네."라는 편지의 구절을 떠올렸다. 그는 아버지와 어머니의 미묘한 심리관계 위에 서서 교묘하게 가족을 지배했다고 했다. 아내에게 사진을 보낸 것도 그와 비슷한 행위처럼 여겨졌다. 어쨌든 지금은 이미 끝난 일이었다. 나는 그것보다 더 중요한 질문을 했다.

"그럼 편지와 달리 노가미는 처음부터 야지마를 죽이겠다고 하지는 않았군요."

"그래요. 저항하면 총으로 쏠 수밖에 없다고는 했지만요. 하지만 편지에는 살의를 강조하는 식으로 과장되게 썼지요. 안 그래도 나중에 불안했어요. 너무 과장되게 쓴 게 아닐까 해서요. 실제로 형사라면 일단 체포하려고 하는 게 보통이잖아요. 그렇지만 뭐니 뭐니 해도 야지마와 한통속이 되어 부정한 짓으로 돈을 벌었으니 야지마가 살아서 자백이라도 하면 곤란한 건 사실이었어요. 그러니 살의가 전혀 없었다고는 할 수 없겠지요."

"어쨌든 노가미와 야지마가 직접 대치하는 일은 없었군요."

"그래요. 13일 밤이었어요. 그는 여기서 위스키를 몇 잔 마셨지요. 처음에는 지금 다카쿠라 씨가 앉아 있는 곳에서 마셨지만, 술에 취하자 갑자기 피아노가 있는 방으로 들어가 카펫 위에서 그대로 잠들었어요. 지금과 달리 추운 계절이라서 그 방의 난방을 켜고 담요를 덮어주었지요. 잠든 얼굴을 보는 사이에 슬픔이 밀려들었어요. 그때까지 겪은 온갖 일들이 머릿속을 뛰어다녔지요. 버스 정류장에서 나를 구해준 것부터 행복했던 신혼 시절의 일들이 주마등처럼 떠올랐다 사라졌어요. 몸 때문에 사랑을 포기했던 내게 그는 신 같은 존재였지요.

그런데 더 이상 나를 사랑하지 않는다니……. 난 모든 것을 잃은 것이나 마찬가지였어요. 인간의 육체적 열등감은 쉽게 극복할 수 있는 게 아니란 걸 절실히 깨달았어요. 사람은 한 가지 나쁜 생각이 들면 모든 걸 부정적으로 생각하는 법이죠. 그러다 보니 예전에 나를 사랑했다는 것조차 믿을 수 없게 됐어요. 처음부터 진심이 아니라 단지 가지고 놀았던 게 아닐까, 나와 결혼한 것도 당시 피아니스트로서 잘나가기 시작했기 때문에 장래의 경제적 이익에 눈독을 들인 게 아닐까. 물론 지나친 생각이라는 건 알아요. 하지만 그런 생각을 하지 않을 수 없을 만큼 내 결혼 생활은 비참하게 끝났지요.

나는 그 사람을 피아노 방에 놔두고 일단 응접실로 돌아왔어요. 그리고 그가 마시다 만 위스키를 벌컥 들이켰지요. 그때까지 위스키를 마신 적이 한 번도 없었는데……. 그래서 그런지 눈앞이 핑 돌면서 어지러웠어요. 그러다 그가 응접실에 놔둔 가방을 우연히 열어보게 되었지요. 권총이 들어 있었어요. 놀라지는 않았어요. 권총을 처음 본 게 아니니까요. 신혼 초에 그가 몇 번 가져온 적이 있고, 그때 재미 삼아 총알을 넣는 방법 같은 걸 배운 적이 있어요. 그래서 간단한 조작은 할 수 있었지요. 그런데 어쩐 일인지 권총에는 이미 총알이 들어 있더라고요. 아마 야지마와 대치할 가능성을 예상하고 평소부터 경계했던 것 같아요.

하지만 그가 어떤 마음으로 총알을 넣었는지는 아무래도 상관없었어요. 내 인생에서 중요한 건, 그 권총이 공이치기를 젖히고 방아쇠만 당기면 총알이 튀어나가도록 돼 있었다는 것 뿐……. 그 이후의 일은 잘 기억나지 않아요. 정신을 차리자 다시 피아노 방에 들어갔는지, 내 눈 밑에는 정신없이 잠들어 있는 그의 얼굴이 있었지요. 어린아이처럼 천진난만한 얼굴로 세상모르고 잠들어 있더군요. 빠앙! 귀를 찢는 굉음에 문득 제정신이 들었어요. 언제 공이치기를 젖히고 언제 방아쇠를 당겼는지는 기억나지 않아요. 그 방에 방음장치가 되어 있었던 것도 의식하지 못했어요. 하지만 나중에 깨달았어요. 경찰에선 내가 그 사실을 알고 계획적으로 범행을 저질렀다고 생각하리란 걸요. 오른손에 든 권총에선 연기가 피어오르고 눈앞에는 머리에 총을 맞고 피투성이로 변한 그가 누워 있었지요. 처음에는 신음 소리가 났지만 금세 들리지 않았어요. 내가 총을 쏜 건 틀림없어요. 이 집에 나 말곤 아무도 없었으니까요.

제정신이 들자 지옥이 시작되었지요. 현실적인 생각을 하기 시작했어요. 지금까지 피나는 노력으로 얻은 피아니스트로서의 명성은 어떻게 될까? 부끄러울 만큼 세속적인 생각이었지요. 죽을까도 생각했지만 내 명성을 지키는 게 더 중요했어요.

경찰에 잡히면 살인범이 되어 매스컴의 뭇매를 맞은 뒤, 오랜 교도소 생활과 비참한 죽음이 기다리고 있을 뿐이겠지요. 하지만 나를 구해줄 사람은 아무도 없었어요. 그때 문득 한 사람의 얼굴이 떠올랐어요. 야지마였지요. 노가미가 악의 천재라고 부르는 야지마라면 내게 혐의가 미치지 않도록 위장해줄 수 있지 않을까……."

어느 정도 하려던 이야기를 마쳤다고 생각했는지 그녀는 말을 멈추었다. 창백한 얼굴에 붉은 기운이 감돌며 오히려 인간다운 생기가 떠다니는 것처럼 보였다.

나는 더 이상 가만히 있을 수 없었다. 무슨 말이라도 해야 할 것 같았다.

"예전에 나와 이야기할 때, 이혼한 후에는 야지마가 찾아오지 않았다고 하지 않았나요?"

"그래요. 하지만 그건 거짓말이었어요. 분명히 처음 석 달 정도는 찾아오지 않았지요. 그런데 어느 날 초인종 소리를 듣고 나가보니 야지마가 서 있었어요. 온몸에 소름이 끼쳤어요. 노가미라면 얼마나 좋을까 하는 생각도 들었고요. 하지만 무엇 때문인지, 나는 그에게 들어오라고 했어요. 노가미가 떠난 후 너무 외로워서 사람이 그리웠는지도 몰라요. 더구나 야지마는 딴 사람으로 여겨질 만큼 다정하게 대해줬어요.

'아아, 역시 노가미와 야지마는 핏줄이 같구나. 이복이라고 해도 형제는 형제구나!'

그렇게 생각하지 않을 수 없었지요. 아버지가 같아서 그런지 얼굴도 몸도 닮은 구석이 많았어요. 편지에는 세부적인 부분이 닮았어도 전체적인 인상은 다르다고 썼지만, 반대로도 말할 수 있지요. 전체적인 이미지는 별로 비슷하지 않지만 하나하나를 뜯어보면 많이 닮았다고요.

이혼한 이후, 야지마를 만나는 동안 마치 노가미를 만나는 듯한 착각이 들기 시작했지요. 야지마는 가끔 선물도 가져오고 내가 싫어하는 짓은 하지 않았어요.

그러던 어느 날, 나는 그의 품에 안겼지요. 그의 품에 안겨서 노가미를 생각했어요. 야지마는 그런 사실을 알면서 나를 안았을지도 몰라요. 그런 면에서 노가미보다 훨씬 어른스럽고 마음이 넓으며 여유가 있는 사람이었죠. 그리고 의외일지도 모르지만 노가미와 달리 돈을 요구하지 않았어요. 딱 한 번을 제외하고는요. 다른 곳에서 사기를 쳐 거액의 돈을 손에 넣었으니까 그럴 필요가 없었을지도 모르지요.

육체관계가 생기고 나서 야지마도 점점 내게서 멀어졌어요. 그러다 1년에 한 번쯤 불쑥 나타나곤 했지요. 별다른 용건도 없이 한 시간쯤 있다 가는 일이 많았는데, 오랜만에 친척을 만나는 기분이라서 그렇게 불쾌하지는 않았어요.

노가미를 죽이기 석 달 전쯤에도 한 1년 만에 야지마가 찾아왔지요. 야지마에게 연락하는 게 얼마나 위험한 일인지는 알고 있었어요. 그가 히노 시 사건에 관여했을지도 모른다는 말을 노가미로부터 들었으니까요. 하지만 노가미의 시신이 있는 집에서 혼자 있는 건 미치도록 무서웠어요.

나는 결국 야지마에게 전화를 걸었지요. 이유를 말하지 않고 당장 와달라고 부탁했어요. 그는 금방 달려왔지요. 혼자였어요. 나중에 알았지만 그 무렵 미오와 미오 엄마를 감금해놓고 밤에 외출할 때면 미오는 1층 방에, 미오 엄마는 2층 방에 묶어두었던 것 같아요. 미오 엄마는 이미 끔찍한 학대로 인해 빈사 상태의 중상을 입었으니 묶어둘 필요가 없었겠지만요. 어쨌든 감금 시스템은 확실해서, 그는 미오 엄마와 둘이 집에 있으면서 태연하게 미오를 학교에 보내기도 했지요. 마인드 컨트롤과 함께 인질 효과를 확신했던 거예요. 물론 당시에는 노가미로부터 니시노가 야지마인 것 같다는 말만 들었지, 그런 것까진 상상조차 못 했어요.

어쨌든 야지마는 노가미의 시신을 보고도 별로 동요하는 것 같지 않았어요. 지금 생각하면 이미 몇 차례나 살인을 했으니 시체 하나를 봤다고 놀라진 않았겠지요. 그때는 그가 그토록 무서운 살인마인 줄은 꿈에도 몰랐어요. 실제로 히노 시 사건과 관계가 있냐고 물었더니 강하게 부정하더군요. 노가미가 날조했다고 하면서요. 다만 당신의 옆집에 사는 건 인정하면서 부인과 특별한 관계라고 하더군요. 아무튼 야지마는 노가미의 시신을 자기에게 맡기라고 했어요. 내게 혐의가 미치지 않도록 알아서 처리해주겠다고 하면서요. 그 대신 천만 엔을 요구했지요. 금

전적인 요구는 그게 처음이자 마지막이었어요. 그러나 대단한 돈이라는 생각은 안 들었어요. 살인의 뒤처리를 해주는 이상 그 정도는 당연히 줘야 한다고 생각했어요. 나는 돈을 주겠다고 약속했고 나중에 실제로 돈을 줬지요. 야지마는 그날 밤 자기가 타고 온 차에 노가미의 시신을 싣고 어딘가로 사라졌어요. 나는 산이나 바다에 버렸을 거라고 생각했지요."

"그런데 우리 앞집인 다나카 모녀의 집에서 불에 탄 사체로 발견된 거군요."

"네, 그걸 알고 패닉 상태에 빠졌지요. 뉴스에서 다나카 모녀의 시신 이외에 신원불명의 시신이 있다는 말을 듣고 금방 알았어요. 야지마에게 부탁한 것은 노가미의 시신 처리뿐인데, 아무 죄도 없는 사람을 끌어들이다니! 그럴 줄은 꿈에도 몰랐어요. 이윽고 야지마가 전화를 걸어, 노가미가 다나카 씨 집에 돈을 훔치러 들어갔다가 두 사람 중 누군가에게 발견되어 어쩔 수 없이 총으로 쏴 죽이고 자신도 자살한 것처럼 위장했다고 하더군요. 어리석지만 그때 처음으로 그의 본모습을 안 것 같은 생각이 들었어요. 악인이란 건 알고 있었지만 그렇게까지 악인일 줄은 몰랐거든요. 왜 아무 죄도 없는 사람을 끌어들였냐며 울부짖으니 일석이조라고 하더군요."

"일석이조요?"

"그래요. 하나는 내가 부탁한 노가미의 시신 처리지요. 또 하나는 다나카 씨의 따님이 니시노 씨의 부인에 대해 의혹을 가졌다고 하더군요. 어느 날 다나카 씨 따님이 찾아와 부인이 어떻게 되었냐고 물었다는 거예요."

10년 전의 기억이 되살아났다. 아내의 예감이 적중했다. 아내는 내 부탁을 받고 다나카 씨 딸에게 당시 니시노로 위장한 남자에 관해 물었다. 그리고 그때 니시노의 아내에 대해서도 물었다. 그 이후 다나카 씨 딸은 야지마를 찾아갔을지 모른다. 단지 걱정이 되었을 뿐 다른 뜻은 없었으리라. 그러나 야지마는 민감하게 반응하면서 위험한 싹을 미리 잘라버리기로 한 것이다. 새삼스레 다나카 모녀에게 죄송한 마음이 들었다.

나는 화제를 바꾸었다.

"아동상담소 사건 이후에 야지마가 미오를 데리고 나타난 거군요."

이미 야지마가 숨어 있을 만한 곳은 이 집밖에 없다는 확신이 들었다.

"그래요. 숨겨주지 않을 수 없었어요. 그는 내게 커다란 딜레마를 안겨줬지요. 다나카 씨 집, 니시노 씨 집, 아동상담소 등에서 일어난 일련의 사건을 생각하면 야지마의 계획, 즉 노가미에게 방화살인죄를 뒤집어씌우려는 계획은 이미 틀어진 것이나 다름없었어요. 그런 계획이 성공할 리 없다고 본인도 알고 있었을지 모르지요. 역시 방화살인의 본질은 다나카 씨의 입막음이고, 노가미의 시신은 아무래도 상관없었다는 생각이 들었어요.

아무튼 난 야지마를 두려워하면서도 그가 잡히면 어떻게 될지 알고 있었어요. 야지마는 내가 노가미를 죽였다는 사실을 알고 있으니까요. 그가 잡히면 틀림없이 경찰에 말했을 거예요. 빨리 내 집에서 나가기를 바라는 동시에 무슨 일이 있어도 잡히면 안 된다고 생각했지요. 내 죄까지 뒤집어쓰고 영원히 행방불명되기를 바랐어요. 처음에는 약속한 천만 엔을 주고 나가 달라고 했지요. 미오도 풀어주라고 했고요. 하지만 그는 불길이 사그라질 때까지 있게 해달라면서 내 요구를 받아들이지 않았어요.

생각해보니 그가 내 요구를 받아들였다면 오히려 난감했을 거예요. 그는 미오 앞에서도 태연하게 내가 노가미를 죽였다고 말했거든요. 그렇기 때문에 미오를 두고 떠났다면 그 애를 어떻게 해야 좋을지 몰라 전전긍긍했을 거예요. 그 애의 눈에는 나도 범인과 한패처럼 보였을 테니까요."

"연주회 날, 우리가 만난 걸 야지마는 알고 있었나요?"

나는 단숨에 시간을 뛰어넘어 물어보았다. 연주회는 2월 23일이었다. 그때 야지마와 미오는 이미 이 집에 은신하고 있었던 것이다.

"물론 알고 있었어요. 오히려 야지마가 당신을 만나라고 했지요. 당신에게 가짜 정보를 주도록 이런저런 지시를 내리기도 했고요. 하지만 나는 그의 지시를 따르지 않았어요. 야지마에게는 그가 지시한 대로 당신에게 말했다고 거짓말하고, 당신에게는 야지마에 대한 혐오감을 강조해 그가 우리 집에 있는 것이 탄로 나지 않도록 했지요. 최대 거짓말은 노가미의 죽음을 알면서도 당신에게 처음 들은 것처럼 패닉에 빠진 거였어요. 변명이라고 여길지 모르지만 난 그때 정말로 패닉에 빠졌어요. 내가 얼마나 잔인한 짓을 했는지 새삼스레 깨달았으니까요. 그때 흘린 눈물은 결코 거짓이 아니었지요.

한편으론 어떻게든 내가 한 짓이 탄로 나지 않도록 교활한 음모를 꾸몄어요. 야지마의 눈을 훔쳐 편지를 썼고 당신에게 줌으로써 상황이 내게 유리하도록 꾸민 거예요. 노가미를 살해한 것까지 전부 야지마의 소행으로 만들고 싶었던 거죠. 야지마가 쉽게 잡히지 않고, 모든 죄를 등에 진 채 영원히 사라지기를 바라면서 말이에요.

실은 그 편지를 워드프로세서로 쓰고 싶었어요. 그러면 필적 문제를 피할 수 있으니까요. 하지만 컴퓨터를 사용하면 야지마에게 들킬 것 같아 손으로 쓴 거예요. 내 특기가 원래 남의 글씨를 따라 쓰는 것이거든요. 특히 노가미와 사이가 좋았을 무렵, 그의 글씨를 따라 쓴 적이 자주 있었어요. 그래서 별로 고생하지 않고 꽤 비슷하게 쓸 수 있었지요."

"그러면 그때…… 그러니까 당신과 내가 호텔 방에서 이야기했을 때 미오는 야지마와 같이 여기에 있었나요?"

"그래요. 야지마는 내가 배신하지 않으리라 철석같이 믿은 것 같아요. 배신하면 노가미를 죽였다는 사실이 밝혀지니까 그런 위험을 저지를 리가 없다고 말이에요. 그는 나를 너무나 얕잡아봤어요. 실제로 당신에게 솔직하게 말할 수 없었지요. 그 후에 경찰이 편지에 대해 꼬치꼬치 캐물었는데, 그때도 야지마와 미오는 우리 집에 있었어요. 하지만 그는 태연했어요. 등잔 밑이 어둡다고 큰소리쳤을 정도니까요. 그는 사람 마음을 읽는 데 천재예요. 내가 나 자신을 위해서라도 경찰에 진실을 말할 리 없다고 확신했어요. 사태는 그의 확신대로 흘러가서, 나는 경찰의 사정 청취도 무사히 넘길 수 있었지요."

"하지만 소노코 씨답지 않은 게 하나 있더군요. 왜 야지마와 유키의 관계를 그렇게 구체적으로 썼지요? 물론 노가미로부터 직접 들은 이야기란 건 압니다. 그러나 사건의 본질 면에서 볼 때 그건 쓸 필요가 없지 않았을까요?"

"무슨 말인지 알아요. 유키 씨에 대해 쓴 것은 지금도 후회하고 있어요. 그 편지가 그녀를 죽음으로 몰아넣었으니까요. 당시에는 화살이 내게 오지 않도록 피하고 싶다는 생각밖에 없었어요. 어떻게든 혐의에서 벗어나고 싶었던 거예요. 유키 씨에 대해 언급하면 나보다 그녀에게 주목이 갈 거라는 계산이 있었던 건 부정하지 않을게요."

그녀는 다시 눈길을 떨구었다. 미간에 깊은 주름이 새겨졌다.

"여기에 감금되어 있을 때, 미오는 어땠나요?"

나는 화제를 바꾸기 위해 미오 이야기를 꺼냈다. 여기 온 목적은 그녀를 책망하는 것이 아니었다.

"꼭 날개 꺾인 아기새 같았어요. 가여웠지요. 저항할 기운은 물론이고 도망칠 기력도 없어 보이더군요. 세상에서는 마인드 컨트롤을 당했다고 했지만, 내 눈엔 오히려 인간이기를 포기한 것처럼 보였어요. 야지마는 가끔 외출했는데, 그때는 미오를 밧 줄로 묶고 내게 감시하라고 했어요. 하지만 난 그가 나가자마 자 밧줄을 풀어주고 되도록 다정하게 대했어요. 미오는 도망칠 기색을 보이지 않았어요. 도망치는 방법이 있다는 것조차 잊어 버린 듯 멍하니 있었어요. 그래서 야지마가 밖에 나가면 미오에 게 먹을 것을 만들어주기도 하고 조금이라도 기운을 찾아주기 위해 노력했지요. 그것만이 유일한 속죄라고 생각했으니까요.

그런 식으로 2, 3일 지나자 조금씩 내게 입을 열기 시작하더 군요. 나는 가끔 미오를 응접실에 둔 채 중문을 열고 피아노를 쳤지요. 아무리 정신적으로 괴로울 때라도 하루에 한 번 피아노 를 치지 않으면 마음이 풀리지 않거든요. 그럴 때는 마음이 치 유되는 곡을 연주하지 당신이 좋아하는 〈혁명 에튀드〉는 치지 않아요. 그건 내게 치유의 곡이 아니라 마음을 흐트러지게 하 는 곡이니까요."

그렇게 말하고 그녀는 힘없이 웃었다. 조용히 눈을 감자 눈 꺼풀 안에 그 광경이 떠오르는 듯했다. 날개 꺾인 아기새 같았 던 미오. 그런 미오의 마음에 그녀의 피아노 선율이 가서 닿았 던 것일까?

"그러던 어느 날, 미오가 내 얼굴을 똑바로 쳐다보며 묻더군 요. '혹시 가와이 소노코 씨 아니세요?'라고요. 장차 피아니스트가 되고 싶다고 생각할 만큼 피아노에 빠진 적이 있어서, 잡지 같은 데서 내 얼굴을 보고 알고 있었던 거예요. 다리가 불편한 것도 눈치를 챈 원인이었을지 모르지요. 난 다리가 불편한 피아니스트로 유명했으니까요. 어쨌든 인정하지 않을 수 없었어요. 너무나 괴로웠지요. 그것은 곧 가와이 소노코가 살인자이고, 희대의 살인마와 관계돼 있다는 사실을 인정하는 것이었으니까요. 나는 미오가 피아노를 배웠다는 사실을 알고 피아노를 쳐보라고 했어요. 처음에는 최근 연습을 하지 않아서 칠 수 없다고 우물쭈물했지만, '괜찮아. 조금만 치면 금방 익숙해질 거야.'라고 했더니 쭈뼛쭈뼛하면서 비발디의 〈봄〉을 연주했어요. 미오의 피아노 소리를 듣고 깜짝 놀랐어요. 피아노를 치기 시작한 순간 재능이 있다는 걸 알았거든요. 그렇게 칭찬해줬더니 처음으로 환하게 웃더군요. 그 미소를 지금도 잊을 수 없어요. 그 이후 나는 매일 이런저런 이야기를 하면서 미오에게 피아노를 가르쳐줬어요. 미오도 마음을 열고 이런저런 이야기를 하게 되었지요. 눈 깜짝할 사이에 피아노 실력이 늘었어요. 그 무렵에는 이미 야지마가 사라졌지만요……."

미묘한 표현이었다. 야지마가 그녀의 집에서 떠났다는 뜻일까? 그러나 이야기를 간단하게 하기 위해 일부러 그렇게 말한 것처럼 들리기도 했다. 그 부분은 일단 흘려듣기로 했다.

"난 미오에게 모든 사실을 말했어요. 출생부터 시작해서 피아노 인생, 그리고 노가미와의 관계와 야지마와의 관계. 중학생은 이해하기 힘든 어른의 문제도 포함되어 있었지만, 미오는 매우 총명한 아이였지요. 피아노를 통해 조금이나마 기운을 차렸기 때문일지 모르지만, 깜짝 놀랄 만큼 모든 걸 이해했어요. 때로는 나를 위로하기도 했지요.

나는 이야기를 마치고 마지막으로 물었어요.

'이제 이 집에서 나가도 좋아. 그런데 밖에 나가면 날 신고할 거야?'

미오는 잠시 생각하고 나서 가냘프게 웃더니 고개를 옆으로 흔들었어요. 그래서 다시 물었지요.

'어떻게든 너에게 속죄하고 싶어. 널 일류 피아니스트로 키우고 싶단다. 가능하면 같이 살면서 모든 면에서 돌봐주고 싶어. 부모님과 오빠를 잃어버린 채, 앞으로 너 혼자 어떻게 살아갈까? 그걸 생각하면 걱정이 돼서 견딜 수 없어. 여기서 있었던 일을 숨기고 싶어서 그러는 게 아니야. 내가 저지른 일에 대한 책임은 언제든지 질 각오가 돼 있어. 하지만 야지마 같은 남자 때문에 네 인생이 엉망이 되고, 나도 가담했다고 생각하니 마음이 아파서 견딜 수 없구나. 널 내 양녀로 삼고 싶어. 니시노 미오란 이름을 버리는 거야. 싫으면 싫다고 말해도 돼.'

미오는 그때까지 조용히 듣고 있더니 이렇게 묻더군요.

'선생님, 저에게 피아노 재능이 있어요?'

그것이 미오의 대답이었어요."

기나긴 침묵이 이어졌다. 그녀는 피로가 엄습한 듯 이마를 찡

그러며 시선을 떨구었다. 다시 얼굴에서 생기가 사라지고 창백한 윤곽이 산의 능선처럼 뺨과 턱에 가느다란 선을 드리웠다. 창밖을 바라보았다. 어슴푸레한 어둠이 짙은 안개와 어우러지면서 산그늘과 구별이 되지 않았다. 이미 날이 저문 것이다.

한 시간이 넘었다. 그러나 아내에게 전화할 기력이 없었다.

"다카쿠라 씨, 난 이미 오래 살 수 없다는 걸 알고 있어요. 고등학교 동급생으로서 부탁할게요. 유를 그냥 조용히 내버려두면 안 될까요? 지금 파리에 애인이 있어요. 그 사람을 얼마나 사랑하고 얼마나 행복해하는지 몰라요. 앞으로 훌륭한 피아니스트가 될 거예요. 그러니까 오늘 그 애에 관해서 한 말은……."

나는 재빨리 그녀의 말을 가로막았다.

"잠시만요. 당신은 오늘 미오 양에 대해 말했어요. 그런데 미오 양과 유 양은 다른 사람 아닌가요? 내가 다른 사람에 대해 알아봤자 무슨 의미가 있겠어요."

"그래요, 고마워요."

그녀는 그렇게 말하면서 가냘픈 미소를 지었다.

"하지만……."

나는 뒷말을 잇지 못했다.

"하지만……?"

그녀가 내 말을 되풀이했다. 얼굴에 다시 불안한 빛이 스며나왔다.

"야지마는 그렇게 할 수 없습니다. 야지마 때문에 많은 사람이 죽었습니다. 내 제자도 희생되었고요. 야지마를 찾을 때까지는 이 사건에서 손을 뗄 수 없습니다. 그건 이해해주겠지요?"

"이해해요. 그래서 오늘 야지마를 만나게 해주려고 기다리고 있었어요."

"오늘 만날 수 있나요?"

"그 전에 이걸 보겠어요?"

그녀는 옆에 있는 가방에서 작고 투명한 용기를 두 개 꺼내 테이블 위에 올려놓았다. 하나는 물처럼 보이는 액체에 분말 형태의 작은 알갱이가 떠다니는 수용액이었다. 한눈에 알 수 있었다. 시안화칼륨. 흔히 말하는 청산칼리다. 또 하나의 용기는 비어 있었다.

"야지마가 준 거예요."

그녀는 수용액이 들어 있는 용기를 들고 말을 이었다.

"청산칼리 고체를 물에 녹인 것으로, 도금공장 사장이 줬다고 하더군요. 필요할 때 먹으면 된다고요. 그도 똑같은 것을 가지고 있었어요. 경찰에 잡힐 것 같으면 이걸 먹고 죽겠다고 하면서요."

그녀는 들고 있던 수용액을 테이블에 내려놓고 이번에는 빈 용기를 들었다.

나는 중얼거리듯 물었다.

"야지마가 자살했나요?"

"경찰에 잡힐 것 같지는 않더군요. 다카쿠라 씨, 2층으로 가시겠어요?"

그녀는 그렇게 말하면서 조용히 일어섰다. 나는 말없이 그녀의 뒤를 따랐다.

2층에는 방이 세 개 있었다. 복도에 가까운 두 개의 방은 다다미 여섯 개짜리와 네 개 반짜리 일본식 방이었다. 모든 문이 열려 있었다. 그러나 맨 안쪽 방의 나무문은 굳게 닫혀 있었다. 그녀는 발을 끌면서 그 방으로 다가갔다. 그리고 열쇠로 문을 열었다. 그녀의 뒤에 서 있던 나에게는 어둠밖에 보이지 않았다. 덧문이 닫혀 있는 것 같았다.

그녀가 벽의 스위치를 눌렀다. 어둠이 몇 발짝 뒤로 물러났다. 천장의 커다란 램프에는 불이 들어오지 않고, 작은 램프만이 어두운 항로를 나아가는 작은 배처럼 희미한 빛의 궤적을 그렸다. 바닥에는 이불이 깔려 있었다.

'야지마가 병에 걸렸나?'

삶의 냄새는 거의 나지 않았다. 곰팡이 냄새가 코를 찔렀다.

소노코가 뒷걸음질 치며 나를 살짝 앞으로 밀었다. 나는 바닥에 시선을 고정했다. 이불 위에 누워 있는 사람의 얼굴이 눈에 들어왔다. 살점이 없는 광대뼈가 앙상하게 드러났다. 눈구멍은 움푹 들어가고 콧대와의 경계가 사라져 있었다. 군데군데 조금 남은 피부가 벗겨진 페인트처럼 불규칙한 반점을 흩뿌렸다. 나도 모르게 눈을 돌렸다. 뒤쪽에서 소노코의 나지막한 소리가 들렸다.

"야지마예요. 죽은 지 벌써 10년이 됐네요. 여기서 한 달쯤 우리와 같이 살았어요. 그런데 다카쿠라 씨의 제자를 죽이고 여기로 도망쳐 온 뒤, 독감에 걸려 자리에 누웠어요. 약을 달라고 해서 감기약에 조금 전의 그 용액을 섞었지요. 그랬더니 어이없이 죽더군요. 하지만 경찰에 연락할 수는 없었어요. 영원히 도망치는 것으로 해야 했으니까요."

나는 아무 말 없이 문을 닫았다. 결국 야지마는 죽고 미오는 살았다. 신의 섭리가 느껴졌다.

그녀가 다시 방문을 잠갔다. 우리는 계단을 내려왔다. 그때 어디선가 순찰차의 사이렌 소리가 들렸다. 내게 등을 돌린 채 계단을 내려갔기 때문에 그녀의 표정은 알 수 없었다.

응접실로 돌아왔다. 사이렌 소리가 가까이 다가왔다. 우리는 다시 소파에 마주 앉았다. 테이블 위에 놓여 있던 수용액 용기가 눈에 들어왔다. 나는 재빨리 수용액을 바지 주머니에 쑤셔 넣었다. 그녀가 애원하는 눈길로 내 얼굴을 쳐다보았다. 나는 말 없이 고개를 옆으로 흔들었다. 창밖을 내다보았다. 언덕길 왼쪽에 순찰차가 멈추었다. 문이 열리고 경찰 두 명이 이쪽을 향해 걸어오는 것이 보였다. 느긋한 발걸음으로, 특별히 서두르는 것처럼 보이지는 않았다. 이윽고 초인종 소리가 들렸다.

나는 일어서서 그녀를 재촉했다.

"같이 나가지요."

그녀가 현관문을 열었다. 비교적 젊은 경찰 두 명이 서 있었다.

"가와이 소노코 씨 댁인가요?"

그녀가 대답했다.

"네, 무슨 일이시죠?"

"조금 전에 친구분이 경찰에 신고를 했습니다. 방문판매원이 집에 들어와 나가려고 하지 않으니 상황을 봐달라고요."

내가 옆에서 물었다.

"경찰에 신고한 사람의 이름은요?"

다른 한 경찰이 메모지를 보면서 느긋하게 말했다.

"다카쿠라 야스코 씨라는 분입니다."

"아아, 내 아내입니다. 난 이 집 주인의 친척으로, 오랜만에 다니러 왔는데 상당히 위협적인 방문판매원이 와서 나가려고 하지 않기에, 휴대폰 메일로 아내에게 신고해달라고 부탁했어요. 내가 직접 신고하면 상대를 자극할 것 같아서요. 이제 해결되었습니다. 조금 전에 갔습니다."

스스로도 어설픈 변명이라고 생각했다. 하지만 경찰은 의아하게 여기는 것 같지 않았다.

"이분 말씀이 맞습니까?"

처음의 경찰이 마지막으로 확인하듯 소노코에게 물었다.

"네, 맞아요. 번거롭게 해서 죄송해요."

"그럼 무슨 일이 있으면 다시 연락해주십시오. 요즘 악질 방문판매원에 대한 단속을 강화하고 있으니까요."

두 경찰은 경례를 하고 돌아갔다.

우리는 응접실로 돌아와서 다시 같은 자리에 앉았다. 나는 그녀 앞에서 휴대전화를 꺼냈다. 진동 모드 표시가 보였다. 착신 이력을 확인하자 아내에게서 온 부재중전화가 쭉 늘어서 있었다. 아내에게 전화를 걸었다.

"나야. 전부 잘됐어. 경찰은 돌려보냈고 나도 곧 집에 갈게."

"어떻게 됐어?"

"집에 가서 말할게."

나는 일방적으로 전화를 끊고 소노코를 향해 말했다.

"미안해요. 내가 연락을 안 하니 아내가 걱정해서 신고한 것 같군요. 아내는 아직 야지마가 이 집에 숨어 있을지 모른다고 생각하고 있으니까요."

"그럼 이제 부인도 야지마가 여기서 죽었다는 걸 알게 되겠군요."

가능하면 말하지 말아달라고 그녀의 눈은 애원하고 있었다.

"이 집에서 야지마를 못 봤다……. 아내에겐 그렇게 말할 겁니다."

그녀는 작게 고개를 끄덕였다. 눈에 안도의 빛이 깃들었다.

그녀가 다시 애원하듯 말했다.

"다카쿠라 씨. 아까 바지 주머니에 넣은 걸 돌려주지 않겠어요? 내겐 그게 필요해요."

나는 일어서서 바지 주머니에 있던 청산칼리 용기를 꺼냈다. 그리고 화장실로 가서 변기 안에 용액을 버리고 물을 내렸다.

물소리가 그녀의 귀에도 들렸을 것이다. 다시 응접실로 돌아와 그녀와 마주 앉았다.

"쉽게 죽도록 내버려두지 않는군요."

"수술을 받으세요. 위암이라면 얼마든지 살 수 있어요."

"2층에 있는 무거운 짐을 영원히 등에 지고 살라는 거예요? 미오는 정말 착한 애예요. 이번에 귀국해서도 계속 여기 있어줬어요. 2층에 무엇이 있는지 알면서도요. 그리고 나를 위로하며 이렇게 말했지요. '몇 년만 더 있으면 뼈와 머리칼만 남아서 가지고 나갈 수 있어요. 그럼 그때 바다에 뿌려요. 그때까지만 힘을 내세요.'라고요. 사람의 시신은 정말로 그렇게 되나요?"

그녀는 슬픈 눈길로 나를 바라보았다.

"그럴지도 모르지요. 하지만 그렇게 되지 않아도 일단 지금은 안전합니다. 저명한 범죄학자의 말 중에 이런 말이 있어요. 시체를 가장 안전하게 숨길 수 있는 곳은 자기 집이다. 집 안에 밀고자가 없는 한……."

"그럼 지금은 내가 죽지 않는 편이 좋다는 건가요?"

"물론입니다. 미오 양, 아니 유 양을 슬프게 해서는 안 돼요. 이 세상에 어머니의 자살을 슬퍼하지 않을 딸은 없으니까요."

나는 자리에서 일어났다. 그녀도 따라 일어섰다. 현관까지 배웅하려는 그녀를 나는 손으로 제지했다.

"오늘 정말 고마웠어요. 진심으로 감사해요. 건강하세요."

그녀의 눈물 어린 목소리가 등 뒤에서 들렸다.

나는 어두운 산길을 내려왔다. 이미 밤 9시가 넘었다. 상큼한 바람이 마음까지 시원하게 해주었다. 아직 7월 초순이어서 이 시각이면 지내기 편했다. 비가 그치고 하늘에 별이 보였다. 눈 밑에 펼쳐진 가마쿠라의 야경이 너무도 아름다웠다. 집으로 가는 전철 안에서 아내에게 어떻게 설명할지 생각했다. 전부 내 기우였다는 말로 끝낼 수도 있다. 그러나 진실을 안다고 해도 아내가 소노코나 유를 궁지에 몰지는 않으리라. 어쩌면 다니모토에게는 어느 정도 설명을 해주어야 할지도 모른다. 그것은 그렇게 어려운 일이 아니다. 그 편지를 소노코가 썼다는 사실이 밝혀진다고 해도, 그녀가 범죄에 가담했다는 증거는 되지 않는다. 오히려 노가미의 무죄를 증명하고 싶은 마음으로 썼다고 주장할 수도 있으리라. 그러나 다니모토가 요구하지 않는 이상 내가 먼저 설명해줄 생각은 없다.

아직 알 수 없는 것이 있다. 미오는 야지마로부터 성폭행을 당했을까? 소노코는 그에 대해 언급하지 않았고 나도 묻지 않았다. 묻지 말아야 한다는 윤리관이 작용한 게 사실이다. 그러나 왠지 미오에게만은 그런 짓을 하지 않았을 거라는 생각이 들었다. 근거는 없다. 단순한 직감이다. 나는 그 직감에 만족했다.

미오가 야지마 살해에 관해 미리 알고 있었는지도 분명하지 않다. 소노코는 미오가 백골 사체의 존재를 알고 있다고 말했다. 문득 기이한 상상이 떠올랐다. 어쩌면 미오는 소노코가 야지마에게 청산칼리를 주는 단계에서 알고 있지 않았을까? 그 사실이 소노코와 공범 의식을 형성해 그녀의 제안에 동의했을지도 모른다. 그렇다고 해도 미오에게 죄가 있다고는 할 수 없다.

소노코의 죄는 무엇일까? 노가미를 죽인 것은 분명히 용서할 수 없는 일이다. 그러나 그것은 어디까지나 남녀 간의 애증에 관한 심리적인 문제로, 다른 사람이 관여할 일은 아니라고 여겨졌다. 가장 큰 아이러니는 그녀가 지금 야지마의 사체와 같이 살고 있다는 것이다.

슬프고도 애절한 감정이 온몸으로 밀려왔다. 10년이란 세월이 흐르는 동안, 그녀는 이복형제였던 노가미와 야지마를 구별할 수 없게 된 것이 아닐까. 그렇게 이상한 환경에서 계속 살 수 있었던 것은 예전의 남편과 같이 살고 있다는 환영 때문이 아닐까. 그렇다면 내 바람은 한 가지다. 그녀가 계속 살아가는 것이다.

그 이후 나는 그녀를 만난 적이 없다. 다만 내 바람이 현실이 되었다는 것은 시간이 지나 확인할 수 있었다. 그로부터 1년 후, 피아니스트 가와이 소노코의 암수술이 성공했다는 기사가 여성 잡지에 실렸다. 그리고 몇 년간 일본과 유럽에서 활발한 연주 활동을 하고 있다는 소식이 여러 매체를 통해 전해졌다. 그녀와 함께 딸인 유의 활약도 신문과 잡지를 장식하곤 했다.

그녀가 세상을 떠난 것은 마지막으로 만나고 8년쯤 지난 후였다. 암이 재발해 여러 곳으로 전이되었다고 한다. 나는 장례식에 참석하지 않고, 멀리서 그녀의 마지막을 지켜보는 쪽을 선택했다. 유가 장례식에 참석했는지는 모른다. 장례식 날, 소노코의 집에서 아직 잠들어 있을 야지마의 사체를 떠올렸다. 그러나 그 이후에도 그녀의 집에서 백골 사체가 발견되었다는 소식은 들리지 않았다. 야지마 요시오는 지금도 여전히 도주 중이다.

현대인의 고독과 단절을 이용한 범죄,
당신은 그 범죄의 덫에 빠지지 않을 수 있는가!

사이코패스. 이 단어가 매스컴에 등장한 지 얼마나 되었을
까? 이것은 엽기 사건의 범인에게 항상 따라다니는 단어이자
끔찍한 사건을 저지른 범인들에게 가장 먼저 실시하는 검사이
기도 하다.

그런데 소름 끼치는 범죄를 저지른 범인들이 모두 반사회적
인격장애를 가진 사이코패스일까? 꼭 그렇지는 않다. 최근 사람
들을 경악과 충격의 구렁텅이에 빠뜨린 두 가지 사건이 있다. 아
들의 시신을 훼손하여 3년 넘게 집의 냉동고에 보관한 사건과
중학생 딸을 살해한 후 11개월 동안 시신을 방치한 사건이다.
두 사건의 부모에게 사이코패스 검사를 실시한 결과, 모두 그런
성향이 없는 것으로 밝혀졌다고 한다.

이는 곧 온몸에 소름이 끼칠 만큼 끔찍한 범죄를 저지른 자

들이 어디에서나 흔히 볼 수 있는 평범한 사람들이란 뜻이다.

그리고 이 책에 나오는 사람들 역시 매일 동네에서 얼굴을 마주칠 수 있는 우리의 평범한 이웃들이다.

다카쿠라. 46세의 대학교수. 전공은 범죄심리학.

아내와 둘이 한적한 주택가에 사는 그에게 고등학교 때 같은 반이었던 형사 노가미가 어떤 사건의 자문을 구한다. 8년 전에 일어난 일가족 실종 사건이다. 그것을 계기로 그의 주변에서 잇달아 이해할 수 없는 사건이 발생한다.

노가미는 갑자기 실종되고, 앞집은 한밤중에 불길에 휩싸인다. 그의 수업을 듣는 여학생은 남학생에게 스토킹을 당하고, 옆집 소녀는 자신의 아버지를 가리켜 "그 사람은 아빠가 아니에요. 전혀 모르는 사람이에요."라고 말하며 도움을 청한다.

그러는 와중에 그는 끔찍한 사건의 소용돌이에 휘말리게 되는데…….

『크리피』는 2011년 제15회 일본 미스터리문학대상 신인상을 수상한 작가의 데뷔작으로, '(공포로 인해) 온몸의 털이 곤두설 만큼 오싹한, 섬뜩할 정도로 기이한'이란 뜻을 갖고 있다.

그렇다. 이 책의 저자인 마에카와 유타카는 독자를 서서히 섬뜩한 공포로 몰아넣는다. 독자는 자기도 모르는 사이에 식은땀을 흘리고 간담이 서늘해지며 등골이 오싹해진다. 그러다 어느 순간 손에 땀이 배는 긴장과 함께 숨을 쉴 수 없게 된다. 그러다 후반부에 접어들면 심장이 오그라들면서 동시에 애절한 탄식을 토해내게 된다. 즉, 감정의 롤러코스터 위에서 이리저리 마구 흔들리는 것이다.

마에카와 유타카는 1951년생으로, 현재 호세이 대학 국제문화학부 교수다. 히토쓰바시 대학 법학과를 졸업하고 도쿄 대학 대학원에서 비교문학을 전공했다. 2003년 『원한살인』으로 제7회 일본 미스터리문학대상 신인상 최종후보에 올랐지만, 2011년에 발표한 『크리피』로 제15회 일본 미스터리문학대상 신인상을 수상하면서 본격적으로 데뷔했다. 그 이후 『애트로시티』, 『시체가 켜켜이 쌓여 있는 밤』 등을 내놓았는데, 한국 독자들에게는 『크리피』로 처음 인사를 한다.

그가 천착하는 분야는 현대인의 고독과 단절, 소외와 외로움이다. 현대인은 모두 자의 반 타의 반으로 자신만의 울타리를 가지고 있다. 나도 타인의 울타리 안으로 들어가지 않고, 타인도 내 울타리 안으로 들어오지 못하게 한다. 매일 옆집 사람과 인사하고 이웃 사람과 웃음을 나누지만, 정작 그들의 얼굴을 떠올리려고 하면 정확히 기억나지 않는다. 옆집 남편이 갑자기 안 보여도, 앞집 아이가 갑자기 사라져도 관심을 가지지 않는다. 때로는 외롭고 고독하지만 귀찮고 번거로운 것보다는 낫다고 스스로를 세뇌시킨다.

　얼마 전에 내가 사는 아파트의 엘리베이터 안에서 처음 보는 남자를 만났다. 가볍게 고개를 숙여 인사하고 층수를 누르려는데, 내가 사는 6층이 이미 눌러져 있었다. 그는 우리 옆집에 사는 사람으로, 그가 이사 온 지 1년 만에 처음으로 얼굴을 본 것이다. 이런 경험을 한 사람이 비단 나뿐일까? 당신은 옆집 사람의 얼굴을 정확히 기억하는가?

　『크리피』는 호러 영화의 귀재인 구로사와 기요시(黒沢清) 감독의 손에 의해 영화로 재탄생되어 개봉을 앞두고 있다(일본 2016년 6월). 니시지마 히데토시와 가가와 데루유키가 어떤 연기로 팽팽한 긴장감을 더해줄지, 벌써부터 가슴이 두근거린다.

2016년 2월
이선희

이 작품에 등장하는 조직과 단체명은 모두 가공한 것으로, 실제와는 전혀 관계가 없습니다. 이 작품에서 그린 사건 중에 실제로 일어난 사건과 부분적이거나 표층적으로 유사한 경우가 있을 수 있지만, 배경과 인간관계는 완전한 창작이고 논픽션이 아님을 밝혀두는 바입니다. 또한 '찰스 맨슨 사건'에 관해서는 아래 책을 참고했습니다.

Vincent Bugliosi·Curt Gentry, *Helter Skelter*(Bantam Books, 1975)
에드 샌더스, 『더 패밀리』(고다카 노부미쓰小高信光 옮김, 소시샤草思社, 1974)

크리피

지은이 마에카와 유타카
옮긴이 이선희

펴낸곳 도서출판 창해
펴낸이 전형배

출판등록 제9-281호(1993년 11월 17일)
1판 1쇄 발행 2016년 3월 25일
1판 3쇄 발행 2016년 8월 25일

주소 서울시 마포구 토정로 222(신수동 448-6) 한국출판콘텐츠센터 316호
전화 02-333-5678
팩스 02-707-0903
E-mail chpco@chol.com

ISBN 978-89-7919-593-4 03830
© CHANGHAE, 2016, Printed in Korea.

「이 도서의 국립중앙도서관 출판예정도서목록(CIP)은
서지정보유통지원시스템 홈페이지(http://seoji.nl.go.kr)와
국가자료공동목록시스템(http://www.nl.go.kr/kolisnet)에서
이용하실 수 있습니다.(CIP제어번호: CIP2016004739)」

* 값은 뒤표지에 있습니다.
* 잘못된 책은 구입하신 곳에서 바꿔드립니다.